ハヤカワ・ミステリ文庫
〈HM⑤⑯-1〉

ボストン図書館の推理作家

サラーリ・ジェンティル
不二淑子訳

早川書房
9043

THE WOMAN IN THE LIBRARY
by
Sulari Gentill

Translated by
Yoshiko Fuji
First published 2024 in Japan by
HAYAKAWA PUBLISHING, INC.
This book is published in Japan by
arrangement with
SANDRA DIJKSTRA LITERARY AGENCY
through THE ENGLISH AGENCY (JAPAN) LTD.

バーバラに

「注意深くわたしを開いて……」

エミリー・ディキンスン『親密な手紙』

ボストン図書館の推理作家

登場人物

ハンナ・ティゴーニ……………………………推理作家。オーストラリア在住

レオ・ジョンソン………………………………作家志望者。米国ボストン在住

ウィニフレッド
・キンケイド（フレディ）……新人作家。オーストラリア人

ケイン・マクラウド……………………………ベストセラー作家

マリゴールド・アナスタス……………………学生。心理学専攻

ウィット・メターズ……………………………学生。法学専攻

キャロライン・パルフリー……………………殺された女性

レオ・ジョンソン………………………………フレディの作家仲間

アイザック・ハーモン…………………………ケインの古い友人

ショーン・ジェイコブス（ブー）…………ケインの知人

ジャスティン・ドワイヤー
デイヴィッド・ウォーカー ｝……………………刑事

親愛なるハンナ

いま何を書いているのだろうか？

そろそろ新作を書きはじめた頃ではないだろうか。まだだとしたら、これをファンからの催促だと思ってほしい。友よ、貴女《あなた》にはハンナ・ティゴーニの次作を待ち焦がれる愛読者がいる。『スパイダーマン』風に言えば――大いなる読者数には、大いなる責任が伴うのだ。

冗談はさておき、昨日近くの書店で『信じがたき国』を見つけた。そこは〈ザ・ルーク〉という……いわゆる流行の先端を行く店で、本のほかにもウコン入りの薄いソイラテや、小麦若葉《ウィートグラス》と雑穀《バードシード》のスナックなどを売っている。ともかく、米国で発売された貴女の本のカヴァーは目立っているので、ご心配なきよう。新刊の棚には表紙の写真が貼られていた。もう一冊買って、店員にこの著者と知り合いだと自慢しようかと思ったほどだ！　彼女は感心しているようだったから。「袋はご入り用ですか？」

と聞かれたとき、まごうことなき称賛の気配が感じられたんだよ。

　昨秋、貴女が宣伝ツアーでニューヨークに来たとき、会いにいけなかったことがほんとうに悔やまれる。長年、同業者としてメールのやりとりをしてきた我々が、ようやく会える機会だったというのに。お詫びの印に、数ヵ月のうちに海を渡って貴女に会いにいくとしよう。もちろん、貴女のほうがアメリカに来るのでなければ、だが。たとえば、こっちを舞台にした本を書くことがあれば、堂々と取材旅行ができるのではないだろうか？　あるいは、ともに言葉を愛する者同士が言葉の交換によって育んだ友情にふさわしい形があるということなのかもしれない。

　私自身の本の進み具合はどうかという質問についてだが。まあ、金曜は図書館で過ごした。一〇〇〇語書いて、一五〇〇語削った。それでも、ボストン公共図書館《BPL》は、創作の女神《ミューズ》に待ちぼうけを食らわされるにはいい場所だ。どうやら彼女は、私が関心を示す場所ではつれなくするらしい。あの場所がインスピレーションを解き放ってくれるのではないかと期待していたんだが。目を瞠《みは》るような建物でね——閲覧室の天井は見るべき価値がある。私は相当長いあいだ、天井を見つめていたのではないかと思う。考えずにはいられなかったのだ、これまで何人の作家が苛立ちながら、天井と壁の継ぎ目《コーニス》の装飾を数えたのだろうと……きっと、エマーソンやオルコットも漫然と見つめていたはずだ——あの同じ漆喰の装飾を。あるいは、少なくともボストン公共図書館がボイルストン通りにあった頃の初期の建物の似たようなところを。彼らも同じことをしていたかもしれないと思うと、なんとなく慰められた。

ともかく、貴女が現在手がけている作品について聞くのを楽しみにしている。いつものように、必要があれば、喜んで相談相手になる——貴女が書いた章を読んで、即座にフィードバックする。私はこの執筆スランプ中にやることができるし、貴女の多作性が私にも感染するだろう！　それにいずれ私にも、貴女に読んでもらってコメントをお願いするものが仕上がるかもしれない。

敬意とその他諸々を込めて

レオ

1

ボストン公共図書館で書こうとしたのは失敗だった。ここはあまりにも壮大すぎる。閲覧室の天井を眺めているだけで、何時間と過ごせてしまう。作家の視線が上に向けられたまま執筆された本はほとんどない。それは——その天井は——こちらを評価した。あらゆる方法で見くだした。なんらかの構造が姿を現すまで、一語一語、ただ重ねつづけるだけでは達成しえない建築的完璧さでもって、嘲《あざけ》った。巨大な円弧《アーク》から始めて、壮大な骨組みを——視覚と対称と結合の産物を——作り、そこに芸術的ディテールを書き込みたいと思わせた。でも、悲しいかな、それはわたしの書きかたではない。

わたしは図面も引かずにレンガを積む職人だ。単語を積み重ねて文を作り、文を積み重ねて段落を作る。壁がねじれたり曲がったりしても、思いつくまま積みあげていく。そこに骨組みはなく、ただ重なって互いに支え合い、ストーリーを形作るレンガがあるだけ。自分がいったい何を建てているのか、あるいはそれがちゃんと建つのかどうかさえ、わたしにはわからない。

きっと、わたしの書きかたはバスに乗るようなものなのかもしれない。わたしの執筆方法（たいしたものではないが）を例えるなら、そのほうが合っている。バスがどこに向かっているのか、まったくわからないわけではない……おおまかなルートのようなものはある。ただ、誰がバスに飛び乗ってくるか、誰がバスを降りるのかは、習慣とタイミングと偶然によって決められる。バスのルートは、つねに土壇場で変更される可能性がある。天候や事故によって。パレードやマラソンの開催によって。対称性はなく、計画性もなく、ただ人間の生活の混沌とした、筋書きのないざわめきがあるだけ。

とはいえ天井には、高みから見おろせるすばらしい視点がある。それはバスにはないものだ。この天井は過去にも作家たちを見おろしてきた。いま、あの天井はひとりの作家を見ているのだろうか？　それとも、ただ真っ白なページを見つめる、図書館にいるひとりの女を見ているにすぎないのか？

そろそろ天井を見るのはやめて、何か書くべきなのだろう。

視線を仰ぎ見る角度から引きおろす。緑色のシェードのついたランプがやわらかな楕円の光を投げかけ、共用の読書テーブルのテリトリーの境界を定めている——どうぞ持ち物を広げてください、ただしランプの明かりからはみ出してはいけません。閲覧室には数十のテーブルが整然と並べられており、わたしはそのうちのひとつの端の席についている。わたしのテーブルはホールの真ん中あたりにあり、四方八方に緑のランプや本をのぞき込む頭が見える。隣りの若い女性はジャケットを脱いでいて、両腕のフルスリーヴのタトゥーが露わになっている。わたし自身はタトゥーを入れたことがないけれど、魅せられる。肌に彫られた人生の物語……彼女はさながら歩く本のようだ。模様と肖像と言葉。愛と力《マントラ》の文言。このなかのどこまでがフィクションなのだろう？ もし体に何か彫らざるを得ないとしたら、わたしならどんな物語を綴るだろう？ その女性はフロイトを読んでいる。それを見てふと思う。心理学の学生はスリラーのすばらしい主人公になりそうだ。学生、専門家ではなく。専門家は共感しにくく、その立場のせいで読者から切り離される。ノートの白いページに〝心理学の学生〟と書き、それを四角で囲む。こうしてわたしはバスに飛び乗る。そのバスがどこへ行くのかは神のみぞ知る——わたしは最初に来たバスに乗り込んだだけだ。

その四角の下に、彼女のタトゥーについてのメモを取る。タトゥーを読んでいることに気づかれないように注意して。

わたしの向かい側には、ハーヴァード法科大学院のトレーナーを着た若い男性が座っている。彼は典型的な外見をしている――幅広の肩、頑丈そうな顎、割れた顎先――まるで古いカートゥーンのヒーローとして描かれたように。テーブルに大型の本を開いて置き、同じページを少なくとも十分はじっと見つめていた。たぶん内容を暗記しているか……あるいは、ただ下を向いて、わたしの左隣りの若い女性を見ないようにしているだけかもしれない。ふたりはどういう関係なのだろうと考えてみる。別れた元恋人同士か、ひょっとしたら彼が片思いをしていて、彼女に振り向いてもらえないとか？　あるいは逆かもしれない――彼女のほうが彼にストーカー行為をしているとか？　フロイトの本越しに彼をじっと観察している？　ひょっとして彼を何かで疑っていたりして？　確かに彼はどこか悩んでいるように見える――罪の意識で？　その男性が手元を見て腕時計をチェックする――ロレックスを、またはその偽造品を。

〝ヒーローアゴ〟の左には、別の男性がいる。まだ若いけれど、少年っぽさは抜けている。襟つきシャツとセーター《ジャンパー》の上にスポーツコートを羽織っている。わたしはほかのふたりよりも慎重に、その男性を見つめる。彼が滑稽なほどハンサムだから。黒い髪に黒い瞳、力強いあがり眉。彼がわたしの視線に気づいたとしても、そのせいで見られていると考えることだろう。そうじゃないのに……まあ、ほんの少しは。でもほとんどは、彼がストーリーに何をもたらしてくれるかと思っているだけだ。

その男性はノートパソコンで作業をしている。ときどき手を止めてはスクリーンを見つめ、それからまたすばやくキーを叩く。まさか、もしかして彼も作家だとか？

もちろん、閲覧室にはほかの人々もいるが、彼らは影だ。まだ焦点が合っていない。目下のところは、この三人の物語をページにとどめようとしている。わたしはしばらく書く……筋書きを、おもに。〝フロイトガール〟と〝ヒーローアゴ〟と〝ハンサムマン〟は、どういう関係なのか。恋の三角関係、ビジネス上の関係、幼なじみ。ハンサムマンは映画スターかもしれない。ヒーローアゴは彼のファン。フロイトガールは彼の忠実なボディガード。筋書きが次第にばかげてきて、わたしは笑みを浮かべ、ふと顔をあげると、ハンサムマンと目が合う。彼は驚き、気まずそうな顔をしている。わたしも同じにちがいない。まさにそういう気持ちだから。わたしは説明しようと口を開ける。わたしは作家で、色目を使ってハラスメントをしているわけではないと彼を安心させようとする。が、もちろんここは閲覧室であり、人々が本を読もうとしているなかで、誰かに弁明する場所ではない。それでもなんとか彼に事情を伝えようとする――あなたを見てたのは、ただキャラクター創作のヒントをもらいたいと思っていただけで――が、身振り手振りで伝えるには複雑すぎる。結局、彼を困惑させてしまったようだ。

フロイトガールが小さく笑う。ヒーローアゴも顔をあげる。わたしたち四人は無言で顔を見合わせる。〝閲覧室警察〟の怒りを招いてしまうから、叱責も謝罪も説明もできない。

そのとき、ふいに悲鳴が響きわたる。耳をつんざくような、恐怖に駆られた悲鳴。悲鳴が途絶えたあと、一瞬の沈黙が流れ、それからわたしたち全員が閲覧室のルールはもはや適用されないようだと気づく。

「おい！　なんだよ、さっきの？」ヒーローアゴがつぶやく。

「どこから聞こえたんだろう？」フロイトガールが立ちあがり、あたりを見まわす。

人々は持ち物を片付け、立ち去りはじめる。警備員がふたりはいってきて、問題が判明するまで、落ち着いて席にいるようにと来館者たちに告げる。どこかの愚かな法学部の学生が、不当拘束だの不法監禁だのと文句を言うが、ほとんどの人たちは席について待つ。

「蜘蛛でも見たんだろ、たぶん」ヒーローアゴが言う。「おれのルームメイトの声に似てるよ。そいつ、蜘蛛を見るたびに叫ぶんだ」

「さっきの声は女性だった」フロイトガールが指摘する。

「または、蜘蛛が怖い男かも……」ヒーローアゴはあたりを見まわす。まるで彼の蜘蛛恐怖症の友人がこっそり歩いているのではないかと窺うように。

「不躾《ぶしつけ》に見てたとしたら、すみません」ハンサムマンがわたしに向かってためらいがちに言う。だいぶ耳が米語のアクセントに慣れてきたので、彼がボストン出身ではないことはわかる。「編集者から、作品にもっと外見的特徴を書き込むようにと言われてて」彼は顔をしかめる。「彼女曰く、おれの原稿の女性たちはみんな同じものを着ているらしくて、それでその……ああ、これじゃ気味の悪いやつじゃないか！　すまない。きみのジャケットを描写しようとしていたんだ」

わたしはほっとして笑みを浮かべる。彼は率先して泥をかぶってくれている。親切に応対しなくては。「これはヘリンボーンツイードで、元々は古着屋で買った男物のスポーツコートだったものを仕立て直したの。ばかっぽく見えないように」わたしは彼の目を見る。「ばかっぽく見えるって、あなたが書き留めたんでなければいいけど」

いっとき、彼は慌てる。「いや、そんなこと――」それからわたしが冗談を言っていると気づいたらしく、笑う。感じのいい笑い声。張りはあるが大声ではない。「ケイン・マクラウドだ」

一拍おいて、自己紹介をされたのだと気づく。わたしもすべきだ。

「ウィニフレッド・キンケイド……フレディって呼ばれてる」

「彼女も作家だよ」フロイトガールが身を乗りだし、わたしのノートをちらりと見る。

「あたしたち三人のメモをずっと取ってたみたい」

しまった！

彼女はにっこり笑う。「〝フロイトガール〟っていいね……知的なスーパーヒーローって感じ。〝タトゥーウデ〟とか〝ハナピアス〟よりいい」

わたしはノートをピシャリと閉じる。

「すげえ！」ヒーローアゴが横顔をこちらに向ける。「こっちのかっこいいほうの顔を描写してくれた？……それにほら」彼は一瞬笑みを浮かべてみせて、つけ加える。「えくぼがあるんだ」

ハンサムマン——ケイン・マクラウドともいうらしい——は明らかにおもしろがっている。「なんて奇遇だろう。きみたちふたりとも、もっと慎重に席を選ぶべきだね」

「あたしはマリゴールド・アナスタス」フロイトガールが名乗る。「本の謝辞に載せてよね。スペルはA・N・A・S・T・A・S」

負けじとばかりに、ヒーローアゴも、名前がウィット・メターズだと明かし、もしケイン・マクラウドやわたしが、彼のえくぼに言及し忘れたら訴えると断言する。

四人で笑い合っていると、警備員が戻ってきて、帰りたい人は帰ってもいいと告げる。

「誰の悲鳴だったのか、わかったんですか？」ケインが尋ねる。

警備員は肩をすくめる。「自分をコメディアンと勘ちがいしたどこかのバカタレでしょう」

ウィットは満足げにうなずき、口の動きだけで伝える。「蜘蛛」

ケインの片方の眉があがる。「あれはふざけた悲鳴じゃなかった」彼は静かに言う。

彼の言うとおりだ。あの悲鳴には本物の死の恐怖がにじんでいた。でも、ただの作家の妄想なのかもしれない。誰かがちょっとしたストレスを吐きだす必要があっただけなのかもしれない。「コーヒーが飲みたい」

「地図の間の喫茶室《マップルーム・ティーラウンジ》が一番近い」ケインが言う。「あそこのコーヒーは悪くないよ」

「もっと創作の資料はいる？」マリゴールドが尋ねる。最初に目を惹かれたタトゥーがコートの袖で隠されると、彼女が美しい目をしていることに気づく。宝石のような緑色の目が、くすんだコール墨のアイラインとマスカラのフレームのなかで、キラキラと輝いている。

「コーヒーだけでいい」わたしは答える。マリゴールドがケインとわたしのどちらに尋ねたのかわからず、ふたりを代表して。

「あたしも行っていい？」

子どものように無邪気な問いかけは、警戒心を解かせる。「もちろん」

「おれもいい？」今度はウィットだ。「ひとりになりたくないんだ。どっかに蜘蛛がいるし」

そんなわけで、わたしたちは友情を築くためにマップルームに向かい、わたしは殺人者と初めてコーヒーを飲むことになる。

親愛なるハンナ

ブラヴォー！　鋭敏かつ興味をそそられる冒頭だ。貴女は私の愚痴から芸術を創りだした。最後の一行はゾクリとくる。読者を惹きつける見事なフックだ。出版社から横槍がはいらないか心配だ。最初のページしか読まない読者を取り逃がさないようにこの一文から始めろ、などと言って。私に言えるのはただひとつ。屈するな！　このままで完璧だ。

この一文は、とはいえ、すばらしいだけでなく大胆不敵でもある。忘れないでほしい、貴女は読者に挑戦状を突きつけ、あの三人（マリゴールド、ウィット、ケイン）のうちのひとりが殺人者だと宣言した。読者はこれから三人を注意深く観察し、なにげないニュアンスのひとつひとつを深読みするだろう。作中の手がかりから読者の気をそらし、推理させないようにするのが、さらに難しくなるかもしれない。それでも、実に興味をそそられる――三人とも感じがいいからこそ余計に。さっきも言ったが、大胆不敵だよ。

ボストンが舞台となれば、近いうちに貴女がこちらに取材旅行に来ることを期待してもいいのだろうか？　ほんものの作家たちのように、どこかのバーでマティーニを飲みながら、じかに創作について悩みを語り合えたら、どんなにすばらしいことか！　それはさておき、私は喜んで貴女の手伝いをするよ、土地勘とか諸々のことでね。私のことは偵察係、米国における貴女の目であり耳であると思ってくれ。

いくつか気になった点――アメリカ人は〝ジャンパー〟という言葉は使わない（ハンサムマンの描写の部分）。そこは〝セーター〟か〝プルオーヴァー〟に変更したほうがいいだろう。それから米国では、タトゥーをたくさん入れている女性が、オーストラリアよりもずっと少ない。私はこちらでフルスリーヴのタトゥーを入れた女性を見たことがない。もちろん、だからといって、マリゴールドがタトゥーをたくさん入れていたらおかしいというわけではない――むしろだからこそ、ウィニフレッドは彼女のタトゥーに注目したのかもしれない。

貴女からメールと第一章の原稿を受け取ってから、また閲覧室に行って調べてみた。私語厳禁という明確な規則はないらしい。規則というより一般的なマナーに近い。修正は簡単だ。近くのテーブルのひとりかふたりにシーッとたしなめられる場面を挿入すれば、声を出せないという圧力は失われずにすむ。あと、マップルームでランチを食べたので、詳細が必要なら知らせてほしい。オーストラリア人の貴女は、原則的にあそこのコーヒーをまずいと思うだろうが、ウィニフレッドはアメリカ人だから、物足りないとは思わないはずだ。

フレディの住居の候補地は必要だろうか？　もし金に糸目をつけなければ、ＢＰＬのすぐそばのバックベイ地区に住んでいるという設定もいい。そのあたりはヴィクトリア朝風のブラウンストーン建築に改修されたアパートメントがたくさんある。ただし、フレディがそこに住むとしたら、どこぞの女相続人でなくてはならないだろう！　彼女は苦戦中の作家志望者？　それとも国際的に有名な作家？　前者ならば、おそらくブライトンかオルストンあたりに住んでいるだろう。適当な建物を調べたほうがよければ教えてほしい。

昨日、十回目の原稿の不採用通知を受け取った。ひとつの節目のように感じる。ケーキでも買うとしようか。その通知には、私の作風は格調高いけれど、ジャンルが合わないのではないかと思うと書かれていた……つまり、主人公を吸血鬼にして、クライマックスには異星人の侵略《エイリアン・インヴェージョン》を出せと暗に言っているのだと思う……我々の大統領が気を取られているような外国人の移入《エイリアン・インヴェージョン》ではなくてね！

何度も不採用になるのは通過儀礼だということはわかっているんだ、ハンナ、だが、正直言って、つらい。私にこの仕事に耐えられる強さがあるのかどうかわからない。苦労が報われる段階——いまどんなものを書いているのであれ、少なくとも真剣に検討してもらえることがわかっている段階——に進めたら、すばらしいにちがいない。この段階は、屈辱の儀式としか思えない。

いささか落胆しつつ

レオ

2

〈キャリントンスクエア〉の市松模様のロビーに足を踏み入れるたびに、わたしはいまだに少し畏れ多い気持ちになる。バックベイ地区はヴィクトリア朝様式のブラウンストーンの建物で有名だが、このアパートメントビルディングもそのひとつだ。立派な切妻屋根の外観に、完璧にリフォームされた内装。わたしのワンベッドルームのアパートメントからは、整えられた庭園と鋳鉄製の噴水のある中庭が見渡せる。美しい家具と装飾をしつらえたこの部屋は、ふつうなら、しがない作家には分不相応な地域にある。居間には、大理石の暖炉の両側に作りつけの本棚があり、ここで暮らした歴代のシンクレア奨学金受賞者たちの作品が収められている。そのコレクションは刺激的でもあり、恐ろしくもある。ほぼすべてのジャンルを網羅するすばらしい小説の数々は、それぞれの作家がこのアパートメントに住んでいた一年間に生みだされたものだ。奨学金制度が始まってから五十年あまりのあいだに、この部屋は何度かリフォームや模様替えをされたにちがいないが、この本棚だけは手つかずのまま、神聖なものとして残されている。この家の心臓であり、目的でもある場所――ときおり、その鼓動が聞こえるような気さえする。

　来たばかりの頃、わたしのペンを止めたのはこの本棚だったのかもしれない。ここなら言葉はたやすく出てきてくれるだろうと思っていた。書くための時間と場所――賞を獲ったおかげで支援を受けられた夢。それなのに、自分にはふさわしくないと感じ、先行きの不安を覚えた。言葉が出てこなくて、最初のひと月は書くよりも削除するほうが多かった。でも、今日はちがう。

　今日、図書館からアパートメントに向かうわたしの心は弾んでいる。わたしたちはマップルームに何時間も居座った。ケイン、ウィット、マリゴールド、わたし――初対面の四人が、なんとも奇妙なことに、まるで忘れ去られた人生でかつて友人同士だったかのごとく、互いを知っているように思えた。あらゆることについて話し、そのほとんどについて笑い合い、遠慮なくからかい合った。まるで実家にいるような気分で、わたしはシドニー発のフライトに搭乗してから初めて、ようやく完全に息を吐きだせた。

　ケインはプロの作家で、第一作はニューヨークタイムズ紙に書評された。後半部分は、彼の口から聞いたわけではなく、帰る途中に検索して知った情報だ。ワシントンポスト紙は彼をもっとも有望な若手小説家のひとりに挙げ、彼のデビュー作はちょっとしたセンセーションを巻き起こしていた。マリゴールドは実際にハーヴァード大学で心理学を専攻していて、ウィットは法科大学院を落第しかけている。落第に関しては、彼は気にしていないようだ。それが彼の家族が経営する法律事務所に取り込まれずにすむ唯一の方法ということらしい。

そんなわけで、階段でレオ・ジョンソンがわたしのまえを横切ったとき、最初、わたしの注意は別のところをさまよっている。

「フレディ！　やあ！」

レオも〈キャリントンスクエア〉に住む作家だ。元々はアラバマ州の出身だけれど、ハーヴァード大学にいた時期もあるらしい。彼はシンクレアのアメリカ版とおぼしき奨学金をもらっていて、わたしの数軒隣りのアパートメントで暮らしている。「図書館はどうだった？」レオが尋ねる。彼の穏やかな南部のペースのしゃべりかたは、人をのんびりさせ、少しおしゃべりをしようと誘う。「執筆は捗《はかど》った？」

「わたしが図書館にいたこと、どうして知ってるの？」

「ああ、マップルームにいるところを見たんだ」彼は眼鏡を鼻筋に押しあげる。「予約してた本を取りにBPLに寄って、それからコーヒーを飲みたくなって。たまたま見かけたんだよ。手を振ったんだけど、あなたは見えてなかったんじゃないかな」

「もちろん見えてない。じゃなかったら、あなたを誘っていたもの」レオはわたしにとって同僚にもっとも近い存在だ。わたしは悲鳴のことを話す。

彼は笑う。「頭のイカれたやつか、どこかのクラブの入会儀式だったんじゃないかな。ハーヴァードのクラブは、いまはだいたい女性も入会してるし」

わたしはそれがなんの関係があるのかわからず、片眉をあげる。

「思春期の男の脳が思いつくようなイタズラに思える」彼は説明する。「だけど、もちろん女性でもやらされることになる」

わたしは笑みを浮かべる。「女性が仕組んだかもしれないとは思わないの?」

「女性はあんまりおもしろいとは思わないんじゃないかな……でも、男なら並はずれた機知だと喜ぶよ」

「お忘れなく、そう言ったのはあなたで、わたしじゃないわよ」わたしは階段を見あげる。

「コーヒーでも飲んでいかない?」

レオは首を振る。「やめておくよ、マダム《マァム》。あなたの目には煮えたぎる創作意欲のきらめきがある。執筆の邪魔はしないでおくよ。何日かしたら、書いたものを見せ合おう」

わたしはほっとして同意する。実際、すぐにでも書きたくてウズウズしている。レオがそのことを理解してくれたことで、よりいっそう彼のことが好きになる。

アパートメントにはいるやいなや、ノートパソコンを開き、靴を脱ぎ捨ててソファに陣取る。ハンサムマン、ヒーローアゴ、フロイトガールという呼び名をそのまま使って、タイプしはじめる。彼らは実在の人物から取られた拓本のようにわたしのページに登場し、その姿と次元が言葉によって生みだされる。実際の名前はあとでつけよう。いまは彼らをなんと呼ぶか考えることで、アイデアをせき止めたくない。

わたしは悲鳴について詳しく書く。悲鳴もまた、この物語のなかに存在する。わたしたち四人は、あの悲鳴について長いこと話し合った。あんなことがあって、説明がつかないなんてことがありえるだろうか？　誰かが悲鳴をあげたはずで、その誰かには悲鳴をあげる理由があったはずだ。ウィットはまた蜘蛛の話を持ちだした。彼はある種の恐怖症にちがいない。

わたしたちは明日もまた全員でＢＰＬで集まることになった。実のところ、最初はわたしとケインで、作家グループを作ろうと会う約束をした。するとマリゴールドとウィットは、どんなグループであれ、その目的に関わらず、自分たちも参加すべきだと主張した。

「あたしたちは相談相手になれる」マリゴールドは言い張った。

「インスピレーションの源にも」ウィットがつけ加えた。そんなわけで再会が設定されたのだった。

予定があり、誰かと会えるというのはワクワクする。

わたしはテレビをつける。何か音を流しておきたくて。執筆中だから音だけでいい。ぼそぼそというつぶやきは、自分の世界を紡ぎだすわたしを、気にも留まらない錨《いかり》のように現実の世界につなぎとめてくれる——〝ボストン公共図書館〟という単語を耳が拾うまでは。

わたしは顔をあげる。レポーターがカメラに向かって話している。「……ボストン公共図書館で、清掃スタッフが若い女性の死体を発見しました」

ノートパソコンを閉じて、テレビのボリュームをあげ、画面に身を乗りだす。死体。どうしよう、あの悲鳴！　レポーターはそれ以上、役立つ情報は何も語らない。チャンネルを別の局に変えるが、ニュースの内容は似たり寄ったりだ。死体の身元は若い女性ということ以外、判明していない。

電話が鳴る。マリゴールドからだ。「ねえ、ニュース！　ニュース見た？」

「見た」

「あの悲鳴！」マリゴールドの声は、怯えているというより興奮しているように聞こえる。

「あれ、彼女の悲鳴だったんだよ！」

「でも、どうしてあのとき発見されなかったんだろう」

「彼女を殺した誰かが、死体を隠したから?」

わたしは笑みを浮かべる。「ニュースでは殺人だなんて言ってなかったじゃない、マリゴールド。階段から落ちて悲鳴をあげたのかもしれない」

「もし階段から落ちたんなら、誰かがすぐに発見したはずだよ」

確かにそのとおりだ。「明日、図書館は閉鎖されると思う?」

「彼女が発見された部屋はね。けど、全館ってことはないはず」マリゴールドの声が低まり、ささやき声のようになる。「ぜったい閲覧室《ベイツホール》の近くだよ」

「それはわたしも思った」

「あたしたち、館内で彼とすれちがったのかもしれない——つまり、殺人犯と」

わたしは笑う。もちろんありうることだけれど。「これが小説だったら、少なくともその男とぶつかってたでしょうね」

「じゃあ、明日の約束は延期しないんだね?」

わたしはためらわない。毎週火曜日にはシンクレア奨学金財団に雇われた清掃スタッフが来る。大人になってから誰かに部屋の掃除をしてもらうときに抱かずにはいられない感情——自分がいたら邪魔になるとか、なんて自分は怠惰なんだ、不潔なんだという気持ち——を直接感じずにすむならそのほうがいい。「わたしは行く。少なくとも、図書館がいつまで閉館する予定なのかわかるだろうし」

わたしたちはもうしばらく、ほかのことについておしゃべりする。マリゴールドは論文の締め切りに追われている。テーマは青年期母子分離不安で、彼女曰く〝マザコン青年と彼らを生みだした女性たちについて〟ということだ。BPLに入館できない場合の待ち合わせ場所を決める頃には、わたしは笑い声をあげている。

でも、電話を切ると、わたしの思考は悲鳴と、自分がそれを聞いたという事実に引き戻される。わたしは誰かの死に際の声を聞いたのだ。どんな経緯だったにしても、あの女性が恐怖を感じたことはまちがいないと、聞いたときに思った。その事実はそれ自体重みを持つようで、お腹の底にその重みを感じている。

テレビではいまやこの一件を殺人事件として報道している。彼らが多くの情報を入手しているからなのか、たんにセンセーショナリズムの必然的進化によるものなのかはわからない。

テレビの音量をまたあげて、執筆に戻る。その哀れな女性についてどう感じていようとも、それによって、ほとばしる言葉の流れが抑制されたり遅くなったりしないことに罪悪感を抱きながら。言葉は続々と湧きでてくる。力強く、リズミカルに渦巻いて文章を織りなす。その文章の明瞭さにわたしは驚かされる。悲劇の直後にこんなにも執筆が捗るなんて、不謹慎な気もする。それでもわたしは書く。悲鳴が結びつけた、見知らぬ他人同士の物語を。

親愛なるハンナ

よくやった、友よ、よくやった！　シンクレア奨学金はすばらしいアイデアだ。莫大な富を持たせることなく、ウィニフレッドをバックベイに住まわせることができる。そして彼女はオーストラリア人になれる。

さらに、私を物語に登場させてくれたとは！　南部訛《なま》りで、奨学金をもらっている。言葉を失うほど感激しているよ！　レオは背が高くて、破壊的魅力があると書くのは忘れたようだが、まあ当然のことだから。それだけでなく、フレディがマップルームでコーヒーを飲んでいたときに、犯人がその場にいたという前章の最後の一文に対して、第四の選択肢をこっそり提示したことにもなる。それが貴女の狙いだったのか？

貴女の最初の質問についてだが、翌日もベイツホールは開いてるだろうと思う。殺人が起こったのは、明らかに閲覧室ではなく、その周辺の部屋かホールなわけだから。それに該当する場所はたくさんある——以下にいくつか候補を挙げておこう。

このうちいくつかは、悲鳴の大きさを考慮したほうがいいかもしれない。ベイツホールの内部で聞こえる大きさだったなら、隣接する部屋のどこかで起こったはずだ。捜索されたのに何も見つからなかった理由をどう説明するつもりなのか、興味深く読ませてもらうよ。

ちょっとBPLに立ち寄って、何か役立つものが見つからないか調べてきた。通気口がいくつかある。そこを通じてなら、遠くの部屋から音が聞こえる設定も可能かもしれない。ただし、図書館の工事とか整備の計画書みたいなものを確認する必要があるだろう。何か良からぬことを企てていると思われたくないから、尋ねるのは少々腰が引けるが、機会があったら調べてみよう。

さて、貴女のメールのもうひとつの件についてだが……ああ、ハンナ、ありがとう。まさか、私の原稿を貴女のエージェントに渡すと言ってもらえるとは思いも寄らなかった。私がそれを期待していたと思われたなら、いたたまれない気持ちだ。ほんとうに考えてもいなかった。そして私は貴女の助けを受け入れるにはプライドが高すぎる人間だが、状況があまりに絶望的で断れない。

だから、最後の威厳を添えて、私の原稿を送るよ。もし貴女がこの原稿をひどいと思って、エージェントに渡さなかったとしても、私には知る由もないということを心に留めておいてほしい。私からは絶対に尋ねることはない。なぜなら、私に才能がなくとも、私たちの友情が続く道はあるはずだから。これでは自分の原稿を卑下しているることになるな……この原稿にとって良い前兆とはならないだろうが、でも貴女が私を助けたいと思ってくれたことには感謝しているし、感動している。

ともかく、貴女の次の章を楽しみにしている。死体を適切な場所に置くのに役立ちそうな情報がないか探してみるよ。

重ねがさね、感謝と称賛を込めて

レオ

3

待ち合わせ場所の〈ニューズフィードカフェ〉――BPLのジョンソン棟の入り口付近にある――でケインを見つけ、手を振る。彼はわたしを見て微笑み、わたしは彼がものすごくハンサムだということを思いだす。彼はちょうどコーヒーを買おうとしていて、わたしも欲しいかと大袈裟な仕草で尋ねる。わたしはうなずく。彼のところまで行くと、彼はマキアートを差しだす。

「砂糖はなし、だろう？」

わたしは彼が覚えていることに感心する。

わたしたちはテーブルを見つけ、コーヒーを飲みながら、マリゴールドとウィットを待つ。そしてもちろん、昨夜発見された死体について話す。

「どこで見つかったんだと思う？」わたしは尋ねる。図書館のことはそこまで詳しくはない。利用しはじめてまだ数日しか経っていないのだ。

「それがわからないんだ」彼は言う。「彼女の悲鳴がおれたちに聞こえたということは、ベイツホールのまわりの部屋のどこかにいたはずだが……そこはすでに捜索されていた」

「もしくは、あの悲鳴は死体とはなんの関係もなかったか」

彼は眉根を寄せる。「確かに。あの悲鳴は推理作家が言うところの」――彼は効果を狙って言葉を切る――「偽の手がかり《レッドヘリング》だったのかもしれない」

わたしは笑みを浮かべる。「それでも、偶然にしてはできすぎね」

「そういうことは現実に起こる。たとえ質の悪い物語上の仕掛け《プロットデヴァイス》にしかならなくても」ケインは隣りのテーブルに新聞が置き捨てられていることに気づき、席を立つ。ボストングローヴ紙を手に戻ってくると、わたしの隣りに座り、ふたりのあいだに新聞を広げる。公共図書館の死体の記事が一面にデカデカと載っている。わたしたちは肩を並べ、コーヒーを飲みながらじっくりと目を通す。

記事によれば、死体が発見されたのはシャヴァンヌギャラリーで、翌日のイヴェントのための準備中だった。女性の名前は、キャロライン・パルフリー。もちろん、わたしのようなオーストラリア人にとってはなんの意味もない名前だが、ケインは「ブラーミンだ」とつぶやく。

「牛の品種の？」わたしは少し困惑して尋ねる。

「社会階級の」パルフリー家は〝ブラーミン〟と呼ばれる名門の家系のひとつで、ボストンの伝統的な上流階級に属しているとケインは説明する。

「お金持ちなの？」

「富以上のものだ」彼は言う。「ブラーミンは、東海岸の入植地開拓に欠かせない存在だった。彼ら自身がひとつの文化なんだ。オーストラリアにもそれに匹敵する存在が――みずから名門だと宣言している古い家系があるんじゃないか？」

わたしは、六世代目のオーストラリア人であることをとても誇りにしていたシンクレア奨学金財団の理事、マーガレット・ウィンズローを思いだして笑みを洩らす。世界最古の現存する文明、六万年も続く先住民の歴史を持つ国で、六世代とは無粋な自慢だ。それでも彼女は熱く語ったものだ。彼女の曾曾曾祖父が十九世紀半ばに領有権を主張したウォガウォガ近郊の土地のことを、彼が開墾し耕作した土地――ウィラジュリ族のものだった土地――のことを。

「まあね」わたしは答える。「でも、わたしはそういう家柄とは付き合いがない」

「そういう家柄は閉鎖的なものだろうしね」

「シャヴァンヌギャラリーでどんなイヴェントが開催される予定だったのか、どこかに書いてある？」わたしは自分でも答を求めて記事に目を走らせながら尋ねる。

「はっきりとは書かれてない」彼は関連する文章を指さす。「彼女は清掃スタッフによって発見された、つまり清掃するまえは、誰もいなかったんだろう」

「マリゴールドとウィットは、彼女を知ってたのかな」

「噂をすれば影だ」ケインが言う。ちょうどふたりが〈ニューズフィードカフェ〉にはいってくる。ケインは手を振る。

マリゴールドはケインに気づくと、ウィットをつかんで引っ張り、わたしたちのほうにやってくる。彼女の目はキラキラと輝き、頬は紅潮している。新聞をちらりと見る。「ふたりとも見たんだ？」

「ええ、彼女と知り合いだっ――」

「ううん。でも、ウィットはそうだった」

「ちゃんと知ってたわけじゃないさ」ウィットは抗議する。「ただ彼女は〈ラグ〉で働いてたし」

「ラグ？」

「地元のタブロイド紙だよ」ウィットは肩をすくめる。「アート系の記事が中心で、たまに何かの特集を組む。大学一年のとき、記事を書いたことがあるんだけど……そのときにキャロラインを見かけた」

「あなた、記事を書くの?」ウィットはそんなことは一度も言っていなかったから驚き、わたしは尋ねる。

「学部生のときはあれこれ手を出してて……アメフトの記事を書いただけだよ、文筆活動とは呼べない」

それでも、たとえどれほど細いつながりであっても、すべてが少し現実味を帯びる。わたしはウィットを見て、彼は見かけほどやる気のない人ではないのかもしれないと思う。

「何か詳しいこと聞いてる?」

彼は肩をすくめる。「元カレのうわさ。諦めきれなかったやつがいたとか」

「なんて人?」マリゴールドが尋ねる。「その人の名前、知ってる? 学生なの? どこの――」

「落ち着けって、シャーロック」ウィットは質問の洪水をせき止める。「おれなんかにわかるわけないだろ」

「そうだけど、あなたなら――」

「おれなら、通夜でみんなを尋問できる、そうすればあんたが乗り込んで、私人逮捕できるって?」

わたしは笑う。マリゴールドはあきれたように目をぐるりとまわす。

ウィットとマリゴールドはコーヒーを飲まないことにする。ケインとわたしはコーヒーを飲みおえる。それから四人で図書館に行ってみると、ベイツホール——実際には二階のフロア全体——は閉鎖されている。階段の下に非常線が張られ、警備員が立っている。マップルームの喫茶室はすでに満席で、ベイツホールから追いだされた人々や記者たち、奇妙なことに警察官までいる。どのみち、ケインとわたしはすでにコーヒーを飲んでいたが。

「もうひとつ死体が見つかったのか？」ウィットは階段に向かって一、二歩進んで尋ねる。

警備員はわたしたちにきっぱりと立ち去れと言う。

「今日のところはお手上げみたい」わたしはうめく。

「でも、今日はみんなで創作メモを見せ合うって話だったじゃない」マリゴールドが抗議する。

わたしはケインと視線を合わせる。みんなで？

「きみとウィットは本を書いてないじゃないか」ケインがマリゴールドに言う。

「ふたりに刺激を受けて、あたしたちもやってみることにしたんだ」彼女は笑顔で言う。

わたしは笑顔を返さずにはいられない。ウィットの表情は特に刺激を受けているようには見えないけれども。

マリゴールドの笑顔にはアメリカ人らしさが詰まっている。あっけらかんとして、パッとほころぶような満面の笑み。彼女が微笑むと、その背後で星条旗がはためくのが見え、アップルパイのにおいまで漂ってきそうだ。ウィットの笑顔も似ている。ケインの笑みはちがう。ゆっくりと浮かび、少しゆがんでいて、歯をあまり見せない。ただし、三人とも話しながらずっと微笑んでいる――そこがちがう、それがアメリカ人の笑顔の特徴だとわたしは思う。オーストラリア人は笑顔と会話を同時にこなすことができないようだ――もちろん嘘をついている場合をのぞいて。そういう笑顔は無意識に欺瞞を物語る。

「何を考えてるんだい？」ケインが不思議そうにわたしを見て尋ねる。

わたしはみんなに話す。

「ええっ！　それはちょっとうがちすぎだよ！」マリゴールドは気を悪くすべきかどうか迷っているようだ。

「ごめんなさい――作家の性分で」

「興味深い意見だ」ケインはわたしを観察しながら首をかしげる。わたしは即座に笑みを浮かべる。「となると、アメリカ人が嘘をついているときは、どこでわかるんだい？」

「さあ。わからないんじゃないかな」

気づくと、警備員がこちらを睨みつけている。明らかにわたしたちはぐずぐず居残っているし、おそらく会話が彼の耳に届いたのだろう。わたしたちは警備員に向かって、一斉に笑顔を見せる。「広場の向こうに行って、どっかでハンバーガーを食おうぜ」ウィットが提案する。「フレディに正しい笑顔の浮かべかたを教えるんだ。マクドナルドで働かなきゃならないときのために」

「わたしは作家だし」わたしは言う。「その可能性は大いにあるわね」

ボイルストン通りの〈ボストンバーガーカンパニー〉は、この時間帯はひっそりとしている。数分前に開店したばかりで、ランチタイムの混雑はまだ始まっていない。わたしたちはテーブルを確保して、オニオンリングとナチョスを注文する。

マリゴールドがさっそくフロイトガールの状況を尋ねる。「彼女の恋のお相手は考えた？　ありえないほどセクシーな人にしてね。彼女はそのへんの男にはなびかない……将来性があって、株にも投資してる人じゃないと」

「そうなの？」マリゴールドのようにタトゥーとピアスをたくさんしている人が、そんな保守的な――金銭面はもちろん――条件を挙げるとは、見た目にそぐわないように思える。

彼女は肩をすくめる。「心は望むものを望むんだよ」

わたしはウィットとケインを見る。どちらもコメントは差し控えたいようだ。

マリゴールドに少しけしかけられたあと、わたしは書きはじめた小説について話す。普通はこの段階で誰かに内容を話すことはないが、この物語は登場人物たちが悲鳴によって結束する場面から始まるから、彼らに伝えるのはフェアだし、むしろ必要なことに思える。いざ話しはじめるとワクワクする。この物語について話したい、展開を話し合いたいという気持ちになる。ウィットとマリゴールドは、即座に意見を聞かせてくれる。マリゴールドは熱心にまくしたて、ウィットはそれに賛成しながら、妙な突っ込みを入れる。さらにふたりは、ストーリーについてコメントしつつ、自分たちのセリフの案まで出す。一方、ケインはもっとゆっくり、熟慮してから口を開く――視点、時制、物語の時系列構成《ストーリーアーク》について尋ねる。彼の質問は、わたしが出現させた渦巻く霧に形を与える助けとなる。彼はわたしの創作方法――プロットを立てないこと――に好奇心を示すが、その問いかけに批判めいたものはなく、わたしは頭がおかしいと思われないように気をつけながら、〝創作のバス〟の比喩について説明しようとする。

ケインはわたしたちにプロット――ノートパソコンで作成した入り組んだフローチャート――を見せて、中心となるアイデアから放射状に広がるテーマとサブプロットを説明する。そのチャートにはどこか美しさがある。まるで物語を捕まえるために張り巡らされた蜘蛛の巣のようだ。わたしは魅了され、自分の作品が繊細な糸で紡がれた巣から始まらないことを少し残念に思う。

ケインの本は、ボストン公共図書館とその周辺に住みついたアイザック・ハーモンというホームレスの男性の物語だ。人物設定、自己発見、社会批評の糸が小説の中心人物から放射状に伸びている。彼のプランは結びつきを——ある糸が別の糸と出会い、絡み合ったり、あるいはまた枝分かれしたりするポイントを——定めている。わたしは物語の起源について尋ねる。すべての糸が紡がれる中心であるアイザック・ハーモンをどこで見つけたのか？

「十五のとき、家出をしたんだ。ボストンに来て、二週間路上で暮らした」

「家出をしたの？　どうして？」わたしは尋ねる。

「よくある思春期の反抗劇だ」ケインは答える。「たった二週間しか続かなかった。アイザックに出会わなければ、もっと短かっただろう。彼はおれが家に戻る気になるまで、深刻なトラブルから守り、飢えないようにしてくれた」

「ご両親は心配でたまらなかったでしょうね」

彼は笑う。「実際は、両親は休みに友だちと旅行に出かけたと思ってたらしくて、そうでもなかった。怒ってはいたけど、心配はしてなかった。決死の覚悟で飛びだしたわりに、家出は成功とは言えなかった。だが、アイザックと出会えた」

「いまも連絡を取ってるの？」マリゴールドが尋ねる。

ケインの目に闇がよぎる。いっとき言いよどみ、それから答える。「ときどき電話をくれた。会って、ハンバーガーを食べに連れていったりした。話もした。五年ほどまえ、彼は死んだ」

「お気の毒に」わたしは言う。アイザックが病気や怪我で死んだわけではないと本能的に察知する。

「どうやって死んだんだ？」ウィットは反射的に尋ねている。まるで靴をどこで買ったのかと訊くように。

「誰かに刺された」

「げ、マジかよ！」ウィットは口を滑らせる。

「殺されたってこと？」マリゴールドはショックを受けたというより、興味をそそられたように見える。

ケインはうなずく。「警察は、戸口の寝場所か何かをめぐって口論になったと考えてるようだった。なぜ知ってるかというと、アイザックがおれの電話番号と住所を書いた紙をポケットに入れていたから。警察がそれを見つけて、親戚かと思って連絡してきた」

ウィットは頭を振る。「そりゃ、キツいな」

「じゃあ、これはアイザックの物語なの？」わたしはおそるおそる尋ねる。ケインがその話をしたいのかどうかはわからない。彼がその話を書いていることは知っているが、それとこれとは別だ。小説の言葉は孤独のなかで記される。そういう秘密の開示には奇妙なプライヴァシーがある。やむを得ず読者に秘密が明かされるまえに、開示に慣れる時間がある。

「ある意味では、そうなんだろうな」ケインは、ディップをつけるには小さすぎるコーンチップに、豆の炒め煮《リフライドビーンズ》とチーズを山盛りのせる。「一部は彼で、一部はおれで、一部はおれがただ創ったものだ」

「魔法の公式ね」わたしは言う。

ケインはわたしに微笑みかける。彼がハンサムだという事実がまた際立つ。

「警察は犯人を見つけたの？　あなたの友だちを殺した男を？」マリゴールドはまだ興味津々だ。

「いや」

「悲しすぎる」マリゴールドはケインをじっと見つめる。「気になる？」

ケインはその質問をよく考える。「そうだな。だが、彼が寒いところで孤独に苦しみながら死んだことほどじゃない」彼は腕を組む。「アイザックは……凶暴にもなれた。彼を殺したのが誰であれ、怯えていたか、病んでいたか、怒っていたのかもしれない。怯えて病んで怒りながら野宿《スリーピング・ラフ》する人はたくさんいる」

彼は二週間の路上生活で、いったい何を見たのだろうとわたしは思う。彼に尋ねることはしない。そういう話は、聞きだすものではなく、差しだされるものだから。

「怯えて病んで怒りながら毎晩ベッドで寝る人もたくさんいる」ウィットが言う。

ケインはちらりと彼を見る。

ウィットはたじろぐ。「ごめん、そういうつもりじゃ――」

「いや、そのとおり」ケインはキーボードを叩いてメモを取る。「いいセリフだ。使わせてもらってもいいかい？」

わたしは笑う。

ケインはノートパソコンの画面越しにわたしを指さす。「きみだって同じ穴の狢《むじな》だろう。少なくとも、おれは断りを入れてる」

マリゴールドがテーブルに肘をつき、両手に顎をのせる。「で、キャロライン・パルフリーのことはどうする？」

「どうするって、どういう意味だよ？」ウィットが鋭く尋ねる。

「何もなかったようなフリをして、やり過ごすなんてできない。人が殺されたんだよ、あたしたちが座ってた場所のすぐ近くで。何もしないわけにはいかない」

ウィットはハニーバーベキューソースとチーズがたっぷりかかった山から、オニオンリングをひとつ、慎重に引っ張りだす。「そりゃ、おれたちの正体が勧善懲悪のスーパーヒーローだっていうんなら、そうだろうけどさ」

「あの日、ベイツホールには大勢の人がいたんだ、マリゴールド」ケインはウィットよりもやさしい口調で言う。

「ただ何もしないのは不謹慎に思えるんだ。あたしたち、彼女が死ぬのを聞いたんだよ」

マリゴールドの口調は真剣だ。

「おれたちにできることがあるとも思えない」ケインは正直に言う。

「もし警察がキャロラインを殺した犯人を見つけられなかったら?」マリゴールドの声が震える。「あたしたちは彼女の悲鳴を聞いたんだよ。悲鳴をあげたら助けられるものだし、あたしたちは彼女の悲鳴を聞いた」

スラスラと読めている。彼らのことをよく知っているような気になって、個々の物語に興味をそそられている。貴女がうまくバランスを取っているのだろうね。みんな最初に提示されたよりもずっと深い存在に思える。またしても、最後の一文を気に入ったよ。忘れようにも忘れられないフレーズだ――とりわけ誰かの悲鳴を聞いたことのある者にとっては。

用語についてのささいな問題。アメリカ人は〝野宿する《スリーピング・ラフ》〟という言葉はあまり使わない。文脈から理解できるだろうが、アメリカ人の登場人物のセリフとしてはいささか違和感がある。すごくいい言葉だが。〝ホームレス〟ほど打ちのめされた感じがしないし、永遠の状態ではないように思える。

ハーヴァード大学とボストン公共図書館の距離は歩けるのかという質問についてだが――ドイツ人の徒歩旅行者なら歩ける。それ以外の人なら、タクシーか、ウーバーかバスに乗るだろう。バスなら57番か86番。電車（地下鉄）ならグリーンラインでパークストリート駅まで行って――ボイルストン通りとダートマスパーク通りの角にあるBPLから、通りを渡ったところに地下鉄の駅がある――パークストリートでレッドラインに乗り換えて、ハーヴァード広場まで行く。詳しすぎるかもしれないが、貴女に伝えるなら、少なすぎるより多すぎるほうがいい。

ともかく、貴女はこの小説の舞台の中心を、コプリー広場にするつもりなのだろうか？　彼らをボイルストン通りの〈バーガーカンパニー〉に連れていったのはとてもいい。ただし、あのあたりには、ほかにも候補になりそうな飲食店が山ほどある。あまり高すぎない店のリストを添付しておいた。それからあの広場には教会がふたつあることも知っておいたほうがいい――トリニティ教会とオールドサウス教会だ。そのどちらか、あるいは両方で、キャロラインの通夜が営まれるかもしれない。写真を数枚添付した。内部の写真を撮ったほうがよければ教えてほしい。

小説の舞台となる時期にもよるが、四人組が昼食を持ってコプリー広場の噴水で待ち合わせするのもありだ。コプリープラザにはフェアモントホテルもあるが、普通のランチの場所としてはかなり高いだろう。

貴女はいったいここからどうやってストーリーを進めるつもりなのだろうと考えているよ。彼らには捜査に関与する理由がない。キャロライン・パルフリーが新聞社で働いていたと読んだとき、いっとき、ケインが彼女と知り合いだったか、彼女からインタビューを受けたことがあったんじゃないかと思ったが、そういう方向に話を進めるつもりはないようだし……それとも、そのつもりなのかい？　すまない、物語の展開を当てようとしているつもりはないんだ。それだけ先が気になっているという称賛と受け取ってほしい。

米国にいつ来られそうか、続報はあるかい？　貴女のボストンの調査員になることがいやというわけではなくて――光栄だし、私は本当に楽しんでやっている――有名な作家と会うことは、私の評判を驚くほど高めてくれるだろうから！

さて、私の近況だ。大学時代の旧友が、偶然にも、エージェントのアレクサンドラ・ゲインズバラとテニスをしている。ダイアンは私たちふたりをディナーに招待してくれた。社交の場で顔を合わせれば、私がミス・ゲインズバラに作品を見てくれるよう頼み込めるんじゃないかと気遣ってくれたのだ。正直言って、少し緊張している。おそらく、その気の毒なエージェントの女性は、食事をしようとしているときに、決死の覚悟の作家志望者に突撃されることに嫌気が差していることだろう。どうすれば、社会的な品位と奥ゆかしさを保ちつつ、そんなことを頼めるのだろう？　内心では、私の本にチャンスを与えてくれと彼女にすがりつきたくてたまらないのに？　ご心配なく、そんなことはしない……必要に迫られないかぎりは。ともかく、私のために成功を祈っていてほしい。

慎重に足取りを弾ませつつ
レオ

4

ミューズとわたしは、三日間アパートメントに閉じこもっていた。そのあいだに会った人間はレオだけで、彼ですらわたしの目にかかる虚ろな靄《もや》を見て警戒した。

「執筆中？」彼はわたしをしげしげと見つめる。明らかにそういう顔をしているらしい。

「ええ。何か飲んでいく？」

「礼儀として言ってるだけだよね？」

「そう」わたしは認める。

彼は笑みを浮かべる。「じゃあ、またの機会にしておこう」

わたしは顔の緊張が緩むのを感じる。「ありがとう、レオ。ごめんなさい——遠慮してもらうの、これで二度目ね……」

「くよくよしないで、フレディ」彼は眼鏡をはずし、目を細めてわたしの背後の部屋を見る。「ぼくならドアを開けにくることすらしなかったはずだ。あなたのミューズが外に出てしまってないことを祈るよ」

「両脚を折ってあるから……どこにも行かない」

彼は少し驚いて、動きを止める。

わたしはにやりと笑う。「冗談、冗談。ティムタム（オーストラリアのチョコレートビスケット）の賄賂《わいろ》を贈ってあるの」

レオは頭を振る。「あなたたちオーストラリア人には暗い面があるようだね」

「ばか言わないで。わたしたちはバーベキューと悪態が好きなフレンドリーな飲んだくれよ」

レオはもう立ち去りかけている。「あなたのミューズの健闘を祈るよ！」

それが二日前のことだった。ストーリーはまだ波のように押し寄せてきて、湧きあがるアイデアはわたしがタイプするよりも速くページを打ちつける。ハンサムマン、ヒーローアゴ、フロイトガールに、まだ実際の名前は見つかっていないが、そこは問題ではないようだ。おそらくわたしはまだ、登場人物たちをインスピレーションの源から分岐させて、新鮮な発見の勢いや、それ自体がストーリーを形作っているように見える新しい友情の興奮を止める準備ができていないのだろう。この物語は奇妙で――わたしがこれまでに書いたどんなものともちがっている。図書館は独自の意識を持ち、注意深く、忍耐強く、危険だ。悲鳴はモチーフとなり、それぞれの登場人物が、つながりや友情を求め、助けを求める無言の叫びのこだまとなっている。

フロイトガールはストーリーの中心であり、両腕にタトゥーを入れている。率直で、活気にあふれ、少しばかりロマンティックな彼女は、正義と忠誠を信じ、ある種の子どものような天真爛漫さで、世の中を渡っていく。しかし、彼女のなかにはどこか、人々に近づくなと警告し、ストリートの獰猛さをチラつかせ、温かな本質を覆い隠そうとする部分がある。しばらく、彼女に他人を警戒させているものは何なのかと考える。トラブルを抱えた子ども時代、安定を欠いた生活、何か悲劇があったのかも。たんに好みの問題かもしれない。マリゴールドはタトゥーやピアスが好きなだけなのだろうが、フロイトガールはそれよりも複雑でなければならない。

ヒーローアゴは、オーストラリア人かと思うレベルでのんびりしている。彼の反抗は受動的だが、効果的だ。自分が両親の野心にふさわしくないことを証明しようとする若者。彼がフロイトガールに夢中になるのも、期待をくじきたいという同じ衝動が根底にあるのかもしれない。

フロイトガールをストーリーの中心に据えながらも、どういうわけか、わたしはハンサムマンをヒーローとして描いている。彼の描写にある種の輝きを放たせていると自覚している。自分でも笑ってしまうけれど、それでもハンサムマンはわたしを惹きつける。

気づけば、ケインが路上で過ごした二週間について考え、家出をした背景には思春期の気性の激しさ以上の何かがあったのではないかと思いをめぐらせている。ケインは訳もなく大きな意思表示をするようには見えないが、まだ知り合って数日しか経っていないし、もしかしたら彼は変わった、成長したのかもしれない。

スクロールしながら、ここ数日で書いたページを冒頭から見ていく。草稿は少し荒っぽい──創作のバスのスピードが速すぎて、制御不能になっているのだろうか。自分の立ち位置を占めるキャラクターがいないことに、つかのまの悲しみを覚える。なんとなく仲間はずれにされたような気分だ。省略すると決めたのはわたし自身なのに。

電話が鳴り、本の山やトーストを食べるのに使った皿の山の下を、あたふたと数秒探る。なんとか留守電になるまえに電話に出る。

ケインからだ。「ちょっと休憩したくないかい？」

わたしはためらう。執筆の手を止めたくないからではなく、服も着替えていないから。

「いますぐ？」

「ああ、ごめん、取り込み中に電話してしまったかな？　そんなつもりじゃなかったんだ──」

この瞬間、真実以外のことは何も思いつけなくて、わたしは白状する。「パジャマ姿なの……まだシャワーも浴びてなくて」

彼は笑う。「どれくらいかかる？」

「最低一時間は……大がかりな修復が必要だから」

「わかった、やれることをやったら、一時にコプリープラザで会おう」

わたしは時刻を確認する。一時間半後だ。「修復結果は保証できないわよ」

「期待しすぎないようにしておくよ」彼は答える。わたしは彼の声に笑顔を聞き取り、心の目に浮かべることができる。「噴水前で待ち合わせはどうだい？」

わたしはすでにバスルームに向かって歩きはじめている。引きこもっているあいだに、自分で思っていた以上にストレスを受けていたにちがいない。外出する、ケインに会うと考えただけで心が浮足立っている。心の底では、相手がケインだからだとわかっているが、たとえ自分自身との対話であっても、威厳は保っておきたい。だから、あれこれと理由を並べる。三日間も同じところに閉じ込められていれば、誰だって気が変になってもおかしくはないし、たぶん誰かと話して、作品がありえない方向に進みすぎていないか確認する必要があるはず。それにどっちみち、食べものが尽きかけている――これは食料を調達してくるチャンスになる。

シャワーを浴びて着替え、最後にウールのマフラーを首に巻き、手袋をはめる。つかのま、子どもじみているとはわかっていても、新しいものを初めて身につけた喜びを感じずにはいられない。マフラーも手袋も、先週、秋の訪れを機に購入したばかりだ。母国ではこういう防寒具が必要なほどの寒さはめったにないので、物珍しさもある。わたしは鮮やかな黄色の手袋をはめた両手を、鏡に向かって振ってみる。少しまたボストンになじめたように思える──寒さに身を震わせて街をぶらつくことほど、〝観光中のオーストラリア人〟を示すものもないだろうと思うから。

コプリー広場はアパートメントビルディングから歩いてすぐのところにある。わたしはノートパソコンを持っていく。外で書くつもりかどうか、書きたいと思っているかどうかは関係なく、いまの段階で手の届かないところに置いておきたくないのだ。わたしが高齢女性になる頃には、一方の肩がもう一方の肩よりもさがっていることだろう。ノートパソコンをある種の携帯用生命維持装置──たぶん実際にそうともいえる──のように持ち歩きつづけた結果として。

コプリー広場の噴水は、ローマ時代の水道橋を模している。アーチがあり、水路があり、そこから水が池に噴きでている。そのわりに、歴史ある広場の建物に囲まれているせいか、古めかしくは感じない。まあ壮観とも感じられないわけだが、あたりは気持ちがいいし、美しい日だ。くっきりした鮮やかな景色が、アメリカの秋の温かな光でやわらげられている。噴水に近づくわたしをケインが見つけて、駆け寄ってくる。

「遅れちゃった？」わたしは尋ねる。何を着ようかと長いあいだ悩みすぎたのではないかと急に心配になる。

「ちっとも。それより、おれはきみの執筆の勢いをそいでしまっただろうか？」

わたしは首を横に振る。「そんなことない……あなたはわたし自身からわたしを救ってくれた。外を歩くのは気持ちいいわ、正直言って」

彼は見るからにほっとしたような顔をする。「ランチの場所を探すまえに、散歩でもしようか？　それとももう充分歩いた？」

まだ歩き足りない。

ボストンに来たばかりの頃、ガイド付きのツアーに何度か参加したけれど、同じ通りでもケインと歩くのはちがう。彼は名所旧跡にまつわる古い物語を伝えるのではなく、アイザック・ハーモンの物語の蜘蛛の巣に織り込まれるかもしれない新しい物語、場所、ディテールを探している。それはまるでゲームのようで――ここで何が起こりえたのか？――すぐにわたしもプレイしはじめる。

わたしたちはある店先、アンティークショップの入り口に差しかかる。彼は足を止め、じっと戸口を見つめたが、何も言わない。わたしはどうしたのと促す。おそらく、その店のウィンドウには彼のヒーローの昔の人生につながる何かがあるのだろう。

彼はためらう。「……シャーロットから乗ったバスを降りて最初の夜、おれはここで眠ろうとしたんだ」

「えっ……そうなの……」戸口は幅広く風雨はしのげるが、好ましくないにおいがするし、昼間でさえ、通りのこのあたりは陰になっていて寒い。「何があったの？」

「いつもここで寝てたジャンキーが現れて、おれをぶん殴った」

「え、そんな……」

「アイザックは、たまたまあそこで寝ていた」ケインは道路の向こう側、ふたつの建物の隙間を指さす。「それでここに来て、その男を落ち着かせ、タバコを数本与えて、おれを一緒に連れていった」

「怖かったでしょうね」

「逃げだしたくなるほどじゃなかった。アイザックはおれに家に帰るか、せめてシェルターに行けと説得しようとした。おれが聞く耳を持たないとわかると、一緒に行動させてくれた」ケインはわたしをちらりと見る。「ショックを受けてるようだね」

「それでも家に帰るまでに二週間もかかっただなんて」わたしは彼の目を見る。黒っぽい、漆黒に近い色をしている。「よほどひどい状況だったのね」

「おれの継父は……」彼は頭を振る。「おれたちはうまくいってなかった」

「それで戻ったときは？」

「戻ったあと、継父は長くはそばにいなかった」

「お母さまは？」

「母は継父のことを乗り越えた。いまはミネソタに住んでる」

わたしは戸口を振り返る。「ここでのことを小説に書くつもり？」

「わからない……おれのことは書けないけど、アイザックがおれのためにしてくれたことは重要だと思う。彼は聖人ではなかったんだ、フレディ。誰でも助けるわけではなかったし、卑劣なことをするところも見たけど、それでも彼はおれの命を救うことを選んだ。その選択は興味深い。それを省くことはできない」

「じゃあ、省かなければいい。彼が選んだ相手を変えたらいい……女の子にするとか……それとも犬とか」

「犬？」ケインがうなる。「きみはおれの役に犬を起用しろっていうのか？」

「いい犬にしてあげて——ノミもいなくて狂犬病にも罹《かか》ってない犬」

ケインは腕時計に目をやる。「そこの角を曲がったところに、すごく洒落たヴェジタリアンの店があるんだ。ランチはそこでどう？」

「ええ……もちろん」彼が、わたしがヴェジタリアンだと気づいていたことに驚く。何度か食事を一緒にしたことはあるが、その事実を話した覚えはない、ただ肉を注文しなかっただけだ。

街角に大道芸人を見物する小さな人だかりができていて、ケインははぐれないようにわたしの手を取ってそこを通り抜ける。レストランは角を曲がって二、三軒先にあり、〈カルマ〉という店名だ。明らかに人気店で、混んでいるが、たまたま窓際のテーブルにつくことができる。

「ほんとうにここでいいの？」わたしはメニューに目を通しながら尋ねる。「普通のレストランで食べても全然かまわないのよ――どこにでもヴェジタリアン向けの選択肢があるから」

「それで食べる機会を逃すつもりかい、この豊富な……トーフのメニューを？」彼は顔をしかめてみせる。

そのしかめつらがウェイターを呼び寄せたようで、わたしたちはレンズ豆バーガーとフルーツスムージーを注文する。それから会話を再開し、仕事のこと、ボストンのこと、そして必然的にキャロライン・パルフリーについて話す。

「あの悲鳴のことをずっと考えてたんだ」ケインはわたしに言う。「おれたち全員が悲鳴を聞いたのに、彼女はすぐには発見されなかった。どうしたらそんなことが起こりうるのか不思議でしかたない」

わたしはうなずく。「なんだか少し、密室ミステリの裏返しみたいね」

彼は当惑したようにわたしを見る。

「ごめんなさい——あなたがミステリ作家じゃないことを忘れてた」わたしは説明を試みる。「密室ミステリっていうのは、被害者が内側から鍵のかかった部屋で発見されるミステリのことなの。犯人がどうやってその部屋に出入りしたのかが謎の本質になる」

彼は難しい顔をする。「じゃあ、きみの言う密室の裏返しというのは——」

「少しって言っただけ」わたしは訂正する。「だけどそう、わたしたちはキャロラインの悲鳴を聞いた……マリゴールドの言葉を借りれば、彼女が死ぬのを聞いた。それなのに警備員が捜索したときには死体はなかった。それから数時間経って、彼女は発見された。この事件の謎は、悲鳴が聞こえてから発見されるまでのあいだ、彼女の死体がどこにあったのかよ」

「あの悲鳴はキャロラインのものではなかったとか」

「ああ、そうね、ただの偶然説」

「ほかに何がありうる？」

「まずは、周辺の部屋をチェックした警備員に目を向けるべきでしょうね」わたしは話しながら考えていく。「キャロラインはずっと同じ場所にいたのかもしれない、誰かにシャヴァンヌギャラリーは異常なしと報告せざるを得ない理由があったのかもしれない」

テーブルの真横の窓が叩かれ、わたしたちはギョッとする。見あげると、マリゴールドとウィットがいる。ふたりは数秒、身振り手振りを交えて必死で合図を送ったあと、店にはいってきて、わたしたちのテーブルに加わる。

「ランチの約束をしてたっけ？」マリゴールドが尋ねる。「ほんとごめん――」

「ううん、してない」わたしはなんとなく罪悪感を覚える。「ケインとわたしで、本のことを話し合おうって会うことにしただけ」

「そっか」マリゴールドは少し気落ちした様子で、わたしは悪いことをした気分になる。

「おれが行き詰まってたんだ」ケインが助け舟を出す。「それでいくつか場所を確認する必要があって、フレディも来たいんじゃないかと思った――よそから来た人だしね。彼女はボストンでもっともいかがわしい界隈を、もういくつか見学してきたよ」

「なら、ほっとしたぜ！」ウィットが口をはさむ。「一瞬、連絡を伝え忘れたかと思った」

「きみたちふたりは何をしてたんだい？」ケインが尋ねる。

「あたしは図書館に行く途中だった」マリゴールドが言う。「そしたら道の反対側にウィットを見かけたから、渡って挨拶したの」

ウィットがニヤリと笑う。「おれはこの道をずっと行ったところにあるドーナツ屋に行こうとしてたら、窓の向こうにあんたたちの姿を見かけて……そんでマリゴールドがキーキー言いながら通りを渡ってきた」

「キーキーなんて言ってない！」マリゴールドがウィットを押す。

ケインはわたしに微笑みかける。「じゃあ、ただの偶然ということかな」

親愛なるハンナ

ディナーはすばらしかった。ダイアンは全力を尽くしてくれた――ロブスターを出し、私をアレックスの隣りに座らせ、作品の話を持ちだしてくれた。というのも、私は食事中、自分から言いだす勇気をずっと持てずにいて、すでにデザートの時間になっていたから――デザートは濃厚で贅沢なチョコレートスイーツで、きっと貴女も気に入ったはずだ！

　私は長い時間をかけて、さりげなさを装った二、三の文章で流暢に自分の作品を要約する方法を考案していた……忌まわしき立板に水のセールストークというやつだ。そのトークが自然に出てきたように見せかけるために、いくつかの考え込むような間《ま》と〝うーん〟をつけ加えた。

　ダイアンが、ありがたいことに、質問を続けてくれたので、別の話題に移ることもなく、ぼくは〝しぶしぶ〟作品について話すことができた。

　ともかく、アレックスは私に名刺をくれ、原稿を送ってほしいと言った。

　だから、ご想像どおり、私は月を飛び越えて冥王星が見えるほど有頂天になっている！

　初めて誰かに〝イエス〟と言われることは最上だと貴女が話していたことを覚えている。そうと決まったわけではないが、〝たぶんイエス〟はかなり衝撃的だ。貴女が送ってくれた最新の章に対するコメントがないのはそのせいなのだ。しあわせすぎて集中できない。明日、再読して――その頃には多少気が鎮まっているだろう――ボストンについて何かコメントや提案があれば、また知らせるよ。

作品を送るまえに、もう一度誤字脱字などをチェックするつもりだ。
執筆していないときには、私のために祈ってくれ。

希望を抱いて
レオ

5

結局、その晩はみんなでわたしのアパートメントになだれ込み、宅配ピザを食べながら、ダラダラと過ごす。ウィットはキッチンを物色して、あり合わせの品で巨大なバナナスプリットをこしらえると、サラダボウルに盛りつけ、四本のスプーンを添えて出す。最近出会ったばかりの人たちと一緒にいて、これほどくつろげることに驚かされる。今日、わたしはそんな彼らに向かって、突拍子もない家族や昔のボーイフレンドのこと、屈辱を感じた瞬間、人に話すことになるとは思ってもみなかった個人的な恐怖体験のあれこれについて語っている。ワインを飲んでいるせいかもしれない――とはいえ、みんな正体をなくすほど飲んでいるわけではない。ほんの少し心のガードをさげるくらいだ。そしてわずかにしても、わたしたちが共有する酩酊のなかには、互いへの信頼と、全員のあいだに芽生えつつある友情の証がある。

マリゴールドは、クラシックバレエを習っていた十二年間について語り、いまでも〝ポアント〟ができると言い、つま先立ちを披露しようとして、結局、失敗する――もうできないのか、少なくとも、いまはできないのかはさておき。彼女は大好きだった踊りと、大嫌いだった規律について話す。そうした話から、彼女が生まれ育った古風で保守的かつきわめて野心的な生育環境が垣間見える。わたしは、自分自身を再定義する過程にある若い女性を見る。マリゴールドは初めて入れたタトゥーをわたしたちに見せる。背中いっぱいに、バレリーナの横たわる姿が彫られている。

ウィットが最初に反応を示す。「げ！　彼女、死んでるのか？」

わたしはウッとワインを喉に詰まらせる。ケインはひと悶着起こりそうだと身構える。でも、マリゴールドは笑い飛ばす。「彼女は休息中ってことになってるけど、もしかしたら死んでるのかも。もしかしたら死の予兆なのかも」

「それはミッキーマウス？」わたしは一部がシャツで隠れているタトゥーを見つめながら尋ねる。

「うん」マリゴールドはそう言うと、シャツを全部脱ぎ、鎖骨から下の肌を隅々まで覆うタトゥーを露わにする。両手を腰に当て、わたしたちに全部のタトゥーが見えるようにゆっくりまわってみせる。わたしは彼女が裸になったことに気づいてはいるが、肌に好奇心をそそられすぎて、ショックを受けることはない。ケインは息を呑み、ウィットはワインのおかわりを自分のグラスに注ぐ。「ドナルドもあるよ、腰の上に」

「マジか、ダックのほうであってくれ」ウィットがつぶやく。

彼女の小さな胸は花で覆われている。タトゥーの図柄は多岐にわたり、複雑ながらもまとまりのある一幅の絵のなかで、突出して目立つものはない。わたしたちはそれぞれのデザインについて尋ね、マリゴールドは彫った経緯を説明する。

ケインは針について、タトゥーごとの痛みの度合いについて質問する。

「肋骨のまわりに入れるのが一番痛くて」彼女はそのあたりに触れながら言う。「悲鳴をあげたもん、まるでころ——えっと、ともかく悲鳴をあげたわけ」

「次はどこに入れるつもり？」ウィットは彼女のまわりを歩き、タトゥーのはいっていない場所を探しながら尋ねる。

「腰から下はまっさらだよ」マリゴールドはジーンズの裾をたくしあげ、手つかずの肌を見せる。「だけど、もうこれ以上は入れないと思う」

「どうして？」わたしは尋ねる。理由が気になったからで、彼女にもっとボディアートが必要だと思ったからではない。

「任意の境界線ってとこかな……つまり、完璧なタトゥーを見つけたときのために、スペースをつねに確保しておくってこと。つまり、あたしは完成されることはないってこと。

完結したくないんだ……いまはまだ」彼女はシャツを身につける。「みんなは全然タトゥーをしてないの？」彼女はわたしを見る。「オーストラリアではしないもの？」

「え、いいえ――するわよ。入れてる人はたくさんいる。入れてない人もたくさんいる。わたしは入れてない」

ウィットがソファにゴロリと横になる。「警察に尋問された」

いっとき、わたしたちは彼をまじまじと見つめる。マリゴールドが最初に話しだす……いや、叫びだす。「なんで言わなかったの⁉」

「いま言ってるだろ」

「きみから話を聞かないほうがおかしいさ」ケインが口を挟む。「たぶん、警察はキャロライン・パルフリーの知り合い全員に話を聞いているんだろう」

「たぶん、あんたたち三人にも話を聞くかもしれない」ウィットは申し訳なさそうに言う。

マリゴールドは怪訝そうにウィットを見る。「なんで？」

「彼女が死んだとき、おれがベイツホールにいたことを確認するため」

「ええっ！　警察からアリバイを訊かれたってこと⁉」

「どこにいたのか訊かれただけ」

「大丈夫、ウィット？」わたしはやさしく尋ねる。彼は少し震えているように見える。

「ああ。平気」彼は顔をゆがめる。「おれ、彼女の遺体の写真を見たよ」

「警察が死体の写真を見せたの？」

「いや……取調室に行く途中のホワイトボードに貼ってあった」

「すごくひどい状態だった？」マリゴールドが尋ねる。

「そうでもない。頭を殴られたんだと思う……髪に血がついてたし……けど、それ以外は、穏やかな表情だった。眠ってるみたいに」

「なんで発見までにあんなに時間がかかったのか、警察は何か言ってた？」マリゴールドはウィットのグラスにワインをなみなみと注《つ》ぎたす。

驚いたことに、ウィットは答える。「ああ、ギャラリーは翌日のイヴェントのために準備中だったらしい。彼女はビュッフェテーブルの下にいたんだ――テーブルリネンとか長いすそ飾りとかに隠れてた。清掃スタッフに潔癖症の人がいて、掃除機をかけるためにテーブルクロスを持ちあげたから見つかった」

「驚いた！　あなた、事件の関係者なの？」わたしは、なぜ彼がそこまで知ってるのか不思議に思いながら尋ねる。

彼は鼻で笑う。「いや、けど、おれの家族はそうだ。パルフリー家は、メターズ&パットナム法律事務所の長年のクライアントだから」

「じゃあ、ご家族からそれを聞いたの？」

「直接聞いたわけじゃない――それはプロのすることじゃない。あの両親からプロ意識を取ったらなんにも残らない。けど、ちょっと立ち寄れば、いろいろ小耳に挟むもんさ」ウィットは息を吐く。「おれが尋問されるのは、多少厄介なんだろうと思う。おれの親のことを知らなけりゃ、利害の衝突にならないかと心配するとこだろうけどさ」

わたしはどう返事をしたものかわからずにいるが、マリゴールドはほかのみんなよりも少々酔っているらしく、彼を抱きしめる。

ウィットは驚いた顔をする。「なんだよ、急に？」

「あなたにはハグが必要だって思っただけ」

「平気さ、マリゴールド。警察から尋問されたってだけで……拷問されたわけじゃないし」

ケインは話題をキャロライン・パルフリーに戻す。「じゃあ、キャロラインを殺した犯人は、誰にも見られずに、彼女をテーブルの下に隠すことができたのか？　警備員が来るまえに？」

「そういうことみたいだ」

「殺人犯はケータリング会社のスタッフに変装してたのかもしれない」わたしは推論を述

べる。「それなら警備員に怪しまれることもなかっただろうし。死体が発見されたのはずっとあとになってからだったわけだし」

「そのとおりだ」ケインが答える。「あるいは、変装ではなかった可能性もある。彼女はケータリング業者に殺されたのかもしれない」

「からかってるの？」

「まさか。殺人犯というのは職種じゃないんだ、フレディ。往々にして本職とは別になされるものだよ」ケインはワインをもう一本開ける。「ケータリングスタッフのひとりが、キャロラインを知っていたとか。その男には彼女を殺す理由があったのかもしれない」

「またはその女には」マリゴールドが指摘する。「殺人犯は女かもしれない」

「またはその女には」ケインは彼女にワイングラスを渡しながら認める。

「殺人現場っていうのは、ふつうは血が飛び散ったりとか、何か痕跡があるものよね」キャロラインの死体がすぐに発見されなかったことが、わたしにはやはり奇妙に思える。

「彼女が殺されたときに、ビュッフェテーブルの下にいたのでないかぎり、何かしら警備員の目に留まったはずじゃない？」

「彼女は実際にビュッフェテーブルの下にいたのかも」ウィットが言う。

「どうして？」

「落としたピアスの片っぽを探してたとか、ちょっとプライヴァシーが欲しかったとか？」ウィットは肩をすくめる。「誰かを避けようとしてたのかもしれない。おれも昔の彼女を避けようとして女子トイレに駆け込んだことがある」

「おれなら男子トイレに駆け込むほうが合理的だと考えるだろうな」ケインがつぶやく。

「ああ、そっか！」ウィットが感心したように声をあげる。「次からはそうするよ」

「ふたりとも、何をやったら元カノから隠れなきゃならなくなるわけ？」マリゴールドがウィットを小突く。

彼は笑みを浮かべて、眉をあげる。「紳士に暴露話をさせようっていうんじゃないよな、マリゴールド？」

「誰が紳士だって？」マリゴールドが言う。

もう真夜中をとっくに過ぎているし、みんな酔っ払いすぎて、家まで無事に帰れないだろう。いずれにしても、酔っ払いすぎて、家に帰りたいとも思っていない。そこでわたしは廊下のリネンの戸棚から予備の枕と毛布をかき集め、居間にケインとウィットのための寝床を用意する。ふたりはどちらがソファを取るかをコインを投げる。ケインが負けて、床に陣取る。

わたしはケインのために自分のベッドからも余分な枕を持ってくる。「ほんとうに大丈夫？」

「路上生活をしてたって言っただろう？」

ウィットが鼻で笑う。「二週間ぽっちな！」彼は慎み深さや自意識のかけらもみせずに、下着姿になる。

「ほんとうに泊まってもいいのかい？」ケインが尋ねる。「仕事に戻りたいだろうに」

わたしはウィットをちらりと見る。すでにソファに寝そべっている。彼がどこにも行く気がないのは明らかだ。「むしろ歓迎よ」わたしは答える。「あなたたちはみんなネタだもの」

マリゴールドはわたしのベッドで一緒に寝る。充分な広さがあるので、気まずくはない。彼女はマグカップに紅茶を入れてくれ、寝室のドアを閉める。男性陣におしゃべりを聞かれないように。

「彼のこと、好きなの？」彼女は尋ねる。

「彼って誰？」

「ケイン」

「なにそれ――十二歳に戻っちゃったの？」

彼女はクスクス笑う。「ウィットとあたしで現場を押さえたもん」

わたしは紅茶を飲む。どうやらわたしたちはパジャマパーティをしているらしい。「ケインとわたしはお互いの本について話してたのよ、マリゴールド。あなたやウィットには、サブプロットやテーマだとか、副詞が不当に非難されてるか、比喩が乱用されてるかどうかについてわたしたちがくどくど話すのを聞かされるより、もっとやるべきことがあるだろうって思っただけ」

マリゴールドはわたしが言ったことについて考える。「あたしたちに、ほかにやるべきことはないよ」

「ふたりとも学位を取るとか……さらに追加で学位を取るとか、しようとしてるんじゃないの？」

マリゴールドは鼻にしわを寄せる。「まあ、そうだけど、それはやるべきことっていうより、背景の雑音みたいなもんだもん」

わたしは笑う。「わたしたちみんな、ほんの数日前に出会ったばかりなのに……ほかのこと全部が雑音になるわけないでしょ？」

「全部じゃないよ……講義だけ」彼女は肩をすくめる。「出席するかどうかってあんまり関係ないから。ウィットは落第したがってるし、あたしはちょっとした天才だからさ」

彼女は笑いながら言ったが、わたしは少しも疑うことなくそれを信じる。

マリゴールドは両脚を抱えて顎を膝に乗せる。「でもさ、あたしたち四人って、どこか特別なところがあると思わない？　なんだか昔から知っているような気がするんだよね」

彼女の言うことがわかる――そう思ったわたしは、実は自分で考えている以上に酔っているのかもしれない。わたしは紅茶のマグカップをベッドサイドに置き、枕に頭を預ける。「あなたとウィットは、図書館で最初に会った日以前から知り合いだったの？」

「ううん。見かけたことはあったけど、話したことは一度もなかった」彼女はベッドの上掛けのなかにもぐり込む。「もしキャロラインの悲鳴を聞かなかったら、四人のうちの誰かが誰かに話しかけたりしてたのかな」

わたしは考える。いまとなっては、わたしたちがそれぞれ別の四本の道を歩んでいたなんてありえないことのように思える。

マリゴールドの声は低く耳に心地よく、わたしがウトウトしはじめてもまだ、何やらウィットと落第作戦について話しつづけている。

私はマリゴールドに恋をしているかもしれない！　実際に会ったらこちらの気が変になりそうだが、ページのなかでは輝いている。彼女はシーンを奪う。ほかのキャラクターが冴えないというわけじゃないが……やはりマリゴールドだ！

ウィニフレッドがどんな外見なのか、読者に手がかりを与えてみてはどうだろうか。彼女はハンサムマン、ヒーローアゴ、フロイトガールの描写をしているが、彼女自身の容姿については、読者は知らされていない。それに、なぜケインがマリゴールドよりもフレディに興味を抱いているのかも知りたい。確かにふたりとも作家だが、それ以上の理由があるはずだ。もちろん外見の問題ではないかもしれないが、マリゴールドのように魅惑的なキャラクターを創ったからには、読者はなぜ彼がマリゴールドの友人のほうを選んでいるのかと不思議に思うだろう。ただし、彼がフレディを選んでいるわけではないとなれば……（ここで劇的な音楽を流す）

オーストラリアがまた山火事に見舞われているというニュースを見ている。こちらにも伝わっているということは、かなり深刻なのだろう。オーストラリアの情報が流れることはあまりないから。これは、オーストラリアの地理に関する私のあきれるほどの知識不足を露呈させる間抜けな質問かもしれないが、貴女は無事だろうか？　炎がドアまで迫っているとき、もうひと段落だけとタイプしている貴女の姿が思い浮かぶ。今日、ボストンでは雪が降りはじめた……大雪ではないが、今後を警告するには充分なほどだった。クリスマスカードを飾るようなたぐいの大きな雪片――クリスマスカードを送る人なんてまだいるのか？　地球の反対側で猛暑のなかで暮らす貴女が、ボストンの冬を過ごす登場人物たちについて書くのは、きっと奇妙な感じがするのだろう。

　ともあれ、貴女が暑さに苦しんでいるあいだに、フレディが対処しているかもしれないことについていくつか考えてみた。貴女の半球の熱波は、我が半球の氷河期と釣り合いを取っているようだ。

〈キャリントンスクエア〉のような場所はいい暖房システムがあるはずだから、彼女はアパートメントビルディングを出入りするたびに、上着を着たり脱いだりすることになるだろう。朝早い時間に外出する場合には、凍結した歩道に注意しなければならない――子どものときなら大いに楽しめるけれど、腰の骨を折ったらそうも言っていられない。スカーフと手袋もいいが、さらに思慮深い人々はなんらかの帽子をかぶっている――ちなみに、こちらでは〝ビーニー〟（つばのないニット帽）という単語は使わないよ！　フレディは車を持っていないから、雪かきをする必要はないだろう……だが、ケインはするかもしれない。またはレオは。なぜなら、率直に言って、あんなにカリスマ的なキャラクターには、もっと大きな役割がふさわしいからね。

アレクサンドラ・ゲインズバラからはまだなんの連絡もないが、おそらく返事を期待するには――望むのですら――まだ早すぎるのだろう。もちろん、夢はアレックスが私の原稿に心を奪われ、やるべきことも全部放りだして一気読みして、ついに読み終わると即座にその天才作家に電話をかけ、誰よりも早く契約書にサインさせようとすることだ。もちろん、さっきも言ったとおり、夢の話だ。

ともあれ、このあたりにして、作品を読んでいるアレックスのことを考えないようにする生活に戻るとしよう。

不滅かつ頑固な希望を持ちつつ

レオ

6

贈り物のバスケットが、市松模様のロビーにある受付に届けられる。わたしが階下《した》に受け取りにいくと、ミセス・ワインバウムと義理の妹のミセス・ジャクソン——一階のアパートメントをふたりでシェアしている——が、バスケットについて話し合っている。どうやら届いたところを目撃したようだ。義理の姉妹は流行のコートに小粋な帽子をかぶり、エレガントに着飾っている。シドニーにいるなら、日帰りで競馬に出かけるのだろうと推測するところだが、ここでは買い物に出かけるだけかもしれない。姉妹はわたしが降りてきたことに気づかない。

「ヨーグルト？　ヨーグルト……それに卵を送ってくる男なんている？」ミセス・ワインバウムはペンシルで描いた眉をひそめて舌打ちする。

「彼女、病気なのかしら？」ミセス・ジャクソンは受付のデスクに置かれた大きなバスケットをしげしげと見つめ、その中身を注意深く挙げていく。「コーヒーもあるわ。チーズも」

「おはようございます」わたしは声をかける。

彼女たちは、わたし宛ての郵便物を調べているところを見られても、まったく悪びれることはない。「あなた宛てよ」ミセス・ジャクソンは言う。

「なんてすてきなの」わたしはバスケットの上に添えられた花束からカードを取りだす。

昨日は食料を調達しそびれたし、ウィットが残り物を食べ尽くしたから。仕事を再開するといい。きみの傑作をふいにする責任は負いたくない――ケイン

ケインに会ったときに、食料の補充が必要だと話したにちがいない。あるいはキッチンの食料を見て、あまりないことに気づいたのかもしれない。その朝、わたしが執筆に戻れるようにと、ケインが彼らを連れて出ていくまえに、ウィットはわたしのなけなしの食料品――卵、ジャガイモ、パン――を炒め、ガツガツと平らげていた。

わたしは微笑む。少なくとも三時間はお腹がペコペコだったが、ミューズに食料品の買い出しに行ってもいいかと尋ねられずにいたのだ。彼女は気まぐれですぐにヘソを曲げ、せっかく彼女が来てくれているのに、わたしが完全な注意を払わないと不機嫌になる。だから作家は屋根裏部屋で飢えるものなのだろう――文学のミューズがサディスティックなファシストだから。ミセス・ワインバウムとミセス・ジャクソンは、わたしの微笑みに何かを深読みしたらしく、満足げにクスクス笑う。わたしはしばらくふたりとおしゃべりし、ヨーグルトを贈られたけれども、病気ではないことを伝える。

「胃もたれにもいいのよ」それでも、ミセス・ワインバウムはわたしに言う。

バスケットの箱は大きくて重いので、ドアマンが階上《うえ》まで運んでくれ、キッチンテーブルの上に置いてくれる。ひとりになると、わたしは中身を空ける。牛乳、シリアル、卵、コーヒー、トマト、リンゴ、ドライフルーツ、チーズ、アーモンド、チョコレート、三種類のクッキー、パン、ピーナッツバター、ジャム、ヨーグルト、そして温室栽培の黄色いバラの花束。わたしは中身を片付けながら、ライ麦パンにピーナッツバターとチーズを挟み、そのサンドイッチと思いやりあふれる気遣いの両方を味わう。お礼を言おうとケインに電話するが、電源が切られていた。きっと彼も執筆中なのだろう。わたしは留守番電話にメッセージを残し、それから電話を切る瞬間、お礼にしては重すぎただろうかと思う。

バスケットの箱と一緒に届いたほかの郵便物に目を通す。シンクレア奨学金に関する手紙がいくつか、それに祖母からのクリスマスカード。スーパーマーケットで五十枚入りで売られていて、送料のほうが高くつくような安価なカードだ――赤地に銀色の雪の結晶が描かれている。まだ十一月になったばかりだが、祖母はカードを一番に届けることが好きなのだ。毎年クリスマスシーズンを競争のように扱い、ご自慢の仕事の早さを証明する機会にしている。故郷のことを思うと、つかのま、心の疼《うず》きを感じる。今頃、祖母の家にはツリーが立てられ、すでにサンタクロースのプラスティックの人形やトナカイの切り絵があちこちに飾られていることだろう。前庭の芝生には空気で膨らませるタイプの巨大な雪だるまが置かれているが、夏の陽射しを何シーズンか浴びて形が崩れ、プリントされた顔は色褪せ、縫い目は熱でよれていることだろう。オーストラリアのクリスマスは、ときに皮肉の実践となる。

わたしはコーヒーを入れたカップとクッキーを持って、ノートパソコンに戻る。フロイトガールは舞台の中央を占め、悲鳴と、さらに殺されたバレリーナの奇妙な記憶にとり憑かれている。説明のつかないバラバラのイメージが彼女を苦しめている。わたしは彼女の恐怖を淡々と綴り、語られていないことに物語を語らせるようにする。あからさまな感情はストーリーをメロドラマにしてしまいかねない。わたしには、彼女の記憶の意味はまだわからない。実のところ、さっぱりわからない。創作のバスはまだスピードをあげて乗客を集めている。わたしはしばらくのあいだ彼女の脳裏に浮かぶイメージと戯れ、それがなぜそこにあるのかを探る。フロイトガールは傍観者だったのか、生き延びた被害者だったのか、はたまた殺人者だったのか？

最後の可能性については真剣に考えているわけではない。この段階では知りたくないし、情報が早すぎる段階で原稿ににじみ出てしまい、謎を弱めるリスクを冒したくない。だからわたしはただ創作のバスに乗って、行き先にはほぼ無関心のまま、リズムと勢いに——誰が乗り込んできたのか、どの席を選ぶのか、バスのなかでおしゃべりするのか、何かを読むのか、ただ窓の外を眺めるのかに——集中する。バスの運転手は影であり、輸送のための現実的必需品であり、いまのところ、わたしは彼を完全に蚊帳《かや》の外に置いている。

ケインの箱詰めの食料品で充電したわたしは、その日も翌日も部屋から出ない。ケインから折り返し電話がないことにぼんやり気づいてはいるが、お礼の電話にお礼の電話があると期待するのもおかしな話なのだろう。どこで終わらせればいいのか？　それでも、留守番電話のメッセージが重すぎたのだろうかと考えてしまう……わたしが誤解していると不安に思っているのかもしれない。もう、なんて恥ずかしいんだろう！　どうして控えめで気のきいた言葉を残せなかったのか……？

夜も更けた頃、ノートパソコンにビデオ通話がかかってきて、故郷の誰かからだろうと思って出る。すると画面にケインの顔が映しだされ、わたしは驚きのあまり、息を呑んでパッと身を引く。彼は微笑む。「フレディ？」少々自信のなさそうな声で言う。

画面下に表示されたわたしを映す枠――彼に見えている映像――をちらりと見る。まるで頭のおかしな女のような髪をして、とっくの昔にボロ布に裁断されてしかるべきパジャマを身につけている。

「ごめんなさい」わたしは乱れた巻き毛を手で撫でつけようとする。「てっきり祖母からだと思ってて……」

彼の右の眉があがるが、尋ねようとはしない。「おれが送った箱をきみが受け取ったかどうか確認したかっただけなんだ」

「ええ、受け取った」わたしはもう一度お礼を言い、二日前に留守電にメッセージを残したことを伝える。

「電話をどこかに置き忘れたらしくて」彼は顔をしかめて答える。「実は、きみの家で見つかったんじゃないかと期待してたんだが」

「いえ……ここにはないはず。ここにあれば、あなたに電話したときに着信音が聞こえただろうから」

彼はうめき声を出す。「腹を括って、もう一台買うしかないのか」

しばらくのあいだ、わたしたちは彼がほかのどんな場所に電話を置き忘れた可能性があるかについて話す。それから、彼がわたしに原稿の進み具合について尋ね、わたしはマリゴールドのバレリーナがわたしの物語に組み込まれたことを伝える。彼は回転椅子にゆったりと座りながら話をしている。彼の背後に部屋の様子が見える。壁はさまざまな色の付箋や写真で覆われている。紐がメモの塊をつないでいる。ケインの蜘蛛の巣だ。

彼はわたしが目を凝らして画面を見つめていることに気づき、うしろを見やる。

「それがあなたのプロット？」わたしは尋ねる。「すごいわね、まるで警察の捜査本部に座ってるみたい！」

彼は笑いながら、ノートパソコンを持ち上げると、部屋のなかがわたしによく見えるようにする。紐は天井まで走り、天井の石膏ボードにまで付箋が貼られている。線が交差し、部屋全体を織り込んでいる。「書くのを先延ばしにしていると」彼は言う。「こういうことになる」

「へえ、すごく印象的」わたしは魅了される。まるで彼の頭のなかをのぞいているようだ。

「役に立つ？」

「ときどきは」彼は肩をすくめる。「自由落下しているように感じるとき、ここで書いていると、物語がおれを捕まえてくれることもある」

「綱渡りのロープの下に張られた網ね」わたしは自由落下の意味を理解する。見方によれば、わたしの創作活動は全部自由落下だ。でも、わたしには網はない。

「どうすればきみのように書けるのか、おれにはわからない」彼はそう言って、カメラの向きを自分の顔に戻す。

感心するように言われ、わたしは喜ばずにはいられない。

「わたしはきっと網に絡まってしまうんじゃないかと思う」わたしは答える。ケインの網は美しいけれど、わたしならば囚われたように感じてしまうような気がする。わたしは彼に現在のバスの旅について話す。

彼は熱心に耳を傾ける。「それは勇敢な書きかただ、フレディ。おれにそんな勇気があるとは思えない」

「わたしたちは物語を書いてるのよ、ケイン」わたしは笑みを浮かべて言う。「脳外科手術じゃないんだから……バスがどこにもたどり着かなくたって、誰かの生き死にに関わるわけじゃない」

「どうやらきみは『ミザリー』を読んだことがないらしい」

それから、わたしたちはあれこれ語り合う。スティーヴン・キングについて、彼の本とそれを原作にした映画について、ストーリーテラーの象徴的存在になるとはどういうことなのかについて。ケインはわたしに、今週キング原作の最新映画を観にいかないかと誘う。わたしはもちろんと答える。どういうわけか、ふたりともウィットやマリゴールドには触れない。

ようやく画面を閉じたとき、わたしは興奮している——照れくさくもあるが、それでも興奮している。その夜はもう誰にも会う予定はないのに、身なりを整え……髪をうしろで結び、それほどボロボロではないパジャマに着替える。夕食のスクランブルエッグを作っているときに、わたしの電話が鳴る。ケインの電話が見つかったのだろう。ああ、よかった！　つねにビデオ通話に出ても恥ずかしくない格好でいるというプレッシャーに耐えられるとは思えない。

わたしは電話に出る。「もしもし、よかっ——」

わたしを遮った悲鳴は、男性のものではない。女性の、恐怖に満ちた、聞き覚えのある悲鳴。キャロライン・パルフリーの悲鳴だ。

親愛なるハンナ

すごい！　最後の一文は、私の注意をぐっと惹きつけたよ！

しかしそのまえに、シドニー近郊の火災の件だ！　報道を見ていると、恐ろしい状況のようだ。少なくとも、貴女が庭のホースを持って屋根の上にいて、迫りくる炎から家を守っているわけではないと聞いて、胸を撫でおろしている。何人かのオーストラリア人《オージー》がそうしている映像を見た。私がオーストラリアで夏を過ごしてからもうずいぶん経つが、暑さのなか、国中がカラカラに乾き切っていたことを覚えている。空気さえ燃えそうだった。こちらの夏にはありえない脅威だったよ。しかし、オーストラリア人はそうは感じないようだね。

　米国への取材旅行が延期されたことに落胆しなかったと言えば嘘になるが、貴女の母国の火事のことを考えれば、もちろん理解できる。しかし、この原稿を棚上げする必要はまったくない。私はこれまでどおり、できることはなんでも喜んで手伝わせてもらうよ。どんな創作講座に通うよりも、貴女の手伝いをするほうが、多くのことを学べている。それにふたりでやりとりすれば、たとえ貴女がここにいなくても、貴女の物語に信憑性を持たせることができる。

　さて、原稿について。言っておかなければならないが、私はまだフレディがどんな見た目なのかわからないままだ……ボサボサの髪をのぞいて。いいかい、描写されていないと、彼女に貴女の顔を当てはめずにはいられなくなる。警告を受けなかったとは言わせないよ！

これまでのところ、ケインはかなり怪しく見える——それは貴女が意図したとおりかい？　この章では、アメリカ人として引っかかるポイントは、フレディがケインからの箱を部屋まで運んでくれたドアマンにチップを渡さなかったことだけだと思う。普通はチップを払う。

ボストンで食料品のバスケットギフトを配達してくれる業者のリストを送るよ。あれは気が利いているね……ただ、食料品を詰めたバスケットは思慮深いけれど、亭主関白的というか、上から目線にも受け取られかねないが。

私の知り合いに、ケインのようにプロットを作っていた男がいた。警官だったから、それも関係していたのかもしれない。なんでもコントロールしたがるやつで、どんなことでも計画を立てて、偶然に任せることが一切なかった。彼の名はウィル・ソーンダーズ。今後貴女がその名を聞くことはないだろう——彼の小説は一度も完成しなかったから。

さて、この悲鳴だが……先走るつもりはないし、知ったかぶりをするつもりもないんだが、悲鳴を聞き分けることは可能なのだろうか？　性別のちがいは別として、ほとんど同じに聞こえるのでは？　なぜフレディはキャロライン・パルフリーの悲鳴だと確信できるのだろう？
ともかく、このへんで切りあげるので、貴女は仕事に戻ってほしい。次の展開を読みたくてたまらないんだ。食料品の箱を送るつもりはないけど、ぜひ続きを書いてほしいと思ってるよ！
固唾を呑んで
レオ

7

ボストン市警は警官を派遣しますとは言わない。女性の警官が電話口でわたしの供述を取る。彼女の声は無愛想でうんざりしていて、少々軽蔑すらにじませている。わたしは話しながら、自分が迷惑電話程度で通報していることに気づき、ばかみたいに感じる。それでも、キャロライン・パルフリーが悲鳴をあげたときに、BPLにいたこと、今回の悲鳴がそれとまったく同じだったことを説明しようとするが、さらに痛々しく聞こえる効果しか生まない。結局、わたしは謝って電話を切る。

それでもまだ体の震えは止まらず、自分の電話が危険なものに感じられる。邪悪なものがわたしの世界にはいり込むドアのように。わたしは電源を切り、落ち着きなさい、ばかげたことをするのはやめなさいと自分に言い聞かせる。きっと子どものイタズラだったのだろう。

原稿を書こうとしてノートパソコンを開くと、ケインがオンラインだと気づく。彼に話しかけたい衝動に駆られ、ばかなことはしないという決心があやうく覆されそうになる。でも電話で聞いた悲鳴の記憶は生々しく、キャロラインだったという感覚を振り払うことができない。

また電話の電源を入れ、マリゴールドにかける。もしもしと言おうとした矢先、わたしは泣きだしている。

「フレディ、どうしたの？」

わたしは泣きじゃくりながら、悲鳴と電話について伝えようとする。

「そっちに行くから」彼女は即座に言う。「あと十五分で」

「いい……そこまでしてくれなくても……ただ聞いてほし——」

「十五分」彼女は電話を切る。

わたしはバツの悪い気持ちで電話を見つめ、ほっとしていることを恥ずかしく思う。おそらくただの嫌がらせ電話だったのに……でも、あの悲鳴には聞き覚えがあり、そのことがわたしをうろたえさせている。

ポットにコーヒーを沸かして部屋を片付けていると、ドアマンがブザーを鳴らし、マリゴールドの到着を告げる。わたしは彼女を階上《うえ》にあげてくれと頼む。ドアを開けるやいなや、彼女がわたしを強く抱きしめる。「ああ、フレディ、大丈夫？」

「平気よ、マリゴールド。きっとコーヒーの飲みすぎなのよ……コーヒーのせいで頭がおかしくなって、ビクビクしてる」そうだったとしても、わたしはそれぞれのマグにコーヒーを注ぎ、キッチンの小さなテーブルに腰をおろす。

わたしは電話のこと、悲鳴のことを話す。「理由は自分でもわからないけど、マリゴールド、心のどこかでキャロラインの悲鳴だって確信してるの」

「そりゃ、怯えるのも無理ないよ、かわいそうに。霊魂のくそったれが電話を使えるようになった話は置いといても、充分ひどいことが起こったんだから」

わたしはいっとき、ぼんやりと彼女を、心配と同情のあふれる彼女の美しい顔を見つめ、それからクスリと笑う。突然、なすすべもなくただ笑っている。そんなにおかしいわけでもないのに。マリゴールドは怪訝そうにわたしをじっと見つめ、それから一緒に笑いだし、わたしたちは、なぜ笑っているのかもよくわからないまま、箍《たが》がはずれた子どものように笑いを止められなくなる。

やがてわたしは素に戻る。顔と脇腹の筋肉が痛い。「ありがとう」わたしは言う。「これが必要だったの」

「自覚的にやってあげられたらカッコ良かったのに」彼女はふたつのマグにコーヒーをなみなみと注ぎたす。「たぶんどこかのガキが悲鳴のニュースを聞いて、適当な番号に電話してるんだよ」

わたしは息を吐く。「同じ悲鳴に聞こえたの、マリゴールド」

「悲鳴なんてどれも似たようなものだよ」

わたしは首を横に振る。そして彼女に妹のことを話す。「妹は二歳年下だった。家では親友だったけど、学校ではお互いに気づくことはほとんどなかった。妹は十一歳のときに亡くなった」

「ああ、フレディ、ほんとにお気の毒に」

「遠足でブルー高原（オーストラリア南東部の高原）に行ったの。中学校全体で……だから三百人ほどの生徒がいた。学年ごとのグループに分かれて行動したから、わたしたちは別々のバスに乗って、ジェリーとわたしはそれぞれの友だちと一緒に過ごしてた。妹がどこにいるのかと訊かれても、正確なことは答えられなかったと思う、彼女が落下するまでは」わたしは込みあげてくるものをグッとこらえ、この話を誰かにしたことがあっただろうかと考える。あったとしても思いだせない。「展望台の安全柵がゆるんでいて、ジェリーが写真を撮ろうと身を乗りだしたときに壊れたみたい。重要なのはね、マリゴールド、わたしは悲鳴を聞いた瞬間に、妹の悲鳴だってわかったの。悲鳴を聞き分けた。しかもそれが本物の悲鳴だってこともわかった……冗談でもイタズラでもなく」

マリゴールドはコーヒーマグを置いてわたしの手をつかむ。「そんな、なんてつらいの、フレディ。そんなのつらすぎる。でもさ、彼女はあなたの妹だった。そりゃ聞いたことがあったと思う、妹さんが悲鳴をあげたり、叫んだり、キーキー喚いたりするのを、何百回となく。だけど、キャロライン・パルフリーには一度も会ったことがないんだよ」

「図書館で聞いた悲鳴にそっくりだった」

「ほんとにちゃんと覚えてる？」

「忘れられるわけない」

マリゴールドは小指の爪を一瞬噛む。「あなたの電話を貸して」彼女は言う。

「どうして？」わたしは電話の電源を入れ、彼女に手渡す。

「そのチビモンスターは番号を非通知にしてなかったかもしれないでしょ。うまくいけば母親の電話を使ってたかもしれないし、その場合、電話をかけ直して出た気の毒な女性に、彼女の悪ガキが何をやってたか教えてあげるのもおもしろそうじゃない」

彼女は着信履歴を表示する。「今晩、ほかに電話はあった？」

「ない」

彼女は顔をしかめる。「その電話はいつかかってきたの？」

「一時間ほどまえよ」

「それは変だなあ」

「何が？」

マリゴールドはわたしに電話を見せる。「これが最後に受けた番号だよ……一時間くらいまえに」

発信者の名前は登録されている。**ケイン**。

わたしはたじろぐ。

「ほんとに今夜、彼と話してないの？」

「話した」わたしは彼女から電話を受け取り、通話履歴を見つめる。「彼からオンラインで電話があったの――ノートパソコン経由で。電話を失くしたからって。ここに置き忘れたかもしれないって」

マリゴールドはまばたきをして、情報を処理する。「ってことは、彼の電話を持ってる誰かが、あなたに電話をかけてきたってこと？」

「そう……だと思う」

「それから悲鳴をあげた？」

わたしはうなずく。

「まあ、それなら筋は通るかも。どこかのガキが彼の電話を拾って、彼の連絡先リストに迷惑電話をかけてるのかも……または最後に電話してきた相手にかけた可能性もある」マリゴールドは通話履歴を見て、わたしが何度かケインに電話をしようとしていたと指摘する。

わたしは食料品のギフトのお礼を言おうとしたのだと説明する。少々説明がこんがらがってしまい、いつのまにか赤面までしている。

「ふうん」マリゴールドはその点に関しては、自分の意見を胸の裡《うち》にとどめている。「この番号にかけてみたら——電話泥棒が電話に出るかも」

「彼は——または彼女は——いままでは電話を取らなかった……それにわたしの番号だと発信者が通知されるんじゃない？」

「まあね、でもほかの誰かが着信音を聞くかもしれないし……ひょっとしたらひょっとするかも」

わたしは肩をすくめる。「そうよね——やってみるのもいいかもしれない」

マリゴールドはスピーカーをオンにしてリダイヤルすると、電話をテーブルの上のふたりのあいだに置く。

誰かが電話に出る。

わたしは息を止める。

沈黙。

「さあて、この泥棒野郎……もうバレてるよ。あんたが盗んだその電話のGPSを警察が追跡してたんだからね、さっさと白状したほうが身のためよ……」

パチパチと音がして、それから声が聞こえる。わたしの声だ。ケインの留守電に吹き込んだ食料品のお礼のメッセージ。思ったとおりだった――大げさすぎる。それから通話がプツリと切られる。

マリゴールドとわたしは無言のまま互いに見つめ合う。

「なるほど、確かに気味が悪いよ」彼女はようやく言う。

「箱が届いたとき、ほんとにお腹が空いてたの」わたしは説明する。「食べ物を見て、ちょっと興奮しすぎたんだと思う」

「あのクソガキがメッセージを再生したことを言ってるんで、あなたの留守電の内容じゃないよ」

「あ……そうね。確かに」わたしはほっと息をつき、立ちあがってノートパソコンを取りにいく。「ケインに知らせないと。誰かが彼の電話を持ってて、連絡先を全部知られてるってこと。明らかに、電話はパスワードで保護されてなかったみたいだし」

マリゴールドが眉をひそめる。「はあ？　それは不注意だよ」

わたしたちはパソコンからケインに電話をかけ、ふたりともカメラのフレームに映るように、並んで座る。画面に現れたケインは髪がボサボサで、シャツも着ていない。目をすがめるようにして画面を見つめ、腕時計をチェックする。わたしはそのときようやく、もう真夜中を過ぎていることに気づく。「フレディ……とマリゴールド！」彼はあくびをする。「どうした？」

わたしは彼に事情を話す。

彼はカメラに身を寄せる。「そいつはおれの電話を使ったのか？」

「失くしたって言ってたでしょ……誰だか知らないけど、その人が見つけたにちがいないわ」

「きみは大丈夫かい？」

「ええ、平気」わたしはマリゴールドをちらりと見る。わたしがどれほど狼狽していたか、言わないでいてくれますように。

マリゴールドは涙のことには触れずに言う。「問題は、ケイン、あなたの電話はパスワードで保護されてなくって、だからそいつがログインできたってこと。連絡先のリストも知られちゃってるし――」

「ちょっと待った、おれの電話は顔認証で保護されてる」

「パスワードは設定してたの、してないの？」マリゴールドは尋ねる。

「してない――両方する意味がないだろうと……」

「顔認証は写真でもクリアできる」マリゴールドはとがめるように頭を振る。「あれは実はそんなに安全じゃないんだよ」

「つまり、おれの電話を持ってるやつは、おれの最近の写真も持ってるってことかい？となると、犯人はおれの母親に絞られるな」

「冗談言ってる場合じゃないんだよ、ケイン。そいつはあなたの電話を使ってフレディをストーキングしてるんだから！　ひょっとしたら、キャロラインを殺した犯人と同一人物かもしれない」

「ええっ！」わたしは先走るマリゴールドを少し引き戻そうとする。「確かに怖がってはいたけど、ストーキングっていうのは――」

「怖がってたのかい？」ケインはすっかり目が覚めたようだ。「もちろん、怖かったよな。ちくしょう、すまない。いまからそっちに行くよ――着替えるから少し時間をくれ」

「そこまでしなくていい」わたしはドギマギして言う。「ちょっとパニックになったけど、もう大丈夫」

「そう、それにあたしもここにいるし」マリゴールドがつけ加える。「あなたの電話がいま何をやってるか、知らせておいたほうがいいと思っただけ」

ケインは両手をあげ、手のひらの付け根あたりで目をこする。「明日、ふたりを朝食に連れだすっていうのはどうだろう……おれの不届きな電話の謝罪として？　パンケーキを食べながら、この件の真相を突きとめよう」

マリゴールドは同意を求めてわたしを見る。

わたしは肩をすくめる。「いいわ」

わたしはマリゴールドのためにソファを整える。彼女は先を見越して一泊用の荷物を持参していた。

「ありがとう」わたしは彼女の毛布が足りているか確認する。「あなたを引きずり込んじゃってごめんね、こんなくだらないことのために……」

「気にしないで、フレディ」彼女は枕を叩いて形を整える。「言っとくけど、あなたの反応は大げさじゃない。これは奇妙だし、ちょっと気味が悪いよ。ケインの電話を持ってるチビモンスターを見つけたら、ぶちのめしてやらなきゃ」

我が親愛なるハンナ

手短にしよう。

こちらでは〝携帯電話《セルフォン》〟と言う傾向がある。アメリカ人は具体的な表現が好きなんだ。それから〝イタズラ電話〟と言う。〝迷惑電話〟でも読めばわかるが、マリゴールドのセリフに出てきているから、アメリカ式のほうを採用するのがベストだと思う。

ケインが電話を失くしたのは、ただ本人がそう言ってるだけだという点は、誰かが指摘すべきなのだろうか……それとも、そうすると読者に殺人犯を早すぎる段階で指し示してしまうことになるのか？　読者に充分な情報を与えることと、クライマックスを感づかれてしまうこととの差は紙一重だ。

前回のメールに書き忘れたこと――地下鉄に乗っていたら、貴女の最新刊を読んでいる人をひとりではなく、三人も見かけた。地下鉄で！　写真を添付しておくよ。

さあ、執筆に戻って！　私には一刻も早く次の章が必要だ！

待ち遠しくてたまらない

レオ

8

マリゴールドは、ウィットに電話して、わたしたちが朝食を一緒に食べることを伝えようと主張する。「誘われなかったと思って傷つくかもしれないじゃない」彼女は言う。

わたしはそうは思わないけれど、マリゴールドとウィットのあいだには何かあるのではないかと疑っているので——本人たちがそれを自覚しているかどうかはともかく——反対はしない。

「電話に出ない」少しして彼女が言う。

わたしはその声音に失望を聞き取り、あの図書館での初日に、ふたりのあいだの引力を掬《すく》いあげた自分に、かすかに自惚《うぬぼ》れる。フロイトガールとヒーローアゴ。「ケインから行き先を聞いたら、ウィットにメッセージを送ったらいいんじゃない？」

ケインとはうちのロビーで待ち合わせる。彼はワインバウムとジャクソンの姉妹と話している、あるいは彼女たちに尋問されている。したたかな老婦人たちは、食料品のギフトボックスの送り主が彼だと突きとめ、ヨーグルトについて厳しく追及している。ロビーにたどり着いたとき、彼の頭のなかの〝助かった〟という声が聞こえたような気さえする。わたしは彼とマリゴールドを紹介する。老姉妹はわたしの体調がよくなったか、ヨーグルトは効果があったかと尋ねる。ヨーグルトのおかげだと言って、早々に逃げだすほうが得策だ。

〈キャリントンスクエア〉から出るとき、ケインが小声で謝る。「ヨーグルトがこんなに論争を呼ぶとは思ってなかったよ」

わたしは笑う。「ううん、ありがたいことなの。ふたりとも以前はほとんど口をきくこともなかったのに、いまじゃわたしの健康をあんなに気づかってくれて、まるで古い友人みたい。なんだか〈キャリントンスクエア〉の一員になれたような気がする」

ケインは私たちをボイルストン通りのクレープ専門店に連れていく。フレンチカフェ風の店だ――赤と白のチェックのリネンがかけられた丸テーブル、ワインの空き壜に入れたキャンドル、エッフェル塔の絵が描かれた壁紙。客層も内装の一部なのかもしれない。どうやらここは、ベレー帽をかぶっていても――それがどれほど滑稽に見えたとしても――ばかげていると感じなくてすむような店らしい。実のところ、わたしたち三人の服装は場にそぐわないと感じずにはいられない。注文を済ませると、マリゴールドはウィットにテキストメッセージを送る。

わたしはケインに電話を渡して、通話履歴を見てもらい、何が起こったのかについて話し合う。

「きみにいくつかメッセージが届いてる」彼は言う。

わたしは全然気づいていなかった。昨夜から電話に触る気になれなかったのだ。

彼は顔をしかめる。「おれの番号からだ」

わたしは彼から電話を受け取る。未開封のメッセージが二通。あやうく電話を彼に返して、開封してくれと頼みそうになるが、寸前で踏みとどまり、自分はビクビクする乙女タイプではないことを思いだす。ひとつ目のアイコンをタップすると、写真が開く。わたしはしばらく小さな画面を見つめ、何が映っているのか把握しようとする。その写真は黒っぽく、画質が粗くて、暗いところで撮影されている。どこかのドアで、真ん中に真鍮のノッカーがついている。球《オーブ》に乗ったグリフォンだろうか。ふたつ目のメッセージも写真で、別のドア。でも、こちらは即座にどこのドアだかわかる。〈キャリントンスクエア〉のわたしのアパートメントの玄関ドアだ。

「フレディ？」思わず電話を落としてしまったわたしに、マリゴールドが尋ねる。「どうしたの？」

ケインがわたしの電話を拾い、画面を見る。「ドアの写真？」彼は電話をマリゴールドに手渡す。

「二枚目はわたしの家のなの」わたしは気を落ち着けようとしながら言う。「一枚目はどこのかわからない」

「あたし、わかる」マリゴールドは指で写真を拡大する。「このドアノッカー……これ、ウィットの家のだよ……彼の実家の玄関」

「実家に行ったことがあるの？」わたしは驚いて尋ねる。

「確かかい？」まだ料理は来ていないが、ケインは会計の合図をする。

マリゴールドはうなずきながら、立ちあがる。

「どこに行くの？」わたしはまだ少し震えたまま尋ねる。

「これは警察に持っていったほうがいいと思う」ケインが答える。「マリゴールド、もう一度ウィットにかけてみて」

マリゴールドはすでにかけている。呼びだし音が鳴るなか、ケインとわたしは彼女を見つめる。

「もしもし……ウィット？　よかった――ずっと連絡取ろうとしてたん――」「え？　うそ

見守るわたしたちの目のまえで、マリゴールドの目が大きく見開かれる。

でしょ……」彼女は口ごもる。「ううん……いますぐそっちに行くから」彼女はわたしたちが尋ねるまえに言う。「ウィットはマサチューセッツ総合病院にいる」

「何かあったの？」

マリゴールドは頭を振る。「わかんない……けど――」彼女はちらりとわたしの電話を見る。まるで電話に何かがとり憑いているかのように。

「足の巻き爪を切除してるという可能性もある」ケインが冷静に言う。「パニックになるまえに確認しよう」

「じゃあ警察は？」わたしは尋ねる。

「まずはウィットの様子を見にいこう」

ケインの車は、通りの少し先に停めてある。古い黒のジープだ。後部座席には本やファイルの箱が山積みになっていて、彼はそれを片側に寄せて、マリゴールドの座るスペースを作る。彼女はいつになく静かだ。

「犯人は昨夜、あなたの家のドアの外にいた」ケインの車がバックベイを抜けてマサチューセッツ総合病院に向かいはじめたとき、マリゴールドがようやく口を開く。「それからそいつはウィットを病院送りにした」

「それはまだわからない」ケインが戒める。おそらくそうだとみんなわかっていたけれども。

わたしは振り返ってマリゴールドを見る。「ウィットと話したんでしょう？　どんな様子だった？」

マリゴールドは一瞬、目を閉じる。「ちょっとボーッとしてたんだよね、それが」

ケインはちらりとわたしを見る。「鎮痛剤だろう」

わたしは思わずたじろぐ。

病院の受付で尋ねると、病室を案内される。病室のまえの廊下には、すでに少なくとも十数人の人がいる。互いに慰め合っている大勢の学生たち、ほとんどは女性。質問をしている私服警官たち。ニュースで見かけたことのある、キャロライン・パルフリーの事件を担当する刑事の姿もある。マリゴールドがわたしの手を取る。気持ちはわかる。状況は深刻そうだ。病室のドアのまえに制服警官が立ち、入出者を規制している。誰かがわたしたちの身元を尋ねる。ケインがわたしたちはウィット・メターズの友人で、彼に会いにきたと説明する。

ウィットの母親が自己紹介する。ジーン・メターズ。とても細く、とても美しく、三十五歳くらいにしか見えない。丁寧な口調だが、効率的に話し、上唇も眉もぴくりとも動かさない。

「ウィットは来客に対応できる状態ではありません」

「何があったんですか？」マリゴールドが出し抜けに言う。

ジーンは彼女を冷たく見る。「警察がそれを解明中です」

男性がジーンの肩に手を置く。背が高く、白髪に青く鋭い目をしている。「入れてあげるといい、ジーン。きみは少し休んだらどうだ」彼は開いたドア越しに病室をちらりと見る。

「結局のところ、ウィットが呼んだわけだしな」

「ウィットはキャンパスの半分を招待したようね」ジーンはそう答え、待合室で手を握り合い、心配している学生たちを苛立たしそうに見やる。「どこの薄のろがあの子に携帯を返したのかしら？」

しばらく夫妻はあれこれ言い合っていたが、それからようやく、その男性――ウィットの父親であり、かつジーンが〝薄のろ〟と言及した相手ではないかと思われる人物――はカフェテリアに一緒に行こうと彼女を説得する。「ここにはボストン市警の警官が五人もいるんだ、ジーン。あの子は完全に安全だよ」

そんなわけで、わたしたちはウィットの病室に通される。彼は生理食塩水の点滴とさまざまなモニターにつながれ、目の下にはクマができているが、それ以外は普段と変わらないように見える。彼はわたしたちを見ると笑みを浮かべる。「やあ……」

「ちょちょ、どうしちゃったの！」マリゴールドはもう自分を抑えることができない。

「いったい何があったのよ！」

「強盗に遭った、と思う」

「と思う、ってどういうこと？」

「そいつはおれの携帯は盗んだけど、財布は置いていった……人が通りかかったのかも……」

「誰が――」

「わからない……おれはそいつに刺されて、気を失ったんだと思う。顔を見た記憶はないし」

「刺されたの？　大丈夫？　そいつに殺されたかもしれないんだよ！」わたしたちの気持ちを代弁して、マリゴールドは話している、あるいは叫んでいる。ウィットの手をつかむ彼女の目には涙が浮かんでいる。

「落ち着けって、マリゴールド。おれだって何時間かまえに麻酔から覚めるまで、ほとんど何も知らなかったんだよ。きっとジャンキーの仕業だろうと思う」

「バックベイでか？」ケインが訝《いぶか》るように尋ねる。

「うちの近所にだってジャンキーはいるさ」ウィットは反論する。彼は顔をしかめてケインを見る。「なんでおれがバックベイにいたって知ってるんだ？　母さんから――？」

　ケインは彼に不審な電話のことを話し、わたしの携帯電話の画像を見せる。

　ウィットはパッと上体を起こし、その拍子に顔をゆがめて悪態をつく。「おれの実家の玄関の画像はいつ送られてきた？」

　ケインはメッセージを確認する。「昨夜の十時二十分だ」

「おれは十時半ちょっとまえに出かけた。その時刻にはまだ一ブロックも進んでなかった」

「何か見かけたりは――」

「全然」ウィットは顔をしかめる。「どっちみち覚えてないけど」

「警察に言うべきよ」わたしは廊下にいる人々をちらりと見る。「ウィット、どうしてキャロライン・パルフリーの事件の担当刑事がここにいるの？」

「万が一、何か関係があったらってことらしい……ハーヴァードの学生が狙われてるとか、そういうので」彼はケインの目を見る。「ほんとにあの刑事に言ってもいいのか？　あんたの携帯だったんだろ」

「警察がその男を追跡できるかもしれない」

　ウィットはうなずくと、ブザーを鳴らして看護師を呼び、ケリー刑事を呼んでくれと頼む。

ケリーは三十五歳から五十歳のあいだで、女性にしては背が高く肩幅が広い。力強い顔つきに完璧なメイク、ブロンドの髪はうしろでひっつめて結ばれ、ほつれ毛は一本もない。彼女が笑みを浮かべると、感情の発露というより反射作用のように見える。

「わたしに会いたいとのことですが、ウィット。何か思いだしましたか？」

ウィットはわたしたちを紹介する。「キャロラインが殺された日、彼らと出会ったんだ。彼女が悲鳴をあげたとき、おれたちは全員、閲覧室にいた」

ケリーはわたしたちひとりひとりに向かってうなずく。いっとき、気まずい沈黙が流れ、それからマリゴールドが口火を切る。「あたしたち、犯人がケインの携帯を持ってると思うんです」

わたしたちは事情を説明する。ケリーは無表情で話を聞く。わたしは携帯電話のロックを解除して手渡し、彼女に写真を見てもらう。

「電話を紛失したことを携帯電話会社に報告しましたか、ミスター・マクラウド？」

ケインは首を横に振る。「昨夜までは、まだどこかで見つかるんじゃないかと思ってました」

「なるほど」ケリーはわたしのほうを向く。「一回目の電話で聞いた悲鳴が、キャロライン・パルフリーの声に似ていたというんですね」

いまとなっては自信がない。論理と後知恵が最初の確信を弱めている。「はい……いえその、悲鳴だったんです。BPLで聞いた悲鳴を思いださせるような。でも、たぶんただの悲鳴だったんだと思います」

「しかし、その悲鳴は警察に電話をかけ、それからミス・アナスタスにかけるほど、あなたを不安にさせた?」

「はい、そうです」

「なぜミスター・マクラウドからの電話ではないとわかったんですか?」

「携帯を失くしたと彼から聞いていたからです……そのまえにオンラインで話していたときに」

「彼の携帯から電話を受ける直前に?」

「はい」わたしは彼女の質問がどこへ向かうのかわからず、不安になってケインをちらりと見る。

ケリーは次にマリゴールドのほうを向く。「どうしてミスター・メターズの家のドアの写真だとわかったんですか? 以前、彼の自宅を訪れたことがありましたか?」

マリゴールドは赤面する。ウィットは彼女を不思議そうに見つめる。

「いえ……ちゃんとではなくて」マリゴールドは言う。「一度家に立ち寄ったけど、ノックはしなかった」

「なぜ？」

「なぜ立ち寄ったのか？　それとも、なぜノックをしなかったのか？」

「両方です」

わたしの目に、マリゴールドが心のなかで身をよじっている姿が浮かぶ。彼女を助けたいと思うけれど、どうしたらいいのかわからない。

「ただ気が変わったんです。確かめようかと思ってたけど、ウィットが……理由はちゃんとは覚えてません。ともかく、気が変わって……そのとき、ドアノッカーが目についた。それで写真を見たときにピンときたんです……」

マリゴールドは耳までピンク色に染まっている。わたしはケリーをちらりと見る。彼女はマリゴールドに恥をかかせることに喜びを感じているのだろうか？

ウィットが口を挟む。「母さんにずっと言ってるんだよ。あのクソノッカーのせいで、家がドラキュラ城みたいになってるってさ。おれだって慌てて逃げだしてたと思うぜ」

マリゴールドはまだ彼に視線を向けられずにいるが、わたしは助け舟を出してくれたウィットをハグしたい気持ちになる。もちろん、ケリーがわたしたち全員を観察しているので、実際にハグするわけにはいかないが。

「おひとりずつ、調書を取らせていただきます」ケリーは好戦的な態度は崩さないまま、慎重に言う。「それからあなたの携帯電話はお預かりしなければなりません、ミス・キンケイド」

わたしはうなずく。「もちろんです」

「調書を取り、詳細をうかがうために部下のひとりを寄越しますので」

刑事が病室から出ていくと、ウィットは目を閉じる。

「ほんとに大丈夫なの、ウィット？」ケリー刑事が出ていったあと、わたしは沈黙を破る。

「ちょっと痛いし疲れてる」彼は認める。「けど、そこまでひどくはないよ、いろいろあったわりには。二、三日中には家に帰れるみたいだし」彼は歯を食いしばりながら、ベッドの上で体を動かす。「最悪なのは、母さんがこの件を利用して、おれの講義にあらゆる特別な配慮をさせようとしてることだ。今学期の科目を落とすのが難しくなる」

ケインはにやりと笑う。「きみは卒業せざるを得なくなるかもしれない」

「死んでも拒否する」気まずい沈黙が流れると、ウィットが鼻にしわを寄せる。「不謹慎だった？」

「何か持ってきてほしいものはある？」わたしは尋ねる。マリゴールドは何も言えないようだ。

ウィットはマリゴールドを見る。「ドーナツ。マリゴールドがおれの好きなドーナツを知ってる」

「コプリー広場の近くのお店の？」マリゴールドはようやく恥ずかしさを振り払う。「もちろん、箱買いしてくるよ」

「みんな、この件がほんとにキャロライン・パルフリーの殺人事件に関係していると思うかい？」ケインが突然尋ねる。

「そのはずよ」わたしはあの悲鳴を思いだす。

ウィットは肩をすくめる。「BPLで起こったことがニュースで流れてから、適当な番号に電話して叫んだガキは、たぶん十人以上はいるんじゃないか」

「そうね、でも、そのガキはあなたを刺したのよ」

「忘れやしないよ」彼はしょげたように言う。「けど、おれを刺したクソ野郎が、キャロラインと関係があったのかっていうのは、まだわからない。犯罪率は上昇してたりするわけだしさ……」

「誰かが学生を狙ってるのかもしれない」ケインがためらいがちに言う。

「あんたの携帯を持ってる誰かが、な」ウィットが鋭くつけ加える。

ケインの右眉が跳ねあがる。

ウィットがうめく。「ごめん……モルヒネのせいだ」

「そろそろ行きましょう」わたしは手を伸ばしてウィットの腕に触れる。「あなたは休んだほうがいいし、休まなかったとしても、あなたに会いたがってるお友だちはほかにもいるから。わたしたちはドーナツを買いにいかなくちゃ」

ウィットの目に陰が差す。「調書はどうするんだ？」

「帰りがけにすませるよ」

「また来てくれるだろ？」ウィットは不安そうな顔をする。

「ここにいてほしい？」マリゴールドが尋ねる。

ウィットは弱々しく微笑む。「いや……死にかけてるわけじゃないし、ボストン警察にも守られてる……母さんは言うまでもないし。けど、明日また来てくれるだろ？」

「もちろん」

「ドーナツも忘れずに？」

ケインはウィットの手を握る。こんな状況にも関わらず、ウィットの握力は強そうで、固く握手している。「明日の朝に買ってくるから、出来立てを味わえるよ」

親愛なるハンナ

そちらでは夏が続いているが、こちらでも、冬に成りすました氷河期が居座っている。貴女はきっと絵はがきのような、雪のなかで遊ぶ子どもたちの情景を想像しているだろうが、実際には、初日を過ぎれば雪はただの作業となる。シャベルで雪をかき、こすり取り、慎重に歩き、建物に出入りするたびに上着を着たり脱いだりして、げんなりする。誰もがその作業に一日のうち何時間も費やす。それに降ったばかりの雪はきれいだが、翌日以降の溶けかかった泥まじりのぬかるみは全然ちがう！　私は心から緑という色を恋しく思う——オーストラリアではできない経験だろう。緑がまったくない世界。

しかしながら、我々の気候が作家に仕事を続けさせるのに適していることは、認めよう……服を四枚重ね着して、家から出られるように私道の雪かきをするよりも、机のまえにいるほうが楽だ。貴女の助言どおり、新しいものを書きはじめたよ。原稿のなかのケイン・マクラウドの手法に感化されて、私も自分の捜査本部を作った。楽しかったことは認めねばなるまい。実際に小説の創作につながるのかどうかはわからないが、自分のアイデアを立体的に見られることには、ある種の満足感がある。紐を使いすぎたかもしれない……最終的には、すべての登場人物とすべてのプロットのあいだを紐でつないだせいで、核分裂反応を想起させるような代物になってしまった。結局のところ、すべてはつながっているわけで……紐で全部つなげておく必要はないという結論に達したよ。現在は、赤い麻紐はむやみやたらに使用しないよう自制している。

昨夜、マサチューセッツ通りで殺人があった。こちらの新聞でもほとんど取りあげられなかったから、貴国で報道されていたとしたら驚くが。私はたまたま図書館の帰りに、現場を通りかかった。事件現場を見ておくことは貴女の役に立つのではないか、とふと思ってね。非常線、警察のテープ、検視官の乗るヴァンの形状とか、そういったディテールを描写できるだろう、と。ともかく、無難な写真をいくつか撮ったから添付しておいたよ。その頃には遺体は回収されていたから、ファイルを開いたら死んだ人の写真が出てきた……ということにはならないからご安心を。それも役に立っただろうがね。貴女がた推理作家は、暗く残忍な芸術を実践しているが、それは不思議なほどに魅惑的だ。

さらに思ったんだが、ケインには共犯者が必要だね――わかってる、わかってる、貴女はまだ彼と決めたわけではないんだろうが、それでも私としては、連続殺人犯の役には彼がぴったりだと思っている。残念ながら、キャロライン・パルフリーが悲鳴をあげたとき、彼はフレディの向かいに座っていたわけだから、いずれはそこを説明する必要がある。そろそろ彼についてもう少し知るときが来ているのかもしれないね、彼がハンサムで、反抗期の少年時代に路上で拗《す》ねていたという二点以外にも。差しでがましい意見を述べているようなら許してほしい……これは貴女の本だ、もちろん。すっかり没頭しているファンの熱意として読んでもらいたい。

重要性の劣る話題としては、アレクサンドラから手紙を受け取った。曰く、作品は楽しく読んだが、エージェントにはなれないことが残念だということだ。彼女がほんとうに残念に思っているかどうかはわからないが、ともかくそう書いてあった。思うに、私は異性愛者の白人の男であり、出版界を席巻する流行りの集団的罪悪感を慰めるような多様性もなく、ハンデも背負っていない――それが現実なのだろう。流行のコレクトネスの風潮では、私のような男は、長年多すぎるものを与えられてきた補正として、否定されるべきと考えられていることは理解している。私はただ、この生い立ちが負債となるまえに、その特権とやらを少しでも享受する機会があればよかったのにと思うばかりだ。ともかく、彼女はノーと言った。まあ、そういうことだ。

それでは
レオ

9

ケリー刑事は、調書を取るので署まで同行してほしいとわたしたちに言う。警察署では、それぞれに担当の警官がつき、ノートパソコンに供述を打ち込み、それを印刷し、署名を求める。手続きは三人別々に行なわれる。少なくともわたしに対しては、事情聴取は淡々と進み、日付、時間、場所といった事実の収集にすぎない。わたしはひたすら情報を伝えていく。自分がプロセスの一部と化し、捜査の機械に吸い込まれていくような感覚を覚える。わたしたちが署を出られたときには、もう午後になっている。

取調室から最後に解放されたのはケインだ。彼はマリゴールドとわたしを見て、わずかに笑みを浮かべてから肩をすくめる。「ここから出ようか?」

「行きましょう」

三人とも口を閉ざしたまま、ケインの古いジープに戻る。実のところ、ジープに乗り込んでからも、しばらく黙ったまま座っている。

マリゴールドの声は初めのうち震えている。「で……」彼女は息を吸う。「で、どうする？」

ケインが振り返って彼女を見る。「おれは腹が減ってる。よく考えたら、朝食もまだだったよな？」

「お腹空いてるの？」マリゴールドは、この状況でどうして空腹になれるのか理解できないようだ。

ケインはうなずく。

「家で何か作ろうか」わたしは提案する。

ケインは腕時計に目をやる。

「ほかに行くところがあるんでなければ？」

「いや、そういうわけじゃない。ただ、きみもおれも、まだ店が開いてるうちに、新しい携帯電話を買ったほうがいいんじゃないかと思って」

「あっ、そうね。もちろん」わたしの電話は警察に押収され、ケインの電話はおそらく殺人犯の手に渡ったことを思いだす。現実味が感じられない。まったく。

そんなわけで、わたしたちはウォルマートに携帯電話を買いにいく。ケインは自分用にそれなりのスペックのスマートフォンを選ぶ。わたしはもっとベーシックなモデルにする。

警察がわたしの携帯を返してくれるまで——返してくれるはずだし……返してくれますように——一時的に使うだけだからだ。新しい番号を覚えなければならないのは苛立たしいけれど、例の人物——窃盗犯にしろ、殺人犯にしろ、頭の足りないやつにしろ——がわたしの生活に忍び込むドアを閉じることができる。

〈キャリントンスクエア〉に戻る頃にはあたりは暗くなり、冷え込みはじめている。ケインはわたしのアパートメントのドアのまえで足を止め、一歩さがって携帯電話を掲げる。

「何やってるの？」マリゴールドが尋ねる。

「おれの携帯を持ってる道化者が、正確にどの位置に立ってあの写真を撮ったのか……どのくらい近づいたのか、調べようとしてるんだ」

「それは重要なこと？」わたしは尋ねる。「その人が数メートル以内のどこかにいたはずだってことはわかってる。正確にどこに立っていたかを知って、何かちがいがあるの？」

「おそらくない」

「それにズームで撮ったかもしれないじゃない、どっちみち」マリゴールドが指摘する。

ケインは認める。「きみたちの言うとおりだ。明らかに、おれには刑事は務まらないようだ」

三人でアパートメントにはいり、ケインがドアを閉めると、わたしは少し緊張がほぐれたように感じる。マリゴールドは、わたしが夕食を作るまで飢えをしのぐために、キッチンからクラッカーとチーズを持ってきて、スライスしたリンゴと一緒に皿に並べる。

ケインは皿に手を伸ばす。「このチーズ、好きなんだ」

「そうでしょうとも」わたしは笑みを浮かべて答える。「あなたが買ったんだから」

彼は口に入れかけた塊を見る。「ああ、そうか、忘れてた。おれって舌が肥えてるな」

わたしはパントリーをのぞいて豆、タマネギ、トマト缶を取りだし、ヴェジタリアン向けのスパゲッティ・ボロネーゼを作りはじめる――肉は使ってないし、わたしの料理の腕はどのみち初心者レベルであることをふたりに謝りながら。マリゴールドはケインが新しい携帯電話に顔認証とパスワードを設定するのを手助けする。彼女の声音には咎《とが》めるような色がにじんでいるが、おそらくは先代の携帯にパスワードを設定していなかったミスに向けられたものだろう。

わたしはケインにワインのボトルと栓抜きを手渡す。彼はボトルを開けて、グラスにワインを注いでくれ、わたしはそれをソースに入れてかき混ぜながら、シリアル以外のあらゆるものにワインを加えていた父に、しばし思いを馳せる。しばらく、ふたりはわたしが料理するのを眺め、わたしたちは食べ物について話す。明らかに、三人とも空腹なのだ。ヴェジタリアン料理の利点のひとつは、準備にほとんど時間がかからないことであり、これがわたしたちにとって今日の最初の食事になるという事実にやる気を刺激され、わたしは大きめの皿にそれぞれ盛ったパスタとソースをあっというまに用意する。そしてわたしたちは食べる。一連の出来事について何から話しはじめればいいのかわからないまま。

マリゴールドが最初の一歩を踏みだす。「彼は何を望んでるんだと思う？ ウィットを刺した男は」

ケインは口のなかの食べ物を飲み込み、口をナプキンで拭いてから答える。「そいつが何かを望んでると思うのかい？」

「そのはずだよ。そうじゃなかったら。なんでこんなことするの？」

「頭がおかしいのかもしれない」

「たとえ頭がおかしくたって、何かを望んでるんだよ」マリゴールドは話しながらフォークを振る。「復讐、性的満足、頭のなかの声の承認……」

「性的満足？」わたしは尋ねる。「キャロラインはされてなかったし……それにウィットは――」

「キャロラインが頭に怪我を負ったとき、ふたりがどんな体勢だったのかを突きとめるのは難しいよ。そいつは彼女の上に横たわって、ある種のピストン運動によって、彼女の頭を硬い床に叩きつけてたのかもしれない。それに刃物を使った挿入が性的満足のある種の代用手段となることもある。ピケリズムから本格的なサディズムや快楽殺人まで、さまざまな病的状態がある」

わたしはマリゴールドが心理学専攻だということを思いだす。気分が悪くなったことを悟られないようにうなずく。

「だが、ウィットは――」ケインは顔をしかめはじめる。

「だから、この犯人は性別にこだわりがないんだよ」マリゴールドはケインの反論に先んじる。「キャロラインとウィットはふたりとも白人で、年も同じだし、生い立ちも同じ。ふたりとも〈ラグ〉で記事を書いてて……性別はちがうけど、つながりはたくさんある」

ケインは懐疑的なようだ。

「必ずしも性的満足とは限らない」マリゴールドは辛抱強く言う。「でも可能性はある。同じように、ほかにもいろんな理由の可能性があるけど、何かしら理由はあるはず。彼がこの犯罪をしているのは、何かが欲しいから」

ケインは最初の質問を別の言いかたに変える。「彼が何を望んでいるのかは重要なのか？」

「彼が望むことがわかれば、彼が何者なのかを解明する手がかりになるかもしれない」マリゴールドは答える。

「まいったな、おれたち、目を覚ましたらどういうわけか『クリミナル・マインド』（プロファイリングを用いる犯罪捜査ドラマ）のエピソードに紛れ込んでたってことか？」

マリゴールドは動きを止める。ふいに彼女の目に涙があふれる。「あたしはただ――」

ケインは彼女の気持ちを傷つけたことに気づく。「あっ、マリゴールド、すまない。そういうわけじゃ――おれは疲れてて、それだけなんだ。きみの言うとおりだ。このイカれた野郎の望みを解明することは、そいつを止める鍵になるかもしれないが、たぶんおれたちは……」

マリゴールドはいまや涙が止まらなくなっている。

ケインは困り果ててわたしを見る。

ケインが謝りつづけているあいだ、わたしは席を立ってティッシュの箱をマリゴールドに渡す。

「ケイン、一番上の戸棚にチョコレートがあるの」わたしはマリゴールドに腕をまわしながら言う。「取ってきてくれる？　必要になると思う」

彼はやや必死なほど、すばやく了承する。

マリゴールドの涙は今日一日かけてたまったものにちがいなく、たぶんケインが言ったことよりも、ウィットや事情聴取に関係しているのだろう。気の毒なケインは、ただ引き金となったにすぎない。

「ウィットなら大丈夫よ」わたしは彼女を抱きしめて、そっと言う。

「ああ最悪、彼にどう思われただろう？」彼女は嗚咽をこらえる。

「今日は大変な一日だったこと、ケインは知ってる」

「ウィットのことだよ」彼女は鼻を拭き、震える声を落ち着かせようとする。「彼の家のドアがどんなふうか知ってるとか、そういうこと全部――きっと変人とか思われてるにちがいないよ……」

「ばかなこと言わないで。立ち寄ってみたけど、ノックする直前にやめておくことにしたんでしょ。誰でもすることよ」

「五回も？」

「まあ」わたしはなるべく驚いた声を出さないようにする。「五回行ったの？」

彼女はうなずく。

「それ、警察には言わなかった？」マリゴールドに当局に隠しごとをするように忠告したくはないが、これは奇妙に思われるだろう。

「もう知ってた。ウィットの家には玄関に監視カメラがある。ああ、もう、ばかみたい」

彼女は空っぽの皿をじっと見つめる。「警察はたぶんウィットに話したよね……彼の家族にも。彼らがあたしのことどう思うか……」

「シャイだと思うだけかもしれない」わたしはマリゴールドを慰め、パニックを鎮めようとする。玄関先から数メートルのところで息子を刺された親がそんなふうに考えると、本気で信じているわけではないが。

ケインはケトルに水を入れ、レンジの上に置いて沸かしている。彼にもわたしたちの話は聞こえているが、明らかにしばらくふたりだけにしようとしている——または、臆病でこちらに来られないか。でも、紅茶を飲むのは悪くない。

「チョコレートは見つかった?」わたしはマリゴールドになんと言うべきかわからず、彼に尋ねる。

「ああ。二本あるけど。両方ともいる?」

「もちろん」わたしはこちらに投げてくれと合図する。彼がお茶を淹れているあいだ、あるいはテーブルに戻らなくてもいいように何かしらしているあいだに、わたしたちが飢えなくてすむように。チョコレートを受け取ると、包装をはがす。「これは」わたしは告げる。「オーストラリア産のチョコレートよ。アメリカのチョコレートとはちがって、食用なの」

「ちょっと!」マリゴールドはためらいがちに微笑む。「聞き捨てならないんだけど」

「でも、悲しいかな、ほんとのこと」わたしはキャドバリーデイリーミルクのバーを彼女に押しつける。

マリゴールドは四角いひと切れを割って口に入れ、首を傾げながら味わう。彼女がうっとりと少し目をまわしたことに気づく。「まあまあ、なんじゃない」彼女はさらに大きめのひと切れを折って、口に放り込む。

わたしは笑って、チョコレートバーの残りに手を伸ばす。

マリゴールドのほうが先にバーをつかみ、胸に抱きしめる。

ケインが紅茶のマグカップを持ってテーブルに戻ってくる。警戒した様子で尋ねる。「もう大丈夫かい？」

マリゴールドがうめく。「ごめんなさい。泣きだすつもりはなかったんだ」

「ばかなこと言うつもりはなかったんだ、マリゴールド」ケインは椅子に座り、彼女が差しだしたチョコレートを受け取る。

マリゴールドは彼をしげしげと眺める。「あなたの師匠のアイザックが殺されたとき、誰に殺されたのか知りたいとは思わなかった？」

微妙になりかねない話題に対して、彼女が直球の質問をしたことにわたしは驚く。

ケインは笑う。「アイザックを師匠とは呼ばないな」

「知りたいとは思わなかったの？」マリゴールドは引きさがらない。

「もちろん、思った」ケインは慎重に言葉を選ぶ。「だが、警察にもわからなくて――」

「それで諦めた？」

わたしはやさしく口を挟む。「マリゴールド、警察にわからなかったなら……」

「いや、彼女の言うとおりだ」ケインは言う。「おれはそのままにしておくべきじゃなかった。アイザックにはほかに誰もいなかった――おれの知るかぎりはってことだが。何かすべきだった」

「わたしたちに何ができると思うの、マリゴールド？」わたしは尋ねる。

「わかんない。けど、キャロラインが悲鳴をあげたとき、あたしたちはその場にいたし、ウィットはあたしたちの友だちだし、殺人犯はケインの携帯を持ってる……あたしたちはこの事件の渦中に巻き込まれてるんだよ、否応なしに」

わたしは息を吐く。彼女の言うことには一理ある。「いつまで携帯を持ってたか覚えてる？」わたしはケインに尋ねる。「犯人がどこで手に入れたのか絞り込めれば、役に立つかもしれないから」

彼は肩をすくめる。「ほんとに手がかりがないんだ。ずっとポケットにはいってると思ってたから、きみにヨーグルトが好きかどうか電話しようと思うまでは」

わたしは彼と目を合わせて微笑む。

「じゃあ、フレディに送った食料品のギフトボックスを注文したのは……?」

「パソコンで――ネットから」

マリゴールドは眉根を寄せる。「この家にいたときは携帯を持ってたの?」

「ああ、ジャケットを羽織ったときに確認した。充電しなくてはと思ったのを覚えてる」

「ここからどこに行ったの?」

「家に」

「家で携帯がないことに気づいた?」

「だと思う……そう」

「どうやって家に帰ったの、ケイン? 車で?」

「いや、バスに乗った」

「混んでた?」

ケインは困惑した顔で彼女を見る。「バスが? ああ、混んでたと思う」

「混んでたら、ポケットから掏《す》るのもやりやすいでしょ」マリゴールドが説明する。「隣りに誰か目につくような人が立ってたりした?」

ケインは首をゆっくり横に振る。「本を読んでたんだ」彼は白状する。

「へえ……何を読んでたの？」わたしは尋ねる。

彼は内ポケットからボロボロの『グレート・ギャッツビー』を取りだし、わたしに手渡す。

「『グレート・ギャッツビー』？」

「二年に一度読み返すんだ」彼は正確を期す。「昨日初めて読んだわけじゃない」

「二年に一度も？」わたしはめったに同じ本を読み直すことはない。昔の作品に戻らなくても、すばらしい本は読み切れないほどある。

「ギャッツビーだけだよ」彼は言う。「この本は、欠点のある人間でも完璧な文学作品を創りだせることを思いださせてくれる」

「どうしてそのことを思いだす必要があるの？」

「本を読んでたんなら」──マリゴールドがじれったそうに言う──「気づかないうちにポケットから盗まれてたってことも考えられる」

「ああ、それは確かに考えられる」

「ってことは、つまり、殺人犯はここからあなたの後《あと》を尾《つ》けてたんだよ」

「ちょっと待ってくれ、マリゴールド」ケインはたじろぐ。「それはちょっと飛躍しすぎだと思わないかい？」

マリゴールドは首を横に振る。「あなたの携帯を持ってる人物は、ウィットの家とフレディの家の玄関の写真を撮ってるし、フレディに電話をかけて悲鳴をあげたか、悲鳴の録音を聞かせたんだよ」

「それでも、その男が誰かを殺したかどうかはまだわからない」

「そいつはウィットを刺した」

「誰かがウィットを刺した。それがおれの携帯を持つ男かどうかはわからない」

「けど、そいつはウィットを刺したやつを知ってたにちがいないし、少なくとも、ウィットを刺すつもりだったはずだよ」

「そうかもしれない」ケインはゆっくり言う。「または、きみに警告をしようとしたのかもしれない、フレディ」

わたしはパッと顔をあげる。「わたしに警告？」

「きみの家の外には危険が迫ってるとか……ウィットの家にも。写真と録音された悲鳴はそういう意味だったのかもしれない」

「ということは、わたしたちが探しているのはメールの打ちかたを知らない人ってことね。六十歳以下は除外されることになりそう」

ケインは顔をしかめる。「おれが言ってるのはただ、その男が誰であれ、きみを怖がらせたり脅したりするつもりはないのかもしれないってことだ。助けているつもりなのかもしれない」

「または、嬉々として人を拷問するような病的なクソ野郎ってこともありうる」マリゴールドは反論する。

ケインは額を撫でる。「それもありうる」

親愛なるハンナ

ようやく読めた！　私は貴女が降参して、過去のヒストリカルシリーズに戻ってしまったのではないかと恐れはじめていたよ。きっとこの夏の出来事のせいで、執筆に集中するのが難しかったのだろうと思う。こちらで見かけるオーストラリアの山火事の報道は恐ろしかった――私は失われた風景のニュースを呆然と見ていた。何はなくとも、その点で貴女からの連絡を待ち望んでいたんだ、貴女の無事が知りたくて。

米国のチョコレートを中傷することで、こちらの読者の気分を害するのではないかと本気で心配している。我々のチョコレートの味が劣ることは重々承知しているが、そうではないふりをするという、一種の国家的合意があるからね。そういうことにしておかないと、我が国は貴女の国を侵略しかねなかったから。

電話のメッセージの件について、貴女がどうするつもりなのか興味をそそられている。論理的に考えれば、ケインの言うとおりだ……謎の善きサマリア人によって送られた警告という可能性が高い。なぜなら、殺人者がわざわざ手の内を見せるようなことをする理由がないからだ。おそらくその彼なり彼女なりは、フレディがメッセージをケインに伝えると知っているのだろう。メッセージの送信者は、その正体を殺人者には明かさずに、フレディに警告しようとしているのだろうか？

貴女のエージェントは、私の原稿について、貴女に連絡はしていないのだろうね。こういうことは時間がかかるものと承知しているが、ひょっとして彼女から何か聞いたりしていないだろうか。前回のメールでは、アレクサンドラに断られたことについて、かなり不機嫌になっていると思われたことだろう。正直に言って、そのとおりだった。失望はもっとも痛烈な感情だ。しかし、私は立ち直り、この夢を諦めることなく、どうにかしてこの作品を世に出す道を探そうと、かつてないほど決意を固めている。

貴女の返事を待っている
レオ

10

ウィットのリクエストで、わたしたちは賑わうトレンディなベーカリー、〈穴のまわ《アラウンド・ザ・》り《ホール》〉に向かった。洗練されたモダンな店で、壁も床もあらゆる表面がキラキラしていて、小さなテーブルがいくつか置かれている。まるで〝こちらでどうぞ、ただし長居は禁物〟と言わんばかりに。コーヒーも飲めるが、常連客は明らかにドーナツ目当てらしく、麻紐で縛った白い厚紙の箱を持ち帰っている。ガラスのショーケースには、レイズドドーナツとケーキドーナツ（どうやら別のものらしい）が、サワードウ、ヴィーガン、グルテンフリーなどの多種多様なドーナツと一緒に並べられ、そのすべてが、味においても甘さにおいても、奇妙なフレーヴァーの組み合わせのものだ。マリゴールドが代表で注文し、一ダースずつ、さまざまなフレーヴァーのドーナツを選ぶ。たとえば、ラヴェンダーとトリュフ、クリームチーズとフライドオニオン、シイタケとクローヴァーなどなど。

「気の毒な友は入院中なんだ」マリゴールドが焦がしキャラメルのレモングラスガナッシ

ュがけを頼むと、ケインがつぶやく。「これ以上、苦しませなくてもいいんじゃないか？」

わたしは笑う。

マリゴールドはさほどおもしろくはないようだ。「じゃあ、何がオススメ？」

ケインはわたしのほうを向く。

「チョコレートなんてよさそう」わたしは答える。

「ジャムドーナツも悪くない」ケインは微笑みながらつけ加える。

カウンターの向こうに立つ若者は侮蔑の表情を隠そうともしない。明らかに、ここはジャムドーナツを頼むような店ではないようだ。マリゴールドはわたしたちに代わって店員に謝り、キヌアと甘草のドーナツと、妥協案として怪しげな組み合わせ――ダークチョコレートとハラペーニョジャムのドーナツ――を追加する。

結局、三ダースのドーナツを買って、わたしたちは店を出る。マリゴールドが自分で支払うと言って譲らないので、代金は彼女持ちになる。ただし彼女も、数が多すぎることは理解しているようだ。

「みんなでシェアする必要があるかもしれないでしょ」彼女はそう言って、正当化しようとする。

「たしかに、ウィットは警官に囲まれてるし（警察官はドーナツを好むという社会通念がある）」ケインは車を発進させ、病院へ向かう。

わたしは笑みを浮かべる。「陳腐なジョークで警察を怒らせないようにしたほうがいいんじゃない？」

「陳腐？」ケインは顔をしかめる。「古典的のまちがいだろう？」

「いいえ――陳腐で合ってる」

「なんでケインが警察の心配をしなくちゃならないの？」マリゴールドが後部座席からわたしたちのあいだに身を乗りだす。

「単なる冗談よ」わたしは慌てて答える。「そういう意味じゃ……」

「ちがう、冗談抜きで」マリゴールドは言う。「警察は携帯のせいでケインを疑ってると思う？」

「ええっと……たぶん……どうかな」わたしは顔に赤みが差すのを感じる。「いまのは、ただふざけてただけで」

「おれに注目してなかったら、警察は仕事をしてないことになる」ケインは冷静に言う。

「携帯を失くしたというのは、おれがそう言っているだけだし、それに……」彼は最後まで言い切らずに肩をすくめる。「だけど、警察がこのドーナツを見たら、マリゴールドがウィットに毒を盛ろうとしてると思うはずだ」

「すっごくおもしろーい」マリゴールドは彼の肩を指ではじく。

ケインはマサチューセッツ総合病院のそばの立体駐車場にジープを停め、わたしたちは三ダースのばかげたドーナツをウィットの病室まで運ぶ。その途中、携帯電話の使用が許可されている面会者用ラウンジに立つジーン・メターズとすれちがう。電話を持っていないほうの腕は胸元で折りまげられ、その声は低く鋭い。〝召喚状〟や〝証拠開示〟という単語が聞こえる。わたしたちは電話の邪魔はしないで先に進む。ウィットの母親と顔を合わせなくてすむことを密かに喜びながら。

廊下にいる警官がわたしたちに気づき、なかにはいるよう手を振って合図する。わたしはノックして、ドアの隙間から頭だけを入れ、病室をのぞき込む。

「うわ、ごめんなさい」体をうしろに引いた拍子に、マリゴールドにぶつかってしまう。彼女はドーナツの箱をひとつ落とし、抹茶、キノア、八角の傑作ドーナツが転がり落ち、消毒された床に散らばる。ウィットのベッドのそばに立つふたりの男性が振り返る。彼らの視線は床を跳ねるドーナツからわたしの顔まで上昇し、また下降して、慎重にセレクトされたドーナツを這いつくばって回収しているマリゴールドで止まる。

「出ていくときに、おれのドーナツを踏まないでくれよ」ウィットは見舞い客に向かって言う。ふたりの男性は見た目が似ており、ジムで鍛えたようながっしりした体格にダークスーツを着て――ジャケットは窮屈そうで、ボタンが引っ張られている――モノクロのネクタイを締めている。

「また会おう、メターズ」一方の男性が答える。

ウィットがうめく。

ふたりはうなずきながら通りすぎ、ジロジロと検分するような視線を隠そうともせず、わたしたちに順番に注ぐ。

ウィットは手招きすると、両手を広げて待ちわびたドーナツを迎える。

「この箱は、あたしが落としちゃったやつ」マリゴールドが言う。

ウィットはその箱からドーナツをひとつ取る。「病院の床から取って食べられないんじゃ、どこから取ったって食べられないだろ?」

「あとふた箱あるんだよ」マリゴールドはウィットに言い、落としてないほうの箱をふたつ、ウィットのベッド脇のテーブルに置く。

「おれは清掃スタッフを信頼してる」ウィットはドーナツをかじる。「彼らは移民だ。〝移民は仕事をちゃんとやり遂げる〟からな」

『ハミルトン』(移民として成功したアメリカ建国の父、アレクサンダー・ハミルトンの生涯を描いた名作ミュージカル)の引用だからって、侮辱的な意味合いが軽減されるわけではないのよ」わたしは咎めるように言う。

「これって侮辱になるのか？」ウィットは心底驚いている。「なんで？」

「よくわからないけど」わたしは認める。「複雑なことを単純化してるように思える」

ウィットは目をぐるりとまわす。

「あの男の人たち、誰なの？」マリゴールドが尋ねる。

「オークスとマキンタイアって言ってたかな——連邦警察の」

「FBI？」マリゴールドは驚く。

「ケインはどこにいるんだ？」ウィットが尋ねる。

「さあ……」わたしはウィットに言われて初めてケインがいないことに気づく。「どこに行ったんだろう？」

ケインがドアからはいってくる。「すまない、おれのいないあいだに何かあった？」

「どこに行ってたの？」

ケインはウィットに一枚の紙を渡す。「医者に呼びとめられたんだ。彼女、それをきみのお袋さんに渡してほしいそうだ」

ウィットはメモを読んで笑みを浮かべる。「モリーだ」彼は言う。

「なんて書いてあるの？」マリゴールドが尋ねる。

「何も。携帯番号が書いてあるだけ」

「あなた、携帯持ってないでしょ」

ウィットはちらりとマリゴールドを見る。いっとき、わたしはウィットが軽妙かつ辛辣に切り返すのではないかと心配するが、彼は親切に答えるほうを選ぶ。「だよな」彼は入院着のポケットを探し、そもそもポケットがないことに気づくと、受け取ったメモをドーナツの箱のひとつの下に置く。「モリーはおれの手術を担当したチームにいたんだ」

「じゃ、その携帯番号は……？」ケインはベッドの足元にもたれかかる。

「彼女に回復の状況を連絡するって約束したんだよ」

「へえ？」

「医者に気にかけてもらえるとありがたいだろ？」

ケインの口元がゆがむ。おそらく、モリーの関心はウィットのカルテをチェックするだけではなさそうだ。

「医者に口説かれてたら、そりゃ回復もするはずだね」マリゴールドが、箱から落ちたドーナツを並べ直しながら言う。

「あんたたちは、ドーナツ食わないのか？」緑の芝生が生えているようなドーナツを手に取りながら、ウィットが尋ねる。

マリゴールドは落としてないほうの箱の一方を開ける。「床に落ちたのはウィットに取っておくよ——どうせあなたは抗生物質を飲んでるんだし」

「ケインとフレディは？」

わたしたちは同時に辞退する。するとマリゴールドは、ケインとフレディは時代遅れで形式に囚われすぎていて、ピーナツバターとジャム以外のものを食べてみようとしないのだと説明する。ケインがドーナツ詐欺の不運な被害者について何やらつぶやくと、マリゴールドはわたしたちを〝年寄り〟と呼ぶ。

ある意味、そのとおりだ。ケインとわたしはウィットとマリゴールドよりもたぶん五歳は年上だろう、彼らはせいぜい二十一か二十二歳だろうから。

「あなた何歳なの？」マリゴールドはケインに尋ねる。

「三十だ」

「ええっ、思ってたよりも年上だ！」

ケインは肩をすくめる。「フレディのことはわからないけど、おれはまだ自分の歯があるよ」

ウィットがわたしを見る。好奇心が社会的タブーと闘っている。

わたしは彼を苦悩から救いだす。「わたしは二十七」

「まあ、あんたたちの歯はせいぜいあと二年もつかどうかってとこだろうな」ウィットは憐れむように言う。「けど、なんでドーナツを食べようとしないのかはわかる。血糖値だとかなんとか」

わたしはばかじゃないのと返す。ウィットはクックックッと笑うそばから顔をゆがめる。

「大丈夫?」

「ああ。おれの笑う筋肉に縫い目があるらしくって、それだけ」

「警察は、誰があなたを襲ったのか、何か手がかりをつかんでるの?」わたしは尋ねる。

「何か言ってた?」

「おれの知り合いか……おれを知ってる誰かだと判断してた」

「どうして?」

「ケインの携帯を持ってる人物が犯人だと考えてるみたいだ。それから、そいつがあんたにメッセージを送ったってことは、おれたちが友だちだってことを知ってたにちがいないって」

「どれだけの人が、わたしたち四人が友だちだってことを知ってるの?」わたしは尋ねる。なにしろ、わたしたちが知り合ってまだ二週間でしかない。

ウィットは肩をすくめる。「多くはない。けど、図書館とか、どっかでランチしたときにおれたちの近くに誰が座ってたかなんて、わかりゃしないだろ？　おれの交友関係に、人殺しが趣味のイカれた野郎がいるとか考えてんのは警察だけさ」

「ＦＢＩはなんだって？」マリゴールドが尋ねる。

「ケインのことを訊かれた」

「ケインのこと？　いったいどうして？」

「おれの携帯がしでかしたことを考えたら、驚くことでもない」ケインはウィットの暴露にも、わたしほど不安になってはいないようだ。「具体的には何を訊かれたんだ？」

「いつからあんたを知ってるのか、どうやって出会ったのか、あんたは何をして過ごすのが好きなのか、あんたが誰かを刺したところを見たことがあるか……」

ケインは笑う。

「笑えないよ、ウィット」マリゴールドはドーナツの箱を彼の手の届かないところに移す。

「まさか図書館でＦＢＩの指名手配犯と出会うなんて、夢にも思わないよな」ウィットはおそるおそる伸びをする。

「ケインのことを訊いたからって、指名手配されてるってことにはならないわよ」わたしは指摘する。

「ああ、そうだな」ウィットはケインを見る。「あんたのほかの名前を知ってたかって訊かれたよ」

「偽名とか?」マリゴールドは興味深そうに彼を見る。

「ペンネームとか」ケインはバツが悪そうに言う。「実は、ケイン・マクラウドはおれのペンネームなんだ」彼は白状する。「FBIはおれの本名のことを言ってるんだろう」

「なんて名前?」マリゴールドは憤慨して尋ねる。

ケインは腕を組む。

「おらおら、どっかの誰かさん」ウィットはニヤニヤ笑いながら言う。「吐いちまえ」

しばらくして、ケインは観念する。「アベル・マナーズ」

マリゴールドはウッと息を呑む。ウィットはゲラゲラ笑う。わたしは感情をあからさまに出さないように努める。

ケインはため息をつく。「なぜ名前を変えたかわかるだろう? 本を書くことの特典のひとつは、名前を変えて、出版社にそうさせられたフリができることだ」

「アベル・風俗《マナーズ》!」ウィットはどっと笑い、ドーナツを喉に詰まらせる。「げ、そりゃヤバすぎる! 礼儀正しいポルノ俳優みたいじゃねえか!」彼は脇腹をつかんで激しく咳き込み、横向きになる。「うっ、クソいてえ」

「おれは自分の本の背表紙にアベル・マナーズと載せたくなかった、だから……」ケインは言葉を切り、ウィットの緑色の入院着の背中に広がる真っ赤な染みを見つめる。「おい、ウィット――血が出てるぞ」

ウィットは背中に手をまわし、血の染みに触れて――すでに指先だけでも充分感じられそうなほど濡れている――それから、指についた血をじっと見つめる。まるで訳のわからないものがついているかのように。

マリゴールドが助けを求めて病室を飛びだし、わたしはブザーを押して看護師を、誰かを、誰でもいいから何をすべきかわかっている人を呼ぶ。数秒後、わたしたちはなだれ込む人々の流れに押しだされるようにして病室を出る。邪魔にならないように廊下でウロウロしながら、叫ぶような会話の断片を聞き取り、何が起こっているのか知ろうとする。

〝出血〟とか、〝ヴァイタル〟がなんとかいう言葉が聞こえる。ウィットの母親がやってくる。医師が彼女と話す。わたしたちには聞こえない会話の最中に、彼女はちらりとわたしたちを見る。ウィットはストレッチャーに乗せられて手術室に運ばれ、わたしたちは礼儀正しいが強い口調で、待合室に行くよう求められる。

親愛なるハンナ
　この章を読んだら、ドーナツが食べたくなったことを認めざるを得ない。貴女は実在の店を使わなかったようだが、ボストンにも風変わりな組み合わせのドーナツを出す店がいくつかある。それから、もちろんダンキンドドーナツもある――ちょっとしたボストン名物だからね。別添のファイルにリストを作っておいた。店の正面の画像とか、近くの路地など違法行為が行なわれやすそうな場所についてのメモも入れてある。
　しかしながら、貴女が架空のドーナツ店を創ったのは、誰かのビジネスを台無しにすることなく、ある種の暴力の現場として使えるようにするためだろう。配慮ある判断だが、正直なところ、そうした悪評は客を遠ざけるというよりも、むしろ客を惹きつけるかもしれないね……ただし、もちろん、人々に毒を盛ろうとしているのでないかぎりは。
　私自身の渇望はバックベイのベーカリーで満たした。神がかった旨さ！　正直、その店の商品を味わうと、神を信じてしまいそうにも、同時に神を見捨てたくもなる。そのベーカリーは私の部屋から三キロ以上は離れているから、往復の徒歩で少なくともドーナツふたつ分のカロリーは消費できそうだ。

さて、些細なことをふたつ。もしウィットが法律の学位取得の後期段階にいるとしたら、こちらでは大学院課程に当たるから、彼がある種の神童でないかぎり、二十一や二十二ではなく、二十五歳近いだろう。同じことがマリゴールドにも言える。

私はケインの名前がかつてアベルだったことをいたく気に入っている。もし好きな聖書の物語を挙げるとすれば、私はケインとアベルの物語、人類最初の殺人の物語を選ぶ。この物語は今日《こんにち》の取るに足らない殺人に、一種の古《いにしえ》の重みと伝統を添えている。まるでもっとも卑劣で粗野な殺人でさえ、時の残響であり、時代の呪いであるかのように。

貴女のエージェントが私の原稿を見送ると判断したことで、完全に落胆したりはしないと約束しよう。貴女が私のためにあらゆる影響力を使ってくれたこと、これからも使い続けてくれることを私は知っている。いずれ私の時代が来る。それまでは、貴女の成功の栄光の反射に浴することにしよう。

ともあれ、いずれ近いうちに、一緒にドーナツを食べることを楽しみにしている。

それでは

レオ

11

面会者ラウンジで待ちつづけて一時間経った頃、ウィットの父親がやってくる。彼が笑みを浮かべているのを見て、わたしたちはひとまずほっとする。それから、傷口の縫い目がはち切れただけで、ウィットは大丈夫だが、また同じことが起きないように安静にする必要があると説明を受ける。

ケインは、わたしたちが病みあがりのウィットに力を入れさせるようなことをしてしまったことを詫びる。

「息子は笑ってたと言っていたよ」フランク・メターズの片方の口角があがる。「理由は言おうとしないんだが、明らかにとんでもないオチだったようだ」

わたしたちは何も言わない。

メターズはネクタイを緩める。「いいかい、ウィットはしばらく誰とも会えないんだ——」

「彼は大丈夫なんだと思ってました」マリゴールドが言う。

「ああ、大丈夫だよ。ただ、ジーンがみずから息子を守るべく包囲網を敷いてね。病室で仕事をするつもりでいる」メターズは同情的な表情を浮かべる。「わたしならば、少なくとも二日は息子に会うのはやめておくだろう」

「彼はほんとうに大丈夫なんですね？」ケインが尋ねる。

「ウィットかい？　ああ、息子は平気だ。それにまちがいなく、母親があの子を二日間笑わずに過ごさせるよ」

「それでしたら、これで失礼します」ケインはメターズに手を差しだす。

メターズは握手を受け入れ、ケインに名刺を渡す。「もしウィットのことが心配なら、電話してくれ、最新情報を教えるから」

ウィットに挨拶もせずに帰るのは妙だが、面会者用ラウンジに居座っていても意味はない。フランク・メターズはわたしたちのお見舞いの言葉を伝えると約束してくれる。

マサチューセッツ総合病院から〈キャリントンスクエア〉までは歩いて三十分ほどなので、ケインとマリゴールドにはわたし抜きで車で帰ってもらうことにする。「座るのはもううんざりなの」

「ほんとに安全なの？」マリゴールドが顔をしかめる。「あたしも一緒に歩こうかな」

「ばかなこと言わないで。まだ午後三時よ。わたしはただ歩いて、執筆中の原稿について考えたいだけなの——頭をその場所に戻したいから」

ケインはうなずく。「幸運を祈る。バスが停まってくれるといいね」

一瞬、わたしは混乱し、それから創作のバスの話を彼にしたことを思いだす。わたしは微笑み、なぜだかよくわからないがうれしくなる。たんに彼が理解してくれたとわかったからなのだろう。「バスの下に飛び込んで停めるわ」

ケインの片眉があがる。「文化的配慮に欠けることは言いたくないんだが、フレディ、アメリカではバスはバス停で待つものだ」

わたしは鼻で笑い、腰抜け作家ねと言う。

マリゴールドはまだ悩んでいるようだ。まるで戦地に赴くかのように、別れのハグをするので、それだけでわたしは苦笑してしまい、せっかくの心配を無下にする。ケインはジープのエンジンをかけ、マリゴールドに乗るように言う。「もしきみが望むなら、少し離れてフレディを追いかけることもできるよ」そう言って、彼は身を乗りだし、助手席のドアを開ける。

わたしは彼が冗談を言っていると確認するためにも、その場で手を振って彼らを見送る。それから携帯電話に向かって、家に帰りたいと言い、画面に地図が表示されるのを待つ。

徒歩で三十四分。完璧だ。

歩いていると、わたしの心は原稿のなかにするりとはいり込む。まるで息を吐きだすように。足音が思考を刻んでいく。わたしはヒーローアゴについて熟考する。彼には特権的な自信がある。どんなことにも失敗したことがない……彼自身が失敗を選ばないかぎりは。それから、ウィットの母親について考える。バスのなかで、彼女は彼のうしろの席に座り、携帯電話で話しながらも、彼の一挙手一投足を見つめている。ときおり、手を伸ばして、彼の髪を撫でる。彼は彼女を無視するが、席を移動することもない。彼女の手の届くところに留まっている。フランク・メターズは妻の横に座り、ファイルに目を通している。妻がウィットに触れたとき、彼は顔をあげてちらりと見る。その目につかのま不安がよぎるが、何もしない。

ウィットは何をやりたいのだろう？　法科大学院を落第するには努力が必要なようだが、ウィットがなんの理由もなくその努力をするとはわたしには思えない。彼ならば弁護士になって最善を尽くすという、もっとも抵抗の少ない道を選ぶように思える……ほかに何かがあるのでなければ。弁護士になることでは満たされなかった、ある種の情熱が。おそらくヒーローアゴは、何かのスポーツのプロ選手になりたかったのかもしれない――野球かアメフトか……バスケットボールということもあるかも。あるいは、もう少しありきたりではない何か……そしてふと思いつく。ヒーローアゴはダンサーなのかも？　おそらくそれが彼とフロイトガールとの、彼女の過去に潜む死んだバレリーナとの接点だったのかもしれない。ふたりともあるバレリーナを知っていて、ふたりとも彼女を愛していたとか？ひょっとしたら、どちらかが彼女を殺したのかもしれない？　最後の思いつきがわたしに衝撃を与える。わたしの小説の登場人物は、インスピレーションの源となった実在の人物と深くつながりすぎていて、しかもその実在の人物とはわたしの友人でもある。出会ったばかりだが、すでに大事な人たちで、友情が始まったばかりののぼせるような興奮に包まれ、時間が経つにつれて避けられなくなる迷惑や失望、ささいな裏切りに汚されていない。

コプリー広場にはいると、つかのま、わたしは足を止め、自分がここに――ボストンに――いるという事実に酔いしれる。この二週間、いろいろなことが起こったにも関わらず、わたしはいまもシンクレア奨学金の特権を享受し、ワクワクさせられている。噴水のそばに立ち、広場の音のなかに身を浸す。往来、人々、アメリカ英語のアクセント――ボストン人もいれば、そうでない人もいる。

しばらく、わたしはブラブラと歩きながら、日々の営みを行なう人々を機嫌よく見つめる。

「フレディ！」レオ・ジョンソンが駆け寄ってくる。

「こんにちは！」彼が野球帽を脱ぐと、わたしは笑みを浮かべる。彼の髪は湿っていて、息は荒々しい。「ここで何をしてるの？」

「たまには〈キャリントンスクエア〉から出してもらえることもあるんだ。フーーッ！」彼は袖で額をぬぐう。「広場の反対側であなたを見かけて……いま追いついたところだよ」

わたしは困惑して彼を見る。「わたしを見かけたって、いったいどこにいたの？　ニューヨーク？」

「いや、マアム、ぼくがいたのは……」彼はそこで言葉を切る。「ああ……そういうことか。ぼくはジョギングをしてたんだ」

「ジョギング？」

「そんなギョッとしたような顔をしないで。作家はジョギングするものだよ」

「追いかけられているときにはね」

彼は笑う。「〈キャリントン〉に戻るところ？」

「ええ、でもあなたと競争はしないわよ」

「臆病者だなあ」彼はわたしに話しかけながら、体をひねってストレッチをする。「考えてたんだけど、一緒に夕食を食べながら、執筆中のスランプや類義語のない言葉について愚痴を言い合ったりするのはどうかな？」

わたしは腕時計を確認する。またレオの誘いを断れば、嫌がっていると思われかねないし、彼とは自分の作品のことや、わたしたちがそれぞれ発表しなければならない滞在執筆《レジデンス》期間に関する報告書について話したい。「いいわよ。どこに行く？」

彼は頭を掻き、野球帽をかぶり直す。「何か注文しておくから、ぼくの部屋で食べるのはどうかな……あなたの部屋でもいいけど、そのほうがよければ」

「ううん、あなたのアパートメントでいい。わたしの部屋は散らかってて……わたしのミューズはちょっとだらしないの」

「彼女たちはそういうところあるからね」彼はその場で駆け足を始める。「六時半でどう？　それならシャワーを浴びる時間がある」

「いいわ、じゃああとでね」

走り去る彼に手を振りながら、ぼんやり思う——わたしはどういうわけかレオを実際よりもずっと年上に思っていたようだ。たぶん彼のアクセント……『風と共に去りぬ』を彷彿とさせる南部訛りのせいか、いつもかなり保守的な服装をしているせいだろう。いまも厳密にはジョギングウェアを着ているわけではない。

〈キャリントンスクエア〉に戻ると、ロビーでミセス・ワインバウムが植物に水をやっている。彼女が言うには、本来は管理人の仕事なのだが、彼が充分に水をやっていないからということだ。それから、ヨーグルトの効果を実感したかとわたしに尋ね、効果があったなら、疝痛《せんつう》にも効くか試してみようかしらと言う。正直なところ、わたしは疝痛とはなんなのか——ホームドラマでお年寄りに特有の症状とされていることをのぞけば——よくわからない。わたしはヨーグルトがただ好きなだけで、どこも悪いところはないと説明しようとするが、彼女は聞く耳を持たない。最終的に、ヨーグルトは試してみる価値があるという意見の一致をみて、彼女は結果を報告すると約束する。

ばかげてはいるが、温かな立ち話をしたあと、わたしは機嫌よく自分のアパートメントに戻る。靴を脱ぎ、コーヒーを沸かし、ノートパソコンを取りだす。少なくとも二時間は執筆できるだろう。レオにばったり会ったことで、殺人事件もドーナッツも関係なく、わたしは小説を書くためにここにいるのだと再確認し、あの悲鳴や、そこから始まったすべてと無縁の仲間がいて、自分のペースを保つことができることをありがたく思う。

次に時計を気にしたときには、六時五分前になっている。わたしはバスルームに駆け込んで歯を磨き、歯ブラシを口に入れたままシャツを着替える。メイクをする時間はないけれど、手を濡らして巻き毛をなんとか整える。靴を履き、食器棚からワインのボトルを取りだし、廊下を歩いてレオのアパートメントに向かう。

「開いてるよ」ドアをノックすると、なかから返事が聞こえる。

レオの部屋はわたしの部屋の左右を逆にした間取りだが、インテリアはずっとモダンだ。居間のほとんどは黄色のソファと回転式の革張りのエッグチェアで占められている。わたしはさっそくエッグチェアに座ってみたくなる。

レオは訳知り顔でニヤリと笑う。「どうぞ」彼は言う。「ここに来る人はみんな、そこに座ってクルクルまわらずにはいられないんだよ」

そこでわたしはそのとおりにする。卵のようにカーヴした椅子はわたしを包み込み、ほとんど力を入れなくてもなめらかに回転する。「ここに座って書いてるの？」わたしは回転しているせいで現れたり消えたりするレオに向かって尋ねる。

彼は首を横に振る。「ぼくはソファのどれかに寝そべるのが好きなんだ。動くと少し気が散るみたいで」

「そうなりそうだけど、でも楽しい！」

「ピザを頼んである」レオが言う。「あなたがペパロニを好きだといいんだけど」

わたしは椅子の回転を止め、顔をしかめる。「言っておくべきだった。わたしはヴェジタリアンなの……」

「ああ、しまった！　訊くべきだった。最近はヴェジタリアンの人がすごく多いんだし、訊こうと考えるべきだった――」

「ペパロニを取って食べればいい――」

「そんなことはしなくていい――注文を変更するよ」

彼は電話をかけ、ヴェジタリアン用のピザを追加注文する。「さあ、これで解決だ、飲みものでもどう？」

わたしは持参したワインのボトルを差しだし、ふたりでグラスを手に黄色のソファに腰かける――レオがエッグチェアとアルコールは危険な組み合わせだと警告したので。さっそく彼の小説について尋ねる。わたしはレオが歴史小説を書いているのではないかと勝手に想像していて、しかも舞台はローマ帝国時代のはずだとどういうわけか思い込んでいる。

根拠は何もない……ただの空想だ。

「ロマンスだよ」彼は答える。「ぼくはロマンス小説を書いてる」

わたしの驚きは言葉にしなくても伝わったにちがいない、彼が説明を続けたところをみると。「ぼくのエージェントは、現代アメリカにおける情熱的な友情と気の進まない人間関係についての物語だと言うだろうけど、実際にはロマンスなんだ」

「まあ……現代が舞台なの？」わたしはまだ古代ローマの剣闘士を頭に思い描いている。

「現代アメリカって言ったよね」

「ずっと……ずっとロマンスを書いてきたの？」

「うん、さらに言えば、それはあなたも同じだよ。ミステリ作家、歴史小説家、政治スリラー作家、SF作家……取扱説明書を書く人以外は、誰もがロマンスを書いている。われわれは殺人事件や、道徳や社会についての議論で、物語を飾りたててはいるけど、実のところ人間関係に関心があるだけなんだ」

「まさか。スティーヴン・キングもロマンスを書いてるっていうわけ？」

「まさしく、マアム」レオはソファの背にもたれる。「殺人ピエロはおもしろいとかいろいろあるけど、ぼくたちがほんとうに興味があるのは、あの太った子どもが可愛い女の子と仲良くなれるかどうかなんだよ」

「ちょっと単純化しすぎじゃない？」

ドアのノックがピザの到着を知らせる。わたしたちはふたりのあいだに置かれた箱を開け、ピザのスライスで腹ごしらえをしてから、話を続ける。

「わたしの原稿をあなたがなんと呼ぶのかはわからないけど、ロマンスじゃない」わたしは自分の作品について、ひとつの悲鳴によって結ばれた三人の物語について話す。彼は注意深く耳を傾ける。

「古典的な三角関係だね」彼は言う。「ハンサムマンとヒーローアゴのどちらが、フロイトガールのハートを射止めるかという話だ」

「悲鳴とか、殺人者はどうなるの？」

「背景色だ」

「そんなのおかしい。その理屈なら、どんな本でもロマンスと呼べるじゃない」

「ぼくが言いたいのはまさにそれだよ」

わたしは黙って彼を見つめる。

「何を考えているんだい？」彼が尋ねる。

「あなたのソファに座ってあなたのピザを食べておいて、ばかじゃないのって言えるほど、わたしはあなたのことをよく知っているのかなって考えてる」

レオは思慮深げにうなずく。「ええ、マアム、知っていると思うよ」

「ピザを食べ終わってからにしようかな」

「じゃあ、あなたのキャラクターは、図書館で出会った人たちが元になっているんだね？」

「そう。悲鳴が聞こえたとき、一緒に閲覧室にいたの」

「ハンサムマンは、あなたがハンサムマンと呼んでることを知ってるのかい？」

「ううん……そんなこと知られたら、お互いに気まずくなるだろうし」

「ぼくならそんな心配はしないね。イケメンは自分がイケメンだと知ってるものだよ。何しろ、ぼくらには鏡というものがあるんだから」

わたしはパッと顔をあげる。え、いまなんて言った？　彼の目に浮かぶ笑みを見て、からかわれたと気づく。「それで、それを知ってどうするの？　あなたたちイケメンは？」

彼は肩をすくめる。「目くらましにするんだよ」

「ばかじゃないの？」

彼は今度は声に出して笑う。わたしたちはわたしの作品について、それから彼の作品について話す。彼はある特定の状況に対して、わたしならどういう反応をするかという仮定の質問をいくつかする。

「レオ、あなた、わたしを研究材料にしてる？」

「たぶんちょっとだけ」彼はきまり悪そうに認める。「あるシーンで煮詰まってるんだ。気を悪くした？」

「全然。そのシーンを見せてくれる気はある？　何か手伝えるかも」

「もちろん。まだ初稿で粗削りだけど」

わたしたちは残りのピザを食べながら、彼の原稿に取り組む。原稿は粗削りだが、ところどころに美しさがある。レオのキャラクターは優美で、少々理想化されており、おそらくそこが助けを必要としている理由だろう。まあ、助けというのは正確ではないかもしれない。必要とされているのは、どちらかというと、彼の思考を跳ね返すための友好的な壁、それからわたしの女性としての洞察力だ。彼がロマンスと呼んでいる物語は、拒絶と執着についてのゴシック小説で、彼の散文は心をつかんで離さない。それを読んでいると、自分の原稿に取りかかりたくてたまらなくなる。

わたしは天井に投影されたプロジェクション時計を見あげ、ゆっくりと頭を動かして時間を読み取る。「もう十一時なの？」

レオはうなずく。「どこかに行く予定があったの？」

「ううん、でももう遅いし。お暇《いとま》したほうがいいわ」

彼はわたしにコーヒーを勧める。

わたしは頭を横に振って立ちあがる。「ピザをありがとう、レオ」

「ぼくを助けてくれてありがとう。感謝してる。もしぼくにも同じことをしてほしいときには――」

「わたしがロマンスを書いてると言うのをやめてくれたら、お言葉に甘えるかも」

「了解、マアム！」彼はわたしの部屋のまえまで送ってくれ、おやすみなさいと言う。別れ際、一瞬、気まずくなる。結局、握手を交わし、ちょっと変なので笑う。わたしたちはピザを一緒に食べて何時間もおしゃべりしたが、内容は仕事についてだ。友人というより、同僚に近いのではないかと思う。彼はわたしがドアの鍵を開けるのを見届けてから立ち去る――南部式の気遣いなのだろう。あるいは、どこかに殺人者がいるという事実のせいかもしれない。

親愛なるハンナ

貴女の作品世界に足を踏み入れることが、どれほどスリリングなことか、言葉では表しようもない。ありがとう――この章は私を非常に元気づけてくれた！　私はレオがとても気に入っている。彼とフレディはとても相性がいい。フレディが最終的にケインの恐ろしい真実を知るときには、彼と私がそばにいて彼女を慰めると約束しよう。私は貴女がレオの文章を描写するくだりが大好きだ。こちらも実物をモデルにして書かれたのだと願わずにはいられない。

この章は完璧だ。何も変えないでほしい。

そしてありがとう。貴女は私に敬意を表してくれた。

映画館についての質問についてだが、私は〈ブラトル〉をお勧めする。独自の興味深い文化を築いている。

それから、ついでながら、興味深いことに、昨日のグローヴ紙に、アレクサンドラ・ゲインズバラ（私の作品を断ったエージェント）が亡くなったという記事が載っていた。なんらかの事故で。二日前の彼女は活気にあふれ、力強く、夢を実現させたり殺したりする力を持っていたが、今日には彼女自身が亡くなっているとは。もちろん、お悔やみを送ったよ。ときに現実とは不可思議なことが起こるものだ。

それでは

レオ

12

翌朝、もうひとつ食料品のギフトボックスが配達される。ドアマンが部屋まで運んでくれる。

「ありがとう、ジョー」わたしは彼から箱を受け取り、財布から十ドル札を取りだす。

「五ドル札は一枚ありますか、マアム?」

「ええ、もちろん、ほんとにごめんなさい」わたしは恥ずかしくてたまらず、しどろもどろになる。請求書のないものにいくらチップを払うものなのか見当もつかないし、ジョーにケチだと思われるなんて、考えただけでゾッとする。

彼は五ドル札を受け取り、十ドル札をわたしに返す。「払いすぎはよしときましょう――わたしはただ運んだだけなんで」

「あ……そうね……ごめんなさい。オーストラリアではチップを払う習慣がないの。この習慣になかなか慣れなくて」

ぱりだ」

「チップがないですって？　それでどうやったらうまくいくもんなのか、わたしにはさっ

と」

「こっちでチップを払うような仕事には、わたしたちは賃金を多く払ってるんじゃないか

「わたしたち、というと？」

「雇い主のこと。法律で決まっているの」

ジョーは頭を振る。「それでうまくいくとは思えんですな……どうやって感謝を示すんです？」

「一般的には、ありがとうと言うわ」

ジョーは笑う。「まあ、それに価値がないってわけじゃないでしょうが」

「ありがとう、ジョー」

「言っときますが、チップはお返ししませんよ」彼の笑い声は深く、朗々と響く。わたしはジョーが好きだ。彼と冗談を言い合えるようになるまでには少し時間がかかったけれど、彼はいつも思いやりがあって温かかった。

「ねえジョー、先週の金曜日、〈キャリントン〉の住民でなさそうな人とか、ここにいるべきでない人とかを見かけたりしてないわよね？」

「ないです」彼はためらうことなくキッパリ言う。

「ほんとうに？」

「わたしの仕事は、入居者じゃない人、入居者と一緒じゃない人を呼びとめて、用件をお尋ねすることですよ、ミス・キンケイド。この一週間以上、あなたのご友人とミセス・ワインバウムの孫娘さんをのぞけば、どなたも呼びとめてません」

「まあ」

「何か困ったことでもありましたか、ミス・キンケイド？」

「いえ……えっと、あるかも」わたしはドアの写真について、その他のことを省いて話す。

「ただの写真なんだけど、ちょっと怖くなって」

「誰がそれを送ってきたんです——あなたの部屋のドアの写真を？」

「わからないの。ケインの携帯から送られてきたんだけど。彼は前日にその携帯を失くしていて」

ジョーは顔をしかめる。「まあ、わたしはあなたのご友人のケインの仲間の誰かだと思いますがね。携帯を見つけて、ふざけてるんでしょう」

「友だちなら、いまごろ名乗り出てるんじゃない？」

「白状するつもりだったのに、怖くなっちまったんじゃないですかね」

「そうかもしれないわね」わたしはあまり納得していないが、それ以外に起こったこと全部を話すわけにもいかない。

「よく見張っておきますよ、念のため」彼は請け合う。

ジョーが去ると、わたしは食料品の箱を開ける。中身は前回の箱とはちがっている。必需品というより贅沢品で、高級チーズ、マルメロペースト、ワインにスイーツ。もちろんヨーグルトはなし。

わたしはケインにお礼の電話をする。「まさか、実は〈ホールフーズマーケット〉の後継者だなんて言わないわよね？」

「どういう意味だい？」

「ありがとう、ケインっていう意味。とても親切で、すごく気前のいい贈り物だけれど、家《うち》で食事をするたびに食料品を送ってくれなくてもいいのよ」

「もうひと箱、食料品が届いたのかい？」

「ええ、食料品というよりグルメって感じだけれど——」

「フレディ、おれは送ってない」

「えっ」

「マリゴールドじゃないか？」

　わたしは少しきまりが悪くなって笑う。「たぶんね。彼女に電話しないと」

「メッセージカードははいってなかったのかい？」

「ないの」わたしは見落としていないか確かめるために、もう一度箱のなかをのぞき込む。

「チーズ、ワイン、チョコレート……そういうものがはいっているだけ」

「ヨーグルトでは敵いそうにないな。小説はどんな調子？」

「実は昨夜、たくさん書いたの」レオのアパートメントから戻ったあと、わたしは午前三時まで書いていた。「あなたは？」

「あまり集中できてないんだ、正直言って」

「ウィットのことが気になって？」

「たぶん」

「何か手伝えることはある？」

「今夜、映画を観る気はないかな？〈ブラトル〉で『北北西に進路を取れ』がやってるんだけど」

「ケーリー・グラントの？えっ、ほんとに？行きたい、ぜひ！」

　ケインはクスクス笑う。「まさかとは思うけど、オーストラリアでは彼がまだ大スターだってことはないよね」

「父が名画マニアだったから……父と一緒にときどき観てたのよ。特にケーリー・グラントの映画のときには」

「彼の本名はアーチボルドだったんだよ。アーチボルド・リーチ」

「知らなかったけど、気にならない」

「じゃあ、六時に迎えにいくよ」

わたしは笑みを浮かべながら、携帯電話の電源を切る。ティーンエイジャーのように舞いあがったりしないという決意とは裏腹に、ワクワクする。執筆に戻り、これはレオと夕食を食べるのと変わらないのだと自分に言い聞かせる。ただ同業者と会うだけで、それ以上ではない。いや、ほんとうはそれ以上なのかもとも思っている。それでも、可能性を否定しておくことは、あとでがっかりしないために——恥をさらさないためにも——必要な防御策だ。

今日は言葉が湧きでてくる。ヒーローアゴがわたしを手招きする。彼とフロイトガールとの関係はじれったい。彼の彼女に対する接しかたには優しさがあり、気遣いがあり、それでいて性的な緊張関係には、少なくとも彼の側には、少々無遠慮なところがあるようだ。彼は彼女に対して性的関心を抱いているが、その関心は無頓着なものだ。気遣いは別のところから来ている。

もちろん、フロイトガールにとってはそうではない。

ひょっとしたらレオは正しいのだろうか？　わたしはロマンスを書いている？

ヒーローアゴとフロイトガールに集中していても、ふと気を抜いた瞬間に、ケイン・マクラウドのことが頭に浮かんでいる。そのことにわたしは驚く。どういうきっかけで考えはじめたのかもあやふやなまま、気づけば彼について考えている。そして罪悪感を覚える。原稿に集中すべきなのに考えてしまうから。

わたしはマリゴールドに電話をかける。彼女と話すことが、ケインのことばかり考えてしまう思考回路を遮断するブレーカーになってくれないかと期待して。まずは高級食料品のギフトボックスのお礼から伝える。

「食料品って？」

「あなたも送ってなかったのね」

「あなたも？」

「またケインが送ってくれたのかと思ったんだけど、ちがったの」そう伝えながら、わたしは箱を見つめる。

「何がはいってたの？」

「チョコレート、ワイン、チーズ……」

「ワオ！　いまからそっちに行く——」

「ダメなの、出かけるから……」

「そっか。どこに？」

「変だと思わない？　メッセージカードもはいってなかったの」

「ううん、変じゃないよ……カードを入れ忘れるなんてよくあることだもん」

「そうかも」

「きっと二、三日もすれば誰からかわかるよ」

わたしは心のなかで疑念を振り払う。「そのとおりね。ただ誰かにお礼を言わないと失礼な気がして……あなたはいま何してるの？」

「ドーナツを買ってる」一瞬の間《ま》のあと、マリゴールドは慌てて続ける。「チャイカスタードとコーヒーのドーナツにちょっとハマってて」

わたしは笑う。「秘密は守るわよ。少なくとも、ドーナツ欲しさに強盗でもはじめないかぎりね」

「いつでもやめられるもん……明日になったら」また間《ま》が空く。「ウィットのお父さんから、彼の具合がどうなのか連絡もらってないよね？」

「ううん……彼はケインに名刺を渡してたでしょ。たぶん——」

「ああ、そうだった……もしかして——？」

「数分前にケインと話したけど。彼は何も言ってなかったし、もし何か聞いてたらきっと教えてくれてたはず」

「病院に電話してみようかな」


ケインは六時十分前にやってくる。彼は襟付きのシャツにスポーツコートを羽織っており、わたしはジーンズではなくスカートを選んだことに安堵する。たぶん古い名画だからだろう、マーヴェルユニヴァースが舞台の最新作を観にいくときよりもフォーマルな服装がふさわしいように感じる。

わたしがコートと手袋を取りにいくあいだ、ケインは居間で待っている。ベッドルームから戻ると、彼はマントルピースの上の銀の小さなフレームにはいった古い写真を見ている。


「どっちの子がきみ？」彼は尋ねる。写真には思春期に差しかかったばかりのふたりの少女が写っている。

「右側の背の高いほう」

「じゃあ、こっちは妹さん？」

「そう、この写真を撮ってひと月もしないうちに亡くなったけど」わたしは事故のことを話す。

「そんな……つらすぎる。お気の毒に、フレディ」

わたしは写真を見ながら、ジェラルディンはケインのことをどう思っただろうと考える。当時、彼女はわたしの目に留まった男の子たちの大半を酷評していたけれど……ケインに文句を言うところは想像できない。「あなたは兄弟はいるの?」

「いや」彼は首を振る。「ひとりっ子だ」

「寂しかった?」

「かもしれない。あらたまって考えたことはなかったけど」

車へ向かう途中、わたしはおてんばで小生意気な妹、ジェリーのことを彼に話す。「もちろん、わたしたちのほとんどは十一歳の頃とはいくらか変わるものだし、彼女が生きていたら、いまはあの頃とはちがっていたかもしれない」

「きみは変わった?」

わたしは少し考える。「わたしはジェリーが死んでから書きはじめた。最初は彼女への手紙を――カウンセラーに勧められたんじゃないかな。それから手紙の一部として、詩や物語を。いまでも、ジェリーのために書いていると思う」

〈ブラトルシアター〉はハーヴァード広場のそばにあり、クラシック映画や外国映画を専門に上映している。スクリーンがひとつだけのミニシアターで、上映期間は短い。ケインによれば、『北北西に進路を取れ』は一夜限りの上映だという。

「まえにもここに来たことがあるの？」〈ブラトル〉は信頼できる常連客だけが知るもぐり酒場のような、一種の隠れ家のような雰囲気がある。メインシアターに続く階段の先で、唇に指を当てたアルフレッド・ヒッチコックの等身大のポスターがわたしたちを出迎える。壁には『カサブランカ』の一場面の絵が描かれている。

ケインはうなずく。「ボストンに戻ってから――何度か。数週間前には、ボガードの連続上映をやっていたよ」

わたしたちは席を選ぶ。少数の客がいるが――ほとんどがカップルだ――満員にはほど遠い。ケインが身を乗りだしてきて、ホールのあちこちにある古い看板や映画の小道具を指さすと、わたしのなかで何かがソワソワしはじめる。自分の陳腐な反応に、声を出して笑いそうになる。

ケインが気づく。「すまない――ツアーガイドみたいなことを言うつもりはなかったんだ。ただこの古い劇場がすごく好きで」

わたしは肘で彼を軽くつつく。「ツアーを楽しんでる。ここに連れてきてくれてありがとう」

　彼はわたしの手を取る。その瞬間、劇場のライトが暗くなり、とてもありがたく思う。いま自分がどんな顔をしているのかわからないから。心臓は女子学生のようにドキドキしていて、この瞬間が過ぎ去ってしまいそうで、身じろぎするのが怖い。彼の手は大きく逞しく感じられ、握る力はやさしくてさりげない。オープニングクレジットが始まり、わたしたちは映画を観る。ときおり、彼は身をかがめてカットについて何かささやき、ケーリー・グラントがラッシュモア山をよじ登る頃には、わたしたちの指は絡み合っている。

　照明がついたとき、わたしはどうすればいいのかわからない。わたしから離す？　それとも彼から？

　ケインがわたしを見る。「お腹は空いてる？」

　わたしはうなずく。

　彼は最後にわたしの手をぎゅっと握りしめてから離すと、横の空席に置いてあったコートを取る。わたしはソワソワした気持ちを鎮める。ばかみたい。わたしは二十七歳で、十四歳じゃないのに。

　わたしたちは〈ブラトル〉から、ハーヴァード広場のイタリア料理店まで歩く。〈ジェイクの《ジェイクス》店〉という店名は、どう考えても即座に地中海を連想させる名前ではないが、店内には芳醇で食欲をそそる香りが満ちている。内装はシンプルかつトラディショナルだ――チェックのリネンがかけられた小さなテーブル、曲げ木の椅子、壜のなかのキャンドル。席につくと、オーヴンから出されたばかりのまだ温かいパンのカゴと、ひとかけのバターがテーブルに置かれる。わたしはお腹がペコペコだと気づく。

「夜の営業が終わると」ケインは静かに言う。「ジェイクは残りものを持ち帰り用の箱に詰めて路地裏に置いてくれるから、ゴミ箱を漁る必要がないんだ。信じられないかもしれないけど、冷めてても旨いんだよ」

「ボストンには野宿してる人がたくさんいるの？」

ケインはうなずく。「想像以上に多いよ。全員が路上で寝ているわけじゃない――車で暮らしてるとか、シェルターを転々としてる人も多い。ジェイクが外に置いてくれたものを受け取ろうにも、つねに人間の数のほうが多いんだ」

「じゃあ、どうなるの？」

「いまはどうだかわからないけど、当時はいつもなごやかってわけじゃなく――小競り合いもあったし、脅しもあったけど、基本的には秩序を保ってた。みんな、ジェイクがわざわざそんなことをする義理はないとわかってたんだ……店の裏路地でケンカが起こるからもうやめとこうと思われたくなかった」

わたしは自分が〝メイン〟と呼び、ケインが〝アントレ〟と呼ぶものに、ヴェジタリアン向けのカネローニを選ぶ。デザートにはふたりともパンナコッタを注文し、食事のまえから長居することを表明する。ウェイターが立ち去ると、わたしたちは話しはじめる。さっき観た映画のこと、出演俳優――ケーリー・グラント、エヴァ・マリー・セイント、ジェームズ・メイソン――のこと、監督のヒッチコックのこと、さらには映画プロデューサーのワインスタインとハリウッドに起こった革命とそれがもたらした変化のこと。わたしたちはティッピ・ヘドレン（ヒッチコックから性的加害を受けた『鳥』の主演女優）について、ヒッチコックの作品を愛することの問題について論じ合う。

「たとえば、もしおれが殺人者だったとしたら、おれの本、おれの言葉はちがうものになるんだろうか？」ケインは慎重に尋ねる。

わたしは少し考える。「言葉には意味がある。誰が著者なのか、彼が何をしたのかは、その意味を変える可能性があるんじゃないかな」

「意味というのは、読み手のほうに比重がかかるものじゃないのかい？」

「ううん……物語とは、読み手を意味へ導くもの。そこから得られるひらめきは読み手のものだけど、わたしたち書き手は、読み手に道を示す。作家のモラルは、その作家が示すものを信頼できるかどうかの判断に影響するんじゃないかと思う」

「たとえ書き手が何をしたのか知らなくても？」

「知らないならなおさらよ。もし知っていれば、その作品の解釈でそれを説明することができる。ごまかしなのか、弁明なのか。罪悪感の表現なのか」

ケインはいっとき口を閉ざす。「かもしれない」

「そうは思わないのね」

「いや……きみの言うとおりだ。ただ、それでもおれはヒッチコックの作品が好きだ」

わたしはため息をつく。「ええ、わたしも」それからケインに彼自身のことをもっと話してほしいと頼む。「ボストンの路上で過ごしたことは知ってるけど、ここの出身なの？」

「いや——たんにここでバス代が底をついただけだ。おれはノースカロライナのシャーロットで育った」

「あなたには義理のお父さんがいた、ということは、あなたの実のお父さんは——」

「亡くなった」ケインはワイングラスを手に取って少し飲む。「おれが六歳の頃。心臓発作だった」

「ほんとにお気の毒に」

「ありがとう」彼は肩をすくめる。「正直言って、父のことはあまり覚えてないんだ。レッドソックスを応援していて、ブロッコリーが好きだった……少なくともよく好きだと言ってた」

「それで義理のお父さんは？」

「おれが八歳のときに、母は義父と再婚した。最初はいい人だった。スポーツ観戦に連れていってくれたり、一緒に野球をしたり。大家族を望んでいて——弟や妹が生まれたら、みんなでこんなことをしよう、あんなことをしようといつもおれに言ってた」ケインは言葉を切る。「だけど、弟も妹も生まれなかった——義父と母は努力してたけど妊娠できなかった。義父は酒を飲みはじめた。彼はまず母を責めて、それからおれを責めた」

「そんな……ケイン」わたしは彼に触れたいと思うが、ふたりのあいだにはテーブルがある。

彼は微笑む。「昔のことだよ、フレディ。アイザックはよく言ってたよ、『誰にでも悲しい話はあるもんだが、ぼうず、おまえさんの話はつまらん！』って」

わたしは思わず頭がのけぞるのを感じる。「ほんとに？」

ケインの笑みが満面に広がる。「言っただろう、彼はディズニー映画の登場人物じゃないって」

「それで、家出したあとは状況が変わったの？」

「いや。でも、おれが変わった」

食事が運ばれてくると、わたしたちのテーブルはたちまち料理を歓迎する雰囲気に包まれ、ウェイターにお礼を言って、互いの料理を比べる。ケインはわたしの小説について尋ね、わたしはほんの一瞬、レオからハンサムマンはわたしがそう呼んでいることを知っているのかと訊かれたときのことを、ばかみたいに思いだす。訳もなく顔がほてるのを感じるが、ケインはもし気づいていたとしてもそのことには触れない。それから、わたしは彼につけた名前以外のことをすべて話す。わたしの小説に登場するキャラクターたちが、インスピレーションを与えた実在の人物からどのように成長し、変化していくのかを説明するあいだ、彼はじっと耳を傾けている。

「どの時点でキャラクターを解き放つんだい？」彼は尋ねる。「いつ実際の知り合いからキャラクターを分離させるの？」

「現実のあなたたちが、わたしの書いているキャラクターとはちがうと思えるようになったとき、かな。あるいは、現実のあなたたちの話がつまらなくなったとき」

彼は笑う。

それから彼の目がふいに大きく見開かれる。

「何かまずいことでも？」わたしは肩越しに背後を振り返る。

「いや――まずいことじゃなくて……」彼は話しはじめる。
そして、わたしは彼の目が捉えたものを見る。
マリゴールド。

親愛なるハンナ

ストーカー気質をネガティヴな特徴と考える人もいるかもしれないが、マリゴールドに関しては、どこか魅惑的だ。精神疾患のかすかな兆候がこれほど魅力的になりうると誰が想像できただろう？

それから、我々はケインについてさらに少し知った。多くではない……彼は捉えどころのないままだ。だが、彼がタールヒール州（ノースカロライナ州の別名）の出身であることはわかった！　彼もまた南部訛りがあるんじゃないだろうか――私と同名の彼ほど顕著ではなくても。少し方言を加えてみてもいいかもしれない。たとえば、ケインが〈ジェイクス〉のことを〝レストラン〟ではなく、〝ジョイント〟と呼ぶだとか。それからときおり、〝みんな《ヨル》〟や〝向こう《ヤンダー》〟と言うだとか。実のところ、私はアイザックの人柄をとても気に入っている。彼がもう死んでいるのは残念だ。

　今朝の新聞で、オーストラリアが市民以外に対して国境を閉鎖したという記事を読んだ。米国もすでに同様の措置をとっている。奇妙かつ退屈な新世界だ。つまり、貴女が延期していた米国本土への旅が、近い将来実現することはないということなのだろう。幸い、私には依然として貴女のアメリカの情報提供者となる意志と能力がある。

　私は我々の生きる歴史的瞬間を、身を切られるほど意識している。我々の眼前で民主主義が終焉を迎えつつあるように私には思える——少なくとも、ここアメリカでは。そしておそらく新たな暗黒時代が始まりつつある。私はその考えに落胆するよりも、むしろ興味をそそられている。世界は恐怖と憤怒に圧倒される過渡期にあり、我々が文学作品で想像してきたいかなるディストピアをも超越したディストピアに向かいつつある。

　安全でいてくれ。

それでは
レオ

13

マリゴールドはテイクアウトの袋を受け取り、クレジットカードを手渡す。わたしたちに気づいているようには見えない。

ケインと目が合う。罪悪感、それから、どうすればいいのかというためらい。

ケインが先に口を開く。「声をかけようか？」

わたしは気が進まない思いを呑み込んで、うなずく。

ケインが立ちあがり、マリゴールドの注意を惹く。彼女は、最初はぼんやりと、それから驚いてわたしたちを見る。

彼が手招きして誘うと、マリゴールドがわたしたちのテーブルにやってくる。

「ふたりともここで何してるの？」マリゴールドが尋ねる。わたしも同じことを尋ねようとしたが先を越される。

ケインは少しも慌てていない。「〈ブラトル〉でフレディの本に役立ちそうな映画をやっていたんだ」

「〈ブラトル〉で？　ドキュメンタリーだったの？」彼女はうめきながら尋ねる。

「そんなに悪くなかったよ」ケインは答える。マリゴールドのために椅子を引く。「一緒にデザートを食べるかい、マリゴールド？」彼は彼女のテイクアウトの袋をちらりと見る。

「もうデザートを購入済みでなければ」

マリゴールドは席につく。「デザートは最後に食べるべしなんて、ばかげた社会のルールだよ。ほんと、ふたりにバッタリ会えるなんてラッキー」

「しあわせな偶然ね」そう言いながら、わたしは初めて、こんな偶然があるものだろうかと考える。

マリゴールドは同意する。「あたし、しょっちゅうここに来てるの。ハーヴァード広場にはお店がたくさんあるのに、よりにもよってここを選ぶなんて笑える」

「明らかに、わたしたちはみんなセンスがいいってことね」わたしは話題を変える。「病院には連絡ついた？」

「うん」マリゴールドはフロアの反対側にいるウェイターに向かって、複雑なジェスチャーで、なんであれわたしたちが食べるものを自分も食べると伝える。「もう退院してた」

「え？　もう？」

マリゴールドはウェイターにお礼を伝えている。「どうやらそうみたい」

「まあ、それはすごいわね」正直なところ、わたしは突然の回復に少し困惑している。

「病院側はウィットが自宅で療養できると判断したんだろう」ケインが推測を述べる。

「警察とお母さんに囲まれて、ウィットは病棟を賑やかにしていたから」

マリゴールドは鼻にしわを寄せたが、同意する。「ウィットのお母さんは病院を過失で訴えてるんじゃないの――縫合糸が切れたことで」

「そっか」わたしは頭をゆっくり振る。「ウィットを笑わせたことで、お母さんがわたしたちを訴えなくてラッキーだと考えたほうがよさそうね」

「わたしたち？」マリゴールドがケインを指さす。「この人がウィットに自分の名前がアベル・マナーズだって言ったんだよ！」

ケインは顔をしかめる。「いまにして思えば、この愚かな口を閉じておくべきだったという意見には賛成だ。ただし、ウィットの縫合糸が切れたからではないが」

「ともかく、ウィットが無事《セーフ》に帰れてよかった」わたしはパンナコッタをひと口食べ、恥じらいもなく大いに味わう。

「うん、彼は安全《セーフ》だよ」マリゴールドが言う。「少なくとも一ダースの警備員が彼の実家のまわりに配置されてるもん」

わたしはごくりとパンナコッタを飲み込む。ケインもわたしも彼女の言葉の意味を理解するのが遅れ、一拍長すぎる間《ま》が空く。

「マリゴールド」わたしはスプーンを置いて彼女を見る。「ウィットの家に行ったの？」

彼女はいわくありげに微笑んでうなずく。「心配しないで、ノックも何もしなかったし。ただ二、三回通りすぎただけ」

「いまそれをするのは、最善策ではなかったかもしれないな」ケインが静かに言う。

マリゴールドの顔が少し曇る。「わかってる。でも、彼がいるかどうか確かめたかったの」

「どうして？」

彼女はいっとき口を閉ざす。それから無理やり絞りだされたような、くぐもった声で言う。「わからない。ときどき、彼がどこにいるのかわからないと息ができないみたいになる」

「まあ、マリゴールド」こう見えて彼女のなかには、とても幼くて混乱している、とても壊れやすい部分がある。

「ウィットはきみがそう感じてることを知ってるのかい？」ケインが尋ねる。

彼女はゾッとしたように彼を見る。「そんなわけないよ！」

そうだろうか？　ウィットは薄々感づいているのではないかとわたしには思えるが、口には出さない。

「それでも、いまはウィットの家のまわりをウロウロしないほうがいいんじゃないかな」ケインはやさしく言う。

マリゴールドのクスクス笑いには緊張がにじんでいる。「ウロウロしてたわけじゃないよ。ただ通りすぎただけ」彼女はきっぱりと首を横に振る。「足を止めたりもしなかった」

ケインはちらりとわたしを見る。

「それは少し不審に見えるかもしれないわ、マリゴールド、もし気づかれたら」わたしは彼女のことが心配になる。「次回は、訪問してみたらどう？　ウィットの友だちが彼の様子を知りたいと思うのはあたりまえだもの」

マリゴールドの目がパッと輝く。「そうすべきだと思う？」

「外の通りでコソコソするよりはいいんじゃないかと思う」

「コソコソなんてしてないし――」

「わかってる」

「キャロライン・パルフリーについて、あれから何か新しい情報は聞いたかい？」ケインが尋ねる。彼がほんの少し話題をそらしてくれて、わたしは――たぶんマリゴールドも――感謝する。

マリゴールドは顔をしかめる。「ううん、たいしたことは何も。いろいろ質問してまわってる記者は大勢いるけど……ほら、〝いかにもアメリカらしい女の子が殺害された〟的な記事を書くために。二重生活のようなネタを探してるんじゃないかな」

「それであったの?」ケインが尋ねる。「彼女は二重生活を送ってたのかい?」

「ううん。あたしは聞いたことない。〈ラグ〉に記事を書くことを二重生活と呼ぶのでなければ」

わたしたちはデザートに戻り、しばらく黙って食べる。すると、マリゴールドがさらなる事実を打ち明ける。

「そこで彼女はウィットと出会ったの。〈ラグ〉で」

「そうね。ウィットが一度記事を書いたときに」わたしは思いだす。

マリゴールドは肩をすくめる。「彼は記者だった――書いたのは一度きりじゃないよ」

一瞬、ヒーローアゴと彼のダンスへの秘密の愛のことがわたしの頭をよぎる。

ケインは考え込んだ様子でマリゴールドを見つめる。「きみとウィットは、あの図書館の日以前にも会ったことがあるのかい?」

マリゴールドはためらう。「一度だけ、文字どおり、バッタリ会ったことがあるの。でも、向こうは覚えてない」

どうやらケインは今夜初めて、マリゴールドがウィットに恋しているとちゃんと理解したらしい。わたしは少々困惑する。こんなにも時間がかかるなんて。

デザートを食べおえ、コーヒーを飲んでいるとき、マリゴールドが『フロイトガールの冒険』――彼女はわたしの原稿をそう呼ぶのを好む――について尋ねる。「完成したら、あたしに読ませてくれる？」

わたしは彼女の尋ねかたに感動する。作家の作品を読むことは特権であり、作家は読ませるために書いているわけではないとでもいうような。「うん、もしあなたが読みたければ」

「もちろん読みたい！　もし全部がフロイトガールの話じゃなくても怒らないって約束する」

わたしは笑う。「その言葉、覚えておく」

彼女はケインのほうを見る。「あなたの小説のことを考えてたんだ」

「へえ？」

「もしアイザックのことをもっと知ることができたら、役に立ったりするかな――生まれはどこなのかとか、路上で暮らすまえには何をしてたのかとか」

ケインは驚いた顔をする。「ああ、かもしれないね」

「ハーヴァードには学生用に最高の研究調査施設がある。もしあなたがよければ、あたしが調べてくるよ――彼の苗字はハーモンだったよね？」

「ああ……ただ、おれももう調べたんだ、マリゴールド。アイザックの生前の記録はない」

「やるだけやっても損はないでしょ。きっと新たな視点が必要なのかも」

ケインの額にしわが寄る。「ありがとう、だがほんとうに必要ないんだ。本に必要なものは全部そろってる。これは小説であって、自伝ではないんだし」

「でも、そうすればあたしにやることができる」マリゴールドは例によって説得するのが難しい。

「きみには楽しませてくれる学位があるんじゃないのかい？」

「学位は楽しませてくれないよ、ケイン」マリゴールドはため息をつく。「あたし、よく眠れないんだよね――つまり、普通の人が眠っているときに、余分に時間を潰さなくちゃならないんだ」

「正直なところ、マリゴールド、おれはやってほしくない」ケインは単刀直入に言う。

「なんで？　あたしなら――」

「これはおれの小説だ。自分でやりたい」

「そう」マリゴールドは打ちひしがれた顔をし、わたしは、口調はともかく、ケインの言葉に驚く。

彼は即座に悔やむ。「すまない、マリゴールド、きつい言いかたをするつもりじゃなかった。ただ、アイザックにはプライヴァシーを持つ権利があるんじゃないかと思うんだ。彼はほかにはほとんど何も持っていなかったし」

マリゴールドは探るような視線を向ける。ケインはそれを受けとめる。やがて、彼女は目を逸らす。「もちろん、わかってる」

ケインは緊張を解く。「ありがとう」それから彼女に車で家まで送ろうと言う。「おれのジープは向こうに、〈ブラトル〉の近くに停めてある」

マリゴールドは首を横に振る。「家《うち》はアセンズ通りなの。歩けるよ」

「じゃあ、あなたを家まで送ってから車に戻ることにする」ケインが合図して会計を頼んでいるとき、わたしは言い張る。「気をつけたほうがいい、少なくともキャロライン・パルフリーを殺した犯人が見つかるまでは」

マリゴールドは鼻で笑う。「あなたがオーストラリア人だってことをすぐ忘れちゃう。

捕まってない殺人犯はここから一ブロックかそこらに一ダースはいるはずだよ。蜘蛛よりありふれてる」

「それならなおのことよ」

ウェイトレスがテーブルに来て、会計はすでに済んでいると告げる。

「誰が払ったんですか？」ケインが当惑して尋ねる。

ウェイトレスは手帳サイズのデジタル機器に目を落とす。「どなたかはわかりません、お客さま《サー》。ただここにお会計済みと書いてあるだけです」

「何かのまちがいってこともあるんじゃ？」

「かもしれません。でも、請求書の支払いは済んでるので」

「電話番号を渡しておきましょうか？」わたしは、もし手ちがいがあったとき、ウェイトレスが不足分の支払いを要求されることにならないかと心配になる。「何か問題があったら、電話してください、こちらでなんとかしますから」

彼女は電話番号を受け取るが、そんなことにはならないと請け合う。「こういうことをする人はときどきいるんですよ……恩送りをするとか、見知らぬ人の分を払うとか、そんな感じのミームが流行ってるんです。わたしだったら心配しません」

そんなわけで、わたしたちは彼女に礼を言い、コートを手に取り、気前よくチップを置いてから広場に出る。寒さはすぐに爽快感をもたらし、わたしは歩く理由があることをうれしく思う。マリゴールドの道案内で、マサチューセッツ通りからはいったところにあるアセンズ通りの彼女のアパートメントまで明るく照らされた通りを歩きながら、わたしたちは星の話をする。わたしはケインとマリゴールドに、オーストラリア西部のまばゆい夜空のことを、その星空の下にいると宇宙の無限の広がりを実感できることを話す。南十字星に目を合わせ、星々のなかで自分の位置を確認したことを思いだし、ホームシックで心がチクリと痛む。

マリゴールドが案内したのは、古い下見板張り《ウェザボード》のエレガントな建物だ。両側に大きな出窓が張りだしていて、少し骨を思わせる形をしている。このあたりは環境のいいエリアで、どの建物も似たように昔ながらの魅力を備えている。マリゴールドのアパートメントは二階にある。階段をのぼると音楽が聞こえてくる。

「ルーカスだ」マリゴールドが言う。

「ルーカス?」

「ルームメイト。はいって、紹介するから」彼女はドアの鍵を開けると、手招いてはいるよう促す。アパートメントのなかでは、一千デシベルの音量でヘヴィーメタルが鳴り響いている。先鋭的なアーバンシックと言えそうな内装の居間に、足を踏み入れる。使い古された大型の革製ソファがいくつか。ひとつの壁に沿ってロッカーらしきものが並んでいる。テレビは巨大で、暖炉のマントルの上に置かれている。暖炉には、まわりの工業製品を嘲るように、職人による繊細な細工が施されている。マリゴールドはソファの肘掛けからリモコンをつかむと、音楽を消す。

「おい、何しやがんだ――」別の部屋のひとつから男性が現れて抗議する。すごく大柄で、二メートルはありそうだ。長い髪をドレッドヘアにし、体のあちこちにピアスをつけている。ボクサーパンツしか身につけていない。

いっとき、わたしたちはただ互いを見つめ合う。

それからマリゴールドはうめく。「ちょっと、ルーカス、せめてズボンくらい穿《は》いてよ」

「わたしたちはかまわないわ」わたしはすばやく言う。「その、すぐお暇《いとま》するから――ただマリゴールドを送ってきただけなの」

ルーカスはうなずく。挨拶か、おそらくズボンは穿かないという合意の表明だろう。

マリゴールドはぐるりと目をまわす。「彼はルーカス、あたしのルームメイトだよ。ルーカス、友だちのケインとフレディ」

「どうも」ルーカスはうなるように言う。それからテイクアウトの袋を見る。「なんでこんなに時間がかかったんだよ？　腹が減って死にそうだぜ」

彼女は袋をルーカスに差しだす。「じゃあ、食べなよ。食前のお祈りを忘れないでね」

ルーカスは笑みを浮かべる。「マジでおもしれえな、アナスタス」彼の顔が曇る。「冷めてんじゃねえか！」

「思ったより、帰るのに時間がかかったの」マリゴールドは鼻にしわを寄せる。「冷めてたって食べられる」

「野蛮人じゃねえんだからさ」ルーカスはブツブツつぶやく。「温めるよ。テーブルの用意をしといてくれ」

「そろそろ帰る頃合いかな」ケインがささやく。

わたしたちはマリゴールドにおやすみと言い、慌ただしくキッチンに向かうルーカスに一応、別れの挨拶を呼びかける。

「ほんとうに何か食べていかなくてもいいの？」マリゴールドは尋ねる。

「さっき夕食を済ませたばかりだよ」ケインは彼女に思いださせる。それから声を低めて言う。「ルーカスが危険だと言おうとしているのでなければ——そう言うなら信じるが——もう行くよ」

マリゴールドは微笑む。「ルーカスは服もちゃんと着られないくらいだし——危険じゃないよ」

わたしたちは階段を降りながら手を振り、暗い夜道に出ると、しばらく黙って歩く。

「マリゴールドにルームメイトがいることは知ってた？」やがてケインが尋ねる。

「ううん、一度も彼の話を聞いたことはなかった」

「どう思う？　彼らはその――」

「もちろんちがう」

「彼女はウィットに恋してるから？」

「ええ」

彼はわたしのほうを向く。「彼女はどうしてあんなにウィットに夢中なんだと思う？」

わたしは考える。「わからない。マリゴールドが自分で言っていたけど、たぶん――心は望むものを望むってことじゃないかな」わたしは肩をすくめる。「それにウィットはすごく少年っぽい魅力があるし……」

ケインはそっと笑う。「少年っぽいと言ったときに鼻にしわが寄ったのは、少年っぽさのジェンダー的側面のせいなのか、年齢的側面のせいなのか、どっちだい？」

「わたしの鼻がどうなってるのか、どうしてわかるの？」なにしろあたりは暗い。

「声に出てたよ」

「ウィットのことはほんとに好きよ」わたしははぐらかす。「ただ、彼にはすごく〝わんぱくデニス〟っぽいところがある」

「そこが気に障る？」

「ううん——全然。でも、マリゴールドがあんなに惹かれてることにはちょっと驚いてる」

「マリゴールドが〈ジェイクス〉に来たのは偶然だったと思うかい？」

「思わないの？」

ケインは返事をせず、悪態をつくと、すぐ先にあるジープに向かって突然走りだす。

「おい、何をやってる？」

ジープの助手席側の後部近くで屈んでいる男性がいる。長身で、ニット帽を目深にかぶり、悪臭を放っている。

ケインは立ちどまる。「ブー？」

男性は背筋を伸ばす。「おまえの車だと思った。こりゃ、アベルのおんぼろ車だって思ったのさ」

「ここで何をやってるんだ、ブー？」

「誰かがおまえのタイヤにナイフを刺したみてえだ。でかいナイフで。ねじこんだんじゃねえか」

親愛なるハンナ

もちろん、マリゴールドならば、アパートメントに裸の男がいてもおかしくない！私は章を追うごとに、さらに深く恋に落ちていく！

レストランでの謎の寄付者は見事な一手だった。彼らは尾行されていたのかもしれないし、なんでもないかもしれない。不安にさせるが、物語を乗っ取るほどではない。

〝下見板《ウェザボード》〟というのはオーストラリアの言葉だと思う。アメリカではそれをなんと呼ぶのか、私には思いつかない。アメリカ人のセリフでは使われていないから、そのままでもいけるかもしれない。あるいは、該当の箇所を〝木製の〟という表現に変更してもいい。

今日、私はマスクを作った。匿名の黒。マスクの布地で何がしか主張するのがトレンドであることは知っているが、私は自分に注目されたいとは思わない。おそらく、それが私の主張なのだろう。私は誰でもなく、誰にでもなる。
もはや貴女に安全でいろと言うつもりはない。安全なままでは偉大な執筆はなしえないのだから。さすればリスクを冒せ、我が友よ！

それでは
レオ

14

ケインがタイヤを調べようと近づいたとたん、ブーが怒りを爆発させ、ケインをジープの側面に強く叩きつけて動きを奪う。

わたしは助けようとするが、ケインはさがっていろと合図する。

「なんべん言わせるんだ、アベル、男に左から近づくんじゃねえ。人殺しは左から飛びかかる。わしがいつもそばにいて、おまえを守れるわけじゃないんだぞ」

「ごめん、ブー」ケインは平然と言う。「忘れてたよ。タイヤを見ようとしただけなんだ」

「タイヤは切り裂かれてる。次に左から来やがったら、おまえもそうなるんだぞ、わかったか?」

「わかった。すまない」

「金はあるか? 腹が減った」

「まずは立たせてくれ」

ブーがうしろにさがる。

ケインは財布から紙幣を一枚取りだし、ブーに手渡す。「明日、図書館で会おう、いいか」

「外で。もう二度とあそこにははいらん」ブーはお金を握りしめて立ち去る。

わたしは怯え、混乱しながらブーの背中を見つめ、それからケインに視線を向けると、彼はポケットに手を突っ込み、まるで大柄の臭《くさ》い男に襲われることは世界でもっともありふれたことであるかのように立っている。「ちょっと、ケイン、あなた……」

「おれは平気だ。ブーには少し変わったところがあるんだ」

「彼はあなたの友だちなの？」

「アイザックの友だちだった。おれは戻ってきてから彼を探しだした——彼から何か聞けるんじゃないかと思って」

「それで、あなたのタイヤを切り裂いた？」

「そうは言ってなかった。誰かがやったと言ってた」ケインはコートを脱ぎ、袖をまくる。

「ほかに誰があなたのタイヤを切り裂こうとするの？」

「わからない」彼はタイヤを蹴り、トランク《ブート》からジャッキを取りだす。「酔っ払い、子ども……ジープが気に食わない頭のイカれたやつ」彼は息を吐く。「あるいはブーだったのかもしれない。なんとも言えない」

わたしはジープのドアを開け、彼と自分のコートを後部座席に放り込み、手伝おうとするが、正直なところ、スカートを穿いているので、ただそこに立って、彼から手渡された耳付きナットを持ち、ブーが戻ってこないか見張っているだけだ。コートを脱いでも連帯感を高める以上の意味はないので、またコートを羽織ることもできたけれど、自分がほとんど役に立っていないことが恥ずかしかったので我慢する。タイヤが交換される頃には、ケインは作業で体が温まっているが、わたしはブルブル震えている。

「コートはどうした？」ジャッキとスパナをブートに戻し、古いバンダナのようなもので手についた油を拭きとりながら、ケインが尋ねる。「凍えそうじゃないか」

彼は後部座席からわたしのコートを取り、わたしがそれを着て車に乗り込むと、自分のコートをわたしの膝にかける。「いろいろとすまない、フレディ。おれはブーは無害だと確信してる。いま彼はおれに腹を立てているだけなんだ」

「どうして？」

「アイザックが死んだのはおれのせいだと思ってる」ケインは顎を撫でる。「彼は――アイザックは、よくブーは問題を抱えてると言ってた」

「あなたは大丈夫？」わたしはやさしく尋ねる。「彼、ドアを突き破りそうな勢いであなたを叩きつけてた」

ケインはニヤリと笑う。「ちょっと待ってくれ、おれは彼に勝たせてやったんだよ」

「ケイン……」

「ほんとうに大丈夫だ、フレディ」

「彼と図書館で会うつもり？」

ケインはジープのエンジンをかけ、暖房を入れる。「彼は図書館の近くで寝てるんだ。おれが外の階段に座ってると、ときどき声をかけてくる……腹が減ってたり、話をしたかったりすると」

「何を話すの？」

「なんでもかんでも。彼を尾行する政府機関のエージェントのこと、フランスマフィアのこと、リアリティ番組のサブリミナルメッセージを通じてアメリカ人を鎮静化させようとする陰謀のこと――それについては彼の言うとおりかもしれない――だが、ときどきアイザックのことをおれに話してくれることもある」

「アイザックが路上生活を始めるまえはどんな人だったのか、心当たりはあるの？」

ケインは首を横に振る。「ブーによれば、重要な人物だったらしいが、それがどういう意味なのかは……」

「それはあなたの小説にとって大事なことなの？」わたしは両手を彼のコートと膝のあいだに差し込む。「アイザックがどういう人物だったかによって、物語は変わるの？」

「いや、変わらない」彼はかすかに微笑む。「もう本のことではないんだ。アイザックについてもっと知りたい、誰が彼を殺したのか、たとえそれが彼のコートやサンドイッチや戸口の寝床が欲しかった、どこかの貧しくて困窮した路上生活者にすぎなかったとしても」

わたしはケインの手を取る。衝動的で、考えもない行動だったが、いざそうしてしまうと、もう手を離すわけにもいかない。だから、わたしはただ彼の手を握っている。自分のしたことに少しショックを受け、次にどうすればいいのかわからないまま。ケインは、驚いていたとしても、表には出していない。

「もっと頭がはっきりしているときに、ブーがアイザックの過去……たぶん家族について、おれに手がかりを与えてくれないかと思ってるんだ」

「アイザックは自分では何もほのめかさなかったの？」

「なんとなくボストン出身じゃないかという気がしたが、確たる理由はない。たんにおれは迷子になったのに、彼はこのあたりの地理に詳しかったからそう思っただけかもしれない」

ふいに車の窓を叩く音がして、わたしたちはギョッとする。ブーが戻ってきている。彼は興奮し、怒っている。ケインは窓を開ける。「ブー――」

「その娘《こ》は知ってるのか？」ブーは窓から車内に向かって叫びながらジープを叩く。「彼女はおまえがやったことを知ってるのか？　どうせおまえは彼女に話しちゃいねえんだろ。彼女はおまえがやったことを知ってるのか、アベル？」

「ブー、落ち着いてくれ」

「おまえはまたやるんだろ。彼は金を払ってまたやれと言った……で、わしはやった。肋骨の下、背骨に向かって」

「ここで待ってて」ケインは静かに言い、取っ手をまわして窓を閉め、車から降りようとする。

「ケイン――」

「おれは大丈夫――彼を落ち着かせるだけだ。だが、車から出ないでくれ」彼は運転席のドアを開け、ブーをうしろにさがらせると、車から降りてドアをバタンと閉める。ブーはまだ身振り手振りをまじえて叫びながら、車から離れるケインを追いかける。ふたりの姿をヘッドライトが照らしだす。何を言ってるのかはもう聞こえないが、言い争っているのは明らかだ。ブーがわたしを指さす。ケインは彼に何かを渡す。ブーはそれを受け取ったとたん、いきなりケインに襲いかかり、彼の側頭部を殴る。ケインは倒れる。

わたしは警察に通報しようと携帯電話をつかみ、助手席のドアを開けて飛びだす。ブーが顔をあげる。わたしに襲いかかってくる気だ——一瞬、本気で思う。「おまえさんは彼が何をやったか知らねえんだ」彼は興奮しながら言う。「わしはこの目で見た。止められなかったが、かならず報いを、罰を受ける」わたしがゆっくりとケインのほうに踏みだすと、ブーは背を向けて走りだす。

「ケイン?」わたしは彼の横でひざまずく。そのとき初めて、粉々に砕けたガラスと、ケインの側頭部についた血が目にはいる。ケインはうめき、手でこめかみの深い傷に触れる。わたしは救急車を呼ぶために緊急通報番号を押しはじめながら、ケインに話しかける。意識を失わせてはならない。ポップカルチャーから得た医療知識だ。テレビを観たことのある人なら誰でも、怪我人の意識を失わせないことが肝心だと知っている。「ケイン、何かしゃべって!」

「誰に電話してるんだ?」ケインはゆっくりと上体を起こす。まだ意識が朦朧としていて、傷口からは大量の血が流れている。

「救急車……警察に」

「やめろ」

「血が出てるのよ！」

「ほんとに、フレディ、やめてくれ」彼はよろめきながら立ちあがろうとする。

わたしは通報するのも忘れて、彼を助けようと駆け寄る。彼の手がわたしの肩に重くのしかかるけれど、彼は立っている。「もう戻ってこないよ」ブーがいないかと背後を振り返るわたしに、ケインが言う。

「危険じゃないって言ったのに」そうつぶやきながら、ふたりでジープに戻る。わたしはケインを助手席に乗せる。彼は弱々しく抗議する。

「運転できる状態じゃないでしょ」

「グローヴボックスに布がはいってる」彼は言う。まだ自分の手で頭の出血を止めようとしている。

わたしはなかを見る。明らかにジープの手入れに使っている雑巾の束だ。「これは使えないわ、ケイン。油まみれだから」わたしはバッグのなかを漁り、ほとんど使っていない清潔なティッシュのパックを見つける。「一瞬、手を離してくれる？」

彼はわたしの言うとおりにする。傷は二センチほどの長さで、見ているだけで眩暈《めまい》がするほど深い。わたしはティッシュの束を押し当てると、ケインの手を戻して圧力をかけさせる。「これは縫わないといけないと思う、ケイン」

彼はたじろぐ。「明日の朝、医者に行くよ」

わたしは助手席のドアを閉めると、走って反対側にまわり、運転席に乗り込む。「あなたを救急救命室《ER》まで送るべきだと思う、ケイン」

「家に救急箱がある——きみ、大丈夫かい？」

「出血してるのはあなたでしょ！」

彼はほとんど笑いかけている。「どうやら血が苦手みたいだね」

「こんなに大量の血はね」わたしは手を伸ばし、彼のシートベルトをはめる。「ほんとうに病院に連れていくべきだと思ってる」

「フレディ、おれは保険にはいってないんだ。信じてくれ、これはERに行って破産するほど深刻な傷じゃない」

「え、そうなの」シンクレア奨学金は医療保険付きなので、わたしはアメリカの医療制度について情けないほど無知だが、オーストラリア人旅行者は昔から保険なしで米国に入国する危険性についてずっと警告を受けてきた。わたしはジープのギアを入れると、いっとき目を閉じて、道路の反対車線を走るイメージを思い浮かべてから車を発進させる。

「〈キャリントン〉まで連れて帰るから、せめて傷がどれほどひどいのか見てみましょう」

ケインは返事をしない。でも、まだ意識はある。わたしは確認する。そのあとも、〈キャリントン〉に到着するまで、何度か確認を繰り返す。

わたしたちが市松模様のロビーにはいると、ジョーがデスクから顔をあげる。彼は本を置き、立ちあがる。「救急車を呼びましょう――」

「大丈夫よ、ジョー」わたしはケインに心もとない視線を向ける。彼は血だらけにも関わらず、足取りはしっかりしているようだ。「ミスター・マクラウドがそんなにひどくないって言ってるから」

「わかりました」彼はケインを見ながら頭を振る。「気が変わったら言ってくださいよ」

わたしがドアを開けたとき、ちょうどレオが彼のアパートメントから出てくる。彼は驚いた顔をする。わたしは彼が何か言うよりも早く〝大丈夫〟と口を動かして伝える。レオは一瞬、ためらう。わたしは説明をせずに彼を安心させるために微笑む。説明をしたところで、ちっとも安心させることにはならないだろうけれど。

わたしはキッチンのスツールにケインを座らせると、タオルを取ってきて、ぐっしょりと濡れてちぎれてしまったティッシュと交換する。出血は治まりつつあるようだ。わたしはシンクの下から救急箱を取りだし、初めて中身を点検する。

「鎮痛解熱剤《タイレノール》はある？」ケインは尋ねる。

「ええ」

「まずはそれを服《の》もうか」

薬のボトルを彼に渡し、コップ一杯の水を用意する。彼がタオルを置き、錠剤をいくつか服んでいるあいだに、わたしは消毒薬と減菌済粘着テープ《ステリストリップ》を見つける。ありがたいことに、外箱に使用法が書かれている。

傷口にガラスの破片が残っていないか注意深くチェックする。どうやら異物はないようだ。わたしが消毒薬を塗ると、ケインは体をこわばらせる。

ドアがノックされる。誰であれ、早々にお引き取りねがうつもりで玄関に出る。階下《した》に住む老姉妹の一方が、往診用カバンを持って立っている。

「ミセス・ワインバウム」

「正しくはドクター・ワインバウムよ……でも、夫が死んでからは、ミセスで通しているわ。あの人はわたしがミセスと呼ばれるほうが好きだったから。うるさく言うわけではなかったけど、五十三年間も結婚生活をしていれば、まあ、そりゃあね」彼女は悲しそうに笑みを浮かべる。「グラディス・ジャクソンによれば、あなたは縫合が必要そうな紳士と一緒に歩いていたそうね」

「はい……でも……」

「なら、案内してちょうだい。その紳士を診てみましょう」

わたしは彼女をキッチンに通す。

ケインが訝しげにわたしを見る。

「こちらはミセス……ドクター・ワインバウムよ」

ドクター・ワインバウム——と、本人の弁により判明した女性——は、わたしが気を利かせてさっさと紹介を済ませるのを待っている。

「こちらはわたしの友人、ケイン・マクラウドです」

「では、診せてもらいましょうか、お若いかた」ドクター・ワインバウムはわたしの脇をすり抜け、ケインと救急箱の中身を調べる。「ステリストリップを使うこともできるけれど」とうなずきながら言う。「縫ったほうが早く治るし、傷跡にもなりにくいわ」彼女は傷口をじっくり見る。「あなたもその顔を台無しにしたくはないでしょう。わたしが縫ったほうがいい」それから居間のほうを示す。「あの肘掛け椅子に座ってちょうだい、ミスター・マクラウド——スツールでは高すぎるわ。ウィニフレッド、ちゃんと見えるようにランプを持ってきて」

わたしはケインをちらりと見る。彼は肩をすくめ、言われたとおりにする。わたしはランプを取ってきて、電源プラグを肘掛け椅子のそばのコンセントに差し込む。ドクター・

ワインバウムは、ラテックスの手袋をはめ、滅菌済縫合針と糸がはいった袋を開封する。わたしにランプを持たせ、ケインに動かないように言うと、傷口の端を合わせて縫いはじめる。肘掛けを握るケインの手に力がはいるのが見えるが、そうでなければ、麻酔なしで頭部を縫われているとはわからなかっただろう。ほんの数分ですべてが終わる。彼女は縫合した糸を結んでチョキンと切りながら、またヨーグルトの話を持ちだす。「考えていたのだけれど、ウィニフレッド、ひょっとしたらあなたは乳糖不耐症という可能性もあるわ、その場合、ヨーグルトはそれを悪化させる。食べるのはやめておくべきかもしれない」

「わかりました……そうしてみます」

彼女は手袋をはずし、針と一緒にジップロックの袋に入れて、医療用バッグに戻す。

「あとは通常の注意事項を守ればいいわ——傷口を清潔に保ち、乾燥させて。何か問題があったら、わたしのところに来てちょうだい。ウィニフレッド、彼にお茶を淹れてあげて。さあ、わたしはもう行かないと」

彼女はわたしたちのお礼の言葉を手を振って軽くいなすと、玄関に向かいながら、乳糖不耐症かどうか判明するまではヨーグルトは避けるようにとわたしに念を押す。わたしは彼女を送りだしてドアを閉め、居間のケインのところに戻る。そしてコーヒーテーブルの向かい側に腰をおろす。

彼はわたしを見る。「今夜のことについて話をしたいんだよね」

親愛なるハンナ

興味深いことをひとつ。一般的に、アメリカ人は〝ブート〟ではなく〝トランク〟と呼ぶが、ノースカロライナ人も〝ブート〟と呼ぶ癖があり、さらにセリフではなく地の文に出てくるから、そのままでもいいだろう。

なぜケインは保険にはいっていないのか？　頭がおかしいんじゃないか？　多くの自営業者が保険に未加入なのは知っているが、作家協会など、保険を提供している団体がある。彼の場合、たんに保険が失効したのかもしれないし（おそらくは）、あるいは既往症があって保険が適用されないのかもしれないし、あるいは文無しなのかもしれない。貴女は読者に彼が文無しだと知らせようとしているのだろうか？　そうかもしれない。彼は作家だから……我々のほとんどは人生の大部分を無一文で過ごす。

とはいえ、私はドクター・ワインバウムが大のお気に入りだし、〈キャリントンスクエア〉のような住宅では、少なくともひとりくらい入居者に引退した医者がいてもおかしくない。確かに、ボストンはいま、引退していようといまいと、あらゆる医者を必要としている。ボストンはニューヨークほどひどくはないが、パンデミックリーグの成績表ではかなり上位にいるし、この地には破滅の予感が漂っている。学校はもちろんずっと閉鎖されているし、最近コプリー広場では声が反響するらしい。それでも、ひとけのない通りや公共の場所には、ある種の不気味な美しさがある。

私はこれまでにないほど流れるように書いている。おそらく私のミューズは恐怖なのだろう。

それでは

レオ

15

「気分はどう？」わたしは尋ねる。ドクター・ワインバウムの縫合は、アザのついたキャンバスに等間隔に整然と施されている。ケインの目元は黒ずみはじめ、シャツは、地面に倒れたときにぶつけたと思われる上腕部分が破れている。

「少し恥ずかしい、正直言って」

「ひと晩で二回ブーに勝たせたから？」

彼は微笑む。

「彼は何を使ってあなたを殴ったの、ケイン？」

「壜を持ってたと思う」

「彼に殺されてたかもしれないって、ちゃんとわかってる？」

「そうだったとしても、そんなつもりはなかったはずなんだ、フレディ。ブーは頭にきたり、怯えたりすると手が出る」

「彼はあなたが何をしたと思ってるの？」わたしは尋ねる。わたしが知っているのかとブーが問いただしていたことを思いだして。

「なんでもないし……すべてでもある」ケインは尻込みする。「もう行かないと」

「あなたペットを飼ってる？」

「ペット？」

「ほら……犬とか、猫とか、イグアナとか……」

「いや」

「じゃあ、今夜家に帰らなくても、お腹を空かせる相手はいないわね。わたしのベッドを使って。わたしはソファで寝るから」

「そんな必要はない」

「わたしが安心するために必要なの」彼を脅すつもりはないけれど、わたしは断固として譲らない。「あなたはまだ運転できる状態じゃないと思う」

「きみをベッドから追いだすわけにはいかない」

「わたしはソファで平気よ」

「おれがソファを使うというのはどうかな？」

「あなたはわたしよりも背が高いでしょ。あなたにとっては、ソファは快適じゃない」わたしは彼を説き伏せる。怪我の余波は、明らかに彼が認めているよりも悪く、最後にはケインも承諾する。わたしは彼に寝室の場所を示し、指示どおりに紅茶を淹れる。おそらく医者としての指示ではなかったのだろうけれど、念のために従っておく。もし隣人のひとりがドクター・ワインバウムに変身していなければ、ケインを病院に連れていくと主張していたかもしれない。

ケインのところへ紅茶を運ぶ。彼はすでに上掛けのなかにもぐり込み、ジーンズと血まみれのシャツがベッドの端に畳んで置かれている。わたしは彼のそばのベッドサイドテーブルからノートパソコンを取る。

彼はベッドを奪ったこと、ブーのことをまた謝る。

「警察に届けたほうがいいんじゃない?」わたしはベッドに腰かけて彼に話しかける。「ブーは暴力的で、激昂しやすい。ほかの……誰かを傷つけるかもしれない」

ケインはしばらく黙っている。「明日、彼を探してみるよ。自首するように説得できるか試してみる。たぶん、何かしら支援プログラムがあるから、彼も――」

「彼も何?」

「フレディ」彼はわたしの手に触れる。「今夜のことは、全部ブーの責任ってわけじゃないんだ。おれは彼に金を渡すべきじゃなかった。食事をおごるべきだったけど、きみと一緒にいたから、彼に立ち去ってほしかった。金を手に入れたら、すぐに薬に手を出すと気づくべきだった」ケインの目つきは突き刺さるように鋭い。「ブーのことはよく知ってる。いまごろどこかに行って、隠れて、寝ながら酔いをさましてるだろう。明日見つけるよ」

わたしはしばらくそこに座ったまま、自分のベッドにいる美しい男性を観察する。彼がわたしに話していないことがあるのはわかっている。それに気づかないほど彼に惑わされているわけではない。でも、わたしたちは友だちになったばかりで、お互いにまだ話していないことはたくさんあるだろう。

彼は上体を起こし、身を寄せると、わたしの唇にそっとキスをする。わたしは驚きのあまり、何も言えずに彼をじっと見つめる。わたしの口はきっとぽかんと開いているはずだ。それがわかるのに、いまもまだ口を閉じることができない。

「今夜はありがとう」彼は言う。「少し脱線してしまってごめん」

わたしは自分を取り戻す。「あなたを少し寝かせたほうがいいわね」

ケインは戸惑った顔をする。不安そうな顔を。「ああ、フレディ、すまない。おれはそんなつもりじゃ――」

「わたしにキスするつもりじゃなかった?」彼の心変わりに、声に落胆がにじみすぎないように努める。

「この状況を利用するつもりじゃなかった」

わたしは笑みを浮かべる。「頭に怪我をしてるのはあなたのほうよ」

「ブーに殴られるずっとまえから、きみにキスしたいと思ってた」

「そうなの？」わたしの声は、まるでうぶなティーンエイジャーのように響く。息を吸い、わたしは二十七歳だと自分に言い聞かせる。「よかった。いやじゃないし、むしろその逆……ただ、あなたが脳震盪《のうしんとう》を起こしてるせいじゃないかって少し心配してる」

彼は笑う。

ああ、どうしよう——わたしは彼にキスしている。わたしたちはそのヒリヒリするような未知の感触にしばらくとどまる。それから、わたしはまた彼を見つめ、彼はわたしを見つめる。互いに囚われたかのように。わたしはその呪縛を解き、身を離して立ちあがる。

「少し眠って、ケイン。でも、吐き気がしたり、または／および《アンド・オア》頭痛がひどくなったり、あるいは意識を失ったりしたら言って」

「てっきり、意識を失うことは睡眠の核心だと思っていたけど。ほら、これでもまだおれが脳震盪を起こしてると思うかい？」

「そうでないといいんだけど」わたしはドレッサーから自分のパジャマを出し、ベッドの端にある彼のシャツを手に取る。「血の染みが取れなくなるまえに洗濯機に入れておくわね」

わたしは書く。どうせ眠れない。考えることが、頭のなかでのた打っていることが多すぎる。執筆は、気晴らしでもあり集中する方法でもある。わたしの思考にブーがぬっとはいり込む。彼の激《げき》しやすさ、彼の怒り。ケインが彼に何かを渡していたことを思いだす。あれはなんだったのか――追加のお金？　ブーはわたしが何を知るべきだと思ったのか？　そしてわたしはケインにキスすべきだったのか？

やがて、わたしは自分に許しを与え、ケインのことだけを考える。彼の笑いかた。わたしの唇に押しつけられた彼の唇の感触。彼の胸と背中にある傷跡――通常の手術の跡ではなさそうだ。わたしは傷跡に気づいたが黙っていた。それについて尋ねたいと思うけれど、一度キスしただけで、彼の病歴を知る権利があるのかどうかわからない。わたしはケイン・マクラウドに恋をしていると自覚している。閲覧室で会った初日からずっと恋していた。そう考えて、少したじろぐ。マリゴールドのウィットに対する無邪気な執着に接して、自分も似たような状態だと認めるのが少し恥ずかしかった。それでも、ケインに惹かれていることは、彼に興味をそそられていることは、否定できない。ブーは彼をアベルと呼んでいた――アベル・マナーズだった頃の彼を知っているのだ。神話のなかで、ケインはアベルを殺した。ケインも同じことをしたのだろうか？　彼は過去の自分を根絶したのだろうか？　もしそうなら、なぜ？　マナーズを変えたのは理解できるが、彼はアベルも消し去った。わたしはウィニフレッド以外の名前で呼ばれるのはどんな感じだろうと考える――フレディであることはわたしであることだ……でも、ほかの誰かになることもできるかもしれない……わたしはマデリンという名前がずっとお気に入りだった……マデリンになら、なれるかもしれない……。

玄関のドアをノックする音で目が覚める。腕時計を確認する。朝の九時だ。最初に思ったのは、ケインの様子をチェックしなかったということだ。ひょっとしたら、夜のうちに死んでしまったかもしれないのに。

またノックの音。

よろめきながらソファからおり、パジャマ姿で玄関に出る。ドアの外にはふたりの紳士がいる。粋なダークスーツを着て、ブリーフケースを持っている。

「おはようございます。どういったご用件でしょう？」

「ウィニフレッド・キンケイドはあなたですか？」

「はい、そうです」

「ミスター・マクラウドはこちらに？」

それを聞いて、わたしは警戒する。「ええ、どちらさまですか？」

「ザックハイム&アソシエイツのジャロッド・スティルスとリアム・マッケニーです」

「おふたりは事務弁護士《ソリシター》ですか？」

「事務弁護士《アトーニー》です。可能であれば、ミスター・マクラウドとお話ししたいのですが」

弁護士。たぶんケインの弁護士だ。そうでなければ、彼がここにいることを知るはずがない。「おはいりください。ミスター・マクラウドを呼んできます」わたしはふたりを居間に通し、ソファからシーツと枕を急いで片付けながら、そのことを――あるいはわたしのことを――どう思われるだろうかとは考えないようにする。それから寝室にはいる。ケインはまだ眠っているが、息はしている。

彼の肩に手を置く。「ケイン、起きて」

彼は目を開けて微笑む。「フレディ……やあ」

「弁護士があなたに会いたいって来てるの」わたしはささやく。「ザックハイム&アソシエイツだって」

彼は目をすがめるようにしてわたしを見る。「弁護士？」

「そう。ソファに座って待ってる」

彼は上体を起こす。「どうしておれがここにいるとわかったんだ？」

「さあ。乾燥機からシャツを出してくるから……そのあいだにほかの服を着ておいて」

彼はぼんやりとうなずく。「ああ。弁護士って言った？」

わたしはバスルームに駆け込み——そこにビルトインの小さな洗濯機がある——乾燥機から彼のシャツを取りだす。寝室に戻る頃には、彼はジーンズを穿き、靴を履いている。またしても彼の傷跡が目にはいる。背中にいくつか、肋骨の下にひとつ。

「ありがとう」彼がボタンを留めて、洗い立てのシャツをジーンズにたくし込むと、わたしたちは居間に戻る。わたしはまだパジャマ姿だが、ふたりの弁護士をこれ以上、居間で待たせるわけにもいかない。

彼らは立ちあがり、ケインに自己紹介をする。「わたくしどもは、ドクター・イライアス・ワインバウムの遺言により、必要が生じた際、ミセス・イルマ・ワインバウムの代理人を務めるよう依頼されております」ジャロッド・スティルスが告げる。

わたしは何が起こっているのかわからず、ケインを見る。彼も同じように戸惑っているようだ。

「昨夜、ミセス・ワインバウムがこちらにいたとうかがっております。彼女がある支援をしたのではないかと？」

「どうしてそれを——？」

「ジョー――ドアマンから今朝電話がありました。わたくしどものクライアントが彼にその話をしたそうです。彼は状況を理解しておりまして」

「どんな状況ですか？」わたしは説明を求める。「ドクター・ワインバウムはケインの額の傷を縫ってくれたんです」待って、この人たちは医療行為の請求書を持ってきたの？

リアム・マッケニーは縫い目を指さす。「彼女がそれを縫った？」

「そうですけど？」

「ご気分はいかがです、ミスター・マクラウド？」

「平気です。これはなんの話なんです、ミスター・マッケニー？」

弁護士たちはちらりと視線を交わす。

「率直に申しあげますと、ミスター・マクラウド、わたくしどもがこちらにうかがったのは、あなたに法的措置を講じる意図があるのかお尋ねするため、またその場合には示談による解決をお願いするためです」

「法的措置を講じる？　なぜおれがそんなことを？　ドクター・ワインバウムはおれを助けてくれたのに」

ジャロッド・スティルスがため息をつく。「残念ながら、ミスター・マクラウド、イルマ・ワインバウムは医者ではありませんし、過去に医者だったこともありません」

「でも、彼女はそう言って――」わたしは到底信じられずに口を挟む。

「残念ながら、わたくしどものクライアントはときおり、自分が医師であるという妄想を抱くことがございます。通常は危険ではありませんが、彼女は誰かの傷を縫合する訓練を受けておりませんし、その資格もありません」

「なるほど」

「わたくしどものクライアントは、当然ながら、彼女の善意ながら不適切な介入の結果として必要となった、ありとあらゆる修復治療の費用を負担いたします」

ケインは目を見開いて、わたしのほうを見る。「修復？　彼女はおれにいったい何をしたんだ？」

わたしは笑ってしまいそうになるのをこらえる。「言いたくなかったわ。あなたは醜くなったのよ！」

「なぜきみが鏡を全部覆ってしまったのかと思ってたんだ」彼はジャック・ニコルソンの演じるジョーカーの下手くそな物真似をして、甲高い笑い声をあげる。わたしはつい笑ってしまう。弁護士たちは困惑しているようだが、正直言って、彼らを責めることはできない。本来なら、わたしたちはがく然とすべきなのだ。

マッケニーが咳払いをする。ブリーフケースから何かの書類を出すと、コーヒーテーブルの上を滑らせるようにしてケインに差しだす。

ケインは書類にざっと目を通す。わたしは彼の肩越しに読む。ケイン・マクラウドがミセス・イルマ・ワインバウムに対して、彼女が所定の日付に行なったかもしれないこと、または行なわなかったかもしれないことに関し、これ以上のいかなる法的措置を取ることも禁じる権利放棄書だ。

スティルスが一枚の名刺を押しだす。ドクター・レマー。ダウンタウンの住所と電話番号が書かれている。

「申しあげたとおり、あなたの医療費は、必要であれば美容外科的処置も含め、すべてクライアントが負担します。さらにわたくしどもの権限で、あなたには総額──」

「ペンはありますか、ミスター・マッケニー？」ケインは書類をコーヒーテーブルに置く。

マッケニーはペンを渡す。

ケインはサインする。「あなたがたのクライアントがどこで針仕事の技術を学んだにせよ、彼女はそれをおれを助けるために使った。そのことで彼女を追及するつもりはありません」

マッケニーはうれしそうにうなずくが、スティルスは問題の深刻さを指摘しようと骨を折る。「ミセス・ワインバウムは、医学的な訓練を受けていません。実際、クライアントがこれまで靴下をかがる必要があったかどうかさえ疑わしいです」

マッケニーは同僚のほうを睨み、ケインの気が変わるまえに書類を受け取る。「傷口が感染を起こした場合のために、ドクター・レマーの名刺は取っておきます」ケインは譲歩する。「だが、大丈夫だと思います」彼はそこで言葉を切る。「ミセス・ワインバウムがどこで往診用カバンを手に入れたか、教えていただけますか？ あの針と縫合糸も……あれは縫合糸だったんですよね？」

ジャロッド・スティルスの目が縫合部に注がれ、それから彼は答える。「ええ。彼女はネット通販のイーベイで入手したんだと思います」

ケインは笑いはじめる。

マッケニーはにっこり笑うが、スティルスは適切な懸念を保っている。「頭の患部が感染しようがしまいが、ミスター・マクラウド、あなたがドクター・レマーの診察を受けてくだされば、わたくしども全員の気が楽になります」

「安心してください、ミスター・スティルス。いずれ抜糸をしなければならないし、ミセス・ワインバウムの往診はもう許可されないでしょうから、ドクター・レマーに診てもらう必要があります」

「実によくご理解いただけて何よりです、ミスター・マクラウド」スティルスがさらに注意を促すまえに、マッケニーが割ってはいる。

「ちょっとお尋ねしたいんですが、ミスター・マッケニー」ケインは快諾のついでに尋ねる。「ミセス・ワインバウムの妄想は、医者であることだけなんですか？」

「ご質問の意味がわかりかねますが」

「たとえば、彼女は弁護士になることはありますか？」

「ときおり、配管工だと思うことがあります」

「すると、彼女は配管工の道具も持ってるんですか？」

「そうです」

「プランジャーとか？　レンチとか？」

「さまざまなブラシ、クランプ、ワッシャーも」

ケインは考え込むようにうなずく。「すると人々は彼女を招き入れ、パイプの修理をさせるんですか？」

「医療行為をさせるよりは少ない頻度です」そう答えながら、マッケニーはスティルスをちらりと見る。スティルスは明らかにミセス・ワインバウムに対して思慮を欠く発言に不服を抱いているようだ。「なぜお知りになりたいのかうかがっても、ミスター・マクラウド？」

「職業的な興味です」

「あなたは心理学者ですか？」

「作家《ライター》です」

両弁護士は即座に緊張した表情になる。「あなたがいま署名した文書には守秘義務も含まれています、ミスター・マクラウド」

「おれは小説家です、ミスター・スティルス、記者ではありません。守秘義務条項は、おれがあなたがたのクライアントをインスピレーションとして使用することを禁じてはいませんよ」

我が親愛なるハンナ
この章は昔風のメロドラマのようだね！　私はフレディを怒鳴りつけたい――背後に気をつけろ！　悪者が貴女のベッドにいるぞ！
ミセス・ワインバウムについては――すごく気に入った！　彼女にはぜひとも盲腸

の手術にチャレンジしてもらいたい！

　昨夜は場末の酒場に行ってみた、執筆中に、あの雰囲気を吸収しておくためにね。ヘミングウェイになった気分だった。モヒートを注文し、カウンター席に座った。正直なところ、予想していたよりもさらにいかがわしい店だった。チンピラが別のチンピラの頭をビール壜で殴って気絶させ、店を出るという喧嘩があった。バーテンが救急車を呼んだが、ほかの客はただ飲みつづけていた。客の何人かはマスクをしていた——首や額に巻くバンダナのように身につけていたよ。ともかく、私は意識を失った男の頭部の写真を何枚か撮った、貴女がケインの傷をもっと詳しく描写したくなったときのために。傷口にはガラスの破片が刺さっていた……貴女の描写には書かれていなかったと思うが。破片にライトが当たり、血のなかでキラリと光っていた。

　きちんと伝わっていない場合のために言っておくが、私はこの物語の展開を見守ることを、それからおそらく多少なりとも手助けしていることを、心から楽しんでいる。

それでは
レオ

16

「わたしのほうが先に出会ってるのよ！　実際、何週間もまえから知ってるんだから！」

「おれの記憶が正しければ、彼女が縫ったのはおれの頭だ。ということは、おれに優先権があるんじゃないかな」

「ばかなこと言わないで！」わたしは自分に有利なポイントを挙げる。「わたしが彼女をなかに入れて、処置はわたしの居間で行なわれたし、ランプも持ってた！　あなたはただそこに座ってただけでしょ」

「それはそうだ」ケインは認める。「だが、おれは彼女の被害者だ。被害者には権利がある」

わたしたちはトーストとコーヒーを用意しながら、どちらがミセス・ワインバウムを自分の作品に登場させるかについて口論を続ける。

「ほんとうのところ、具合はどうなの？」わたしは彼がトーストにピーナツバターを塗っているときに尋ねる。

「平気だよ、顔をしかめるとちょっと痛むけど、それ以外はほとんど何も感じない」

玄関のドアがまたノックされる。

「今度は何？」

ケインはコーヒーを飲む。「ミセス・ワインバウムが蛇口の水漏れを直しに来たのかな？」

さらにノックが続く。それからマリゴールドの声。「フレディ……ケイン！　あたしだよ！」

わたしは彼女をなかに入れる。

「こんにちは。外にあるのはケインのジープじゃないかと思って……ちょちょ、どうしちゃったの！」マリゴールドがケインを見つける。

わたしは彼女にコーヒーを出す。

彼女はケインの向かいに座り、彼の顔をしげしげと眺める。「ひどい。何があったの？」

「壜で殴られたんだ。フレディの隣人が縫ってくれた」

「誰に殴られたの？」

「昔の知り合いに。恨みを持ってた」

「警察には届けた？」

「まだだ」

「なんで？」

「自分でもよくわからない」

「たぶんしないのがベストかも……ＦＢＩに調べられてる状況では」

わたしはマリゴールドにコーヒーのカップとトーストの皿を渡す。「どうしてここに？」

彼女はわたしの頭からつま先までじろじろ見つめて微笑む。「あれえ、お邪魔だった？」

「寝坊したの」わたしはモゴモゴとつぶやく。

マリゴールドはニンマリと笑う。

ケインが立ちあがる。「そろそろ行くよ」彼は昨夜わたしがキッチンの調理台《ベンチ》に置いておいた車のキーを取り、わたしに微笑みかける。「もちろん、おれが脳震盪を起こしてないときみが納得しているなら、だけど」

「元気そうに見えるけど、そうは言っても、わたしは医者じゃないし」

「そうだね、それらしいのはいるみたいだけど」

わたしがニヤリと笑うと、マリゴールドがなんの話をしているのか知りたがる。

「きみが話してあげて」ケインがわたしの腕をさする。その温かさには、友情以上のものが込められているかもしれない。あるいは、わたしがミセス・ワインバウムの使用権を彼に引き渡すことをまだ期待しているのかもしれない。「そろそろ行かないと」

「それで?」彼がいなくなると、マリゴールドが尋ねる。「何があったの?」

わたしはどこまで話してもいいのかわからず、ためらう。まずは切り裂かれたタイヤのことから始めて、ブーのこと、彼がケインを非難したこと、彼がしたことをマリゴールドに話す。

マリゴールドは聞きながらあっけに取られている。「ちょちょ、何やってんの! あなた車から降りたの?どうかしてるんじゃない?」

「ケインが地面に倒れてたのよ。ほかにどうしろっていうの?」

「叫べばよかったじゃない! なんで叫ばなかったの?」

「そういえばそうね」わたしは初めてそのことを考える。なぜわたしは叫ばなかったのか? 「わたしは叫ばない人なの」やがてわたしは言う。「正直言って、いままで叫んだことがあるかどうか覚えてないくらい。たんにわたしがすることじゃないっていうか」

マリゴールドは興味を示す。「一度も？」

「覚えているかぎりは」

「あたしなんてしょっちゅう叫びまくってるよ……怖いときとか、うれしいときとか、イライラしてるときとか」

わたしは咳払いをして、声帯を試す。「叫びかたがよくわからない」

「あたしがレッスンしてあげる」マリゴールドが請け合う。

わたしは笑う。「わたしに必要な教育かどうかはわからないけど」

「どういう意味？　もちろん必要に決まってるよ！」マリゴールドはわたしの言葉に仰天する。「悲鳴っていうのは、もっとも人間的で原始的なものだよ。それを聞いたすべての者を、救援のために結びつける誘惑の声《サイレンコール》、ちょうどあたしたちを互いに、それからキャロラインに結びつけたみたいに」

わたしは笑うのをやめ、マリゴールドの信念の込められた詩に微笑む。彼女は、わたしたち全員がより大きな力と大義によって結びつけられたことにしたい、わたしたちが一緒になったのは単なる偶然ではないとどこかで信じたいのだ。わたしは作家だが、人生にテーマとモチーフを求めているのはマリゴールドのほうであり、彼女が世界を見つめる真摯さにわたしは魅了される。「あなたの言うとおりね。でも、ここよりももっと防音性の高いところでレッスンをするほうがいいかも」

マリゴールドの笑顔はあどけなく美しい。

「で……ケインとはそういうことに?」

「頭を怪我した状態で運転して帰らせるわけにはいかなかったのよ、マリゴールド。脳震盪を起こしたんじゃないかと心配だったの。念のため、ここに残ったほうが、彼もゆっくりできそうだったし」

彼女はうなずく。「ま、ともかくあなたが彼を医者に連れていってくれてよかった」

「実はそうじゃなくて」わたしはミセス・ワインバウムのこと、彼女の処置のこと、ザックハイム&アソシエイツの紳士たちのことを話す。

「なんてこった! あたしがちょっとふたりから目を離した隙に……」彼女はまた真剣な顔つきになる。「あのさ、あたし、アイザック・ハーモンについて調べてみたんだ」

「いつ?」

「昨夜、ネットで。調べかたを知ってたらすごくたくさんのことがわかる」

「マリゴールド、ケインはやめてほしいんじゃ――」

「アイザック・ハーモンは殺人で指名手配されてた」

「なんですって?」

「アイザック・ハーモンは二十年くらいまえ、ヴァージニア州で若い女性を殺害した容疑で指名手配された。警察が逮捕するまえに行方をくらまして、チャールズ川沿いで発見されたホームレスの遺体が彼のものだと判明するまで、ずっとアメリカの最重要指名手配リストに載りつづけてた」

「それをネットで見つけたの？」

「わりと簡単に」

「なら、ケインはもうそれを知ってるでしょうね」

「そのはずだよ」

「よかった」

「なんで？」

「彼に伝える必要がないから」

「でもさ、彼があたしたちに言わなかったのはおかしいと思わない？」

わたしはコーヒーを注ぎたす。「彼はほとんど話してくれたじゃない。それに殺人で指名手配されたからって有罪とはかぎらない」

マリゴールドはすでに別の筋道を追いはじめている。「きっと仲間のブーがアイザック・ハーモンを殺したのかも。あっ、どうしよう！　もしかしてブーが戻ってきたのはケインを狙うためかも。ブーはケインがどこに住んでるか知ってるの？」
「わたしの知るかぎりでは知らないはず」わたしは不安になりはじめる。ケインはブーを探そうとしていた。彼に連絡しようと携帯電話を手に取るが、電話する寸前で思いとどまる。ケインはすでに知っていることなのに、わたしに何が言えるだろう？　ブーがアイザック・ハーモンを殺し、いまはケインを追っているかもしれないなんてことを、電話でどう伝えればいいのか？　きっとばかげた話に聞こえるだろう。実際、ばかげている。
わたしは息を整え、マリゴールドの熱意に巻き込まれないようにと自分を戒《いまし》める。彼女の言うことが虚偽だとかありえないだとかいうわけではないが、それでも彼女には、間髪入れずに行動に移し、バスのハンドルを握ってアクセルを床まで踏み込むようなところがある。わたしはケインにメールを送ることにする。『気をつけて』
返信がすぐさま届く。『つねに』
わたしはそれで充分だと判断する。
マリゴールドがキッチンを片付けているあいだに、わたしはシャワーを浴びて着替える。彼女は別の部屋からわたしに向かって大声で話しかけてくる――時事問題についての一般的な見解、オーストラリアについて読んだこと、アメリカ大統領の最新の失態など。
「ウィットをランチに誘うのは早すぎると思う？」わたしがソックスを履いているとき、

彼女が言う。「家で療養してもう三日目なんだけど」

「わたしが電話して訊いてみましょうか？」

「そうしてくれる？」

わたしは笑みを浮かべる。まだ別々の部屋にいるので、彼女を傷つける心配はない。マリゴールドはポーカープレーヤーにはなれない。彼女の声には明らかに安堵と高揚感がにじみ出ている。

「自分でかけたいんだけど、ほら、ウィットに変に思われたくないし……」

「まさか、ウィットはそんなひどいこと思ったりしないわよ」

マリゴールドはすがるような、期待を込めた目でわたしを見つめる。

「ふと思いついて誘ってみたってことにする？」わたしはキッチンに戻り、黄色いスカーフを探す。冷蔵庫の上に見つかる。「どこかお店を見つけて、そこから電話すればいい」

「そうしたほうがいいと思う？」

「そのほうが計画的だと思われにくいかも。それにもし彼が来られなくても、わたしたちふたりでランチを食べたらいいし」

マリゴールドはうなずく。「わかった」

「彼には電話してみたの？」わたしは尋ねる。

「何回か。最初にお母さんが出た。ウィットは休んでるって言ってた。そのあとは連絡がつかなくなっちゃって……電話がつながらなかった」

わたしは何も言わない。わたしたちはどちらも、彼女の番号がブロックされたという意味だとわかっている。わたしはウィットの母親の仕業でありますようにと願う。

「ウィットの家の近くのお店を探しましょう、彼がこっそり抜けだして来られるように。彼の家の住所は?」わたしはそれを入力し、近くのレストランを探すアプリを使う。「ここがよさそう……〈オー・マイ・コッド!〉っていう店で、ウィットの家の門からほんの数百メートルのところにある」

ウィットが合流するかどうかはさておき、贅沢なランチに備え、わたしたちはレストランまで歩くことにする。歩きながら、〈オー・マイ・コッド!〉という店名は、敬虔な意味での語呂合わせなのか、それとも享楽の意味でなのか（コッドには陰嚢という意味もある）、どちらだろうと話し合う。店に到着してみると、内装が後者だと告げている。そのレストランは豪華な売春宿のような造りだ――シェーズロングソファのあいだにテーブルが置かれ、フリンジ付きのビロードのカーテンで仕切られており、プライヴァシーが保たれている。枝付き燭台には、恍惚の表情で背中を丸めて絡み合う人々の装飾が施されている。また、メニューの表紙には〝媚薬セレクション〟と書かれている。

わたしはクスクス笑う。マリゴールドもだ。シェーズロングとカーテンがあるのはありがたい。ついには、子どもみたいに笑い声をあげて転げまわることになったから。どうやらそれは珍しいリアクションではないらしい。わたしたちが一番激しい抱腹絶倒を乗り越えたタイミングを見計らって、ウェイターがカーテンの隙間からのぞき込み、飲み物のオーダーを取りにきたところをみると。わたしたちはふたりとも〝処女《おとめ》のアンブローシア〟を頼む。

「どうしよ！」カーテンが閉まり、革の服を着たウェイターがさがると、マリゴールドがささやく。「あたしたち、ウィットにセックスショップでランチしようって誘うことになっちゃう！」

「ほんとうにまだ呼ぶつもり……」

「うん。もう怖気づいてられないよ」

わたしはウィットの番号に電話をかける。

彼が出る。「フレディ！ みんなおれのことを忘れちまったのかと思いはじめてたよ」

わたしはランチに誘い、いまいる場所を伝える。

彼は明らかにこの店を知っているようだ、しばらくゲラゲラ笑っていたから。

「やめて――また傷口が開くわよ」わたしは本気で心配して警告する。「で、あなた来ら《キャン・ユー・》れる《カム》？」

彼はまた大笑いし、わたしは自分がいま何を言ったか――あなたイケる？《キャン・ユー・カム》――に気づいてたじろぐ。

「二十分くらいで着くよ」彼は約束する。

わたしたちは処女《おとめ》のドリンクを飲み、メニューに書かれた品を読みあげて楽しむ。くだらないが、幼稚なナンセンスにほっとする。子どもじみたことから得られる慰めだ。

カーテンのあいだからはいってきたとき、ウィットは愉快そうにわたしたちを見る。

「あんたたちのテーブルがどこか訊かなくてもわかったよ……キーキー声のするほうに来ればよかったから」

「ウィット！」マリゴールドが立ちあがる。「具合はどう？　あたしたちものすごく心配してたんだよ」

「心配する声が聞こえたよ」マリゴールドの横の席につくと、彼はウェイターを呼び、ドリンクメニューも見ずに〝禁断のリンゴ〟を注文する。

「まえにも来たことがあるのね」わたしは咎める。

「もちろんあるさ。クールな子どもは、みんな一度はここに来たもんさ。鱈《コッド》の胡椒焼きがうまくてさ……〝同時多発オーガズム〟ってやつだよ。頼んでみろよ」

わたしは肩をすくめる。「わたし、ヴェジタリアンなの」

マリゴールドはそれを聞いて笑いが止まらなくなる。ばかげたメニューからどうにか注文を終えると、ビロードの囲いのなかで驚くほどまともな料理を食べる。彼女が実施したロックダウンについて不満を洩らす。「母さんは個人的に――いや、専門家として――おれを刺した誰かに腹を立てるんだよ。傍から見てたら、訴訟で負けたかなんかだと思うだろう」

「あやうく息子を失うところだったのよ」わたしは彼に思いださせる。「少しは大目に見てあげたら」

「母さんは今日は法廷に出てる。おれの収監を父さんに委任した。父さんはかなり話が通じるし……ちょいと酔ってるかもな」

マリゴールドがグラスを掲げる。「あなたのお父さんに！」

「ケインはどこだ？」ウィットは自分のグラスをマリゴールドのグラスに当ててカチンと鳴らす。「この上品なレストランを鼻であしらったのか？」

マリゴールドは、わたしが彼女に話した昨夜の出来事を話して聞かせる。

ウィットはショックを受ける。おそらく自分自身が刺された人にしては過剰なほど。

「マジかよ！　その男は誰だよ？　ブーって言ったか？」

「ケインはブーって呼んでた」わたしは言う。「ニックネームか何かだと思うけど」

「そいつが近づいてきて、塁でケインの頭を殴ったんだな」

「最初のときじゃない。戻ってきたときに。ケインが話をしようとしたら、ブーが殴ったの」

「それで彼はどうしたんだ？」

「ブーとケインのどっちのこと？　ブーは逃げた……」

「いま、ケインはそいつを探そうとしてんのか？　ありえねえ！」ウィットは頭を振る。

「わざわざ殺されにいこうとしてんのか？」

「話はそれだけじゃないんだよ！」マリゴールドが口を挟み、アイザック・ハーモンについてネットで調べたことを話す。

「そいつは人殺しだったのか？」ウィットは片眉をあげる。「それで、ケインはそれを知ってた？」

「彼は殺人で指名手配されてたの。それとこれとは同じじゃない」この話をしていると、わたしはなんとなく信頼を裏切っているような気持ちになる。「ケインが初めて彼に会ったときにそれを知っていたとは思えない――知りようがないでしょ？」

「けど、いまは知ってるよな？」

「彼の検索能力がマリゴールドほど高くないのでなければ」

「たぶんあたしほど高くはない」マリゴールドは自慢げにではなく考え込むように言う。

「でも、これは見つけられただろうと思う」

「おれたちでケインを探したほうがいいんじゃないか」ウィットが提案する。「トラブルに巻き込まれてる可能性がありそうだ」

「トラブルって？」

「ジャンキーたちとつるんでて、そんで――」

「ちょっと待って」わたしはウィットが先走るまえに止める。「ケインはつるんでないし……たとえそうでも、彼は子どもじゃない」

「けど彼は明らかに――」ウィットは突然目を見開き、息を詰まらせる。

マリゴールドはグラスに水を注いで渡す。「ウィット？　どうしたの？」

彼は苦しそうだ。わたしは助けを呼ぼうと立ちあがる。

ウィットは胸を叩き、咳払いをする。「おれ、いま〝ケインは何が自分にとっていいのかわかってない〟って言いかけた。正式に母さんと同類になっちまった。何か飲まなきゃやってらんねえ」彼はウェイターを呼び、ライムのくし切りを添えた〝肉欲の知識〟なるものを注文する。

「あなたはケインのこと少しも心配じゃないの?」ウィットが母親の一瞬の憑依をアルコールで紛らわしているとき、マリゴールドがわたしに尋ねる。

心配している。彼がブーを探しにいってからずっと。見つけたときにブーがまだハイだったり、錯乱していたり、その両方だったりするのではないかと心配している。ミセス・ワインバウムの弁護士の忠告をもっと真剣に聞くべきだったのではないかと心配している。でも、警察を呼べないとなると、わたしたちにできることは多くはない。

「フレディ?」

「ううん、心配してない」

親愛なるハンナ

マリゴールドが表に誰の車が停まっているかをチェックしているところがとてもいいね。私も同じことをする。いまは居留守を使う人が多いからね。

〈オー・マイ・コッド!〉が貴女の想像の産物でなければどれほどよかったか。今夜さっそく食事に出かけただろうに！　実際、この本がベストセラーになったら、誰かがその手のレストランをオープンしたとしても驚かないね！

ウィットは重要なプレーヤーなのかただのオタクなのか、私はまだ判断に迷っている。彼はママの問題を抱えている。公平に言って、彼の母親はある種のドラゴンのようだが。また、マリゴールドにもフレディにも言い寄ってるようには見えないが、どこか性的な自信のようなものがあって不思議に思っている。

ボストンのダウンタウンとその周辺の地図を添付した。地図には、目撃されるリスクを冒さずに誰かを殺せるような裏路地やひと目につかない場所に印をつけておいた。ケインが〝逃走中〟だから、新たな死体が発見されるにはいいタイミングかもしれないと思ったんだ。

私はようやく、心を痛めることなく自分の原稿をまた見ることができるようになった。いまならパンチが足りなかったところもわかる。それから、削れそうなところも。削るべきところだ。また私のナイフを研ぐべきときが来たのかもしれない。

それでは

レオ

17

夜、ケインが電話をかけてくる。疲れた声だ。わたしの声がどう聞こえているかはわからないけれど、わたしはほっとしている。

「どこにいるの？　大丈夫？」

「元気だ……ミセス・ワインバウムの針仕事は持ちこたえてる」

「どちらにしても、診察を受けたほうがよかったんじゃない？」

「抜糸をしてもらうときに、彼女の医者のところにいくよ」

「もう食事は済ませた？」わたしは腕時計に目をやる。まだ午後七時半だ。「うちに来ない？　何か作れる……はず……」わたしはパントリーのなかに食事になりそうなものがないか探しながら尋ねる。

「すごく行きたいんだけど、フレディ、少しやることがあるんだ……それにヘトヘトで。またの機会でもいいかい？」

「もちろん」わたしはがっかりしながらも、料理を作るという提案を実行せずにすむことにいくらか安堵する。「ほんとに大丈夫なのね？」

「ああ。ただ苛立ってるだけだ。ブーを見つけられなかった。姿を消していて——たぶんおれが借りを返しにくると思ったんだろう」

「彼にはほかに誰か頼れる人がいるの？」

「いや、おれの知るかぎりでは」

「ケイン……」わたしはためらいながら切りだす。「マリゴールドがアイザック・ハーモンについて調べたの」

「そうなのか？」即座に彼の声が硬くなる。

わたしはこの話を持ちだすべきだったのかどうかわからなくなる。でも、いまさら引っ込めるわけにもいかない。「アイザック・ハーモンが、ヴァージニアの殺人事件で指名手配されてたのを見つけたって」

沈黙が流れる。

「ねえ、ケイン。たぶんあなたはもう知ってるのよね。ただ、わたしたちが知ってることを知らせるべきだと思って」

彼が息を吐く音が聞こえる。「ああ、知ってた。彼が死んだときに警察から聞いた」

「わたしたちが首を突っ込むことじゃないと重々わかってるの、ケイン。だけどほら、マリゴールドはあんな感じでしょう——本気で助けたがってる。悪気はないのよ」

「ああ、わかってる」彼の声はまだ強張っている。「少女探偵ナンシー・ドルーは、ほかに何を見つけた？」

「たいしたことは何も。ブーがアイザックを殺して、今度はあなたを追って戻ってきたんじゃないかって推理してる」

ケインは笑いだす。わたしの知るケインの笑い声とはちがって聞こえる。苦しみを後悔で刻んだような声。「ブーはアイザックの親友だった。彼がアイザックを傷つけることはありえない。それにおれがブーを探しにいったんであって、その逆じゃない」

わたしは反論しない。「マリゴールドは助けたがってるの、ケイン。たぶん今朝のあなたを見て——」

「わかってる」彼の声からこわばりが抜ける。「おれがギャングに歯向かったと結論づけなかったことに驚いてるだけだよ」

「まあ、いまはまだしてない」

彼の笑い声はだいぶ聞き慣れたものになる。「ピリピリしてしまってすまない、フレディ。おれの物語のヒーローが殺人で指名手配されてると言わなかったこと、妙に思えただろうね」

わたしはまったく妙だとは思っていない。ただ、それを伝えるタイミングを逸したまま、彼が続ける。

「おれは彼が有罪だと信じたことはなかったから、重要なことを省いているつもりではなかったんだ」

「ケイン、あなたやアイザックの人生の詳細をわたしたちに話す義務があるわけじゃないのよ」

「わかってる……ただきみを欺こうとしてるわけじゃないってことをわかってほしくて」

「欺いてなんか――」

「おれは少しまえに過去を捨てたんだ」

「そんなことできるものなの？」

「できてないようだね。アイザックについて書くのは無謀だったのかもしれない」

「朗報は、過去を捨てられないのはあなただけじゃないってことよ」

その二日後、チャールズ川沿いで、ブーという名でも知られるショーン・ジェイコブスの遺体が発見される。喉を掻き切られていたという。木曜の朝、わたしはボストングローヴ紙で記事を読む。その記事に釘付けになったまま、ケインの番号に電話をかける。彼が出ないので、メッセージを残す。

「ケイン、いま新聞を読んだところなの。大丈夫？　電話して、お願い」

わたしはもう一度記事を読む。どうすればいいのか、どう考えたらいいのか、よくわからない。恐ろしく思い、また不思議なことに、つかのま会っただけのその男性の訃報を悲しく感じる。そして理由は説明できないけれど、涙が浮かんでくる。記事と一緒に掲載された顔写真は、数年前になんらかの軽罪で捕まったときに警察で撮られた写真のようだ。ケインのジープのそばに立ち、叫び、非難していた男性が、あのときと同じように目を見開いて困惑しながら、紙面からわたしを見つめている。彼はそんなふうに死んだのだろうか――世界に戸惑い、世界と彼自身の暴力に混乱しながら。

わたしはまたケインに電話をかけ、今回はメッセージが涙声になる。「お願い電話して、ケイン。どうしても話したいの」

玄関のドアがノックされる。わたしはケインがいると期待してドアを開ける――わたしが電話するよりも早く、会いにこようと思ったのかもしれない。

が、そこにいたのはレオだ。「フレディ？　まずいときに来てしまったかな？」

わたしは袖で顔を拭く。「ううん……そんなことない」

「動揺しているみたいだ。数日前にあなたが一緒にいた、血を流した男性と関係があること？」

わたしは脇にどき、腕を伸ばしてアパートメントのなかに招き入れる。「はいって。コーヒーでもどう？」

「いただくよ、マアム」

わたしはすでに沸かしてあったポットから、カップにコーヒーを注いで彼に出し、もう一杯を自分用に注ぐ。あの夜のことをレオに説明しようと思っていたのに、いつのまにか数日が経っていた。原稿に没頭していたし、理由を見繕っては毎日やってくるマリゴールド以外には、誰にも会っていなかった。

コーヒーを飲み、グルメな食料品バスケットで届いた高級チョコレート菓子の最後のひと袋をつまみながら、実は彼が玄関前の廊下でわたしたちを見かけた夜、ケインは壜で頭を殴られていたのだと話す。

「ええっ！　バーでケンカしたのかい？　どうして病院に連れていかなかったの？」

「ううん、バーのケンカではないの。ケインが救急治療室に行きたがらなくて。ミセス・ワインバウムが手当てしてくれたの」

レオは笑みを浮かべる。「彼女は医者だって言ってた？」

「そう」

「そうじゃないんだよね、ほんとは」

「いまは知ってる。あなたはどうして……？」

「ここに来た最初の週に、リスを撫でようとした。そしたら噛みついてきて。ミセス・ワインバウムが傷の手当てをして、狂犬病とか疫病とか、なんであれ最近のリスが持ってる病気に感染しないようにしてくれた。翌朝、彼女の弁護士が訪ねてきて、ぼくの学生ローン返済に寄与してくれた」

「彼女はすごく上手にケインの頭の傷を縫合してくれたのよ」わたしは打ち明ける。

「そしてぼくは狂犬病にも疫病にもなっていない」彼はわたしがテーブルに置いた皿からクッキーをつまむ。「それで、友だちのケインが敗血性ショックで死んだわけでもないのに、どうして泣いていたの？」

「今日はちょっとホームシックになってしまって」完全な嘘ではない。感謝祭が近づいてくると、自分がここにいて、故郷にはいないことを強く意識させられる。オーストラリアで感謝祭に意味があるというわけではなく、こちらで家族が集う様子を見かけると、自分の家族がここにはいないことを実感するのだ。

「そうか、それは悲しいね。ぼくに何かできることはある？」

彼の気遣いに、良心がチクリと痛む。少なくとも、ホームシックを誇張していることに対して。「いましてくれてる。一緒にコーヒーを飲める隣人がいるのはすてきだもの」

彼はわたしがベンチに置いたグローヴ紙をちらりと見る。「川辺で見つかった気の毒な人のこと、読んだ？　ぼくは毎朝あのあたりをジョギングで通ってる。何があったんだろうって思ってたんだよ」

「彼を見たの？」

「いや、マアム。実際に死体を見たなら、何があったのかなんて考えたりしないよ。ぼくが見たのは警察と立ち入り禁止テープと記者たちだけだったから――これは猫が木に登って降りられなくなっただけじゃなさそうだと思ったけど、新聞で読むまで確かなことはわからなかったんだ」

「これまでに朝、彼を見かけたことはある？」わたしはグローヴ紙を彼のほうに押しだす。

レオは新聞の顔写真を注意深く見つめる。「冬の川岸に寝られる場所がたくさんあるとは思えない――ぼくが見かけるのは、だいたいジョギングしてる人か、犬の散歩をしてる人だし。彼の顔は見覚えがないな」彼は鋭くわたしを見る。「知り合いなの？」

「ううん」わたしの答は、半拍早すぎたかもしれない。

「もちろん、知るわけないよね。ごめん――ばかな質問をした」

わたしは笑う。「最初に尋ねたのはわたしのほうよ」

「今週末、ロックポートまでドライヴする予定なんだ。あなたも一緒に来たりしないよね？」

「ロックポートって？」

「車で一時間くらいのところなんだ」彼は申し訳なさそうに言う。

「オーストラリア人にとっては、たいした距離じゃない」わたしは彼を安心させる。「わたしの国では、どんなところでも少なくとも一時間は離れたところにあるから。でも、どうしてそこに行くの？」

「リサーチだよ。ある場面を有名な釣り小屋の外に設定してるんだけど——ディテールを正しく描写するために、自分の目で確かめておこうと思って。信憑性を出したりするために」レオはチョコレートをつまむ。「そのために車を借りる手はずも整えた。ここに住んでる滞在奨学生のみんなにも、ちょっとした観光がてら、一緒に行かないかって声をかけてみようと思ったんだ……そうすれば、ぼくの奨学金返済免除報告書に同僚との協力について書き加えることもできるし」

わたしは笑う。レオはずいぶんと戦略的だ。「ここにいる仲間は、あなたとわたしだけだと思ってた」

「いや、あとふたりいるよ。ヨーロッパとアフリカから」

わたしは知らなかったことを恥ずかしく思う。もう二ヵ月もここにいるのに、同じ立場の仲間に会わずにきただなんて。「もちろん行く。冬の釣り小屋を見られる車の旅を断るなんて、もったいなすぎる」

レオはうなずく。「じゃあ、決まりだ」

「レオ、具体的にはどのあたりで事件現場を見かけたの？」

「えっ——ああ、これのこと？」彼は新聞を手に取る。「どうして訊くの？」

「いつも川沿いを歩いてるから。人が死んだ場所を通りすぎるのに、何も知らずに、何も考えずにいるのはいけないような気がして」

レオは携帯電話で地図を表示すると、ケンブリッジの川岸のある場所を指さす。「しばらくは封鎖されるだろうから、少なくともここ数日間は、知らずに通りすぎることはできないと思うけど」彼は思案ありげに目をすがめるようにしてわたしを見る。「案内しようか？」

「いま？」

「そう。脚のストレッチがてら。ここから二キロくらいだよ」

どういうわけか、わたしはイエスと答える。理由はよくわからない。たぶん、起こりつつあることのなかに自分自身を置き、その現実性を叩きつけて、現実に起こっていることだと受け入れる必要があるのだろう。キャロライン、次にウィット、そして今回。これらがなんのつながりもないということはありうるだろうか――お互いにも、わたしとも関係のない無差別の事件なのか？　そうであってほしい、危険な街での偶然の重なりであってほしい。もしそうでなければ恐ろしいから。

わたしはレオと一緒に――彼もボストンに来てわたしと同じくらいしか経っていないが、ジョギングで街の地理を学んでいる――出かける。ハーヴァード橋を通って川を渡り、マガジンビーチの公園地帯を歩く。正午近くだというのに、いまでもジョギングをしている人や屋外のジムを利用している人がいる。秋の盛りの時期はとっくに過ぎているが、公園は美しい。落葉した木々は、運動という集中した活動に対する静かで荒涼とした背景となっている。ボートハウスの近くで、警察官たちが警察用のテープで区切られたビーチの一角から野次馬を追い払っている。カメラを持った若い女性がレオに向かって手を振り、手招きする。レオが彼女に駆け寄って話をしているあいだ、うしろでブラブラしながらそのあたりの様子を頭のなかに取り込む。ふたりは一、二分おしゃべりして、彼女は写真撮影を再開し、レオはわたしのところに戻ってくる。

「ローレンは〈ラグ〉にいるんだ」彼は説明する。「いまはこの事件を担当してるみたいだ」

「キャロライン・パルフリーも〈ラグ〉で働いていた」わたしはその事実に一瞬、気を取られる。

「今朝、ぼくがここに来たときには、向こうにテントみたいなのがあって……たぶん、遺体を隠してたのかな」レオが指をさす。「彼はボートハウスで寝ようとしたか、上流で遺体が捨てられたあとこの浜辺に打ちあげられたのか、どっちかだろうと思う」彼はわたしのほうを見る。「ほんとうにその人のことを知らないの、フレディ？」

「一度、鉢合わせしたことがある」わたしは認める。

「鉢合わせ？」

「彼を知っていて、彼に話しかけてる人と一緒にいたの」

レオはわたしをじっと観察する。「あなたがケインと一緒にいた夜のことじゃないよね。まさか、フレディ、ケインを壜で殴ったのは死んだ男だったのかい？」

「そう」

「どうして？」

「わからない——彼はハイだったんだと思う」

「警察には通報したの？」

「ううん――ケインは彼に捕まってほしくなかったから」

「あのときって意味じゃない……いま通報しないのかってことだよ。あの人は殺されたんだよ、フレディ。警察はたぶん彼の最後の数時間の足跡をたどっているんじゃないかな」

レオの言うとおりだ。わたしは警察に通報して話をするべきだ。「ケインと連絡が取れるまで待っているところなの。一緒に警察に行こうと思って。彼ならわたしよりも多くのことを話せるだろうし」

「ケインと連絡が取れないのかい？」レオは顔をしかめる。

「今朝電話したときに電話に出なかったってだけ」わたしはきっぱり答える。「たぶん仕事をするんで電源を切ったんだと思う」

レオは肩をすくめる。「または、すでに警察と話しているか」

「その場合には、警察からわたしに連絡があるんじゃない？」

レオはいっとき間《ま》を置く。「なるほどね」彼はプレッツェルの屋台を身振りで示す。

「帰り道用に調達しよう」わたしたちはマスタードをかけた温かいプレッツェルを買い、それを食べながら〈キャリントンスクエア〉に戻る。

「警察署に行こうと決めたときは」彼はわたしを玄関のドアまで送ると、なんだか恥ずかしそうに言う。「ぼくは喜んで同行するからね……精神的な支えとして、あるいは人柄を保証する証人として……なんであれ必要なら」
わたしは襟についたプレッツェルのくずを払う。「ありがとう、レオ。きっと大丈夫だと思うけど。ケインがどうしてるのか、どうしてたのかがわかってから、警察に協力する。ブーが死ぬまえの数日に話しかけた人は何十人といるだろうし」

親愛なるハンナ

私のマリゴールドに危険が迫っているのを感じる。彼女を殺せば、悲劇と緊張感が高まるのはまちがいないだろうが、一風変わった親友は殺されるために存在するという定型表現《クリーシェ》に陥る危険性がある。貴女が彼女を奪うつもりなら（そうなれば私は悼むことになるが）、その恐怖で読者の心を引き裂く機会を無駄にしないように。マリゴールドは静かに死ぬべきではない。たとえば、ケインが彼女を凌辱するだとか。フレディに対する高潔な態度とは対照的に、悲痛なものとなるだろう。マリゴールドの死の場面は残虐で時間をかけたものであるべきだし、彼女は闘うはずだし、死ぬまえに相手にダメージを与えるはずだ。ケインは彼女の息の根を無傷で止めることはできない、キャロラインのときのようには。

おっと、私は何を書いているんだ？——私が話している相手が名作家であることを忘れている。貴女ならばマリゴールドにふさわしい死の場面を書くとわかっているよ。

犯行現場をもっと詳しく描写するときのために、マガジンビーチまで行って写真を撮ってきた。偶然、川岸で気絶している男がいてね。あなたが情景を思い浮かべるのに役に立つかと思って、その写真も撮ってきたよ。もちろん、この男は死んではいなかった。なんであれ何かを飲んでただ眠っていただけだ。その後、低体温症で死んだりはしたかもしれないが、もちろん。

私はケインの激しい怒りを控えめに表現する貴女のやりかたが非常に気に入っていると言わざるを得ない。この男に備わる本能的抑制は、実にエキサイティングだ！

それでは
レオ

18

マリゴールドとウィットは警察の三十分前にやってくる。マリゴールドの目は輝き、興奮している。彼女は新聞を持っている。「これ、あなたが話してたブーでしょ？」彼女は記事を指さす。「ケインを襲った男」

わたしはうなずく。

ウィットはわたしに腕をまわす。「大丈夫か？　ちょっと動揺するよな」

「そうなの」

「ケインはなんて言ってるんだ？」

「連絡が取れてない」

「どういう意味？」マリゴールドの額にしわが寄る。「ケインはこの死んだ男を探してるって言ってなかったっけ？　まさか……みんなで彼を探したほうがいいんじゃない？」

わたしは表向きは平静を保っている。「パニックになるまえに、ケインに電話に出るチャンスを与えるべきだと思う」

「いつから連絡取れないんだ？」ウィットが尋ねる。

「わたしが最後にメッセージを残してから二時間経った」

「ケインがどこに住んでるか知ってる？」

「ロックスベリーのどこか。正確な場所は知らない」

ドアマンの受付デスクからの内線電話が鳴る。電話に出ると、ふたりの刑事がわたしに会いたがっているとジョーが言う。

「いまから行くわ」警察の訪問を受けるなんて〈キャリントン〉のほかの住人からどう思われるだろう。わたしは身震いする。刑事たちはおそらく先日の夜のケインの話を裏付けるために来たのだろう。ケインが行方不明ではないことに安堵しつつも、警察に行くまえに彼が電話してくれなかったことに少し傷つく。

わたしはウィットとマリゴールドに好きにくつろいでいてと告げる。「数分で終わるだろうから」

ウィットはすでにわたしの冷蔵庫に頭を突っ込んでいる。「ケインをどうしたんだって聞いといてくれ」

「ほんとに一緒に階下《した》まで行かなくても平気？」マリゴールドは玄関までついてくる。

「警察の事情聴取に友人を連れていくのはまずいんじゃない？」

「ウィットならどうかな――彼はハーヴァード法科大学院生だし」

ウィットはわたしの冷蔵庫のドア越しに頭を突きだし、行く気があることを示す。

「いくつか型どおりの質問をされるだけよ、マリゴールド。もし弁護士とか――法学の学生とか――を連れていったりしたら、怪しまれるか、少なくともばかげて見えそう」

マリゴールドは顔をしかめる。「わかった、でも十五分で戻らなかったら、あたしたち降りていくからね」

ロビーに行くと、刑事たちがジョーのデスクの脇に立っている。ふたりはまずバッジをちらりと見せてから、デイヴィッド・ウォーカー刑事とジャスティン・ドワイヤー刑事だと名乗る。ウォーカーは五十歳くらいで、スポーツ刈りの白髪頭、背が高く、大柄で、ひげを生やしている。私服なのに制服を着ているように見える。彼のパートナーはダークブラウンの髪の女性で、パンツスーツにローヒールの靴という実用的な服装ながらスタイリッシュに見える。笑顔で挨拶をしてくれ、お腹の底の緊張が少し緩むのを感じる。

予想どおり、彼らはケインとわたしがショーン・ジェイコブスと遭遇した夜のことを尋ねにきたと告げる。わたしは場所と時間を裏付け、ブーがケインを襲うのを見たこと、ケインが反撃をしなかったことを伝える。誰がケインの傷を手当てしたのかと尋ねられたらどうしよう、ミセス・ワインバウムに迷惑がかかるのではないかと不安になるが、その質問はされない。彼らはわたしがケインと知り合ってどのくらいになるのか、ふたりはどういう関係なのかと尋ねる。

「ケインとは一ヵ月前に図書館で会いました。友だちです」

「ミスター・マクラウドとは何時まで一緒にいましたか、ミズ・キンケイド？」

「翌朝の十時半ごろ帰りました」わたしはウォーカーに目をやり、その表情から彼の考えを読み取る。「脳震盪を起こしているかもしれないときに、運転させたくなかったんです。だから彼はここに泊まっていきました。わたしはソファで寝ました」

ドワイヤー刑事はうなずく。「賢明な予防策ですね」

「ミスター・マクラウドは思慮深い友人がいて幸運ですな」ウォーカーがそっけなく言う。

「というと？」わたしはムッとする。

ウォーカーの笑みはひげにも紛れることはない。「つまり、脳震盪を起こしていようがいまいが、ケイン・マクラウドのような男を、快くひと晩泊めてやる人は多くはないということですよ」

わたしを煽ろうとしているのだろうから、彼を満足させる反応は与えない。

ウォーカーは続ける。「つまり、あなたは彼と知り合ってたったのひと月だが、あの男が服役していたのは七年なんですよ」

「服役？」突然、混乱に陥る。彼らはわたしの反応に注目している。ドワイヤーがパートナーを横目でちらりと見る。

「ケイン・マクラウドは殺人罪で七年服役しました」

体の内側が冷たくなり、同時に熱くなって頬が火照る。「ほんとうですか？」警察に尋ねるにはばかげた質問だが、自分が質問しているとさえよくわかっていない。質問というよりは、ショックと信じられない気持ちの表明に近い。それからケインが名前を変えたことを思いだす。おそらくこれは何かの誤解だろう。「ケイン・マクラウドが本名でないことは知ってますよね――」

「ええ、知ってます。アベル・マナーズは出所したときに名前をケイン・マクラウドに変えました」

「知らなかったんですか？」ドワイヤー刑事の声には同情すら感じられる。

わたしは気持ちを落ち着ける。「話題に出ませんでした」

「なるほど」ウォーカーは懐疑的だ。「では、十一月十八日の夜に関して、供述を変更したい部分はありますか？」

彼らはわたしがケインを守るために嘘をついているると思っているのだ――よろめくよう

な感覚の奥、どこか遠いところで理解に至る。何についての嘘なのかは、わからない。

「いいえ、さっき言ったとおりです」

ドワイヤーがわたしに名刺を手渡す。「受けとめるのは大変でしょう。また連絡しますが、そのあいだに何か思いだしたら、電話してください」

刑事たちが去ったあとも、わたしは数分ロビーに立ちつくしている。ジョーに大丈夫かと尋ねられ、彼の声がわたしを現実に揺りもどす。

「ええ、ありがとう、ジョー。いくつか質問する必要があっただけ」

「先日の夜、あなたのご友人に起こったことについて？」

「ええ」わたしは思いだす——ジョーはケインとわたしが帰ってくるところを見ていた。

「警察は誰か逮捕したんですか？」

「まだ」わたしは無理やり笑みを浮かべる。「彼らはあなたにあの晩のことを尋ねたの？」

「ええ、マアム。あなたとご友人が十一時頃に帰ってきたと話しました。彼が血を流していて、あなたが彼を介抱していたと」ジョーは声を低める。「ミセス・ワインバウムがあなたを訪ねたかもしれないとも言いましたが、理由は言いませんでしたよ」

ウィットとマリゴールドが、ロビーのすぐ上の階段の吹き抜けあたりでウロウロしている。わたしはふたりと一緒にアパートメントに戻る。

「で、何があったの？」わたしがドアを閉めると、マリゴールドが問い詰める。

「聞こえなかったの？」

「全然。ちっとも聞こえなかった」ウィットが悪びれもせず言う。

わたしはためらう。ふたりに隠し事はしたくないが、刑事が明かしたことを話すのは、ケインの陰口を言うような気になる……まずはケインと先に話したい。「彼らはケインの証言の裏付けをとってた、それだけ」

マリゴールドが顔をしかめる。「ほんとに？　まるで幽霊でも見たような顔してるよ」

わたしは頭を振る。「警察と話すのが妙な感じだっただけ……紅茶を飲みたい」

「もっと強いものを飲みたそうだけど」ウィットが言う。

「まだ正午にもなってないじゃない」

彼はため息をつく。「あんたには超がっかりだよ、フレディ」

マリゴールドはわたしを見つめつづけている。わたしが話していない何かがあるとわかっているのだ。「何があったの、フレディ？」

わたしは携帯電話を手に取る。「ケインに電話してみる」

ふたりが見つめるなか、わたしは電話をかける。またしても彼は出ず、わたしはメッセージを残す。「ケイン、警察がさっきここに来てたの。お願いだから電話して」

「ケインはいまどこにいるんだと思う？」マリゴールドが尋ねる。

「まだ警察にいるのかもしれない」

「フレディ、そんなに動揺してるなんて、警察になんて言われたの？」

わたしの代わりにウィットが答える。「ケインが刑務所にいたって言われたのさ。彼は人殺しだってな」

マリゴールドとわたしはどちらもギョッとしてウィットを見る。

「は？」マリゴールドが先に口を開く。「ちっともおもしろくないよ、ウィット」

「知ってたの？」わたしは息を呑む。「どうして？」

「FBIのひとりが言ってた、おれが刺されたあとに……ケインがキャロラインを殺して、それからおれを狙ったっていうばかげた説を唱えてた」

「キャロラインが悲鳴をあげたとき、わたしたちはみんな一緒で、向かい合って座ってたのよ」

「だから、あんたら悪い幻覚でも見てるんじゃないかって言ってやったさ」

「あなた、何も言わなかったじゃない……」

「あんただって言おうとしなかっただろ」ウィットは肩をすくめる。「ともかく、彼はもう刑期を終えたんだ」

わたしはソファに座る。「FBIは具体的になんて言ってたの、ウィット？」

ウィットはわたしの横にドスンと腰をおろす。「ケインは第一級殺人罪で有罪判決を受けた。八年近く服役した。七年くらいまえに出所して、名前を変えて、小説を書いた」

「で、そのことはフレディとあたしが知るべきことだとは思わなかったってわけ？」マリゴールドは事実を知らされた衝撃から立ち直り、ウィットに向かって叫ぶ。

わたしは口を挟む。「七年前に出所して、八年近く服役していたのなら、事件が起こったとき、彼はものすごく若かったはず」

「年齢のことで、ほかのことも全部だけど、あたしたちに嘘をついてなければね」マリゴールドは腕を組む。

「わたしたちに嘘をついたかどうかはわからないでしょ」わたしは反論する。

「刑務所のことなんて何も言わなかったじゃない！」

「それは嘘をついたのと同じじゃない。わたしたち誰ひとり、互いにすべてを話したわけじゃないでしょ」

マリゴールドはわたしをじっと見つめる。「省略するには大きすぎることだよ」

「打ち明けるにも大きすぎることよ」

「フレディの言うとおりだ」ウィットが言う。「ケインが三十歳なら、十六のときに刑務所にはいったはずだ」

「十六でも刑務所に行けるの？」マリゴールドが尋ねる。

「殺人なら行ける」

「ということは、ケインは十六の頃に誰かを殺した」わたしは自分につぶやくように言う。その言葉は滑稽にすら響く。わたしたちのなかで、ケインが一番まともなように——一番重犯罪から遠くにいるようにずっと思えていたから。

「だから、家出したのかな」ウィットが言う。

「かわいそうなケイン」マリゴールドは忠犬のような忠誠心を取り戻す。「警察は彼がどこにいるのか言ってた、フレディ？　彼を逮捕したの？」

「ううん、そうは言ってなかったけど、彼と話をしたのはまちがいないと思う」

「それで、あたしたちどうする？」マリゴールドが尋ねる。

わたしは頭を振る。信じていたこと、信じるべきことのあった場所に穴が開き、喪失を感じて途方に暮れる。

マリゴールドが携帯電話で時間を確認する。「そろそろウィットを家に帰さなくちゃ、息子がいないとお母さんが気づくまえに」

わたしはウィットのほうを向く。「まだなの?」

「ああ」彼は立ちあがりながら、うんざりした顔をする。「ラッキーなことに、母さんは毎日数時間仕事に行ってて、父さんが口裏を合わせてくれる」

「具合のほうはどう?」わたしは無理やり思考をケインから遠ざける。

ウィットはセーターとTシャツをたくしあげて、傷痕を見せる。「今朝、最後の抜糸をした。来週からはまたジムに通える」

「痛むの?」

「いや、もう痛くない」

「なら、それは少なくともいい知らせね」

彼はわたしにハグをする。「ケインのことは心配するなよ。きっと何か理由を説明してくれるさ」

「刑務所に行った理由を?」

彼はジャケットを羽織る。「わからないぜ、フレディ。われらがケインは伝説の無実の男かもしれない」

我が親愛なるハンナ

なんと美しき秘密の暴露だろう！　アイザック・ハーモンが殺人容疑で指名手配されている事実を、なぜケインが気にしていないのか、その理由が明らかにされた。貴女は見事にストーリーのレベルを押しあげた！

そういえば昨日、私はまた別の事件現場に遭遇した。マスクと匿名性のなせる業なのかはわからないが、大胆な気分になり、遺体の写真を何枚か貴女のために撮ってきた。私が現場に着いたのは警察の直後だったにちがいない——警察はまだ立ち入り禁止のテープを張ってもいなかった。ともかく、被害者は部分的に臓器を取りだされていたようだ。写真の黒い部分はすべて血だ。彼は死ぬまでに数分かかったと推測され、血の染みが広がっていることから判断するに、もがいたようだ。貴女が通常、こうした生々しい場面を書くことはないと承知しているが、この小説にはリアリズムを多少追加する必要があるかもしれないし……そしてこれが貴女のインスピレーションの源となるかもしれない。

今後もいっそう目を光らせておくよ。

次の章を心待ちにしている。

それでは

レオ

米国連邦捜査局

親愛なるミス・ティゴーニ

あなたとメールで通信し、あなたの小説の原稿に適宜コメントや助言をしていたレオ・ジョンソンと名乗る人物に関する懸念につきまして、当局にご連絡くださりありがとうございます。

添付していただいた画像は、昨日レオ・ジョンソンから送られてきたものとのことですが、直近の実在の犠牲者への異常かつ憂慮すべき接近の確たる証拠となります。我々の法医学専門家によれば、これらの画像が撮影されたのは、犠牲者の遺体が警察に通報される直前ではないかとのことです。同時にご送付いただいた別の犯罪現場の過去の画像も、最近の未解決殺人事件に関わるものです。本件は、現在捜査中の多数の事件に関連する可能性があるため、連邦捜査局の管轄となりました。
我々はすでにシドニーに捜査官を派遣しており、オーストラリア連邦警察の同僚とともに、直接そちらに伺う予定です（すでにお伺いしている場合にはご容赦ください）。捜査官から指示を受けるまでは、レオ・ジョンソンとはこれ以上連絡を取ることのないよう、お願い申しあげます。

米国連邦捜査局特別捜査官
マイケル・スミス

アバクロンビー、ケント&アソシエイツ法律事務所

関係者各位

わたくしどもは、ミスター・レオ・ジョンソンと名乗る人物からの通信に関して、貴局と連絡を取ったミズ・ハンナ・ティゴーニの代理人です。

このたび、FBIは、マサチューセッツ州ボストンおよびその周辺、さらに遠方での複数の殺人事件に関与していると思われるが、ほぼ情報が皆無であるレオ・ジョンソンの検挙のために、ミズ・ティゴーニに対し、支援の要請をされました。貴局がレオ・ジョンソンの身元を特定し、居場所を突きとめるため、ミズ・ティゴーニの協力の範囲を定めることが急務であるとの観点から、わたくしどもは貴局捜査官とクライアントとの面会時に生じた合意事項および取り決めについて下記のとおり確認いたします。

ミズ・ティゴーニは、レオ・ジョンソンの身元と居場所の特定を目的として、彼にかけられた犯罪行為の嫌疑を明かすことなく、通信を継続すること。また、レオ・ジョンソンから本人の画像ならびに現住所を入手するよう試みること。

この目的の達成に向けて、レオ・ジョンソンが疑念を抱くことを避けるため、ミズ・ティゴーニは彼に対し、執筆中の原稿の章を送信しつづけること。

ミズ・ティゴーニは、貴局捜査官に対し、そうした通信のすべてに直ちにアクセスする許可を与えること。

ミズ・ティゴーニは、彼の居場所、正体、ならびに将来の犯罪行為や意図に関し、レオ・ジョンソンとの接触を通じて得た印象について、直ちに貴局に知らせること。

貴局はミズ・ティゴーニを法的に免責し、彼女がレオ・ジョンソンとの通信を継続したことに起因する、いかなる訴訟（刑事、民事問わず）に対しても、その訴訟の提起場所がオーストラリアまたは米国であるを問わず、ミズ・ティゴーニが損害を被ることがないよう取り計らうこと。

貴局はミズ・ティゴーニの身体的安全ならびに彼女の原稿の商業上の機密性を保護するため最善を尽くすこと。

以上、よろしくお願い申しあげます。

アバクロンビー、ケント&アソシエイツ法律事務所

ピーター・ケント

19

翌朝早く、図書館に戻ろうと決めたのは、必死さと苛立ちからだ。わたしは仕事をする必要がある。ケインはまだ電話に出ないし、アパートメントにいると、何度でも電話をかけたくなり、彼のことばかり考えてしまう。

行き詰まったときには、場面を変えろ。

そんなわけで、すべてが始まった場所に立ち返り、ウィットやマリゴールドやケインと出会うまえに、わたしたちが若い女性の死に際の悲鳴を聞くまえに、時間をリセットする。視線を上に向け、閲覧室の壮大なアーチ型天井に自分自身をしっかりとつなぐ。その眺めをこの場所の記憶としてとどめようと決意して。

ただし、わたし自身の原稿から、ヒーローアゴやフロイトガールやハンサムマンがこちらを見つめている。とりわけハンサムマンが。いまやバスは混雑していて、人が多すぎるせいで、誰が運転しているのかもわからない。ハンサムマンはうしろのほう、ショーン・

ジェイコブスの背後に座っている。ウィットが言うように、彼は無実なのかもしれない。濡れ衣を着せられ、冤罪で有罪判決を受けた。ああ、そうであってくれますように。わたしは彼とのキスがどんなふうだったかを思いだし、そのことを考えているときには、彼は無実だと完全に信じられる。そして原稿のなかでなら、彼は無実になることができる。たぶん、わたしのハンサムマンがインスピレーションの源から分岐するときが来たのかもしれない。

それでもわたしはケインを置き去りにしたり、わたしの原稿や物語から取りのぞいたりする心の準備はまだできていない。

イライラしてお腹が減ったので、正午に閲覧室を出る。マップルームにひとりで行く気にはなれず、プレッツェルの売店を求めて外に出る。図書館を出た瞬間、寒気が壁のようにぶつかってくる。館内にいるあいだに気温は急降下していた。雲は濁った緑色をしている。

「雪になるよ」

わたしはパッと振り返る。ケイン。

「やあ、フレディ」

わたしの声は二回目の試みでようやく出る。「……どうしてここにいるとわかったの?」

「まずきみの家に行って、それからずっと探してた。ここは三番目の候補地だった」

「いま来たばかり?」

「いや、きみが閲覧室にいるのを見かけた。出てくるのを待ってた」

「どうして? どうしてはいってこなかったの?」

「話をする必要があると思って……閲覧室ではちゃんと話せないだろうから」

わたしは何も言わない。

「フレディ……おれのこと怖がってない、よね?」

わたしはなんと言えばいいのか、どう感じているのかわからない。

「怖がるべきなの?」

最初の雪片が降ってくる——大きくて柔らかくて湿ったひとひらが。わたしはほっとして、が

める。

彼は手を伸ばしかけ、それからわたしに触れずに引っ込める。わたしは震えはじ

っかりする。

「ランチを食べにいかないか? どこか暖かくて……人の多いところで。おれが説明でき

るところで」

わたしはうなずく。「どこか近いところで。凍えそうだから」

わたしたちは、コプリー広場でダイナーを見つけ、ブース席につく。ごく普通のカップルのように、ホットチョコレートとパンケーキを注文する。そして食べ、飲み、雪について話す。あんなにいろんなことがあったのに、わたしは彼と一緒にいることをうれしく思っている。

「ずっと電話してたのよ」わたしは言う。

「警察にまた携帯を持っていかれたんだ、フレディ。釈放されたのは深夜だった」

「逮捕されたの？」

「いや。取り調べを受けていただけだ」

「どうして？」

「ブーの死体を見つけた」

「それに前歴があるから」わたしは深く息を吸う。この話題を避けるわけにはいかない。

「前科――警察は前科と言ってる」彼はそこで言葉を切ると、まるでわたしの顔のなかに何かを見つけようとするみたいに、黙ってわたしを見つめる。「フレディ、おれは十五のとき、義理の父を殺したんだ」

隣りのブースの頭がひとつ、こちらを振り返る。

ケインはわたしが口を開くのを待っている。

「どうして？」わたしはようやく尋ねる。「正当防衛だったんだ、フレディ。警察は信じなかったが、そうだった」

彼の目がちらっと動く。

「それが家出した理由？」

「いや。戻ってからのことだ」

「どうして警察はあなたの言うことを信じなかったの？」

「義父は警察官《ポリスマン》だった。おれは素行の悪い子どもだった」

いまやふたつの頭がこちらを振り返り、何かささやいている。

わたしは立ちあがる。

ケインは下を向き、息を吐く。「そりゃそうだよな――」

わたしは彼に身を寄せてささやく。「わたしの家に行きましょう。誰にも聞かれずに話ができる」

彼は驚いた顔をする。「いいのかい？」

「いちいち訊かないで、ケイン。いいから来て」

ジョーが〈キャリントン〉のロビーのドアを開けて、わたしたちを迎え入れる。「あなたが出かけたとき、この吹雪に巻き込まれやしないかヒヤヒヤしましたよ、ミス・キンケイド。ミスター・マクラウドがあなたを見つけてくれてよかった」

数分前に届けられたというケーキの箱を渡される。美しくデコレーションされたカップケーキがたくさんはいっている。でも、またしてもメッセージカードはなく、誰からの贈り物なのか示唆する手がかりはない。ジョーは、宅配業者はしょっちゅうカードを失くすものだと言いながらも、箱に名前が記されたケーキ店に連絡して確認しておこうと言ってくれる。わたしはジョーのコーヒーのお茶請け用にカップケーキを二個お裾分けしてから、ケインと一緒に残りのケーキのはいった箱を持って階上《うえ》にあがる。今日という日でなければ、この謎めいた贈り主の素性についてもっと考えただろうけれど、今日はただのケーキでしかない。

わたしはアパートメントのドアを閉め、カチッとロックがかかる音を聞く。これでわたしは殺人者とふたりきりということだ。といっても、これが初めてというわけではない。ケインはケーキの箱をコーヒーテーブルの上に置く。わたしはソファの上で体を丸める。

「いいわ、続きを話しましょう」

彼はソファの反対側の端に腰をおろす。「何を知りたいんだい、フレディ？　なんでも話すよ」

わたしは慎重に言葉を選ぶ。「どうして義理のお父さんを殺したの、ケイン？　自分の身を守るためだったってことは知ってるけど、どうしたら十五歳の少年が大人の男性を殺すしか選択肢がない状況に追い込まれるものなのか、よくわからないの」

ケインは顔をしかめる。「その夜に突然、始まったわけじゃないんだ。ある意味、何年もかけて徐々に積み重なった結果だった。義理の父は、まえにも話したけど、ずっと大家族を望んでいた。それが実現できないと——子どもはおれだけだと——わかったとき、状況は一変した。意地悪く、残酷になった。十四になる頃には、おれはしょっちゅうドアにぶつかったり、階段から落ちたりする〝不器用な子ども〟だと有名になっていた」彼は込みあげるものをグッとこらえる。「それでもおれは長いこと義父を愛してた。愛そうとした、ほんとに。そしてある日、もう耐えられなくなって、殴り返した。世界一ラッキーなパンチだった……いや、世界一アンラッキーだったのかもしれない、当たってしまったんだから、そのあと……」彼は頭を振る。「おれはパニックになった。そのとき家出したんだ」

「どういうこと？　彼を殺したわけじゃないの？」わたしはケインに近づく。

「そのときじゃないんだ。だが結局、アイザックに家に戻るよう説得された」ケインはかすかに微笑む。「永遠におまえさんの面倒は見られねえと言われたよ。アイザックがいなければ、おれは絶対に生き延びられない。だから家に帰った」

「そしたらお義父《とう》さんは……」

「戻ってくれてうれしいと言った。全部水に流して、家族として新しくスタートしようと」彼は頭を振る。「ちくしょう、おれはその言葉を信じたかった」

「何があったの？」

ケインの顔が曇り、そのとき初めてわたしは気づく――彼がどれほどわたしを怖がらせたくないと思っているのかに、彼が冷静ではないということに。この告白は痛みを伴わずにはできないことに。わたしは手を伸ばし、彼の手を取ってぎゅっと握りしめる。

ケインは彼の手のなかのわたしの手を、意識を集中させるようにじっと見つめながら、話を続ける。「ある晩、義父《とう》さんが夕食のときにいなくて、いまバーにいると電話があった。だが、これから家に帰る、おれと男同士、腹を割って話す必要があるからって。それでおれはピンときて……また家出すべきだったけど……母さんが……。ともかく、おれは家にいた」

ケインはわたしの手から目を離さない。

「義父《とう》さんが帰ってきて、酔っ払って怒っていて。そしてすぐにおれを、おれの寝室に引っ張っていった。そのとき気づくべきだったんだ。いつもはその場で殴りつけてくるのに。

それから彼は叫びだして、家出しやがってとか、恥さらしだとか、署の全員が、息子がボストン中でケツを売ってたことを知ってるんだぞとか」ケインは笑おうとするが、あまり笑えていない。「まさか義父《とう》さんにそんなふうに思われてたとは考えもしなかったんだ。おれがそうやって生き延びたと思われてたとは。あまりに驚いて否定できなくて……否定したところでその段階で役に立ったとも思えないが。彼はおれを何度も殴りはじめて。それは予想どおりで」

ケインの手がわたしの手のなかで冷たくなる。わたしは少しでも温めようとさらに強く握りしめる。

「おれはベッドにうつ伏せに倒されて、左腕は背中にまわされて押さえつけられた。ベルトをループからはずす音がしたから、それで殴られるんだろうと思った。まえにもやられたことがあったから——それなら耐えられたはずだった。そしたら義父《とう》さんがおれのジーンズをいじりはじめて、そのときようやく、彼がほんとうは何をしようとしているのかに気づいて……」

わたしの喉の奥から、奇妙な、息の詰まったような音が出る。気分が悪くなる。

いま彼は視線をあげてわたしを見ている。彼に頬の涙をぬぐわれたときに初めて、わたしは自分が泣いていることに気づく。「おれは抵抗したけど、彼は少なくとも四十五キロはおれより重くて」ケインは言葉を切って、息を吸う。「アイザックから教えられたんだ、寝るときには、なんであれ枕にしてるものの下にナイフを置いとけって。アイザックはそれを〝テディベア〟と呼んでた——夜中に妙な物音を立てる化け物を遠ざけられるのはこれだけだからと言ってた。おれは家に戻ってからも、テディベアと一緒に眠るのをやめなかった。義父《とう》さんがおれのジーンズをおろそうとしたとき、握力が緩むのを感じて、ナイフのことを思いだした。押さえつけられてないほうの手を伸ばしたらナイフに届いた。体をひねって振り払った」ケインはわずかに体を動かし、その光景が目のまえで再生されたかのように、無意識にたじろぐ。「義父《とう》さんはあとずさって……ゴボゴボというような音を立てていた。おれはナイフがどこに行ったのかわからなくて。それから義父《とう》さんが倒れて、ナイフが首に刺さってるのが見えて、あちこちが血だらけになってて……」

「彼は死んだの？」

ケインはうなずく。「それから警察が来て……」

「どうしてそれが正当防衛じゃないと見なされたの？」

「おれが枕の下にナイフを隠してたから。それから義父が勲章を授与された警官だったから」ケインの顔から闇が少しだけ晴れる。彼の手が再び温かみを取り戻す。「裁判が始まった頃には、おれは十六になってた。有罪判決を受けて——少年院で二年服役して、十八の誕生日に成人向けの刑務所に移送された」

　わたしは恐怖におののきながら彼を凝視しているにちがいない……背筋が凍りつくような恐怖を感じている。

「そこでさらに五年服役して仮釈放された。服役中に、学校を卒業して、ノ《U》ースカロライ《N》ナ大《C》学で文学を学んだ。出所後は、やれる仕事はなんでもやって、小説を書いた」彼はわたしの手だけでなく、視線も受けとめる。「フレディ、おれはきみを、きみたちを、だますつもりはなかったんだ、だがこれは避けられるなら、あえて人に話そうとは思わないたぐいの話だし」

「今回のことがなかったとしても、わたしたちに話してた？」

　ケインはそれを考える。「わからない。たぶんいずれは。おれは自分のしたことを後悔しているとは言い切れないが、恥ずかしくは思っている。人が理解してくれるとは思わない。ウィットの最大の悩みはハーヴァードの法科大学院を卒業しないですむにはどうすればいいかだし、マリゴールドは高価なタトゥーが彼女をストリートっぽくしてくれると考えてる」

「じゃあ、わたしは？」

「きみ？」彼の笑みは悲しげだ。「きみには、好印象を与えようとしていたし」

「ミスター・ジェイコブスをどうやって見つけたの？」

「彼の昔のたまり場で訊いてまわったんだ。彼の飲み仲間の老人のひとりが、ブーはときどきマガジンビーチのボートハウスで寝ることがあると教えてくれた。それで彼を探しにいった」ケインは息を吐く。「着いてみると、川岸でうつ伏せになってるブーを見つけた。ただ気を失ってるだけだろうと思ったが、体をひっくり返してみたら、喉を切られてた」

「ひどい！」

「彼はそんな仕打ちを受けていいようなやつじゃなかった、フレディ。ジャンキーだし、酔っ払いだったが……」ケインは言葉を切り、肩をすくめる。「おれは警察に通報した」

「それでずっと拘束されて尋問されてたの？」

「ああ。おれの前科を考えればそうなる」

「でも、あなたは釈放された、つまり警察はあなたが無関係だと気づいた」

「逮捕するには証拠が不充分だったし、逮捕しないで尋問できる時間には制限がある、だからそう、おれは釈放された」

わたしの携帯電話が鳴る。マリゴールドからだ。わたしは通話を拒否したが、テキストメッセージを送り、いまは執筆中だから休憩するときに電話すると伝える。「万が一、どうしてわたしが電話に出ないのか、確かめにこようとするといけないから」

ケインは笑みを浮かべる。「それは万が一じゃないな」彼は目を閉じ、それからまた開ける。目の下にはクマができている。「きっと警察はウィットとマリゴールドにも伝えたんだろうな」彼はあくびをしながら言う。

「ウィットは少しまえから知ってたそうよ」わたしはソファから降り、ヒーターのそばの曲げ木の椅子の上にきちんと畳んで重ねてあった毛布を一枚取る。

「何も言ってなかったけど」

「そうね、あなたはもう義務を果たしたと信じたいみたいよ」

「いいやつだな、ヴィット」

わたしは笑い、彼に毛布をかける。

「何をやってるんだい？」彼はモゴモゴと言う。

「あなた、疲れ切ってる。しばらく目を閉じて」

「ソファを使うんじゃないの？」

「数時間は使わない。さあ寝て。あとでどうするか決めましょう」

親愛なるハンナ

　貴女からまた連絡が来て、どれほど嬉しかったことか、言い表すことはできない。ほんの二週間のことだとわかっているが、どういうわけか貴女を怒らせてしまったのではないかと恐れはじめていたところだった。私は断じてそんなことをするつもりはないと、貴女がわかってくれていることを願う。私にとって、我々の友情、我々が共有するヴィジョンと技術には大変な価値がある——二度とあなたから連絡が来ないと考えて打ちのめされ、意図せずに貴女を侮辱したり怒らせたりしたのではないかと考えて、気が変になりそうだった。もし世界的なロックダウンがなければ、シドニーに飛んでいって、どんな罪であれ償おうとしたかもしれない。

　私は恐れていた。貴女の作品の登場人物の人生に執拗な関心を持ちすぎたのだろうか、提案に熱を入れすぎたのだろうかと。しかし、連絡が途絶えたのは、たんにコンピュータがクラッシュしたせいだと貴女は断言してくれた。おかげで、我々が以前と変わらぬ関係であることに、また貴女がサイバースペースの深淵から貴重な原稿を取り戻すことができたことに安堵している。クラウドにバックアップを保存していなかったとは驚きだが、クラウドに不信感を抱いたのは貴女が初めてではないだろう。とはいえ、今回、貴女は小説を丸ごと失いかけたわけで、なにがしかオンラインの保管場所を検討してもいいかもしれない。

さて、十九章だ！　アメリカ人は〝ポリスマン〟よりも〝ポリスオフィサー〟と呼ぶほうが多いと思う。ささいなことでしかないが。

貴女がケイン・マクラウドを単純な怪物として描いていないことに好感が持てる。もちろん怪物は存在するが、彼らが理解できるダメージを受けているほうが、殺人の動機としてはずっと興味深くなる。マリゴールドが以前の章で言っていたように、怪物にすら理由はある。ともかく、彼を同情的に描くことで、彼の行動がいっそう衝撃的になるだろう。

昨日、ボストンでデモ行進があった。外に出たいから私も参加しようかと思ったよ。パンデミックのもっとも耐えがたい点は退屈するところだ。貴女の原稿がなければ、私にはほとんど楽しみがなかっただろう。

すでに次の章が届かないかと受信トレイを見つめている。

それでは
レオ

20

ケインは午後のほとんどを眠っている。うつ伏せになり、枕がわりのクッションの下に片手を置いている姿は、まるでいまでもナイフをつかもうとしているかのようだ。わたしは向かいの肘掛け椅子に座り、本を読むふりをして観察する。用心しているのは、彼に対する恐怖からではなく、彼を心配してのことだ。起こった出来事の恐怖を受け入れることは難しいものだ。どうして彼はあんなに冷静で、理性的で、憤慨すらしていないのだろう。もしわたしだったら、延々と叫びつづけていただろう。それなのに、彼はとてもぐっすりと眠っている。

彼はわたしにキスしたことも、わたしがキスしたことも忘れてしまったのだろうか。あれからいろんなことがあったのに、あの瞬間のことを考えている自分が嫌になる。自分勝手に思える。

マリゴールドからテキストメッセージが届く。『まだ書いてるの？』

わたしは返信する。『あと二時間待って』

なんとなく完全な嘘つきにはなりたくなくて、ノートパソコンを開く。すると言葉がわたしに不意打ちを食らわせる。ただ自分が書いた文章を——物語が色褪せ、現実の展開によってつまらないものになっていくのを——見つめるだけにしておこうと思っていたのに、突然、ハンサムマンが秘密について、痛みと不当な扱いについてわたしに語りはじめる。彼をフロイトガールとヒーローアゴと結びつけている悲鳴が、彼の頭のなかの無音の悲鳴と共鳴する。わたしは彼があらゆる糸を物語の蜘蛛の巣につなげる必要性を、物事をなすがままに展開させることに対する不信感を理解する。彼はおそらく、物語が奇襲をかける可能性があることを、わたしよりもよく理解している。

次に視線をあげたとき、ケインの目は開かれ、わたしを見つめている。

わたしは微笑む。「おはよう。少しは気分がよくなった?」

彼はゆっくりうなずく。「いま何時?」

わたしはノートパソコンのスクリーンに視線を戻す。「五時くらい」

彼は上体を起こす。「ほんとにすまない、フレディ。ほんの数分目を閉じようと思っただけなんだ」

わたしは肘掛け椅子から立ちあがる。彼が遠すぎるように思えるから。もっと近づきたいから。そしてわたしが横に座ると、彼はわたしにキスをする。わたしは驚き、それから夢中になる。心を弾ませる。全身全霊で、激しく反応するあまり身を震わせるほどに。やがて彼が息を荒げて離れると、あえぎながら抗議を示す自分の声が聞こえる。

彼はわたしを見つめる。「いいのかい？」

わたしは彼をまた引き寄せる。わたしには何もわからない、確信が過大評価されているということ以外は。

でもケインは、わたしが彼のまわりに張り巡らされた蜘蛛の巣に囚われるのではないかと恐れている。

わたしは手を伸ばして彼の顔に触れ、なんとかして彼を安心させようとする。彼がしたことを全部知ったうえで、これを選んでいるのだと知らせる方法を考えだそうとする。結局、わたしはただ素直な気持ちで彼にキスをして、きっとこのキスがすべてを伝えてくれるはずだと信じる。言葉では難しくて充分に伝えられないすべてのことを。その瞬間は永《と》遠《わ》となり、わたしたちの脈拍の加速とともに深まっていく。彼はわたしのシャツの小さなボタンを不器用にはずそうとし、苛立ってふたつ引きちぎる。

「針と糸を使えるようにならないとね」回転するボタンがカタカタと音を立てて床で静止したとき、わたしは忠告する。

「きみのために、習うよ」彼はわたしの首筋に向かってつぶやく。

わたしはケインよりも急がずに少しばかり注意深く、彼のシャツのボタンをはずす。はずしたあとも、指先は彼の腰の上の傷痕にとどまる。「これはどうやってついたの？」

こんなときに尋ねることを、彼はおもしろがっているようだ。「それは虫垂炎の手術の痕だよ」

「じゃあこっちは？」わたしの指先は彼の背中の下のほうの、盛りあがった傷痕をたどる。

「話をそらそうとしてるの？」わたしが否定するまえに彼がキスを始める。わたしは質問をやめる。そしてわたしたちは感じるままに身を任せる——肌と温もり、呼吸と鼓動に。発見と悦びと新しい恋の身を焦がすような衝動のすべてに。

その後、わたしは彼をベッドに導き、そこでも愛し合い、ゆっくりと時間をかけ、互いの体を知る。わたしは彼の背中の傷痕にキスをしながら、また尋ねる。「これは虫垂炎の手術の痕じゃないでしょ？」

「フレディ、きみにそうやってされていると、質問に答えられないんだ、ほんとに」彼はそう言うと、体勢を変えてわたしを胸に引き寄せる。

「わたしの尋問方法はお気に召さない？」

「ああ、それは気に入ってる……だけど、尋問にはやや逆効果かな」彼はわたしの乳房の下側にキスをする。「こうしているあいだに、どうしてその傷にそんなに興味があるんだいって尋ねるようなものだから」

わたしは彼がキスを終えるのを待つ。「あなたの言うとおりね。その傷、ウィットの傷とまったく同じ位置にあるのよ」

「そうなの？」彼はしていたことを止める。「これは刑務所で刺されたんだ……ベッドフレームの一部から作ったナイフで」

「ほかの受刑者があなたを殺そうとしたの？」

「そのときはちがう」彼はわたしを腕のなかに引き寄せる。「これは罰だった……かなり軽いものだ。安全な場所を刺してるから」

「そんな場所があるものなの？」

「刺す男が元外科医ならば、ある。臓器の損傷や回復不能な傷害を与えずにすむ。彼らは刺したあとに看守を呼んで、おれを医務室に連れていかせた」

「どうして罰を受けさせられたの？」

「それがさ、よくわからないんだ。ときには、受け入れて下を向いてるのが一番賢明だということもある」

「あなた、殺されたかもしれないのよ！」

「いや、彼らは何をしてるのかちゃんとわかってた。さっきも言ったけど、ナイフを使った男は外科医だった——動かなければ、生きていられる。ただし、もしもがいたりしたら——」

「そんな……」

彼はわたしの頭のてっぺんにキスをする。「きみが最悪を想像しはじめるまえに言っておくけど、おれが成人してから服役した矯正施設は、全体的にかなり進歩的だった。サマーキャンプではなかったが、アルカトラズ（かつて凶悪犯を収監する連邦刑務所があった島）でもなかった」

「でも、規則に従わなかったら、刺されたんでしょう？」

彼は笑う。彼の胸に押しつけられ、わたしは彼の声を聞くというよりも感じている。

「公式の懲罰だったわけじゃないよ、フレディ」

「でも、そういうことがあった」

「進歩的な刑務所でも、独自の社会的ルール、独自のヒエラルキーはある。それに刑務所にいる男たちは、必ずしも公正で分別があるわけではない」

「じゃあ、刺した人たちには何もなかった……なんの措置も取られなかったの？」

「公式には、おれが厨房で足を滑らせて自分で怪我したということになってる」

「でも、あなたは誰が刺したのか知ってたんでしょ？」

「うん、だけど思いださなかった」

「そんな——」

彼の唇がわたしの唇に重なる。それはやさしくも効果的な方法で、わたしの憤りを遮る。「きみが気にかけてくれてありがとう、フレディ」彼は指をわたしの指にからめる。「きみが気にかけてくれることにはすごく意味がある。だけど、もう昔のことなんだ。おれは知るかぎり最善の決断をして……そして最終的にはなんとかなった」

わたしは彼の肩にもたれ、いまのところは、その瞬間を、彼の感触を楽しむことに満足する。ケインはまだ刑務所にいた頃に、彼の最初の小説が発芽したときのことを話す。前科者を雇いたいと思う人がほとんどいないことに気づくまで、存在理由もないのに消えなかったその構想のこと。自由な世界での在りかたを模索しながら彼が書いた本のこと。わたしは彼の腕のなかに永遠に——あるいは、少なくともふたりが空腹になるまでは——とどまっていたかもしれない。もし誰かが玄関のドアをドンドンと叩くことがなければ。

わたしの名を呼ぶ声が聞こえるまえから、マリゴールドだとわかっている。

わたしはうめき声をあげる。「電話するって約束してたのに。あなたがわたしの気をそらしたせいよ」

ケインはニヤリと笑う。「光栄だな」

ふたりで服をかき集めて身につけ、わたしが玄関に出たときには、近くのアパートメントの住民たちが数人、マリゴールドがドアを叩く音に反応して、何事かと廊下をのぞいていた。ドアを開けた瞬間、マリゴールドに抱きしめられる。

「電話もかかってこないし、返信もしなくなったし、何かあったのかと思ったよ――」

「わたしは大丈夫よ、マリゴールド。ごめんね……携帯の電源を切っていて」

「なんで？」彼の姿を見て、彼女の体がこわばる。「ケイン！」

「やあ、マリゴールド」ケインは居間から、たったいま慌てて服を探して着たばかりの場所から、挨拶する。

「ケインがここに来てるなんて言わなかったじゃない」彼女は咎めるように言う。

「チャンスがなくて……」

「執筆中だって言ってた」

わたしはなんと言うべきかわからず、ためらう。「ちがったの」

ケインがわたしの手を取り、すべてを解決する。「おれのせいなんだ」

マリゴールドはポカンと口を開けてわたしたちを見つめる。「ほんとに？」

正直なところ、わたしは少しばかげた気分になっている。まったくもう、みんな大人なのに。でも、マリゴールドは見当ちがいではあるにせよ、純粋に心配して、わたしの様子を見るために駆けつけてくれたのだ。「どうやってここまで来たの？　まさか歩いてきたわけじゃないわよね？」

「まさか。ウーバーってものがあるんだよ」マリゴールドはケインからずっと目をそらさない。「やっぱり警察の勘ちがいだったんだね……そうだと思ってた！」

わたしはちらりとケインを見る。

ケインはため息をつく。「おれが最近誰かを殺したと警察が主張してるなら、そう、彼らの勘ちがいだ」

「最近？」

わたしはコーヒーを淹れると告げる。

ケインとマリゴールドはわたしのキッチンの椅子に座り、それから彼はわたしに話したことをほぼそのまま彼女に話す。マリゴールドはしばらく黙っている。「殺すつもりはなかったんだよね」彼女は言う。「お義父《とう》さんを？」

ケインは少し間《ま》を置いてから答える。「ああ、だが、そうしないでおこうと思ったわけでもない。ただ、彼をどかしたかった」

彼女は彼の体に抱きつく。「なんて可哀想に、ケイン」

ケインはかろうじてコーヒーがカップから飛び散るのを防ぐ。

「あなたの弁護士はどこのどいつだったの？」彼女は腕をまわしたまま、詰問する。「どんなマヌケな弁護士が、そんなことであなたを刑務所に行かせるわけ？」

「数人の弁護士がいた。正直なところ、おれは誰ともほとんど会うことはなかった」彼の顔に影がよぎる。「義父は警官だったんだ、マリゴールド。彼らとしては、おれが義父を殺しただけでも悪いのに、その上さらに彼の名誉を汚すようなことをさせるつもりはなかったんだよ」

マリゴールドは頭を振る。「訴えるべきだよ！　そんなのおかしすぎる！」

「かもしれない、だけど、それよりおれはまえに進みたいんだ」

「でも——」

「お願いがある、マリゴールド。ウィットに伝えてくれるかい？　これをまた一から話さなきゃならないとなったら、延々と身の上話をする老水夫（英国の詩人コールリッジの物語詩の登場人物）みたいな気分になる」

マリゴールドはうなずく。「いいよ、もちろん」彼女はわたしを見る。「あなたたちふたりのことも、彼に話していい？」

ケインは困惑したようだが、返事をわたしに任せる。

わたしはティムタムの最後のパッケージを開封しながら腰をおろす。「いいわよ、でも脚色はしないでね」

「脚色って！」マリゴールドは憤慨する。「それをするのは、あなたたち作家のほうでしょ！」彼女の目が潤みはじめる。「ほんとによかったね、ふたりとも」

わたしはその場の気まずさを少しでも紛らわそうと、貴重なチョコレートビスケットをみんなに配る。

わたしは母国の流儀でビスケットを食べることを提案し、マリゴールドとケインに、ティムタムをストロー代わりにしてコーヒーを飲む方法をやってみせる。これはおそらく多くのオーストラリア人が食文化への最大の貢献と考えている習慣だ。ただし、ビスケットが崩れるまえにコーヒーを吸い切るにはコツが必要で、〝ティムタム制覇《スラム》〟技法に関しては、マリゴールドもケインも初心者だ。

コツの指示は、少なくとも会話の深刻さをやわらげる。祝福というほどではないが、チョコレートにコーヒー、ばかげた消費方法には喜びがある。

「家まで送っていこうか、マリゴールド」ケインは席を立ちながら、わたしの手を握る。

「そろそろ帰って、アパートメントを元に戻さないと」

「アパートメントがどうかしたの？」

「警察に捜索された。ボストン市警は誰がおれの持ち物を一番高く積みあげられるか競争したんだと思う」

「ひどい――そんなことしていいものなの？」

「ああ」ケインは残念そうにうなずく。「できるんだ。それに彼らは完璧主義でもある」

「あたしたちも片付けを手伝うよ！」マリゴールドが宣言する。

「ありがとう」ケインはコーヒーを飲みおえた全員分のマグを持って、シンクに運ぶ。

「だけど、大丈夫だ」

「ううん、大丈夫じゃない」マリゴールドは譲らない。「大丈夫だなんて思っちゃだめだよ。ほら……人手が多ければなんとかやらだし」

ケインはじりじりと身動きが取れなくなっているように見える。

わたしは彼に少し逃げ場を与える提案をする。「必要なら電話してもらえばいいんじゃない？」

でも、マリゴールドは引きさがらない。「フレディもあたしも、ケインがひとりでぐちゃぐちゃの部屋を片付けてると思ったら眠れないよ」

「これは、ほんとうにおれがひとりでやる必要があることなんだ、マリゴールド」

「ううん、ちがう。これこそ友だちを必要とするときだよ！」再び、マリゴールドの目が潤みはじめる。そして再び、わたしは彼女の態度のすぐ下に潜む脆さに心を打たれる。

たぶんケインも同じものを見たのだろう。マリゴールドの断固たる仲間意識に屈したところをみると。「そうだな、ありがとう」

わたしはコートを取り、ボタンの取れていないシャツに着替える。それから三人でケインの古いジープに向かう。「ごめんね」マリゴールドの耳に届かないところに行くとすぐに、わたしはささやく。「彼女を説得したほうがよければ――」

「いや、大丈夫だ。おれの最大の秘密はもうばれているし」

親愛なるハンナ

貴女の無事を願っている。CNNで、オーストラリアが洪水に見舞われているというニュースを見た。昨日は火事が発生してたんじゃないかい？　ともあれ、貴女の美しい国を襲う自然災害によって、貴女が影響を受けないとはいかなくとも、今後も負かされることのないよう願っている。

さて、我らのヒロインが悪役と寝る。古典的な展開だ！　古典となるのはそれが機能するからだ。彼女がいずれ覚える幻滅は、よりいっそう強力になるだろう。そしてさらに、私が思うに、マリゴールドとウィットが覚える幻滅も同じことになるのではないだろうか。まあ、マリゴールドはちがうかもしれないが――彼女は彼のことをいろいろ知っているようだし。しかし、ウィットは打ちのめされるだろう。フレディとケインが親密になるシーンについて…あまりうまくいかないほうがいいのかもしれないと思う。たとえばケインは勃起不能であるとか――彼の殺人への渇望による症状、またはその原因として――あるいは、彼には辱めたり辱められたりしたいという性的欲求があるとか。そういうシーンがあれば、プロットにヒリヒリするような激しさが加わると思う。

私の住所の件。私に何かを送りたいという貴女の気持ちに非常に心を動かされたが、正直言って、ハンナ、私にもオーストラリア‐米国間の郵便料金の見当はついているし、良心にかけても、貴女にそんな出費をさせるわけにはいかない。それがどんなものであれ、大事に持っていてほしい。いつか私が自分で受け取りにいくよ。

愛情を込めて

レオ

21

ケインのアパートメントはロックスベリーにある。古い建物で、改装すれば、すてきになりそうだ。入り口の外の歩道には、数人の若者がたむろしている。わたしたちが通りすぎると、そのうちのふたりがケインに挨拶する。彼らは大声で罵り言葉を連ねて、攻撃性のかけらもないごく普通の話をしている。ケインの反応はフレンドリーだけれど、足を止めたり、わたしたちを紹介したりはしない。建物の内部は崩れかけたり色褪せたりしているが清潔だ。エレヴェーターがガタガタと音を立てて三階まであがり、ケインが三一九号室のドアを開ける。

警察がやったと知らなければ、警察に通報していたかもしれない。室内はこっぴどく荒らされている。あらゆる棚が空《から》にされ、あらゆる引き出しがひっくり返され、あらゆるクッションが剝がされている。中身はすべて部屋の真ん中に積みあげられている。わたしたちはしばらくのあいだ、めちゃくちゃにされた部屋をただ見つめることしかできない。

「本から始めるわよ」わたしは最初に片付ける場所を選ぶ。

「本棚に戻しましょう。ケイン、どうやって並べてたの？」

「どういう意味だい？」

「アルファベット順？」

「小説と詩はそっち、ノンフィクションと研究資料はあっち」彼はそれぞれ本棚を指さす。

「それから、そう、著者名のアルファベット順で」

わたしは笑みを浮かべる。わたしの本はどこであろうと押し込める場所に入れられている。片付けるのは早くできるが、見つけるのはそれほど早くはいかない。

「プロットの部屋はどうなったの？」わたしはふと尋ねる。「まさか！　あれもバラバラにされたの？」

「ほとんど持っていかれたよ。おれのコンピュータもだ」彼の声は抑制されているが、苛立ち、怒りがにじんでいる。「警察は声明文のようなものでも探しているんだろう」

わたしの顔にはあからさまに恐怖が浮かんでいるにちがいない。彼はわたしに腕をまわす。「そこまで悲惨な状況でもないよ」彼はささやく。「原稿とプロット図の写真をバックアップして、全部自分宛にメールで送ってあるから」

わたしは彼にもたれかかる。彼の目とわたしの目が合い、しばらくのあいだ互いのこととしか見えなくなる。

「ちょっと、そこのふたり——作業に戻って！」マリゴールドは小説の山を取って、適切な棚に運ぶ。

三人で力を合わせて、居間に秩序らしきものを取り戻す。わたしはそれぞれの本をアルファベット順に並べながら、ケインの本の趣味を味わう。知的で、多様で、選りすぐられている。余白にメモ書きされているボロボロの古典作品。最近出版された本。受賞作品に大衆小説。たまにグラフィックノヴェルも。類語辞典に数冊の文法書。

「何これ！」マリゴールドが寝室の入り口に立っている。

わたしは本棚から離れ、何があったのか見にいく。寝室も無秩序状態で、衣服や寝具、靴、さらなる本が、剝きだしのベッドの脇に山と積まれている。マットレスは切り裂かれ、露出したスプリングからはスポンジと布地がはぎ取られていた。

「警官のひとりが、カヴァーに裂け目を見つけたと思ったんだろう」ケインはため息をつく。「マットレスに物を隠すのはよくあることらしい」

「それでこのままにしていったわけ？」マリゴールドは激怒している。「警察はあなたにどこで寝ろって思ってるのよ？」

「独房で寝ることになると期待してたんだろう」

「でも、絶対こんなことできないはず――」

「警察は書類を残していったよ、おれに署名しろと――」

「書類の上で寝れるわけじゃないんだよ、ケイン」マリゴールドの怒りは急激に高まっていく。「このこと、あなたの弁護士に言わないとダメだよ……弁護士はいるんだよね？」

「腹が減ったな」ケインがわたしの手をぎゅっとつかむ。「腹が減った人はいる？　ピザでも頼もうか」

「減ってる」わたしは言う。話題を変えようとする彼を助けるためと、言われてみれば、お腹が空いて死にそうだと気づいたからだ。「お気に入りのピザ屋さんがあるの？」

「二ブロック先に配達してくれる店がある」彼はポケットに手を入れ、それからハッとして顔をしかめる。「くそ……フレディ、携帯を貸してもらえるかい？　また警察に取られたんだった」

わたしは携帯電話を手渡し、彼は番号を押す。「何がいいか教えてくれ、マリゴールド、じゃないと、全員ヴェジタリアンピザを食べることになる」

マリゴールドはペパロニピザのアンチョビのせを頼む。わたしはヴェジタリアンピザにパイナップルとハラペーニョのトッピングをリクエストする。

「ピザにフルーツをのせてくれと頼ませる気かい？」ケインが小声で言う。

「大丈夫、すごくおいしいのよ」わたしは請け合う。

彼は半信半疑ながらも、ともかく注文する。それから、お皿が必要になるといけないので、わたしたちはケインのギャレーキッチンを片付けはじめる。ケインは最低限の調理器具しか持っていないようで、さほど時間はかからない。ピザが届く頃には、キッチンはほぼ片付いている。

わたしたちは居間の床に座り、箱からそのままピザを食べる。わたしはパイナップルの効果を実感してもらおうと、マリゴールドとケインにヴェジタリアンピザをお裾分けする。マリゴールドは断固食べようとしない。ケインはひと切れ食べたものの、完全に納得したわけではなさそうだ。

「ウィットは気に入るんじゃないか」彼はとりあえずコメントする。「彼の奇天烈なドーナツと少し似てる」

わたしは彼らアメリカ人の味覚のお粗末さを笑い、ビートルートとフライドエッグのハンバーガーの完璧さについて語る。

しばらくのあいだ、わたしたち三人は、警察が凶器を捜索してめちゃくちゃにした家を片付けるためにここにいるという事実を果敢にも無視する。とはいえ、会話がそこに戻ることは避けられない。

「なんであなたがショーン・ジェイコブスを殺したがるって警察が思うのかわからないよ」マリゴールドはピザのスライスからパイナップルをつまみながら言う。「筋が通らない」

ケインは肩をすくめる。「おれがあの塁で殴られた復讐をしたがってたんじゃないかと考えてるんだろう、たぶん」

「したかったの？」マリゴールドが尋ねる。

「は？」わたしはそんなことを尋ねることはおろか、考えていることすら信じられない。

ケインはただ彼女を見つめている。

「つまり、彼に対して、一ミリも腹は立たなかったの？」彼女は言い直す。「あなたが殺してないことは知ってるけど、腹も立たなかったの？　怒って当然なのに」

わたしはマリゴールドが心理学の大学院生——現実世界のフロイトガールだということを思いだす。

「彼はハイになってた」ケインは答える。「おれはあの状況に陥った自分自身に腹を立ててる。そうならないように気をつけるべきだった——せめて身をかわすべきだった」彼は頭を振り、本棚にもたれる。「フレディ、きみが警察を呼べと言ったときにそうしていれば、彼は刑務所にいたかもしれないが、死ぬことはなかっただろう」

「それはわからない」わたしは身を滑らせて彼の横に座る。

マリゴールドも同意する。「ボストンでは毎晩、何十件もケンカとか暴行事件が起きてるはずだよ。それくらいで、ボストン市警がダンキンのグレーズドジャムドーナツから顔をあげるとは思えない」

わたしはめちゃくちゃになったアパートメントを見まわす。「いまは顔をあげてるけど」

マリゴールドは眉根を寄せて考え込む。「いまは殺人事件だから」

ケインはまずマリゴールドをアセンズ通りの彼女の家のまえで降ろす。

「彼を家に帰したりしないよね？」ジープから降りるとき、マリゴールドがわたしにささやく。「あのベッドじゃ……」

わたしは笑う。「わたしのソファを使ってもらうわ」

彼女は口を開きかけたが、何も言わず、背を向けて歩きだそうとする。次の瞬間、くるりと振り返り、わたしの頬にキスをして耳元でささやく。「気をつけて」

わたしは困惑し、また警告に少し驚きながら、彼女のうしろ姿を見送る。

「大丈夫かい？」ケインが尋ねる。

「マリゴールドが、今夜あなたはどこで寝るのかって心配してる」

「ああ、なるほど」彼はちらりとリュックを見る。そのなかには、わたしのアパートメントで寝ましょうとさっき耳打ちしたときに、彼が急いで詰め込んだ着替えがはいっている。

「彼女が恐れてるのは、どこでおれが寝ることなのかな？」

「あなたのマットレスに対する酷い仕打ちを心配してる」わたしは最後の一瞬の忠告には触れない——わたし自身それがどういう意味なのかよくわかっていない。

「ほんとうにいいのかい、フレディ？」

わたしは彼を肘でつつく。「ふたりで午後をどう過ごしたか忘れたの？」

彼は微笑む。「忘れちゃいないよ。ただ、つけ込みたくないんだ」彼は身じろぎする。

「きみに時間を与えなかったことは自覚してる。おれのことで新たに知ったことについて考える時間を、おれがしたことをどう感じるのか決断する時間を」

そのとき、ふと思いつく。「ブーが言ってたでしょ、『彼女はおまえがやったことを知ってるのか？』って。あれはこのことを言ってたの？」

ハンドルを握るケインの指の関節が白くなる。「彼がそう言ったの？　ああ、このことだと思う」

「どうしてブーは気にしてたの？」

「え？」

「彼は憤慨してるみたいだった」

ケインは肩をすくめる。「なんであれ、ブーがしていたことに関係があったのかもしれない」彼は〈キャリントンスクエア〉の来客駐車場に車を停める。「本気だよ、フレディ。おれと関わることについて考える時間がもっと必要なら、理解するよ」

わたしは彼のほうを見ない。見てしまえば、わたしのなかの慎重で理性的な部分が曲げられてしまうと自覚している。わたしの返答を待つ彼の心臓の鼓動が聞こえてくるようだ。あるいは、わたしの鼓動なのかもしれない。わたしは息を吐き、顔をあげる。「オーケー、考えてみた。わたしはかまわない」

彼は笑みを浮かべるが、驚いている。少し戸惑ってもいる。「フレディ——」

「恋人であろうとなかろうと、わたしはすでにあなたと関わってる」わたしは勇気をかき集めて尋ねる。「あなたは迷ってるの？」

彼の目が見開かれる。「ちがう！」彼はわたしの手をぎゅっと握る。「きみと一緒にいることについて迷ってるわけじゃない。だけど、フレディ、以前にもこういうことがあったんだ。おれは有罪判決を受けた重罪犯だ。警察は当分、おれの生活を地獄にするだろうし、きみをそのダメージに巻き込みたくないんだ」

わたしはうなずき、彼がわたしを守りたいと思っていることに心を動かされる。「わかる。でも、わたしはあなたを信じてるし、信頼してる。こんなこと言うのは正直すぎるのかもしれないけど、わたしはあなたに恋をしているんだと思う。ダメージを受けないですむ地点はもう過ぎてる。だから、お互いにありのままでいましょう。あとのことは、起こったときに対処すればいい」

それから彼はわたしにキスをする——激しく。やがてわたしのなかに、彼が強烈に感じているものがあふれ、お返しにわたしの感じているものを返す。わたしたちはしばらくジープのなかにいて、それから建物にはいる。車内でその先に進むには、年を取りすぎているから。

ジョーの持ち場のまえを通りすぎると、彼はわたしを呼びとめ、またカップケーキのお礼を言う。

「また二個持ってくるわ」わたしはその瞬間までカップケーキのことを忘れていた。カップケーキは、わたしの知るかぎり、まだコーヒーテーブルの上にある。

「え、いや、ミス・キンケイド。それはあなたが味わう分です。わたしはケーキを減らさないと」彼はでっぷりとしたお腹を叩く。「どっちみち、わたしのシフトはちょうど終わったところなんで」彼はデスクから名刺を取りだし、わたしに手渡す。「あなたが出かけているあいだに、あの女性の警官がまた来ましたよ。あなたに電話してほしいと言ってました」

わたしは名刺をポケットに入れ、腕時計に目をやる。もうすぐ午前零時だ。ジョーは〝してほしい〟と言った――要求ではなく、依頼だ。こんな時間に電話するほど緊急ではないはずだ。「明日の朝に電話するわ」

ケインとわたしは座ってカップケーキを食べ、話をする。わたしが訊きたいことは山ほどあるが、彼を尋問したいわけではないし……あるいは尋問しているように思われたくはない。わたしはケイン・マクラウドの温厚さに興味がある。彼は騒々しくもないし、残忍でもないし、冷笑的でもないのに、成人刑務所で何年も生き抜いた。どうすればそんなことができたのか？

「おれは七年前に出所した」彼はわたしに念を押す。「おれの人生に影響を与えたのは刑務所だけじゃないよ」

「たとえそうでも、あなたにはその痕跡がまったくないように見える。わたしなんて五年前に数ヵ月ヨガに通っただけで、いまだにトラウマになってるのに……」

彼は穏やかに笑う。わたしはその声音を味わう。そこには信頼と、親密さがある。「きみはおれの最初の小説を読んでいないだろう？」

即座に、わたしは恥じ入る。彼の本を入手しようと思わなかったなんて信じられない。

「まだだけど――ああ、どうしよう、言い訳できないわね……」

「ばかなことを言っちゃいけない、フレディ」彼は両腕をわたしの体にまわす。「作家の本を読むことが必須条件なら、おれたち作家に友だちはできないよ」

「ううん……必須条件よ。わたしの本が出たら、それは必須条件になる」

彼は微笑む。「実を言えば、きみがまだ読んでなくてうれしいんだ。きみを怖がらせていたかもしれないから」

「どうして？」

「あの本に温厚さはないから。怒りと痛みとつらさがある。いかにも前科者が書いたように思える」

「でも、ニューヨークタイムズ紙は、すばらしいデビュー作だって評してた」わたしは彼に思いださせる。

彼は肩をすくめる。「人々はあれが好きだった……あるいは成功させるに充分なほど嫌った。信じてほしい、おれは誰よりも驚いたんだ」

「でも、そんなふうにはもう書きたくないんでしょう？」

「おれはあの話をすでに語った――繰り返すことはない」

「読んだほうがいいわね」わたしはほとんど自分に語りかけるように言う。それから彼を見る。「あなたが読まないでほしいというなら別だけど」

「かまわないよ。ただ、読んで悪夢にうなされないように」

わたしは彼をやさしく観察する。彼が何をしたか承知のうえで、彼を疑うことなく。

「うなされるわけないでしょう?」

親愛なるハンナ

ああ、なるほど、自伝的処女作というわけか! 私の処女作は、ありがたいことに、まだ引き出しのなかにある。その目的を果たし、悪魔を追いだし、言うのではなく叫ばずにいられないと私が感じたことすべてを語っている。最初の本は、文学的癇癪《かんしゃく》のようなものだ。ともかく、それを誰にも見せないという分別が自分にあったことが喜ばしい――そうでなければ、私は逮捕されるか殺されるかしていただろう。

確かに、自分の一番暗い秘密を小説として出版するのは天才的な一手だ。望めば、ありふれた風景に隠れたままでいられる。それは理に適っている。殺人者は捕まりたくはないものだが、自分のしたことを、自分がうまくやりおおせたことを、いくらかでも認知されたいと渇望しているにちがいない。自分の行為を小説に詳述するのは完璧だろう。

私ならケインの小説を読んでもかまわないよ！

さて、数章前のメールで、我々は別の殺人事件について話した。貴女は忘れてしまったかもしれないし、コンピュータがクラッシュしてそれどころではなくなったかもしれないが。そのとき私は犯罪現場の画像を送ったんだが、このメールには別の事件の画像を添付した。犯罪現場を誰にも気づかれずに発見して撮影することが得意になったよ。

見てのとおり、この被害者は女性だ。頭部外傷により死亡している。おそらくある種の鈍器で殴られたのだろう――レンガやハンマーのようなもので。私は考えたのだ。キャロラインと似ていて、かつ同じように殺された被害者が出れば、複数の犯罪を結びつける手助けとなり、さらには、当初は必要に迫られて殺人を犯したが、やがてただ殺人が好きだと発見した男――ケインの進化を示すことになるかもしれないと。進化は必ずや起こったにちがいない。結局のところ、実際に人の命を奪うまでは、それによって命あるものを手中に収めて息の根を止めるという無類のスリルを味わうまでは、人を殺すことが好きかどうか知りようもないではないか？　これは私の推測だが、もちろん。

ともかく、画像を見て、貴女の考えを聞かせてほしい。

これは実に心躍る展開だと言わざるを得ない。

それでは

レオ

22

わたしは朝九時にジャスティン・ドワイヤー刑事に電話をする。「ドワイヤー刑事ですか？　話したいことがあると聞いたんですが。そちらにうかがいましょうか？」

「ああ、いえ――その必要はありません。いくつか明確にしておきたいことがあるんです。いまはご自宅ですか、ウィニフレッド？」

「ええ……」

「裁判所に行く途中で、そちらを通りかかるんです。寄らせてもらってもいいでしょうか……えっと、三十分後くらいに？」

わたしはためらう。ケインはまだわたしのベッドのなかだ。「どうかしら――」

「数分で済みますよ。ロビーでお会いするのでもいいですし、そのほうがよければ」

「ええ、わかりました。それなら大丈夫だと思います」

ベッドサイドテーブルに携帯電話を置くと、ケインがウトウトしながら、わたしを腕のなかに引き寄せる。

「服を着なくちゃならないの」わたしはうめき声を出す。「ドワイヤー刑事が話をしにくるんですって」

「なぜ?」

「わからない……ロビーで会うことになってる」

彼は顔をこする。「もう行かないと」彼は言う。「エージェントに事情を話して、母さんに電話して、また携帯を買わなきゃならない……順序はちがってるけど……」

彼がシャワーを浴びるあいだにわたしはコーヒーを淹れ、わたしが浴びるあいだに彼はトーストを焼く。数口飲んだところで九時半になり、わたしたちは朝食を摂るのを諦める。

「ロビーまで送るよ」ケインはジャケットを羽織りながら申しでる。

わたしはノートを取り、まっさらなページに私の携帯番号を書き、それをケインに渡す。

「新しい携帯を買ったら電話して、そうすればあなたの番号がわかるから」わたしは一瞬ためらってから、思い切って言う。「ケイン、弁護士にも電話したほうがいいと思うの」

彼の顔が少し曇る。「前回は弁護士が数人ついたんだ、フレディ。腕のいい弁護士が。母は弁護士費用を払うために家まで売った。それでも七年間入れられたんだよ」

わたしは彼を引き寄せる。「だからって、今回弁護士が役に立たないってことにはならない」両腕をまわして彼を抱きしめる。「ともかく考えてみて」

彼はわたしの額にキスをする。「オーケー」

「オーケー、弁護士に電話するよって意味？」

「オーケー、考えてみるよって意味」

「ウィットに話してみてもーー」

「たとえ弁護士を頼むにしても」彼は鋭く言う。「ウィットをこの騒ぎに巻き込むつもりはない。さあ、ほんとにそろそろ行かないと」

「でも今夜には会えるでしょ？」わたしはつけ加える。すがるように聞こえないことを願いながら。

「状況による」

「なんの状況に？」

「きみがまだ会いたいと思っているかどうかに」

ケインとわたしが階段を降りようとしたとき、ちょうどドワイヤー刑事がのぼってくる。

彼女は驚いた顔をしている。

「約束を忘れてしまったんじゃないかと思って、階上《うえ》に様子を見にいくところだったんです」彼女は腕時計に目をやる。「九時半でしたよね」

「ええ、そう。ごめんなさい——遅れてしまって」

ケインはわたしの手を握りしめる。「あとはきみに任せるよ」

彼はドワイヤー刑事に向かってうなずきながら彼女の横を降りていき、それから階段の下でわたしに手を振る。

わたしは視線を刑事に戻す。「階下《した》に行きましょうか？」

「実は、あなたのアパートメントでお話ししたいんです。プライヴェートな話になりそうなので」

なぜいくつか質問するだけなのにプライヴェートな話になるのか？　そう尋ねようかとも考えたが、結局、わたしはただ彼女を招き入れる。

彼女は室内を見まわし、わたしの暮らしぶりを吟味する。

いたたまれなくなり、わたしはシンクレア奨学金について話す。「財団の支援がなければ、わたしは絶対にこんなところには住めなかった」

彼女は笑みを浮かべる。「あなたはどこかのご令嬢かと思ってました」

「そうだったらいいんですけど！」彼女にコーヒーを勧めると、彼女は承諾し、ドワイヤー刑事ではなくジャスティンと呼んでくれと言う。

「オーストラリア人は紅茶を飲むものだと思い込んでました」わたしがキッチンにひっ込むと、彼女が言う。

「紅茶もコーヒーも飲みますよ——飲み物のこととなると気まぐれなんです。どういうコーヒーにします？」

「強めのブラックで」

わたしは居間にコーヒーのマグをふたつ運び、ブラックコーヒーを彼女のまえに置く。彼女はマグを両手で持って飲む。「ああ、こういうのが欲しかったの。今日は朝からツイてなかったし」

わたしは何も言わないが、どこかほっとしている。理由はないけれど、おそらく刑事がとても人間らしく感じられたからだろう——ボストン市警という権力を行使する立場であるにも関わらず、普通の人のように。

「ときにはつらいこともありますよね、ここで暮らしていても」彼女は言う。「ホームシックになるでしょうし」

「ときどきは」わたしは認める。「でも、予想してたほどではないです」

彼女はうなずく。「ケイン・マクラウドは、昨夜ここに泊まったんですか？」

その質問に、わたしは一瞬、不意打ちを食らわされる。「ええ」

彼女はこれといった反応は見せない。「ただの友だちだと言ってましたけど」

「友だちです……でした――」

「しかし、いまは関係を持っている？」

「そういうことかと」

「彼の過去を知っても？」

「ええ」

「彼は血も涙もない殺人を犯した」

「正当防衛だったんです」

「彼がそう言ったんですか？」ジャスティンは頭を振る。

「彼は十五歳で、その男がしようとしたのは――」わたしはそこでやめる。

「その男は勲章を受けた警察官で、良き父親になるべくあらゆる手を尽くしていた」彼女は確信を持って、ゆっくりと話す。「アベル・マナーズは、彼がおやすみを言うためにはいってくるのを待ち、それから彼の首を刺した」

「ケインは彼を振り落とそうとしたんです。そんなことをするつもりは――」

「もし義理の父親を殺すつもりがなかったなら、計画的でなかったなら、なぜ彼の枕の下にナイフがあったんです？」

わたしの声は大きくなる。気のせいとはとても思えないほどあからさまに。「安全だと思えなかったからよ！　身を守るためにそこに置いてあった」

「ああ、ウィニフレッド」ジャスティンの声音は同情的だ。「それがほんとうなら、なぜアベルは義父の殺害が終わるまで母親を部屋に閉じ込めていたんです？」

わたしは彼女を見つめる。「え？」

「アベルは義父が戻るまえに母親を部屋に閉じ込めた。義父を殺害する計画を邪魔されないようにするために。母親から止められないようにするために」

「そんなはずない」

「ウィニフレッド、彼女が警察に通報したんですよ」

数回息をするあいだ、わたしは言葉を失い、考えようとする。ケインはわたしに嘘をついた？　パニックから、それに伴う疑念から、自分を引きずり戻す。「もしケインの母親が部屋に閉じ込められていたなら、何があったのか見ることはできなかったでしょうね」

わたしの声は自分でも驚くほど自信に満ちている。わたしは刑事を見据える。「明確にしておきたいことというのはなんですか、ジャスティン？」

ジャスティンは息を吐く。「明らかに、あなたがケイン・マクラウドと名乗る男の正体をまったく知らないような印象を受けたので、あなたに警告しておきたかったんですが――

――」

「そんな印象を与えてごめんなさい。でも、そうじゃない。警告する必要はないわ」

ジャスティンは首を傾げる。「ケイン・マクラウドが危険な男で、キャロライン・パルフリーとショーン・ジェイコブスが死亡した事件の参考人であることは知ってますよね？」

「キャロラインが殺されたとき、わたしはケイン・マクラウドと同じテーブルの向かい側に座っていたし、ショーン・ジェイコブスについては、彼に襲われたとき、ケインは通報さえしたがらなかった」またしても、わたしの声は冷静を保っているかのように聞こえる――少なくとも、わたし自身の耳には。ジャスティンの耳は、まったくごまかせていないという可能性はあるけれど。「それなのにどうして彼を殺したいと思うの？」

「ミスター・ジェイコブスを守ることとは無関係に、警察を介入させたくない理由があったのかもしれない」

「ケインは出所して七年になるんですよ、ジャスティン。どうして突然、無差別に人を殺し始めようと思ったの？」

「あなたは、彼がキャロライン・パルフリー以前には誰も殺してないと思っているんですね」

「彼はキャロライン・パルフリーを殺してない。彼女のことを知りもしなかった」

「では、彼女の祖父が、アベル・マナーズに判決を下した一審の判事だったことは、ただの偶然だと?」

「わた……なんですって?」声が耳障りに掠れる。

「キャロライン・パルフリーの祖父は、アンドルー・キートン判事で、アベル・マナーズに十年――仮釈放なしで七年――の懲役刑を宣告した人です」ジャスティンの目はわたしにひたと据えられ、わたしの反応を注視している。

「ケインはそれを知っていたの?」また声を出せるようになると、わたしは尋ねる。

「わたしたちは知っていたと考えてます。だから、反駁できないアリバイがあるあいだに、彼女が殺されるように仕組んだ」

「そのアリバイっていうのは、わたしたちと一緒だったこと? ウィットとマリゴールドとわたしと?」

「ええ」

「でも、その証拠はない――さもなければ、彼をすでに逮捕しているはず」わたしは息を吐く。

「あなたに無事でいてほしいんです。深みにはまってほしくない」彼女は腕を組んで膝に置くと身を乗りだす。「義父を殺した理由について、彼がどんな御涙頂戴話をしたにせよ、彼は実際に義父を殺した。いまケイン・マクラウドと名乗っている男は危険です」

わたしは首を横に振る。「そうは思えない」

ジャスティンは明らかに苛立っている。「彼の小説を読んだことは？」

またその話だ。「いいえ。まだ」

「わたしは読みました。あなたも読んでから、ミスター・マクラウドとの友情を続けるかどうか決めたほうがいいかもしれませんよ」

わたしは目をぐるりとまわす。「ケインからもう聞いてるわ、その小説は――」

「その小説は前科者が自分を刑務所行きにした人々に――陪審員、自分の弁護士、地方検事、証人に――復讐する話です」

「え……ほんとに？」

「驚いてますね？」彼女の声にほんのわずかに勝ち誇った響きが混じる。

わたしは肩をすくめる。「まあ、そういうのは使い古されたよくあるテーマだし、ベストセラーになったことは知ってるけど……」

「ウィニフレッド――これは笑いごとじゃないんです」

「わかってます、でも、まさか本気でケインが自分の小説と同じことをしてると言ってるわけじゃないでしょう？　小説家っていうのは話を作るものよ——それがわたしたちの仕事なの」わたしはマグをコーヒーテーブルに置く。満杯のままで、すでに冷えている。「それで、いったいわたしに何をさせたいんですか、刑事さん？」

ジャスティンは息を呑む。「わたしの電話番号は知っていますね。もしミスター・マクラウドが何か言ったりしたりして、彼の身の潔白について考えが変わることがあったら、わたしに電話してもらえませんか」

「ケインを偵察しろってこと？」

「あなたに彼の次の犠牲者になってほしくないんです」

数拍のあいだ、わたしたちは無言で向き合っている。「わかりました」結局、わたしは言う。

「ほんとうに？」ジャスティンは驚いたようだ。

「もしケインの身の潔白について考えを変えたら、あなたに電話します」その約束でわたしが失うものは何もない。もしケインが義父以外の誰かを殺したと信じるに至れば、もちろんわたしは警察に通報する。わたしは別にギャングの愛人になったわけではない。

その約束はドワイヤーを満足させた——あるいは少なくともなだめた——ようだ。彼女は裁判所に行かなければならないことを思いだし、わたしが彼女の番号を知っていることを確認し、昼夜問わずいつ電話してもかまわないと念を押してから、わたしの家から出ていく。

その後、わたしはしばらく動かない。何をすればいいのかわからないのだ。結局、わたしは中断された朝食の残骸を片付けることにする。ケイン・マクラウドの腕のなかで目覚めた朝から、無理やり引き離されたような気持ちになる。ベンチを拭き、すべての食器を洗ったあと、ようやく心の準備が整い、ドワイヤーが言ったことについて考える。

わたしはケインが義理の父親を殺した夜、彼の母親の居場所を尋ねようとは考えなかった。彼女は出かけていたと思い込んでいたのだろう。

携帯電話が鳴り、ケインだったらいいのにと思いながら出る。

「よお、フレディ！」

「ウィット、具合はどう？」

「元気だよ。医者も問題なしって言ってた——ケインを探してたんだけど」

「じゃあ、どうしてわたしにかけてるの？」

「電話したら、どこかの警官が出るし、きっとあんたと一緒にいるんじゃないかと思ったから。マリゴールドが言ってたんだ、あんたたちふたりが……ほら……」

「なんなのその言いかた——十四歳？」

「ってことは、そうなんだな？」

わたしはため息をつく。「ケインはいないわ。今朝ここを出て、携帯を買って人に会うって言ってた」

「人って誰？」

「エージェントって言ってたと思うけど、わたしは弁護士にも会ってほしいと思ってる。どうして彼を探してるの？」

「男同士の用事さ」

「は？」

「聞こえただろ」

ウィットはふざけているが、ケインと話したがっていることもわかる。

「彼は今日、新しい携帯電話を買う予定で――その番号からわたしに電話すると言ってた」わたしは教える。「番号がわかったら、テキストメッセージで送りましょうか。連絡がないときには、今夜ここに戻ってくるんじゃないかな」

ウィットは礼を言う。彼の声は少し動揺している気がする。

「どうかした？」わたしは慎重に切りだす。彼はすでにわたしには関係ないことだと告げている――そんな長い言葉ではないが。

「いや……ただ自宅軟禁が長かったからさ。ずっと閉じ込められて、ちょいと気が変になってるだけだよ」

「もし一緒に過ごす相手を探してるなら――」

「サンキュ、けど平気だ」

「ケインじゃなきゃダメってこと?」わたしは困惑して尋ねる。

「そう」彼は電話を切る。

レオが玄関のドアをノックするまで、わたしはレオとほかの滞在奨学生たちと一緒にロックポートまでドライヴすることになっていたのをすっかり忘れていた。彼はピクニック用のバスケットを掲げてみせる。「ご心配なく――雪が降ってることはわかってる。これはドライヴ用のお菓子だよ」

「ああ、どうしよう、レオ、ほんとにごめんなさい――忘れてたの」

彼は肩をすくめる。「五分早く来たから、問題ないよ。コートを取ってきて」

わたしは首を振る。「行けないの」

彼の表情が曇る。「どうして?」

「すごくいろんなことがあって――ここにいなくちゃいけないの、ケインが――」

「だけど、シンクレア奨学金財団の役員から昼食会に招待されたところなんだよ。あなたが行かなくちゃ話にならないよ！」

「ほんとうに申し訳ないんだけれど、わかってもらえると――」

「ほかのみんなが階下《した》で待ってるんだ、フレディ。みんな、あなたに会うのを楽しみにしてたんだよ」

「階下《した》に行って挨拶するわ――直接謝れるし」わたしはひどい気分になる。レオとの約束をすっぽかしたくはないが、よりにもよって今日、街を出ることなんてできるだろうか？　もしケインが電話してきたりしたら――そこまで考えて、わたしはがく然とする。なんて情けないことを言ってるんだろう？　誰かに必要とされるかもしれないから待ってる？　そんなの、わたしの生きかたではない。「今日中に帰ってくるのよね？」

「もちろん。ロックポートまでは車でたったの一時間だ。夕食前には戻ってくるよ」

わたしはいっとき逡巡する。

「実際のところ、フレディ、五時までには戻れる――基本的にはオフィスアワーと同じだよ」

彼はバスケットを開けて、わたしに中身を見せようとする。「自分でクッキーを焼いたんだ」

そこから漂うにおいで、彼の主張が真実であることが……あるいは少なくともクッキーがはいっていることがわかる。「コートを取ってくる」

我が最愛なるハンナ

レオはなんとすばらしいやつなんだ！　彼に私の名がつけられたことをとても嬉しく思う。

まずは、小さなことから。合衆国では、〝ベンチ〟ではなく〝カウンター〟を拭くものだ。

さて、我らがケインは単なる前科者ではなく、ショーン・ジェイコブスのみならずキャロライン・パルフリーを殺す動機も持ち合わせている！　もちろん、実行するには共犯者が必要だったろうが、共犯者を確保することは不可能ではない。そもそも、なぜ彼は図書館にいたのだろうか……街の向こう側のバーにいるほうが、アリバイとしては良かったはずだろう？　しかしその一方で、もし彼がＢＰＬにいなかったら、少なくとも犠牲者の悲鳴を聞くことはできなかっただろう。その点で満足感がある…

…とはいえ、みずから彼女の命を奪う達成感には及ばないだろうと思うが。おそらく、だからこそ彼はウィットを刺す必要があったのではないか？　となると、問題は共犯者の正体だ。その人物は最初に紹介された誰かでなければならない。警備員の誰かということもありうるが……なんたることだ――レオの可能性もあるではないか！

ここで怒るべきなのかどうかわからないが……私は怒ってはいない。喜んでいる。そしてなんとすばらしいひねりの利いた展開だろう！　しかし、驚くにはあたらない。貴女は、結局のところ、ハンナ・ティゴーニであり、そして私は

貴女の

レオ

23

カテリーナ・ウォランスキーはロンドン出身、五十歳前後、背が高くてスリムな体形で、全身黒ずくめの服を着ている。挨拶代わりにわたしを抱きしめ、両頰にキスをする——左頰には二回。クチナシのような香りがする。ブリトン・イーベ博士はソマリア出身。小柄で、足を引きずって歩き、鮮やかな黄色のダウンジャケットを着て、コサック帽をかぶっている。気さくな笑みを満面に浮かべ、まばゆいほど白い歯をのぞかせている。

わたしはすぐにふたりとも好きになる。

レオはわたしたちを紹介する。名前と作品について一文か二文で説明する。カテリーナは一千年後の未来を舞台にした思弁小説《スペキュレイティヴフィクション》を、ブリトンは植民地独立後の外交の偽善に言及する政治風刺作品を書いている。ふたりともミステリ作家と知り合ったことに興奮しているようだ。

レオはわたしたちを〈キャリントンスクエア〉のほかの住民から借りた車まで案内する。

メルセデスのSUVで、シートは電動リクライニングでヒーターまでついている。「これを誰かが貸してくれたの？」わたしは助手席のドアについたコンソールのボタンを見つめる。シートの高さ、角度、温度を正確にコントロールできるようになっている。「ミセス・ワインバウムだよ」レオがにやりとしながら言う。「彼女がこれを運転するの？」そのSUVはとても大きく、ミセス・ワインバウムはとても小さい。

レオは肩をすくめる。「そうみたいだね」

ブリトンとカテリーナは後部座席に乗ると言った。わたしはレオの横の前部座席に乗り込むと、ケインからショートメールが届いていないか、携帯電話をチェックする。わたしが電話をポケットに戻すのを待ってから、レオが言う。「問題ないかい？」わたしはうなずき、思いわずらうのはやめることにする。ケインと話し、ジャスティン・ドワイヤーが投げかけた疑惑について尋ねる時間は充分あるだろう。彼を疑っているわけではないが、訊きたいことはある。いますぐ彼と話ができればいいのにと思うし、もっと詳しく尋ねていればよかったとも思う。そうすれば刑事の質問に答えられたのに。

レオは会話の進行役を務め、わたしたちの仕事や人生の共通点をさりげなく引きだす。話すことはたやすく、聞くことはさらにたやすく、ケインを頭から追いだすとまではいかないが、やりとりの自分の担当分をこなせる程度には社会的役割を維持できている。

レオが請け合ったとおり、ロックポートはボストンから一時間ほどの距離だ。実際には、もう少し時間がかかる。道路が雪に覆われているのと、旅の途中で、シンクレア奨学金財団の理事であるチェイス・パーキンスと彼の妻ベッカと一緒にランチをするために、スミスズ・ポイントに立ち寄ったからだ。本来ならば、美しいケータリングの料理を用意してくれた後援者夫妻と、美味しいフィンガーフードをつまみながらおしゃべりをして、もっと長居していたことだろう――もし、わたしたちがチェイスの邸宅を見学しているあいだに、彼のゴールデンレトリヴァーが完璧に並べられた食事を平らげてしまわなかったら。

わたしたちは空腹のままパーキンス邸をあとにする――あの食べすぎのゴールデンレトリヴァーを原稿に書き込もうと決意して。実際、わたしたちは今年度の奨学金受賞者の共通のモチーフにするという協定まで結ぶ。

みんなでその話で笑っているうちに、ロックポートに到着する。わたしは埠頭にある有名な赤い釣り小屋を背にして仲間の写真を撮る。寒さのせいで近くに観光客の姿はなく、人混みのなかの三人の写真を撮らずにすむ。ブリトンは体を温めるためにぴょんぴょん飛び跳ねていて、わたしはそんな彼を見て笑う。カテリーナは、彼と同じように寒さを感じている様子はなく、わたしと同じように冬の町並みに心を奪われている様子もない。わたし以前にも雪を見たことがあるが、スキー場でのことだ。芸術家街《アーティスツ・ロウ》の製帆小屋や釣り小屋に雪が積もる情景は、特別な魔法がかけられているかのようだ。まるで時を凍結して絵はがきにしたかのように。自分がいま米国で暮らし、執筆していることを実感して圧倒され、これがわたしの人生なのだと改めて驚嘆する。

わたしは妹のジェラルディンについての物語で奨学金を受賞した。ショックのあとに残された破壊的な悲しみ、彼女を欠いたまま家族を再建する長い道のり、母の行き場のない怒り、父の引きこもり、何もないところに意味と目的を見つけようとするわたしの決意。そうしたものから生まれた小説は、ある種の悲鳴のようなもので、痛みと罪悪感と希望を経て、結末では疲労困憊し、藁《わら》にもすがるように希望を迎えた。その小説がシンクレア奨学金を受賞したとき、わたしは誰よりもぼう然とした。そしていま、そんなことを考えることを自分に許すとするなら、あの作品がわたしの持つすべてだったことを心配している。わたしにはもうこれ以上、引きだせる痛みはない。ケインが最初の小説について言いたかったのは、たぶんそのことなのだろう。とはいえ、明らかに、彼が使い果たしたのは、もう一度利用したいと願うようなものではないけれども。

レオがこれからカテリーナとブリトンを土産物店に案内すると言いにくる。わたしは外をブラブラと歩いて、風景を脳裏に刻みたいと伝える。レオは、一緒に暖かい店内に行こうとわたしを説得しようとはせず、ささやく。「好きにできるなら、あなたと一緒に外にいるところだけど、ブリトンがあんなふうに飛び跳ねつづけたら、脊椎を痛めそうだからね」

「いってらっしゃい」わたしは彼に言う。「わたしは頭のなかでこれを描写してみたいの……覚えていられるように」

彼はイメージを言葉に閉じ込める必要性を理解してうなずき、ブリトンとカテリーナを店先に案内する。わたしは店舗の裏にある私道を歩いて、埠頭に出る。地面の氷の上には塩が撒かれており、歩いてもそれほど危険ではない。海から身を切るような突風が吹きつける。ジェリーがすぐそばに立っているように感じる。わたしが見ているものを見て、寒さを感じて、かすかな潮の味を感じているように。米国に来てからというもの、妹の存在をしばしば感じてきた——まるで、シンクレア奨学金を受賞した物語は、彼女がわたしに授けてくれたもので、だからわたしの目を通して同じ風景を見ることができるかのように。わたしを笑いとばす彼女の声も聞こえる。幸運や運命に意味を見いだそうとして、彼女を召喚しようとする夢見がちな欲求をあざ笑っている。

携帯電話が鳴り、画面にケインの名前が出る。ようやく新しい電話を調達したのだろう。彼から電話がかかってきたときに、運良くひとりでいることにほっとする。急いで手袋をはずして電話に出る。

「もしもし——ケイン？」

悲鳴。キャロラインの悲鳴……あるいはジェリーの悲鳴。わたしにはもうわからない。

「あなた誰？」わたしは電話に向かって怒鳴る。「何が望み？」

三、四、五秒。発信者が何か言うかもしれないと思いはじめ、恐ろしくなる。そして通話が切られる。

テキストメッセージの通知音。またしてもケインからと告げている。〈キャリントンスクエア〉のわたしの家の玄関の写真。わたしはじっと見つめながらその場に立ち尽くす。恐怖と怒りを覚え、次にどうすればいいのかわからずに。二回目の通知音。今度はケインのアパートメントのドア……たぶん。同じ形で色だが、ケインのドアには取り立てて特徴はない。でも、彼のものかもしれない。

ぼうっと手元を見ていて、レオが近づいてくるのが目にはいらず、気づいたときには彼がホットチョコレートを持ってわたしの横に立っている。

「フレディ？　これを飲みたいんじゃないかと——何かあったの？」

わたしは彼になんと言えばいいのかわからない。ただ送られてきた画像を見せる。悲鳴のこと、前回その悲鳴を聞いたときに起こったことを話す。「レオ、わたし、戻らなくちゃいけないと思う……いますぐに」

レオはごくりと喉を鳴らす。「今日はまだこれから予定があって……」

「バスは出てないかしら？」

彼は腕時計に目をやる。「二時間はないんだ……それならこのまま——」

「ほんとに戻らなくちゃならない」突然、囚われの身になったように感じる。どこかの頭のおかしい人間がケインにつきまとっているあいだに、ロックポートで無理やり観光させられているように。そしていわれもなく、不当にも、わたしをここに連れてきたレオに腹を立てる。

「ブリトンとカテリーナにクラムチャウダーのランチを約束したんだ——」

わたしはプツンと切れる。「お願いだから、レオ！」怒りの涙で手の力が完全に抜けそうになる。「お願い。いろいろ台無しにしてしまうことはわかってるけど、もし立場が逆だったら、わたしならあなたを助ける！」

彼はわたしを見おろし、ゆっくりうなずく。「そうだね、マアム、あなたならそうするだろう」彼はホットチョコレートをわたしに持たせる。「これを飲んでて。ぼくはブリトンとカテリーナを呼んでくる。途中で警察に電話したらいい」

彼を怒鳴りつけてしまったことが、いまは恥ずかしくてたまらない。わたしは彼がいないあいだに涙をぬぐい、冷静さを取り戻す。

レオがブリトンとカテリーナになんと言ったのかはわからないが、彼らはわたしが小旅行を切りあげようとしていることに憤慨したり、気を悪くしたりしている様子はない。土産物の赤い釣り小屋のTシャツや珍しいボールペンやカニが漂うスノードームを抱えて店から出てくると、同情を込めてわたしを見る。

レオはものすごくためらいがちに、ランチには立ち寄らないから、帰りに車内で食べられるようにサンドイッチを買おうと提案する。わたしは自分が無神経極まりない人間のように感じられる。

「わたしに買わせて」そう頼み込む。「せっかくの一日を台無しにしたお詫びに。何か食べられないものがある人はいる？」

ブリトンもヴェジタリアンだとわかり、カテリーナは卵が好きではないと言う。わたしは角のダイナーに駆け込み、二枚貝の唐揚げのサンドイッチをふたつ、ライ麦パンの卵のサンドイッチをふたつ、フライドポテト四人分をテイクアウトで注文してから、メルセデスに戻る。

ロックポートを出発すると、わたしはジャスティン・ドワイヤーに電話をして、事情を説明する。前回似たようなメッセージと電話があったときに起こったことも話す。

彼女は詳細を尋ねる。「その悲鳴は、前回と同じでしたか？」

「ええ、前回の悲鳴とそっくりでした。女性の悲鳴です」

「ふたつ目のドアは、ミスター・マクラウドのものだと確信があるんですね？」

「いいえ」わたしは認める。「でも、彼の家のだという可能性はある。正直なところ、ケインのドアを注意深く見たわけじゃないし、特別印象に残るドアでもなかった。ただのドアです」

「わかりました。ボストンに戻り次第、携帯を届けてください。予防措置として、車をまわしてミスター・マクラウドの様子を確認させます」

電話を切ると、車内に気まずい沈黙が流れる。もちろん、仲間たちは少なくとも、わたしの発言部分は全部聞いていたのだ。ブリトンとカテリーナは、いったいどんなことに関わっているのかと訝しがっているにちがいない。そこでわたしは手短に説明する……キャロラインのこと、奇妙な電話のこと、そしてウィットが刺されたこと。

ブリトンとカテリーナは、ときおり息を呑んだり舌打ちしたりしながら聞いている。わたしはなんとなく、ケインのことをできるかぎり省略したくて、ブーのことには触れない。するとレオが眉をあげ、わたしの目を見る。わたしが何を省いたのかに気づいている。その瞬間はそのまま過ぎ去り、ブリトンとカテリーナがほかのことについて質問して懸念を示すが、レオにはわかっている。それでも、彼はその考えを胸に秘めている。

レオは警察署に直行して車を停めると、わたしがほかのふたりに別れの挨拶をしているあいだに、走って助手席のドアを開けにくる。「なかまで送るよ」わたしが車を降りると彼は言う。

「ありがとう、でも大丈夫」わたしは笑みを浮かべる。「警察署だし……これ以上安全なところはないもの」

レオはしかたがないというように、ため息をつく。「彼らを家まで送ったら、ここに戻ってくるよ、あなたを……あなたの抜け殻を迎えにね」

わたしは笑う。「わたしは苦情を申し立てにいくんであって、自首しにいくわけじゃないのよ」わたしは彼を抱きしめる。「今日はありがとう……台無しにしてしまってごめんなさい。迎えにはこないで。どれくらい時間がかかるかわからないし、もしジャスティンが送ってくれなければ、電車かウーバーで帰ればいいし」

彼は眉をひそめる。「ジャスティン？」

「ドワイヤー刑事よ」

「あなたたちが友だちだとは知らなかった」

「友だちじゃない。せいぜい名前で呼び合ってる知人ってところ」

彼は妥協する。「もし迎えにいく必要があったら、電話して」

「ありがとう、レオ」

警察署の受付にいた警官が、わたしを取調室に連れていき、そこで待つように言う。五分ほどしてドワイヤー刑事が現れる。「ケインは無事なの？」わたしは彼女がはいってくるなり尋ねる。

「車を彼のアパートメントに差し向けましたが。彼の姿はありませんでした」

わたしは安心した……と思う……。

「彼がどこにいるか、心当たりはありますか、ウィニフレッド？」

「新しい携帯を買って、お母さんとエージェントに電話すると言ってたから……あるいはエージェントには会いにいくつもりだったとか。そこにいるのかもしれません」

「そのエージェントの名前は知ってますか？」

「いえ、でも出版社ならわかると思います」

テキストメッセージに添付されたドアの画像を見せると、彼女はわたしの携帯電話を取りあげる。

わたしはデータをコピーしたら携帯を返してほしいと頼み込む。「友だちも家族もみんなその番号を知ってるし、すでに一度番号を変更してるんです」

ジャスティンは同僚と少し話してから、わたしの依頼は聞き入れられると告げる。彼らがなんであれ必要なことをしているあいだ一時間ほど待ってから、携帯電話が返却される。

「いいですか、ウィニフレッド、わたしたちに言えるのは、テキストメッセージと電話は、ケイン・マクラウドが紛失を申告した携帯から発信されたということだけ」

「それはそうでしょうね」わたしは慎重に答える。「誰であれ、その電話を奪って、前回わたしに警告を送った人……」

「警告？　あなたはあれを警告だと思ってるんですか？」

わたしは肩をすくめる。「それ以外に何かありますか？」

「脅迫です」

わたしは譲歩する。意味論について議論する気はない。

「問題は、ウィニフレッド、あなたが番号を変えたこと」ジャスティンは話しながら注意深くわたしを観察する。「つまり、子どもや誰かのイタズラかもしれないという線は除外されます」

「イタズラと思ったことはありません」

「誰であれ、電話をしてきた相手は二回ともあなたの番号を知っている。一回目はマクラウドの携帯に番号が保存されていたにしても、今回はそうではない。あなたの番号を知る誰かがかけたんです」

わたしはゆっくりとうなずく。論理は否定しようがないけれど、結論はおぞましい。

彼女はメモ帳とペンをわたしのまえに置く。「ウィニフレッド、あなたの新しい携帯番号を知っている人を全員書いてください。容疑者候補にするのはばかげてるとどれほど思っても、ひとり残らず」

わたしは言われたとおりにする。そのリストの長さに驚かされる。二週間でこんなに何度も人に携帯番号を教えられるとは思えないが、実際に教えている。当然ながら家族に、それから故郷の何人かに。ウィット、マリゴールド、ケインはもちろんだが、ウィットの父親、レオ、奨学金財団の管財人、ジョー、〈キャリントン〉の管理人、ミセス・ワインバウムと彼女の弁護士を含む数人の隣人、ボストン公共図書館、二軒の宅配ピザ店、オーストラリア大使館、同領事館。最後に、ボストン市警とジャスティン・ドワイヤー刑事。

ジャスティンはリストをちらりと見る。「ほかに誰か思いついたら――」

「すぐに知らせます」

ジャスティンは立ちあがる。「これからあなたを自宅まで送って、安全を期してあなたのアパートメントをチェックして、警備の人と話します」

ようやく聴取が終わったことを喜び、わたしも立ちあがる。じっくり考える必要があるが、刑事の監視下では考えようにも考えられない。

「パトカーがあなたのアパートメントビルディングを見張るように手配します」ジャスティンは続ける。「それからミスター・マクラウドから連絡があったら、彼の安全のためにも即座に知らせてください」

「それはちょっと――」

「この画像を警告または脅迫と解釈するなら、そして前回ミスター・メターズの身に起こったことを考慮すれば、ミスター・マクラウドは危険にさらされている可能性がありますす」

親愛なるハンナ

　この小説のなかで、貴女は一度も世界的パンデミックに言及していないね。もちろん、気持ちはわかる。我々はみな、パンデミックとそれに付随するすべてにうんざりしている。しかし、光だけでなく闇をも証言することが作家の責任ではないかと私は思う。ウイルスについて何も触れなければ、貴女の小説は発売前に時代遅れになるリスクがある。

もちろん、この小説の設定を未来に、すべてが終わったあとにすることもできる。しかし、言わせてもらえるなら、それはあまりにも楽観的すぎる。感染症なき世界には、空飛ぶ車やレーザー銃で殺される犠牲者が登場する必要があるのではないだろうか。パンデミックなき現代小説を書くことは、ミステリというよりファンタジーになる。

私は全体を書き直せと言っているわけではなく、ただときおり、世界が以前と同じようには見えない事実を肯定してほしいのだ。たとえば、この直近の章なら、フレディと彼女の同僚たちは注意深くマスクで口を覆っていることだろう。フレディがジャケットではなく、マスクを選ぶシーンを挿入してもいい。さらに、マスク派と反マスク派の緊張の高まりを、フレディたちに両者の激しい口論を目撃させることで描写することもできる。実際、私の過去のメールでの提案に従うなら、口論から致命的な事態にも発展しうる。マスク派が反マスク派の誰かに自分のマスクで絞殺されるというのは、突拍子もない設定ではないと保証しよう。

そのレベルの暴力を目撃することで、フレディはどんな男と関わっているのかを痛感するかもしれない。実際に目の当たりにした暴力は、ケインが義父の首にナイフを突き刺したシーンが彼女の頭のなかで繰り返されるとき、比較の対象となるかもしれない。そのシーンは彼女の脳裏で繰り返し再現されているにちがいない。まちがいなく、彼女はそのことを考えるはずだ。それが彼女を恐怖に陥れるのか、それとも彼女は奇妙な興奮を、官能さえ覚えるのか？　それについての彼女の内面のモノローグがもっと必要だと思う。

貴女の作品を暗い場所に導くのを恐れてはならない、親愛なる友よ。世界は次第に暗くなっていく。いまや殺人は、病気や怠慢、人間の生来の身勝手さと競合する必要がある。

それでは

レオ

24

わたしのアパートメントの捜索は、ケインの部屋と同じレベルの激変をもたらしたわけではないが、徹底している。すべての部屋とクローゼット、侵入者が隠れていそうな場所はどこでも。レオが玄関からのぞき込んでいたので、彼をジャスティン・ドワイヤーに紹介する。彼はわたしの肩を抱き、大丈夫かと尋ねるだけで、何も言わず、長居もしない。

ジャスティンは勤務中のドアマン――今日はジョーではない――と話し、〈キャリントンスクエア〉への無許可の訪問者に目を光らせるよう警告し、不審な行動を取る人物を見かけたらすぐに彼女に電話するよう依頼する。そのドアマンは――名前は思いだせない――自分が望ましくない人物を通過させると思われたことに少々腹を立てているようだ。

ジャスティンが出ていくと、わたしは自分の部屋に戻り、ドアを施錠する。ケインからまだ電話がないことに、あまり不安になりすぎないようにする。なぜ彼の電話が遅れているのか、電話をかけられないありとあらゆる理由を考える。ソファに丸くなって、混乱して少しパニックになった心理状態を整理しようとする。今朝はケインと一緒に目覚めた。わたしの肩にかかる彼の左腕の重みを、枕の下に入れられた右手を、少年のような寝顔の輪郭を思いだす。彼の体の傷痕、罰、暴力、虫垂炎の手術のことをつらつらと考える。それにも関わらず、彼の人格があそこまで無傷なことに畏敬の念を抱く。辛辣でもなく、恨みがましくもないことに。

わたしは顔をこすり、黙想を振り払う。もし自分に許してしまえば、残りの一日をずっとケインのことを考えて過ごしかねない。ノートパソコンを開き、無理やり意識を原稿に戻す。ジャスティン・ドワイヤーを物語に書き込む。当初は警察についての言及は避けるつもりでいた。彼らの手法について専門知識が必要となるからだ。でもどうやら、いま、好むと好まざるとに関わらず、その専門知識を学びつつあるようだ。わたしは野心的で、熱心で、杓子定規だが、人間味のある女性警察官をざっと描写する。彼女の顔は、厳しい訓練を受けたにも関わらず、開放的で生き生きとしている。挨拶するときには笑みを浮かべる。ファンタジーのキャラクターのフィギュアに色を塗るのが好きな夫と、三匹のシャム猫がいる。

午後が這うように過ぎて、夜になるあいだも、わたしはケインからの電話が鳴らないかと耳を澄ましている。ドアマンのブザーが突然鳴り、わたしの鼓動は跳ねあがる。「来客が二名いらしてます、ミス・キンケイド。あなたのご友人だそうです。ミスター・ウィット・メターズとミズ・マリゴールド・アナスタスと名乗っています。階上《うえ》に通しますか、それとも警察を呼びますか？」

「通してください……クリス」ようやく、たまに任務につくドアマンの名前を思いだす。記憶を遮る壁を突き破るように、少し大きな声が出る。わたしは顔をしかめる。不自然に聞こえていませんように。

「何があったの？」わたしがドアを開けるとマリゴールドが尋ねる。「なんで秘密警察《ゲシュタポ》が〈キャリントン〉にはいる人を全員チェックしてるの？」

わたしはふたりをなかに入れ、電話のこと、ケインの古い携帯から送られたテキストメッセージの添付写真のことを話す。

ウィットがわたしに腕をまわす。「大丈夫か？」

わたしはうなずく。「前回送られてきたのはあなたの家のドアで、そのあとあなたが襲われた――」

「ケインはどこ？」マリゴールドが尋ねる。

「わからない。新しい携帯を買ったら、すぐにわたしに電話することになっていたけど、まだ連絡がないの」

ウィットとマリゴールドが互いに目配せする。ふたりのあいだでためらいがちに暗黙の何かが交わされる。

「きっと、あんたの番号を失くしたんだよ」ウィットは曖昧に言う。

「ケインはさ、なんで警察を呼んだのがお母さんだってことを言わなかったんだろう？」マリゴールドがゆっくり言う。「なんでその場にお母さんがいたことを言わなかったのかな？」

「どうして知ってるの？」わたしは鋭く尋ねる。まだジャスティン・ドワイヤーから聞いたことは話していない。

「マリゴールドは裁判記録を探して読んだんだよ」ウィットはうんざりしたように言う。彼が難色を示しているのは裁判記録を読むこと自体に対してなのか、それともその裁判の被告人に対してなのか、わたしにはわからない。

わたしは彼女を見つめる。

「そんな目で見ないで」彼女は言う。「正当防衛で刑務所にはいるなんて理解できなかったんだもん――彼の助けになることが何か見つかるんじゃないかと思ったんだよ」

「彼の弁護士が見落としたことが？」わたしは挑むように言う。

マリゴールドはかすかに笑みを浮かべる。「あたしはちょっとした天才だって言わなかったっけ？」

わたしは彼女が議論を茶化すのを許さない。「ケインのお母さんは、彼が襲われているときに部屋に閉じこもってた――わたしたちにお母さんのことを悪く思われたくなかったのかもしれない」

「ちがうよ、お義父《とう》さんが帰ってくるまえに、ケインがお母さんを閉じ込めて、鍵を隠したんだよ」マリゴールドは落ち着いて言う。「ケインは、お義父《とう》さんがどんな気分でいるかわかってて、お母さんが彼を守ろうとして攻撃の矢面に立つのを恐れてたと言った。ふたりともマナーズ警官は暴力を振るっていたと主張した」

「主張したってどういう意味？」怒りが込みあげてくる。「もちろん、彼は暴力を振るってたのよ」

マリゴールドはわたしの手を握る。「もちろん。そうじゃなくて……」彼女は深く息を吸う。「ねえ、フレディ、あたし、ケインの弁護士を調べてみたんだ。どうして彼がそんなに酷い扱いを受けたのか、教えてくれるんじゃないかと思って。裁判記録によると、彼の弁護人は、ホッキーコールという法律事務所のジーン・ルマークだった」

「じゃあ、彼女を見つけたのね？」

またマリゴールドの目がウィットの目と合う。「しばらくしてからね。ちょっと調べる必要があった」

「それで？」

「ジーン・ルマークはまだ弁護士をしてるけど、結婚して夫の姓を名乗ってる。いまはジーン・メターズなの」

わたしは息を詰まらせ、パッとウィットのほうを向く。「あなたのお母さん？　ケインの弁護士はあなたのお母さんだったの？」動揺のあまり座っていられずに立ちあがる。

ウィットは何も言わない。

「そう、ウィットのお母さん」マリゴールドが彼の代わりに答える。「それもケインが言わなかったこと」

「ウィットのお母さんも言わなかった」

またしても、ウィットではなくマリゴールドが答える。「十五年前のことだよ、フレディ。ケインの事件は彼女が弁護した何千という事件のひとつにすぎないし、ケインは名前を変えてる。彼女がわからないのも無理はないよ。だけど、彼のほうが彼女が誰だかわからないっていうのはちょっと信じがたい」

「何が言いたいの？」

行ったり来たりして歩きまわるわたしを、マリゴールドが見あげる。「考えずにはいられないんだよ。あたしたちがBPLであああいう形で出会ったのは――ケインとウィットがってことだけど――ほんとに偶然だったのかな?」

体がぐらりと揺れる。創作のバスが衝突した。

「あなたたちはウィットのお母さんと話したの?」わたしはようやく尋ねる。

ウィットは首を横に振る。「いや。もし母さんがケインが誰なのか嗅ぎつけたら、おれを刺した罪で逮捕させるよ」

「彼じゃない――」

「わかってる。彼はやってないと思う」ウィットはきっぱり言う。きっぱりすぎるほどに。彼はマリゴールドに向かって言っているのだ。彼女は明らかにそうは思っていない。わたしは彼女の不実さに激怒する。

「あたしを嫌わないで、フレディ」彼女は懇願する。「あたしはケインが大好きだよ、知ってるでしょ。ただ理解できないだけなんだよ、なんで彼が全然話さなかったのか。だって、ウィットのお母さんが担当弁護士だったんだよ、そんなことってある? けど、なんにも言わなかった」

わたしは腰をおろし、いっときその理由を探そうとする。結局、肩をすくめる。「わからない。ケインは人生のその部分をもう振り返りたくないと思ってた。ウィットのお母さんが彼のことがわからないなら、それを持ちだしてもしかたないと思ったのかもしれない。あるいは、彼のほうも彼女がわからなかったのかもしれない」

ウィットがわたしに加勢する。「母さんはこの五年のあいだにちょっと整形したんだ。父さんが言ってるのを聞いたぜ、自分が結婚した女性よりも猫に似てるって」

わたしは感謝して、少しだけ笑みを浮かべる。ウィットはまだケインの味方でいてくれる。わたしは少し落ち着いて、明晰に考えはじめる。ジャスティンはこの点には言及しなかった。キャロライン・パルフリーとケインの関係については言っていたが、これについては何も。「警察は知ってるの？」

「あたしたちの知るかぎりでは知らないみたい」マリゴールドが言う。「もしこのことを調べあげてたら、たぶんウィットのお母さんを保護してるだろうし」彼女は喉をごくりと鳴らす。「あたしたち、まだ言ってないんだ」

「どうして？」

「正直言うと」マリゴールドはレザーカットした髪を撫でながら言う。「ウィットが止めるから」

「まずはケインと話すべきだと思うんだよ」ウィットはリラックスして深く座る。「偶然かもしれないだろ。そういうことはある」

「そうね」わたしは確信が持てないまま言う。

「その手の話はしょっちゅう聞くもんだ」ウィットは続ける。「生まれたときに生き別れた双子が、最終的には同じ通りに暮らしてたとかさ」

マリゴールドはわたしたちふたりを怪訝そうに見る。「明らかな事実を認めないのは、ケインを助けることにはならないんじゃないの？」

「否定してるのは事実じゃなくて、結論だけよ」わたしはマリゴールドに訴える。わたしたち四人は特別であり、わたしたちの友情は長く続くものであり、運命そのものだと確信している彼女に。「ケインに殺人ができるなんて思えないでしょ」

「うん、思ってない」彼女は慌てて答える。「だけど、あたしの判断が絶対に正しいわけではないこともわかってる。ケインは魅力的だし愉快だしハンサムだけど、テッド・バンディ（一九七〇年代に三十人以上の女性を殺害した）だってそうだった」

「バンディ！」わたしはその比較にショックを受ける。「あなた、ケインが連続殺人犯だと思ってるの？」

マリゴールドはため息をつく。「ちがうよ」彼女は辛抱づよく言う。「そう決めつけてるわけじゃない。ただ、あたしが言いたいのは、その人に好感が持てるかどうかで、有罪か無罪かの判断はできないってこと。社会病質人格者《ソシオパス》は魅力的なことも多い。どうすれば人から愛されるか知ってる。だけど、彼らは同じルールで動いてるわけじゃない――後悔もしないし罪の意識も感じないし、人や状況を操る方法を知ってる」

わたしはうめく。こんなのばかげてる。ケインは正当防衛のために七年も刑務所にいたのよ。見事に人を操った結果とは思えない！」

「おれたちにどうして欲しい？」ウィットが静かにわたしに尋ねる。「おれはあんたの直感に喜んで従うよ、フレディ」

わたしは頭を振る。「この状況がよくないことはわかるけど、きっと説明がつくはず。何が起こっているにしても、ケインじゃない」わたしの声は自分にすら大きく響く。声の大きさも、発言の強情さも、その根底に不安があるせいだとわかっている。ケインを疑いはじめているのかもしれないと思うと恐ろしくなるが、それでもわたしは彼に恋している。

その後の沈黙を破ったのはマリゴールドだ。「オーケー」彼女は言う。「あたしたちはその方針で行こう」彼女はまた忠実で温かい笑みを浮かべる。「お腹空いちゃった。もう何か食べた？」

突然、自説を引っ込めたマリゴールドに狼狽しながら、わたしは首を横に振る。

「あたし、何か作るよ。キッチンでガサゴソやってもいいかな？」

「ええ、もちろんいいわよ。手伝いましょうか――」

彼女は首を振る。「あたしが料理してるときに、同じ部屋にはいたくないはず。美しいもんじゃないから」

そんなわけで、マリゴールドがわたしのキッチンでドタバタしているあいだ、わたしとウィットは居間に座っている。わたしは彼に本棚のポートワインの壜を取ってくれと頼み、彼はワインを人数分注ぐ。マリゴールドはカチャカチャとかドスドスとか音を立てて料理を続けながら鼻歌を歌っている。

「ケインはどこにいると思う?」ウィットがわたしに尋ねる。「探しにいきたいか?」

「どこから探せばいいのかわからないし」そう答えながら、わたしは自分が何よりもまず、ケインを心配していることに気づく。起訴される恐れよりも彼の身体の安全を。電話するというケインの約束をのぞけば、彼からの電話を期待する権利はわたしにはない。わたしはウィットに向かって微笑む。彼のサポートに、彼のケインに対する信頼に感謝しながら。

「ここで待っていたほうがいいと思う」

ウィットはうなずく。「夕食のあと、おれが車でケインの家まで行ってこようか? 家にいる気配がないか様子を見てくるよ。見つけたら電話する」

わたしは手を伸ばして彼の手を握る。「ありがとう」

親愛なるハンナ

貴女はフレディの壊れた心のかけらをウィットに拾わせるつもりなのか？　そうしたらマリゴールドはどうなる！　ちがうと言ってくれ！

真面目な話、我が友よ、犯罪小説は一般的な倫理観を順守すべきだ。登場人物たちは、自分が蒔《ま》いた種を刈り取るべきだ。フレディは殺人者と恋に落ちることを選んだ――しかもそうと知りながら選んだ。彼女はその結果に苦しむべきだ。ウィットを次の相手として待機させておくのは、卑怯と思わざるを得ない。おそらく、私の名を持つ人物の言うとおり、我々はみなロマンスを書いているのかもしれない。恋愛におけるフェアプレーのあらゆるルールは、フレディが自分の選択から救われるべきではないと私に告げている。

現在、こちらでは通りで警察の警備が強化されている――警察以外の人間による殺人が最近増えているが、そのせいというより、抗議デモ対策ではないかと思う。世界のあるべき姿にまつわる退屈な憤慨。マスクを装着した市民と大勢の警官。非常に奇妙な新世界だ。それはときに私を憂鬱にさせ、ときに鼓舞する。

　フレディと仲間たちにとっては、まだクリスマス前、言ってみれば、″ウイルス前《イ》夜《ヴ》″であることは理解しているが、貴女はまちがいを犯していると本気で思う。あなたはこの終末ゲームの開始前にこの物語をスタートさせているが、新たな秩序からインスピレーションを受けないのは実にもったいなく思える。この本の時期をもう少しあとにすれば、周囲を漂う恐怖や現代の否定を物語に持ち込むことができるのに。私に言わせれば、現在の世界状況は、ケインのような性癖を持つ男にとって理想的な隠れ蓑であり、感染症以外の方法でもたらされた死を完璧に覆い隠してくれる。そしておそらく、フレディの共犯関係をより共感しうるものにするだろう——結局のところ、死体が二、三増えたところでそれがなんだというんだ？　貴女が友情と愛と疑念についての話を語りたいのであり、フレディのバスをパンデミックのために停止させたくないことは知っているが、バスはウイルスに運転させればいいじゃないか！

　それからフレディに、ウィットといちゃつくのはやめろと伝えてくれ！

それでは

レオ

25

マリゴールドは、ピザの生地というよりフラットブレッドで作ったような見た目のピザを出す。ピザ用トレイが見つからず、普通のオーヴン用のトレイを使ったらしく、ピザは長方形だが、おいしい。わたしたちはサラダやワインと一緒に、そのピザを食べ、普通のことを話しながら、この会話にケインの声が混じっていないことを感じている……わたしたちは、グループとして、釣り合いが取れず、バランスを失っている。食後にみんなで洗い物をしていると、ウィットがケインを探しにいくと言う。

マリゴールドは彼と一緒に行きたがっているようだ。

「マリゴールドも一緒に連れていって」わたしは提案する。「あなたはまだ回復したばかりでしょ。彼女が一緒だとわかってるほうが安心だし」

「あなたはどうするの？」マリゴールドが尋ねる。

「わたしは大丈夫。仕事をしながら、ケインからの電話を待つから」

マリゴールドは逡巡するが、わたしは断固として言う。「行って」

「あのさ、さっきああ言ったからって、気にかけてないわけじゃ――」

「もちろんわかってる。さあ、もう行って、仕事に戻らせて」

「彼を見つけてくる」マリゴールドは真剣に言う。わたしは彼女を抱きしめる。さっきのことで悪く思っているわけじゃないとわかってもらうために。

実際、悪く思ってはいない。マリゴールドが言ったことはすべて、理性的で思慮深く善意から出たものだ。わたしはケインに心を奪われたかもしれないが、理性まで失ったわけではない。

仕事に戻り、創作のバスを道路に戻そうとする。集中力はボロボロで、こうして静けさのなかでひとりきりになってみると、わたしは騙されていたのではないか、恋にのぼせた愚か者だったのではないかという恐れを、少なくとも認めることはできる。しばらくのあいだ、わたしは苛立ちと屈辱を感じて涙を流し、それでもまだケインを恋しく思う気持ちに変わりがないことに怯える。

自分の惨めさにすっかり気を取られていたわたしは、最初はコンピュータの着信通知にちゃんと気づいていたわけではない。それなのに、どうして確認しようと思ったのか自分でもわからないが――誰かと話すことなど一番したくないことなのに――ともかくわたしはアプリを開く。発信元のプロフィールには名前も画像もないが、その番号は三回わたしとの通話を試みていた。通話を承認すると、画面にケインの顔が映しだされる。彼は外にいる。彼や背後の木、遠くのほうにいる人々が見えるということは、それなりに明かりのある場所にいるようだ。

「フレディ！　よかった」彼の表情が変わる。「泣いてるのか。ああ、フレディ、ほんとにすまない」

「電話してくれなかった」わたしは口走る。その言葉がどれほど情けなく聞こえるかには気づいていたけれども。

「フレディ、聞いてくれ。警察は今朝、おれがきみの家を出たあとに、おれを逮捕しようとしたんだ」

「しようとしたってどういうこと？」

「おれは逃亡者ってことになってるんだと思う。警察がきみの電話を盗聴してるといけないから、電話できなかったんだ」

「どうしてあなたを逮捕しようとしてるの？」

「彼らはおれがキャロライン・パルフリーを殺して、ウィットを刺したと思ってる」彼は深く息を吸う。「どうやら、キャロラインは、おれに判決を下した判事の孫娘だったらしい。知らなかったんだ、フレディ。誓って知らなかった」

「じゃあ、ウィットのお母さんのことは？」

彼は明らかに驚いている。「病院で気づいたけど、彼女はおれのことがわからないようだった。何か言おうと思ったら、すべてを話すしかないし、だから何も言わなかった」彼は目を閉じる。「それがまちがいだった」

「ケイン、何をやろうとしてるの？　警察から逃げることなんてできないわ」

「何が起こっているのかを知る必要があるんだ、フレディ。誰かがおれをハメようとしてる——誰が、なぜしてるのかを知ったらすぐに、約束するよ、出頭する」

訊いておかなければならない。「ケイン、どうしてお母さんを部屋に閉じ込めたの？」

彼は驚いたようにまばたきする。「なぜならあの晩、義父《とう》さんがおれに手をあげることは予想がついてて、母さんは止めにはいるだろうし、そうなったら彼は母さんをボコボコに殴るとわかってたからだよ。おれは母さんを守ろうとしたんだ」

「お母さんが警察を呼んだって」

「おれを救うためだよ、彼じゃない」

わたしは冷静さを取り戻す。「わたしに何ができる？」

彼は疲れたように微笑む。「わからない。自分に何ができるのかさえわからない」

「誰があなたにこんなことをしたがってるの、ケイン？　刑務所で一緒だった誰か？」

「おれの知るかぎり、敵は作らなかった。ほとんどは頭をさげておとなしくしてた」

「あなたを刺した男はどうなの？」

「彼は死んだよ、フレディ」

わたしはケインにどこにいるのかとは尋ねないが、ウィットとマリゴールドが彼を探していると告げる。

「ふたりはこのことを全部知ってるのか？」

「ええ。さっきまでここにいたの……ウィットは完全にあなたの味方よ」

「だが、マリゴールドはそうじゃない？」

「キャロライン・パルフリーが殺された日に、あなたとウィットがたまたま出会うなんて、偶然にしてはできすぎだと彼女は思ってる」

数拍置いてから、ケインは口を開く。「彼女の言うとおりだ」彼の目がカメラをまっすぐ見据える。「フレディ、嘘じゃない、おれは病院でウィットの母親に会うまで、彼が誰なのか知らなかったんだ」

そしてわたしは彼を信じる。彼を愛しているからであり、自分が殺人者を愛せるなんて信じたくないからでもあるが、ほとんどはただ彼を信じているから。

また涙が出てくる。こんな状況をどうにかできるとはとても思えない。「ああ、ケイン、わたしたちこれからどうするの？」

ケインはわたしが落ち着くのを待っている。「キャロライン・パルフリーについて、何か調べられないかな？」ようやく彼は尋ねる。「これはすべて彼女から……彼女の悲鳴から始まった。彼女を殺したいと思っていそうな人物がわかれば、もしかしたら――」

「もちろん。できることをやってみる」どうすればいいのか見当もつかないが、そんなことは関係ない。なんとかしてみせる。「みんなでキャロラインの悲鳴を聞いた日、あなたはたまたま図書館に行ったの？」

「おれは普段からしょっちゅう図書館を利用してる」彼は思いだそうとして眉根を寄せる。「あの日は、図書館に入荷を依頼した本を見るために行った。その日の朝に、司書のひとりからその本がはいったと電話があったんだ」

「はいってたの？」

「それがなかったんだ。おれが行ったときには見つからなかった。図書館の人たちが探しているあいだ、おれは閲覧室に行った。何を考えてるんだい？」

「キャロラインが悲鳴をあげたとき、あなたとウィットが閲覧室にいたことが偶然ではないなら、誰かがあなたたちふたりがあそこにいるように仕組んだはず」

ケインは息を吐く。「きみの言うとおりだ。たぶん誰かがウィットのこともBPLに連れてきたんだろう」

「今夜はどこで寝るつもりなの、ケイン？」

彼は微笑む。「寝る場所ならあるよ、フレディ。心配しないで……おれは大丈夫だから」

その場所はどこかとは訊かない。わたしは彼がどこにいるのか知らないと言える必要がある。

「明日、〈ブラトル〉で夜九時から映画があるんだ」彼は言う。「きみを待ってる」

「危険じゃないの？」

「もしおれに会えなかったら、おれが警官に気づいたってことだ」

わたしはうなずく。すでに彼に会えることを、彼に触れられることを楽しみにしている。

「何をするつもりなの、ケイン？ 明日はってことだけど」

「ブーのことを調べてみるよ、誰かが何か知らないか——彼を殺しそうなやつとか、彼に恨みを抱いていそうなやつとか。この件を全部つなぐ何かがある……これには何か理由がある。とにかくそれを見つけなくちゃならない」

「明日、何か持ってきてほしいものはある？」

彼は気まずそうな顔をする。「警察が見張ってるから、カードがどれも使えないんだ——」

わたしは彼が頼みごとを口にするまえに遮る。「任せて……銀行に預けてない現金が山ほどあるの」

彼は顔をしかめる。「申し訳ない、フレディ」

「謝らないで」わたしは笑みを浮かべる。「自暴自棄になった逃亡者と深夜の密会——作家たるもの、どんな犠牲を払ってでも飛びつくようなネタでしょう？」

彼は笑う。「きみの原稿におれは少し怯えてるよ。進み具合はどうだい？」

数分間、わたしたちはわたしの小説について話す——シュールに感じられるほどごく普通に。それから彼はおやすみとそっと言い、くれぐれも注意するようにとつけ加える。通話画面が閉じられると、わたしはしばらく座ったままでいる。こんな状況にも関わらず、彼に抱きしめられているような気持ちになり、その感覚を、その温かさと強烈さを味わう。ケイン・マクラウドを全面的に信頼している自分に、彼が無実だと確信している自分に、少し驚いている。わたしのなかの作家は、ある種の距離を置いて、自分の反応を観察している。この確信は本能に基づいたもの、ケインの人格を判断したものなのだろうか？　確かに、自分が信じる男性を愛するのは理に適っている。一方、愛していることでその判断力は損なわれるのか？　鶏が先か卵が先かという議論に似ている——答は出ないし、考えても意味はない。事実は、わたしはケインを信じていて、彼を愛しているということだ。このふたつには因果関係があるかもしれないが、だからといってどちらかの信憑性が低くなるわけではない。

わたしは居間の執筆用デスクの上の棚から、未使用の日本製ノートを取りだす。そのノートはページが一枚の細長い紙でできていて、アコーディオンのように折りたためるようになっている。いつもは小説を書きあげてから、物語の流れを書き記すために使っている。物語の全体像をひと目で見られるように、そして結ぶべき物語の糸がきちんと結ばれているかどうかを確認するために。いま、わたしはそのまっさらなノートに、悲鳴の前後に発生した知りうるすべての情報を記入し、関連のある出来事や人物のあいだに線を引く。ケインとブー、ケインとキャロライン、ケインとウィット、ウィットとキャロライン、マリゴールドとウィット。ノートは次第にケインの物語の蜘蛛の巣のようになる。

ブーがケインを襲った夜の詳細の横に、四角い枠を書き、そのなかに、あの夜のブーの言葉を思いだせるかぎり書き込む。わたしの心に種を蒔いた言葉。〝彼女はおまえがやったことを知ってるのか？〟彼はケインが義父を殺したことを言っていたにちがいない。もちろん、あのときはまだ知らなかった。そしてほかのことも言っていた——なんだったたっけ？　彼は〝またやった〟とか、そんな趣旨のことを言っていた。それから、ブーはボストン公共図書館のそばで寝ているとケインが言っていたことを思いだす。ブーがキャロラインを殺したのだろうか？

可能性はあるだろう。でも、ケインを壜で殴った夜のように、突然殴りかかることはあったとしても、数秒のうちに遺体と自分を隠してしまうような、入念な殺人を犯せるとは思えない。それにブーはどうやってウィットの母親のことを知り、閲覧室にウィットとケインを集めるように仕組んだのか？

気づけば、マリゴールドのことを考えている。彼女もまた、ケインの過去になんらかの関わりがあるのか？　それともわたしと同じように、迫りくる波乱のそばの席をたまたま選んだ行きずりの傍観者なのか？　わたしは考える――わたしたち四人は友だちになる運命だったというマリゴールドの断固たる信念について、ケインのアイザック・ハーモンに関する調査を手伝いたいという彼女の申し出について、そしてケイン自身について彼女が調べたときのやりかたについて。

わたしのなかの小さな部分が疑問を感じはじめる。彼女の関心には、生まれつきのあふれんばかりのおせっかい以上の何かがあるのだろうか？　そんなことを考えていると、彼女を裏切っているような気分になる。ちがう。もしマリゴールドもまた、ケインと関わりがあるならば、彼女も男性たちと同じように、あの日閲覧室にいるよう仕向けられたのだ。

わたしはあの日使っていたノートを開き、ハンサムマンとヒーローアゴ、フロイトガールについての最初のメモをざっと見る。すると、そこにちゃんと書かれている。ヒーローアゴがフロイトガールをつけまわしているか、またはその逆ではないかという推測。わたしはその最初の直感を信じることにして、無理やり気を鎮めようとする。マリゴールドが図書館にいたのは、ウィットを尾行していて、彼の近くの椅子に座ったからだ。会話や友情、ひょっとしたら関係が始まるかもしれないと期待して。それはうまくいった、ある意味では。

もう遅い。ベッドにはいらなければ。眠れずに寝返りを打ちながら悶々と考えることになるのだろうけれど、せめてベッドの上ですることにしよう。そのとき、玄関のドアの下に折りたたんだ一枚の紙が差し込まれていたことに気づく。レオからのメモだ。わたしがテキストメッセージのショックを乗り越えて、安らかな気持ちでいることを願うと、彼らしい魅力――古風な思いやりを込めて書かれている。話し相手が必要なら、赤ワインを飲みながら、親身になって話を聞くとも。

でも、わたしは両親に電話するほうを選ぶ。わたしたちはもはや、人生の意味について、あるいはなんであれ何かの意味について、じっくり話し合うような家族ではない。ジェラルディンが亡くなったあと、奇妙な分離が始まった。互いを愛していないというわけではなく――愛しているのだけれど――互いの人生がとりわけ密接に結びついたり依存したりするとはもう思えなくなった。希望や夢について互いに語り合ったりもしなければ、失望や恐怖を口にすることすらない。わたしたちの会話は、そうした安全で隔たった中間地点にとどまり、誰かに聞かれているかのように互いに語り合う。両親は天気について尋ね、わたしは寒さについて話す。両親は新しい車を買ったと言い、わたしはメーカーと車種と色について尋ねる。凡庸な会話には慰めがある。時計の音のように淡々と刻まれ、その音が鳴り響く世界の混乱によって変化することがない。

親愛なるハンナ

彼女は彼に金を渡すのか？　我が友、マリゴールドの言葉を借りよう。ちょちょ、何をやってるんだ！

貴女の依頼に関してだが、なるほどもっともだ。私は確かに貴女の顔を知っている。

それも長年だ。なぜなら、もちろん、貴女は有名だから！　だが、そろそろ天秤を平衡にする時期なのだろう。現代風に言えば、自撮りと呼ばれるものを添付した。マスクの栄光を極めた姿を撮影したものだ。野球帽はある種、田舎者風の洒落っ気を加味し、アメリカ映画界によれば、かぶる者を透明にするという。私はこの格好を銀行強盗用衣装と考えるのが好きだ。

一刻も早く次の章を送ってくれたまえ！

それでは

レオ

26

まだ朝の八時にもならないのに、わたしはレオの部屋のまえにいる。

彼はジョギングウェア姿で出てくる。「フレディ！　なんてうれしい驚きだ。はいって」

わたしはなかにはいり、彼がマグカップを持ってきてコーヒーを注ぐあいだに切りだす。

「レオ、あなたの助けが必要なの」

「ああ、もちろん。どんなご用かな？」

「マガジン公園まで連れていってくれたときのこと覚えてる？　写真を撮っているジャーナリストがいたでしょ――」

「ローレンだ」

「そう。彼女は〈ラグ〉で働いてるのよね？」

「うん、マアム、そうだよ」

「わたしを紹介してもらえないかと思ったの」

「ローレンに？　なぜ？」

わたしは少し息を吸い、用意してきた話を始める。「キャロライン・パルフリーは〈ラグ〉で働いていた。わたし、故郷の新聞に彼女の殺人事件について記事を書くことにしたの――〝アメリカのオーストラリア人〟的な記事をね。彼女と一緒に働いていた人なら、彼女について少し教えてくれるんじゃないかと思って」

「米国での経験について記事を書くのに、なぜキャロラインについて知る必要があるんだい？」

「図書館にいて、彼女の悲鳴を聞いたことが、ここでのわたしの時間のすべてを変えたから。わたしは彼女を、アメリカを貫く暴力によって命を奪われた、もっとも向上心あふれるアメリカのシンボルとして使いたいの」わたしは息を止め、充分もっともらしく聞こえることを願う。

レオはゆっくりうなずく。「小説がうまくいってないの？」

「ちょっと行き詰まってる。この記事を書くことで、少し詰まりが取れてくれないかと思って……それにしかるべき新聞で特集されれば、作家としての注目度もあがるだろうし」

彼は肩をすくめる。「ばかげた考えではないよ」

「ただ問題なのは、わたしには全然コネがないことなの。キャロラインを単なる被害者ではなく、実在の人物として書きたい――そのためには、彼女が実際にどんな人だったのか知る必要がある」

レオはわたしをじっと見つめる。わたしは罪悪感がにじみ出ていないことを願う。真実を話したら彼が助けてくれないと考えているわけではない――まずまちがいなく助けてくれるだろうと思う。でもそうなれば、彼も巻き込まれることになる。ケインを助けるためなら、わが身の自由を危険にさらすこともいとわないけれど、それにレオを引き込むのはフェアではない。

「だから、彼女がわたしと話してくれるかどうか訊いてみてもらえないかと思って」

「うん、マアム、できると思う。きっと彼女は話してくれると思う。ただし、あなたも彼女に話す必要が出てくると思うけど。彼女はあなたが図書館で聞いたものにすごく興味があるだろうし」

「もちろん、お互いさまよ」わたしは答える。ケインの話を省いても、充分な内容を話せるはずだ。

「彼女に電話しておくよ」

わたしはおずおずと笑みを浮かべる。「いま、彼女に電話したりできないわよね？」

わたしはうなずく。「ミューズが」わたしは説明する。「プンプン怒って出ていってしまうまえに始めたくて」

「は？　いますぐに？」

にやりと笑って、彼は携帯電話を持つ。「ローレン？　レオだよ。こんなに早くに電話してごめん……今朝は何してるの？……実は紹介したい友だちがいるんだ。これから朝食を食べにいくんだけど、あなたも一緒にどうかな。いいよ……場所は好きなところを選んで。〈フレンドリートースト〉？　うん、マアム。九時だね？　そこで会おう」

彼は勝ち誇ったように大げさな身振りで電話を切る。

「ありがとう、レオ。恩に着るわ」

「電話をかけただけだよ、フレディ」

「それでもよ、ありがとう」

彼は腕時計をチェックする。「コートを取っておいで。もう出たほうがいい」

〈フレンドリートースト〉はバックベイで人気の早朝営業のレストランだ。内装はモダンで、原色を基調としている。わたしたちが着いたとき、ローレン・ペンフォールドはすでに店に来ている。ジーンズにフィッシャーマンズセーター、長い黒髪にニット帽というカジュアルな服装だ。椅子の背もたれには、カーキ色のダウンジャケットがかけられている。

彼女は笑みを浮かべて、レオの頬にキスをし、わたしの手を温かく握る。レオはわたしのことを、全オーストラリア文学界の希望そのものであり、シンクレア奨学金の受賞者であると仰々しく紹介する。わたしはローレンに、彼の言うことは取り合わなくていいから、フレディと呼んでほしいと伝える。わたしたちはローレンの薦めでフレンチトーストを注文する。わたしはキャロライン・パルフリーに関心があることと、その（捏造した）理由についてローレンに話す。

「きみたちは助け合えるんじゃないかと思ったんだ」レオが言う。「ローレン、フレディはボートハウスの近くで殺害されたホームレスの男性に会ったことがあるし、あなたは彼女にキャロラインのことを話せるだろうし」

わたしはその交換条件に少し驚いたが、そのことは口にしないでおく。

「いいわよ」ローレンが言う。「何が知りたいの？」

「キャロラインは〈ラグ〉にどんな記事を書いてたの？」

ローレンは目をぐるりとまわす。「キャロラインはお堅い特集記事を書いてた……本人は、将来はピュリッツァー賞の候補になる気満々だった」

「何か特別に取り組んでたの？」

「秘密の企画とやらをウィット・メターズと一緒に……あのふたりがすごくウマが合ってたとは思えないけど」

ウィット？「どういう意味？」

「彼女のほうが、彼よりもその企画にずっと真剣だった。その一方で、ウィットは何に対しても心底本気にはならないし」ウィットの名前を口にしたとき、ローレンは無自覚に笑みを深めている。

「ふたりはしばらく付き合ってたんでしょう？」わたしは試しにカマをかけてみる。

「そう、でもキャロラインはウィットには野心的すぎたと思う」彼女は声を低める。「ウィットって、ちょっとだらしないから。いつも五、六人の女の子たちが、彼はいないかって〈ラグ〉に電話をかけてきてた。彼はキャロラインと付き合ってるふりをして、追い払うこともあった……女の子たちのなかには、ちょっとおかしくなってる子もいた」

わたしは反応を示さない。そしてレオも、ウィットがわたしのヒーローアゴだと知っているけれど、ウィットがわたしの友だちだとは言わない。わたしは彼の思慮深さに感謝する。「その女の子たちは誰なのか知ってる？」

ローレンは鼻を鳴らす。「ウィットに聞いてちょうだい。その子たちの名前を知ってるとは保証できないけど。彼はグルーピーがいるような男。ある種の動物磁気が備わってるんでしょうよ、たぶん――仔犬を引き連れて家に帰る男の子みたいに」

「キャロラインはまだウィットを好きだったと思う？」

「それはないんじゃないかな……」彼女はいったん口をつぐみ、考えを変える。「いや、あるかも。彼女はいつも彼をトラブルから救ってたから」

「どんなトラブル？」

「ばかなことばっかりよ。ウィットはいつも何かイカれた構想とかを実行しようとしてた……何度〈ラグ〉から追いだされそうになったかわからない。そんなときは、キャロラインが彼の肩を持って、もう一度チャンスを与えるよう編集長を説得してた」

「ということは、少なくとも、彼らはいい友だちだったのね？」わたしはウィットがそれを隠していたことに当惑しながら尋ねる。

「たぶんね」ローレンは顔をしかめる。「わたしはどっちとも付き合いがあまりなかった。キャロラインはちょっとお高くとまってたし、ウィットはほとんど編集部に来てなかったから……そのせいで、真実の愛だと思い込んでる気の毒な女の子たちの伝言を、わたしたちが受けるはめになってたわけ」

「キャロラインを殺したいと思った人物に心当たりはあるかい？」レオが尋ねる。「その女の子たちの誰かが――？」

「キャロラインを殺した？　ウィットのために？」彼女は疑わしそうに眉をあげる。「ひょっとしたらありうるかも。心は望むものを望むんでしょうから」

わたしはマリゴールドがまさに同じ言葉を使ったことを思いだして動揺する。でも、同時にこれには何か意味がある、これがどこかにつながるかもしれないという予感が高まる。

「警察はこの件について何か言ってた、ローレン？」

「この件については特に何も」そう答え、彼女は鋭くわたしを見る。「彼らはキャロラインが〈ラグ〉で何に取り組んでるのかを知りたがってた。麻薬カルテルとか殺される可能性のある何かの記事を書いてたのか。ウィットとも直接話してたけど、彼が警察に話したとは思えない――自分が遊び人で、キャロラインを隠れ蓑にしてたってことを」

厳しい言いかただ。「あなたはウィット・メターズが好きじゃないのね？」

ローレンは肩をすくめる。「ちょっと気の毒に感じる女の子たちがいたのよ」

次はわたしが質問に答える番だ。わたしはローレンにブーについて話す。どんな風貌だったか、どんな口調で話したか、激しやすい性質のこと、正確な場所はわからないが、ボストン公共図書館の近くで寝ていたこと。わたしはケインのことは伏せておく。今回もレオは気づいているはずだが、そのことでわたしを非難することはない。

ローレンはメモを取る。彼女とレオはボートハウスについて、犯罪現場の詳細について話す。明らかに彼はわたしよりもよく覚えている。

「それで、具体的にはどんな記事を書いてるんだい、ローレン？」最後にレオが尋ねる。

「大金持ちが無一文になるまでの教訓的な記事よ」彼女は言う。「最近ではブーとして知られる、ジョーン・ジェイコブスはかつて医者——外科医だった。鎮痛剤を飲みはじめて、やがて常習化した。すべてを失い、刑務所で依存症から脱したけど、結局また手を出して、最終的にはチャールズ川のほとりで死体となった」

「フレディ？」レオがわたしを見つめている。「大丈夫かい？　真っ青な顔してるよ」

「ええ……平気」わたしは慌てて平静を装う。「今日は少しコーヒーを飲みすぎたのかもしれない」もちろん、ばかげた言い訳だ。わたしはいくらコーヒーを飲んだところでなんの反応も出ない。笑みを浮かべて続ける。「すばらしい話だと思うわ、ローレン。本にもなりそうよ、ほんとに」

　彼女は眉をひそめる。

「もちろん、わたしは小説しか書かないけれど」わたしは急いでつけ加える。アイデアを盗まれるかもしれないと彼女に疑われないように。

　レオは小《こ》ばかにするように笑ってみせる。「すばらしい記事になるのは認めるよ。栄光から転落した外科医……だけど、本になるって？　この話のどこにロマンスが、性的な緊張感があるんだい？」

ローレンは笑い、縄張り意識のような気まずさは消え去る。わたしたちは朝食を食べおえる。わたしは今朝知った情報で頭がいっぱいだが、目立つほど黙り込んでしまわないように気をつける。きちんと考えるには、ひとりになる必要がある。誰かに知られるのではないかと恐れることなく、感じたことをそのまま顔に出せるときでなければ。

〈キャリントンスクエア〉に戻ったのは十一時近くで、無礼とか恩知らずとか思われない程度にレオと過ごしてから自宅に戻ったのは、その三十分後だ。

わたしは施錠し、肺のなかの息をすべて吐きだし、それから空気を求めてあえぐ。ショーン・ジェイコブスは外科医だった。ケインを刺した外科医は彼だったということ？　ケインの過去にふたりも堕落した外科医がいるはずはないでしょう？　もしかしたら、わたしの考えがまちがっているのかも……外科医には犯罪に手を染めやすい傾向があるのかもしれない。外科医が刑務所でほかの受刑者を襲うのは珍しくないことなのかもしれない。でも、もしブーだったなら、どうしてケインはそのことを言わなかったの？　どうして言おうとしなかったの？

わたしはコーヒーポットをセットする。コーヒーが飲みたいからというより、何かをする必要があるから、ふだんと同じことをして、思考のペースを落とす必要があるから。これまでの出来事をまとめるために使いはじめた日本製の折本式ノートを取りだし、ケインと一緒にショーン・ジェイコブスに遭遇した夜のメモを見る。わたしは目を閉じる——あの夜のことは、いまでもありありと思いだせる。ケインは終始落ち着き払っていた。背中にナイフを突き刺せる男だと知っていたら、あんなに落ち着いていられなかったはずだ。

それからケインの傷痕について考える。指で触れた感触がよみがえる。隆起していて、幅は五センチもない、完璧な直線。感染することなく癒えたその傷は、正確に狙いを定めてスパッと切られている。そしてウィットが刺されたのとまったく同じ位置にある。

わたしは頭を振る。なぜショーン・ジェイコブスがウィットを刺さなきゃならないの？考えすぎよ。ただの偶然。

わたしはノートパソコンをまた開き、二時間かけてすでに書いた部分を見直し、タイプミスを直し、抜けている単語を挿入し、もちろんコンマもつけ足す。その作業は、多大な集中力を使わなくても、有益なことをしている気分にさせてくれる。それは、ある意味ではうまくいく。

三時頃、マリゴールドが立ち寄る《コールズ・バイ》。

彼女の顔は紅潮し、目は輝き、つられて微笑んでしまいそうな満面の笑みを浮かべている。「何があった？」わたしも笑みを浮かべながら尋ねる。

「何を勝ち取ったの？」

「なんにも……全部」彼女はわたしの両手をつかむと、ソファまで連れていき、隣りに座らせる。

わたしもうれしくなって笑う。彼女がなぜそんなにしあわせそうなのかは見当もつかないけれども。「どうしたの、マリゴールド？」

「昨日の夜、ウィットとあたしはケインを探しにいったでしょ」

「見つかったの？」

「まさか。見つかったら電話してるよ」

「捜索失敗のわりにはずいぶんな喜びようね」

「フレディ、ウィットとあたし、そのあたしたち……彼、そのあとわたしの家に帰ったの」

「まあ」

突然、わたしたちはティーンエイジャーとなり、マリゴールドは語りはじめる。最初のキスについて、愛を返されたときの天にも昇らんばかりの気持ちについて、しばしば夢想していた、彼を受け入れた瞬間の喜びについて。とてもとてもしあわせそうに。しばらくのあいだ、わたしは彼女の興奮の洪水に押し流されている。

「あなたとウィットが？」

彼女は元気いっぱいにうなずく。

「すばらしいわ」頭の奥で、ウィットに電話をかけてきた女の子たちについて話すローレン・ペンフォールドの声が聞こえる。ウィットの同僚に憐れまれた、〈ラグ〉に電話してきた傷心の女の子たち。だからといって、マリゴールドのしあわせに疑念を差しはさむなんて何様だろう？

マリゴールドはその夜について詳しく語り、わたしは耳を傾ける――熱のこもった視線や言葉のひとつひとつから、やがて彼女とウィットが互いの腕のなかに収まるまでの経緯に。わたしは彼女の無邪気な有頂天さに引き込まれる。マリゴールドは何ひとつためらわず差しだし、警戒や威厳のために取っておいたりしない。きっとウィットにはそれが見えていて、きっとわたしと同じようにそれに魅了されているのだろう。きっと彼女のこの純然たる愛が、災いを招くことはないだろう。

「ウィットはどこ？」延々と彼を褒めちぎるペースがようやく落ちてきて、口を挟むタイミングができると、わたしは尋ねる。

「またケインを探しにいった」彼女は肩をすくめる。「ひとりで行きたがってた。あたしいまはあなたの様子を見るべきだって」

マリゴールドに大丈夫だと伝えたい。ケインから連絡があって、彼は生きていて、いまのところは無事だと伝えたい。でも、伝えない。自分が逃亡者を幇助《ほうじょ》している、あるいはいずれそうなるという自覚がある。マリゴールドやウィットまで法を破る必要はない——ともかく、いまはまだ。だから何も言わない。

「ケインから電話はあった？」マリゴールドが尋ねる。

「電話は一日中鳴らなかった」

「ああ、フレディ、かわいそうに。男ってろくでなしになれるんだから！」

わたしは話題を変える。「マリゴールド、あの日、図書館で初めて会ったとき……」

「キャロラインが殺された日？」

「そう。どうしてあそこにいたの、正直なところ？」

「どういう意味？」

「あの日はたまたま図書館に来てただけ？」

マリゴールドは顔を赤らめる。「いまはもう言っちゃってもいいよね。あたし、ウィットのあとを尾《つ》けたの」彼女はクッションを抱きしめながら打ち明ける。「彼を尾行してたんだ……」

「ストーカーだったってこと？」

「ちがう……まあ、そうかも……あたし、彼とばったり出会おうとしてて」彼女はごくりと喉を鳴らす。「それで彼を追いかけて閲覧室に行って、向かい側に座ったの。彼から話しかけてもらえたり、あたしから話しかけたりする理由ができないかと思って」

「それからキャロラインが悲鳴をあげた」

「そう。あれがなかったら、あたしたちが口をきくことはなかったかもしれない」

「あの日、どうしてウィットが閲覧室にいたのか知ってる？」

マリゴールドは首を横に振る。「わからない……〈ラグ〉の記事に取り組んでたのかも。それまで彼がＢＰＬに行くところは見たことなかった。そっちに向かったとき驚いたのを覚えてるよ」

わたしはソファの肘を指で叩く。ウィットも、あの日閲覧室におびき出されたのだろうか？　でも、それ以上の何かがあるはずだ。ウィットとケインは隣り合って座っていたのだから。

「マリゴールド、閲覧室に行ったとき、ケインがすでにいたかどうか覚えてる？　それとも、あなたたちふたりが座ったあとでケインが来た？」

彼女は眉根を寄せ、それから首を振る。「覚えてない、フレディ。あなたが最後に来て、長いこと天井を見つめてたのは覚えてるけど」

わたしは微笑む。このすべてがどんなふうに始まったのかを思いだしながら。

「なんでそんなこと訊くの？」

「ウィットとケインが出くわしたのは偶然なのか……それとも誰かが仕組んだことなのか、考えようとしてるの」

「仕組むって、どうやって？」

「たとえば、ウィットとケインの両方にそこで会うように頼むとか……」わたしは曖昧に答える。

「だけど、なんで？」

「全然わからない。でも、わたしは作家だから。どんなことであれ、偶然の一致という説は信用しないの」

マリゴールドは納得する。「今夜の夕食のときに、一緒にウィットに聞いてみよう」

「夕食？」

「そう。ウィットがロックスベリーにとびきりのドミニカ料理のレストランがあるって言ってて、今夜行こうって話してたの。ついでに、ケインのアパートメントをまたチェックできるし」

「行けない」わたしはきっぱり言う。

「なんで？」

「あなたとウィットのこと」

「どういう意味？」

「あなたたちは新たな関係を築いたばかりでしょ。おじゃま虫になるつもりはない」

「だけど、あなたをひとりにはできないよ！」

「マリゴールド、わたしは平気。仕事もあるし、ひょっとしたらケインがここに来るかもしれない。万が一に備えて、ここにいたいの」

マリゴールドは同情を込めてわたしを見る。「ハニー、永遠にここに座ってケインを待ってるわけにはいかないよ」

わたしは笑う。「ひと晩だけよ、永遠じゃない。誤解しないでね、マリゴールド。あなたとウィットのことはとてもうれしいんだけど、今夜はほんとに行きたくないの。あなたたちはふたりの時間を持ったらいいと思う」

彼女はわたしをじっと観察する。いっとき、彼女はわたしを仲間に加えるための聖戦を続けるつもりだろうと思う。しかし、彼女は抵抗をやめる。「気が変わったら言ってくれる？」

「約束する」

「わかった……お願いがあるんだけど」彼女は恥ずかしそうに言う。

「ドレスを貸してもらえないかな？　あたし、ドレスは持ってなくて、でも今夜はドレスを着たほうがいいのかなと思ったんだ……だってその……自分で買ってもいいんだけど——」

わたしは彼女の手をつかみ、モジモジとしたおしゃべりを止める。「もちろん。でもマリゴールド、ドレスを着る必要はないわ。ウィットはあなたらしい格好を気に入ってるはずだもの」

「彼に知ってもらいたいんだ、あたしが少しは……場ちがいじゃない格好もできるってこと」彼女は真剣に言い、わたしは彼女がまだ二十三歳だということを思いだす。

「彼はあなたがほかの人とはちがうところに魅了されているんだと思うけど、あなたの気分が少しでもよくなるなら、わたしのワードローブはあなたのワードローブよ」

マリゴールドはそれから一時間かけて、わたしの服を片っ端からさまざまな組み合わせで試着する。最終的に、彼女は一番保守的なウールのスカートスーツを選ぶ。わたし自身ほとんど着たことのない、就職の面接用のスーツだ。マリゴールドのショートヘアとボディピアス、鎖骨のあたりに見えるタトゥーと合わせると、驚くほどちぐはぐなのに、不思議と魅惑的だ。

「断言できるけど、わたしが着てこのスーツがこれほど似合ったことはない」

「プリンセスになった気分」マリゴールドはクルクルとまわりながら言う。

実のところ、先鋭的な司書というほうが近いが、彼女がプリンセスのように感じるなら、それでいい。

「ほんとに来ないの？」玄関で彼女は尋ねる。

「ほんとに行かない。ふたりで楽しんでらっしゃい」

我が親愛なるハンナ
私は恥じ入っている。貴女の作品のモラルを疑うとは、なぜそんなことができたのか？
マリゴールドのことはとても喜ばしいし、ウィットには少々嫉妬を覚えている。この最新の章は、私が〝そう、もちろん〟的瞬間と呼ぶ展開だ。そう、もちろんウィットはマリゴールドを愛している。愛さずにいられるだろうか？　いまや物語全体がいっそう現実味を帯びている。貴女を疑ったりするべきではなかった。

平身低頭の謝罪を込めて

レオ

追伸――〝立ち寄る《コールズ・バイ》〟はオーストラリア式だ。アメリカ人なら〝立ち寄る《ドロップス・イン》〟と言うだろう。

追々伸――マリゴールドが、大学院生であることを考慮して、少々歳を取ったことに気づいたよ。

27

マリゴールドが出かけてすぐに、わたしは警察のことを考える。ドワイヤー刑事はケインがわたしのアパートメントを出ていくところを目撃した。もしケインを探しているのなら、〈キャリントンスクエア〉を監視しているだろう。

思わず悪態をつく。わたしはいまケインに会いたくてたまらない。でも、八時半にここを出て〈ブラトル〉に向かえば、わたしを尾行した警察がまっすぐケインにたどりついてしまう。そんなことをさせるわけにはいかない。誰にも見られずに〈キャリントンスクエア〉を出る方法はないけれど、もしここでなければ、どこか別の場所から向かったなら、たぶん……。わたしはバスルームに行き、三分間で身だしなみを整える。歯を磨き、髪が乱れすぎていないか急いでチェックし、リップグロスを塗る。寝室の靴下の引き出しに隠してあった五百ドル近い現金（渡米前に両替したが、どういうわけか一度も使っていない）をつかみ、濃紺のオーバーコートの内ポケットに入れる。手袋にスカーフ、財布。コートラックにかかっているボストンレッドソックスの野球帽が目にはいり、一瞬、最近のアメリカ映画を思いだす——登場人物が野球帽をかぶって透明人間になる映画を。それがほんとうならいいのに。でも、透明人間になることに比べれば、尾行を撒くほうがまだ簡単そうだ。携帯電話は置いていく。もしかしたらこの携帯で警察に追跡されるかもしれないから。

廊下に出て階段に向かっているとき、レオが彼の部屋から出てくる。「フレディ、やあ。どこへ行くの？」

「ショッピングに」

「買い物でストレス発散かい？　すばらしいね。ぼくもお供しよう」

「来ちゃだめ！」

レオはわたしの拒絶っぷりに明らかにギョッとして身を引く。

「下着を買いにいくの。女性がひとりで買いたいものでしょ」

「パンティを買うのにひと晩かかるの？」

「すごくこだわりがあるの。それにコルセットもあるし……体にぴったり合うものを選ぶ必要がある。誰かと一緒に行くには向かない買い物なのよ」

彼は両手を挙げて降参する。「そっか、じゃあ探求《クエスト》の成功を祈る」彼は言葉を切る。

「記事のほうはどんな感じ？」

「記事？」

「キャロライン・パルフリーの？」

「ああ、うん……大丈夫、だと思う。息抜きがしたくて……下着も必要だし……それで一石二鳥を狙おうかと」

「そっか、校正者が必要なら言ってね」

「そうする」わたしは突然、彼の誘いをはねのけたことに罪悪感を覚える。「ローレンに紹介してくれたこと、きちんとお礼をしないといけないわね……土曜日にランチをおごらせて」

彼は笑みを浮かべる。「いつでも喜んで食事をするけど、フレディ、あなたはもうお礼を言ってくれたし、だいたいそんなたいしたことじゃないよ」

「あなたはほんとうに親切な人ね、レオ。土曜日にランチしましょう。お互いのロマンス原稿の進捗状況について話し合えるし」

彼は自分の部屋に戻りはじめる。「気をつけて、フレディ。言うまでもないけど、殺人犯が逃走中だから」

〈キャリントンスクエア〉を出ると、通りの向こう側にパトカーが停まっているのが見える。おそらくどこかに徒歩の警官も何人かいるのだろう。わたしはリュックサックを持っている。なかには、ケインがわたしのアパートメントに置いていった着替え（前日に洗濯した）、予備のマフラー、剃刀、最小限の洗面道具、それにチョコレートバーが数本はいっている。

　自意識過剰にならないようにしながら、ダートマス通りの地下鉄バックベイ駅に向かう。この時間帯は、仕事を終えて家路につく人々やディナーを食べにダウンタウンにやってくる人々で、特に混雑している。わたしは数分間、駅の入り口の外にある小さな店を見てまわる。小さな青果市場でリンゴを二個買い、そのままごった返す人々に紛れ込む。駅にたむろしている路上生活者たちのまえで足を止め、ひとりにお金を渡す。彼は礼を言う。ケインもここで物乞いをしたことがあるのだろうか。わたしは歩きだし、罪悪感を覚える。歩きつづけていることに、ほかにどうすればいいのかわからないことに。

　アムトラックのバス発着所を過ぎたあたりで、また人込みに紛れ、足を速める。改札口でタッチするために、IC乗車券《チャーリーカード》を手に持って準備する。わたしは尾行者を発見する。革のジャケットを着た小太りの中年男性だ。五、六メートルほどうしろにいる。わたしに追いつくため、目につきやすい場所に出てこざるを得なくなったのだ。心臓が激しく鼓動する。尾行されると、たとえ追ってくる相手が自分に危害を加えないとわかっていても、どういうわけか走りだしたくなるものだ。が、その本能を抑え込む。足を速めることは目を惹き、より目立つだけだから。くだりのエスカレーターに乗って、地下鉄オレンジラインの乗り場に向かう。ホームはごった返している。わたしは人混みの真ん中に突っ込んでいく。エスカレーターを振り返ると、小太りの革ジャケットがドタドタと降りてくるのが見える。わたしは電車がホームにはいってくるまで待つ。彼の目が車両に乗り込む人々に釘付けになるまで。それからコートを脱いで階段を駆けあがり、改札を出て、再びアムトラックの発着所のまえを通って、バックベイ駅の外に出る。そこからダッシュして、地下鉄コプリー駅へ向かう。もう尾《つ》けられてはいないとは思ったが、大事を取って、グリーンラインの次の電車に飛び乗る。

こらえきれずについ笑みを洩らしてしまう。警察の尾行を撒いた！　ばかばかしいことだけれど、誇らしい気分になる。

パーク通り駅で降り、レッドラインに乗り換え、ハーヴァード駅でまた降りる。

〈ブラトル〉は混み合っている。九時の上映作品は『めぐり逢い』だ。場内はあらゆる年代のカップルでひしめいている。そこにひとりではいっていくのは少し奇妙な感じがする。ポップコーンを持って、あたりを見まわしてケインの姿を探さないように苦労しながら、ひと気のない列に席を見つける。コートを脱いで隣りの席に置く。誰かに苦情を言われないかとヒヤヒヤするが、誰にも何も言われない。映画館で待ち合わせをするカップルが多いのだろう。そしてわたしは待つ。場内の照明が暗くなる。

「ここに座ってもいいかい?」

わたしは必死でこらえる——パッと椅子から立ちあがり、ケインに抱きつきそうになるのを。彼はわたしのコートを取り、腰をおろす。オープニングクレジットが流れだすと、わたしの手は彼の手に重なり、彼の唇はわたしの唇に重なる。「三十分ほどしたら抜けだそう」彼はわたしの耳元でささやく。わたしはうなずき、また彼のそばにいられてしあわせになる。質問するのはあとでいい。劇場という暗い匿名の空間にいると、安全に隠れているように感じられる。

映画が始まって四十分ほど経ったところで、ケインとわたしは〈ブラトル〉のロビーのまばゆい光のなかに出る。彼はわたしがコートを羽織るのを手伝い、リュックサックを持ってくれる。それからわたしたちはブラトル通りに出る。夜は冷たく湿っている。ケインはまだわたしの手を握っている。

「行こう、話ができる店がある」

〈ゾーイの《ゾーイズ》店〉はマサチューセッツ通りの、〈ブラトル〉から八百メートルほど離れたところにある。店内は広くて賑わっている。赤いビニール張りのソファが置かれたブースの列、十数人のウェイターとウェイトレス、豊富なメニュー。わたしたちは窓から離れた奥のブースのひとつに座る。ケインはハンバーガーを注文し、わたしはクリームチーズ入りのベーグルを選ぶ。ウェイトレスとは楽しく当たりさわりのない会話をし、彼女の記憶に残らないようにする。料理は、お代わり自由のコーヒーと水差しと一緒に、ほとんどすぐに運ばれてくる。

ダイナーの明るい照明の下では、ケインは疲れて見える。わたしはテーブル越しに手を伸ばし、右手の指を彼の左手の指に絡める。数拍、わたしたちはただ見つめ合っている。それからわたしが口を開く。

「大丈夫？　疲れ切った顔してる」

彼は笑みを浮かべる。「あまり眠ってないんだ。でも平気だよ」

わたしはどこで寝たのかと訊きたいのを我慢して、ローレン・ペンフォールドについて、キャロラインの〈ラグ〉での仕事について話す。「キャロラインとウィットは共同プロジェクトに取り組んでいたらしいの。彼はわたしが思っていたより彼女のことをよく知っていたみたい」

「警察が彼を最初に尋問した理由はそれだったのかもしれない」彼は眉根を寄せる。「だから彼は刺されたんだろうか。ふたりは自分の身を危険にさらすような何かに取り組んでいたんだろうか？」

「ＦＢＩが入院中のウィットに会いにきてたでしょ。たぶんそのせいかも」わたしはつばを呑み込む。「ケイン、ローレン・ペンフォールドは、ショーン・ジェイコブスが外科医だったとも言ってた」

彼はいっときわたしを見つめる。「ああ」やがて言う。「彼女の言うとおりだ。おれが成人刑務所に移されたとき、ブーがそこにいた。彼が何をして刑務所入りになったのかはもちろん、ノースカロライナで何をやっていたのかも知らないけど、ともかくそこにいた。すでに一年以上いたから、しらふだった」

「そして彼があなたを刺した」

「指示されてのことだ」ケインの手がわたしの手をぎゅっと握りしめる。「ブーはコンロイという受刑者と手を組んでた。基本的にはコンロイが仕切り役で、彼がブーにおれを連れださせた。彼らはおれを追い詰めた。ブーはおれに言った。もがいたり動いたりしなければ、背中を刺せるから、生き残れる。痛いだろうが大丈夫だ。もし抵抗したら保証はできない」

「それであなたは彼に刺させたの？」

「いや、死に物ぐるいで抵抗した。だが、ブーはほかのやつらがおれをきちんと固定するまで待った」彼は静かに笑う。「彼はいつも言ってたよ、あのときおまえの命を救ってやったって」

「でもどうして？　どうしてそのコンロイって人は彼にあなたを刺させたの？」

「正直言って、ほんとうにわからないんだ、フレディ。どういうわけか彼を怒らせてしまった……あるいは、おれのせいではなかった可能性もある」

「どういう意味？」

「おれが移ってきたとき、ブーはおれに気を配ろうとした……アイザックのために。彼はおれが二週間アイザックの子分だった子どもだと気づいた。コンロイはブーの忠誠心を試していたのかもしれない」

「え、そんな！」

彼はわたしの手を取り、唇に当てる。「もう昔のことだよ、フレディ」

「どうしてブーのことをわたしに話さなかったの？」

「きみを誘惑しようとしてたから」彼は微笑む。「刑務所の傷痕のことはあまり話したくなかった」

わたしは頭を振り、手を引っ込める。

「フレディ、ごめん……フレディ……こっちを見てくれ、頼む」彼の目が光っている。

「キャロラインが死んでから、過去がまたおれを吸い込もうとしているみたいに感じてきた。きみに嘘はつきたくなかったし、ついてないと思ってた……」

「たくさんのことを省いてた」

「おれには決別しようとしていることがたくさんある」彼はわたしの手にまた手を伸ばす。「だけど、ごめん。きみにおれを信頼できないと感じさせたかったわけじゃない。信頼してくれていい」

わたしはゆっくりと息を吐きだす。「わたしはあなたを信頼してる。ただあなたにわたしを信頼してほしいの。真実を話してほしい、それがどれほど醜いことだと思えたとしても」

彼は逡巡し、それからうなずく。「わかった、何が知りたい？」

わたしはいっとき考える。「あなたのポテト《チップス》をもらってもいい？　まだお腹が空いてるの」

一拍置いて、彼はため息をつく。「これはポテト《フライ》っていうんだよ」

わたしは彼の皿から取って食べる。「それで、これからどうするの？　いつまで逃げ切れると思ってるの、け……」わたしは口を閉じる。誰かが聞き耳を立てているかもしれないし、ガヤガヤと多くの会話が交わされているなかでも、〝警察〟という言葉自体が耳につくかもしれない。「……グラディスから。いつまでグラディスを避けつづけるつもり?」

ほんの一瞬、戸惑った顔をしたあと、彼は言う。「わからない。グラディスと会うまえに、できることを調べておきたいんだ」

「ウィットと話して、キャロラインと一緒に何に取り組んでいたのか訊いてみる」わたしは彼のフライをもうひとつ取る。「キャロラインと親しかったって彼が言わなかったこと、奇妙だと思う?」

「ふたりは一緒に働いていたけど、親しくはなかったのかもしれない」ケインは答える。

「け……グラディスから事情を訊かれてたし……おそらく関係を認めたら容疑者にされるんじゃないかと恐れてたんだろう」

「そんなのばかげてる。わたしたちはみんな一緒に座っていたのよ、キャロラインが……キャロラインが去ったとき」

「グラディスはおれが共犯者と一緒にやったと疑ってる……彼についても同じことを疑いかねないだろう」

「共犯者って?」

彼は声を低める。「思うに、彼らはおれの指示でブーがキャロラインに去ってもらい、それから、おれが口封じのために彼に去ってもらったと考えているようだ。理由は、彼がウィットを始末しそこなったことにおれが腹を立てたから」彼は話しおえると、見るからに暗号を使いこなせて安堵した顔をする。

「筋は通ってるわね――」

「は？」

「――ただし、キャロラインが何時間も発見されなかった点をのぞけば」わたしは図書館のことを考える。美しく堂々としたホールを。「ブーのような外見とにおいの男性が、ほんとうにBPLのなかにはいって、キャロラインを殺して、誰にも気づかれずに二分足らずで死体を隠せるもの？」

「キャロラインを殺した人物は、セキュリティカメラの正確な位置も知っていた」ケインはつけ加える。「カメラには何も映っていなかった」

「例の密室の裏返しね」わたしは彼を見つめる。「あなたが恋しい。ウィットとマリゴールドはすばらしいけど、あなたが恋しいの」

彼はテーブルに身を乗りだして、わたしにキスをする。

しばらく、わたしたちは何も言わない。それからわたしは涙を流してしまわないように、ウィットとマリゴールドについて彼に伝える。それから、ローレンが語ったウィットの女性遍歴について。ケインはどちらの新事実にも、特に驚いた様子は見せない。

わたしは、マリゴールドがウィットを探して〈ラグ〉に電話する女の子たちのようになってしまうのではないかと心配していると打ち明ける。

「おれならそんなに心配はしないよ」彼は言う。「マリゴールドは彼の家の場所を知っているから」

わたしは笑みを浮かべる。さらに心配が募ったけれども。そういえばマリゴールドは、キャロラインが死んだ日、ウィットは誰かと会うために図書館にいたのではないかと疑っていた。「あの日、あの時間にあなたたちふたりがあそこにいるように、誰かが仕組んだという可能性はあると思う？」

彼は額にしわを寄せ、その可能性を吟味する。「ひょっとしたら。だが、なんの目的で？」

「あなたたちを追い払うためとか？」

「何から？　図書館から？」彼は頭を振る。「あの悲鳴は実際にはなんの効果もなかった。おれたちが互いに話す理由を与えてくれた以外には」ケインは会計の合図をする。「誰かが死んだなんて、あとになるまで知らなかった」

わたしはコートから札束を出し、請求書とチップを二十ドル札二枚で支払うと、残りの紙幣をケインのジャケットのポケットにそっと入れる。わたしたちは黙ってダイナーを出ると、〈ゾーイズ〉周辺の喧噪から逃れ、川のほうに向かう。相変わらず身を切るような厳しい寒さだが、いまのわたしには気にならない。ケインはわたしに携帯電話を手渡す。まだ製造されていることに驚くほどの、ベーシックなモデルだ。

「これを持っていることは、誰にも知られないように」彼はわたしの肩に腕をまわしながら警告する。「プリペイド式の携帯だ。これできみに電話できる。この携帯に登録されている唯一の番号はこれのだ」彼は似たような携帯電話を掲げてみせる。「だからきみはいつでもおれと連絡がつくよ、必要なときに……あるいはかけたいときに」

「警察は追跡できないの？」

「その電話のことを知らなければできない」

わたしは携帯電話をコートの内ポケットに入れる。「ありがとう」

「おれが間《ま》の悪いときにかけてもバレないように、消音モードにしてある」

わたしはうなずく。「肌身離さず持ってる」風がコートを切り裂くように吹きつけ、わたしは彼にもたれかかる。「今夜はどこに泊まるの？」

「わからないけど、どこか探すよ」

「路上ではなく？」

「ああ――ホテルの部屋を取る。警察は全部のホテルを見張ることはできない。まずはダッフルバッグを買わないと」

「ダッフルバッグ？ どうして？」

「荷物も持たずにホテルにチェックインする男ほど怪しいものはない」彼はわたしを引き寄せる。「とにかく着替えを買わないと」

「用意しておいた」わたしは彼が持ってくれていたリュックサックの中身を伝える。

彼は笑う。「きみのことをよく知らなかったら、以前にも逃亡者を帮助したことがあると思っただろうね」

「お願い、気をつけて」わたしはためらう。「ボストンを離れるべきなんじゃない、ケイン？ マサチューセッツから出るべきよ」

「ここを離れたら、誰が仕組んだのか突きとめられない」彼はやさしく言う。「それを見つけないと、おれは人生を取り戻せない」

「そうね、でも、警察に撃たれる可能性は低くなる」

彼はわたしを引き寄せる。「おれは刑期を終えたよ、フレディ。それとは折り合いをつけた。なぜなら、どんな理由であれ、おれは実際に人を殺したから。だが、やってもないことのために刑務所に行くことはできないと思う……死に物ぐるいで闘いもせずには、絶対に」

わたしは彼にしがみつく。彼を離したくない。「わかった、それなら闘うまで」

親愛なるハンナ

フレディがレオに嘘をつく場面を少々不愉快に感じているのは認めねばなるまい。騙されているような感じがするのだ……まるで貴女が私に嘘をついているかのように。もちろん、ばかげたことだ。レオは登場人物であって、実際の私ではないと自分に言い聞かせなければならない。そうする必要があるのは、貴女の才能の証だ！

この章の最後を読んだとき、私はふと思った。ケインは黒人なのか？　だからロックスベリーに住んでいるのか？　これまでずっと私は彼が白人だと思っていた。もし彼が黒人ならば、警察から撃たれる可能性はきわめて高く、この警察からの逃亡行為はとてつもなく危険なものとなる。いまや、フレディは黒人なのだろうかとも考えている。マリゴールドはどうか。ウィットは〝古いカートゥーンのヒーロー〟のようだとあるから、白人だとわかる。しかしいま、フレディ、ケイン、マリゴールドについては原稿にどちらとも書かれていないことに気づいている。私はただ、誰も彼らが黒人だと言及していないので、デフォルトで白人と解釈しただけだ。貴女が白人ではないことは知っているから、貴女の登場人物たちも白人ではないのかもしれない。そうでないと言われないかぎり、彼らを白人とみなしてしまうのは、私の先天的偏見にすぎない。

ワオ！　頭がクラクラしている。

それでは
レオ

追伸：たとえ嘘をつかれているとしても、またレオが出てきて嬉しい。まさか、彼も黒人なのか？　貴女は実に私の自意識を動揺させている。おそらく彼は次の死体を発見するだろう。

親愛なるハンナ

貴女の質問に答えると、そう、登場人物の人種は重要だ。すでに説明したとおり、こちらの警察は、ケインが黒人ならば、ずっと危険になる。彼が両手を挙げて警察署にはいったとしても、撃たれるかもしれない。ほかのことでも重要だ。ストーリー展開に影響を与えかねないレベルで。

肌の色を無視するという貴女の決断を称賛はするが、それはウイルスを無視するのと少し似ている。現実的ではない。登場人物が黒人かどうかは、その人物のストーリーアークに影響を与えるだろう……しかし、人種を無視することで貴女が言いたいのは、おそらくその点なのだろう。貴女は読者にこんなことは黒人の人々には起こりえないと言わせ、それから、なぜ起こりえないのかと考えさせたいのか？　それが貴女の言わんとするところなのか？

なるほど、意図はわかる。しかし、それは危険を伴う。貴女は読者のなかの自己認識のレベルに賭けているが、そんなものは存在しない可能性もある。この登場人物たちを白人だと思っていた読者は、肩入れしてきた人物たちが黒人の可能性もあると気づけば、裏切られ騙されたと感じるかもしれない。自分と同じ人種についてしか読みたくない人々もいるし、登場人物が黒人の可能性があるという考えだけでも、つまり白人ではありえないという意味になる。たんに現実とはそういうものなのだ。それに、これは確かなことだが、そういう人々を怒らせないほうがいい。

私ならばこうはしないだろう。しかし、これは貴女の本だ。

それでは

レオ

28

〈キャリントンスクエア〉のロビーにはいると、マリゴールドが待っている。顔には涙の筋がついていて、激怒している。「どこにいたのよ？」彼女は詰問する。

ジョーが目を見開いて肩をすくめる。「二時間待ってるんですよ」彼はささやく。「帰ろうとしなくてね。警察を呼ぶべきか迷ってたところです」

マリゴールドは着ていたスーツのジャケットを脱いで、わたしに投げつける。「これを返したほうがいいと思ったんだよ」

スカートまで脱ぐのではないかと少々心配になって、わたしは言う。「階上《うえ》に行きましょう。話をしたほうがよさそうだから」

彼女の目は怒りでギラギラと輝いているが、わたしのあとについて階段に向かう。

わたしがアパートメントのドアを閉めるまで、ふたりとも口をきかない。それからマリゴールドが爆発する。「どこにいたの？」彼女は泣いている。「家にいるって言ってたじゃない」

「わたしが出かけたから怒ってるの？　マリゴールド、何があったの？」

わたしは彼女に腕をまわそうとするが、彼女はわたしを押しのける。「わたしを笑ってたの？　あなたとウィットで？」

「ウィット？……マリゴールド、何を言ってるの？　ウィットはどこ？」

「帰った！」彼女は叫ぶ。「あなたが来ないとわかったとたん、なんか思いだしたことがあるとか言い訳して帰った」

「それで、二と二を足したら、二十七だと思ったわけ？」

彼女を困惑させたのは、その言いまわしなのか、ウィットが彼女を見捨てた理由についてわたしにまったく心当たりがないという事実なのかはよくわからない。わたしは手を差しだす。「キッチンにいらっしゃい。ホットチョコレートを作るから、どういうことなのか考えましょう」

彼女は幼い子どものようにわたしの手を取り、おとなしくついてくる。わたしは彼女をカウンターの席につかせ、ミルクとココアを温めはじめる。「何があったのか教えて」

マリゴールドは手の甲で両目をぬぐう。わたしはティッシュの箱を彼女のまえに置く。

「ウィットとあたしはレストランで会った。あなたが一緒に来たがらなかったって言ったら、機嫌が悪くなって。あなたに電話しようとした」──彼女の唇がまた震えだす──「これはデートじゃないって念を押すために」

わたしはたじろぐ。アパートメントに携帯電話を置いていったのは、追跡されないようにするためだった。それが可能なのかどうかわからないが──リスクを取りたくなかったのだ。もしその電話に出ていたら、ウィットにばかな振る舞いはやめろと言えたかもしれない。

「あなたが電話に出なかったら、彼は言い訳をして帰った。まだ前菜も注文してなかった」また涙を流す。

わたしは湯気の立つホットチョコレートのマグカップを彼女のほうに押しだし、マシュマロの包装を開ける。

マリゴールドはわたしを見あげる。「しばらくばかみたいに座ってたんだけど、それから彼がここに来たんじゃないかって思いはじめた。それで来てみたら、ドアマンにあなたは出かけたって言われて。あなたは家にいるって言ってたのに。それでウィットに会いにいったんじゃないかと思って」

わたしは彼女を見る。「そうやって口に出して言ってみたら、それがどんなにばかばかしいことか気づけたんじゃない？　わたしは映画を観にいったの、それだけ。携帯は忘れたの。向こうの部屋のコーヒーテーブルの上にあるわ」

「なんの映画？」マリゴールドはまだ少し疑っている。

「『めぐり逢い』よ。〈ブラトル〉で九時から上映してた」

「ドアマンは八時まえに出かけたって言ってたよ」

気の毒なジョー！　マリゴールドはどうやら彼を尋問したらしい。「そうよ。正直に言うとね、あなたとウィットが付き合いはじめたと知って、ケインがいなくて寂しくなったの。みじめな気持ちでここに座っていたくなくて、出かけたのよ」

「彼を探しに？」

「買い物に」

「何を買ったの？」

「何も。少しは彼を探していたのかも。どちらにしても、手ぶらで帰ってきた」

マリゴールドはカウンターのこちら側にやってきて、わたしを抱きしめる。「ごめんなさい。あんまり長いことウィットを待ってたから……ちょっとおかしくなっちゃってた」

「誓うわ、マリゴールド。わたしはウィットとは会ってない。たとえウィットのことを友だち以上に思うところがあったとしても、実際にはないけど、わたしはそんなことしたりしない――」

「わかってる……あたし、ヒステリックになってるよね」彼女はスツールに戻り、ホットチョコレートにひと握りのマシュマロを加える。「昨日はすごくハッピーだったのに、今日はすごく変で。一瞬、理性を失ってたのかも……でも取り戻した」彼女はわたしをじっと見つめる。「どうしてもっと動揺しないの？」彼女は尋ねる。「ケインのこと。あたしならボロボロになってる」

「あなたより年上だから」

「歳を取ると、気にならなくなるの？」

「そういうわけじゃない。ただなりゆきを見守ろうっていう思いが強くなる」わたしは話題を変える。「ウィットのことはどうするつもり？」

「どういう意味？」

「彼はあなたを置いて出ていったのよ、マリゴールド」〈ラグ〉に電話をかけた女の子たちがわたしの脳裏から消えない。マリゴールドには、ウィットが遊んで捨てた相手と同じになってほしくない。「少なくとも、あなたに理由を言うべきよ」

マリゴールドは息を吸う。「そうだね。これから電話してみる」

通話は短い。マリゴールドがなんとか言ったのは「もしもし、ウィット、あたし。いまフレディのところにいる」だけ。その直後に終わる。

うか。

「何があったの？」わたしは尋ねる。ほかにもまだ話していないケンカをしていたのだろうか。

「いまから行くって言って切った」

「え」もう真夜中を過ぎている。わたしは眠くてしかたがないが、若い恋の審判役を務めなければならないようだ。

二十分ほどしてウィットがやってくる。夜中の一時にホットチョコレートはどうかと思い、待っているあいだにコーヒーを沸かしておいた。

玄関のドアを開けたとたん、ウィットがわたしを抱きしめる。「フレディ、ああ、よかった！」

わたしは彼を押しのける。困惑し、この行動をマリゴールドがどう受けとめるかも少なからず心配して。「いったい何がどうなってるの、ウィット？」

彼はマリゴールドを見て、次に彼女を抱きしめる。「やあ、別嬪《べっぴん》さん。今夜は悪かった」

「そのとおり」この一時間でわたしはイライラしていた。「ウィット、座って説明しなさい。そしたら、あなたたちふたりは仲直りできるし、わたしは眠れる。というより……」

わたしは気が変わる。「わたしに弁明してくれなくていいわ。もう寝させてもらうから」

ウィットは首を振る。「いや、フレディ、ここにいてくれ。これはあんたに関係することなんだ」

ふたりがソファに座れるように、わたしは肘掛け椅子に腰をおろす。ウィットの声音は深刻で、わたしは彼にいつもの軽薄さがないことに初めて気づく。

「今夜七時ごろ」彼は言う。「母さんが襲われた。事務所でひとりで仕事をしてて――ほかには誰もいなかった。母さんはファイルを盗もうとしてたやつを驚かせたらしい。そいつは母さんを放置して逃げた」

「ちょちょ、ありえない！」

「でも、亡くなってはないのよね？」わたしは尋ねる。答に怯えながら。

「ああ。気絶させられただけだ。母さんは意識を取り戻して、警察に通報した」彼はマリゴールドのほうを向く。「ちょうどレストランに着いたときに電話がきたんだ。なんであんたに言わなかったんだろ……頭がクラクラしちまっててさ」

マリゴールドは彼に両腕をまわす。「いいの」彼女はバツが悪そうにちらりとわたしを見る。「きっと何が理由があると思ってた」

「お母さんの具合は――大丈夫なの？」わたしは尋ねる。

「母さんはタフなやつなんだよ。そんでいまは逆上してる」彼はわたしを見る。「フレディ、母さんはケインの仕業だと思ってる」

わたしは彼をじっと見つめる。「それは不可能よ」

「なんで？　なんで不可能なんだ？」

わたしはひるむ。ケインが〈ブラトル〉でわたしと合流したのは九時を過ぎていた。不可能ではない。わたしは彼のアリバイを証明できない。「だって彼がそんなことするはずないもの……」

「あんた、今夜どこにいたんだ、フレディ？」

「なんですって？」

「あんたが今夜は家にいるってマリゴールドから聞いたとき、心配したんだよ、あんたの身に何かあるんじゃないかって——」

「ケインのせいで？　そんなのばかげてる」

「フレディ、彼はおれの母さんを襲ったんだ！」

「ほんとなの……お母さんはまちがいないって？」

「そう言ってる」

「どうやって法律事務所に忍びこんだの？　そんなことできると思えないけど」

ウィットは肩をすくめる。彼は顔を撫でる。「母さんは彼だったと断言してる。フレディ、どこにいたんだ？」
「買い物にいって、それから〈ブラトル〉に映画を観にいった」

「どうして警察はここにケインを捜索しにこないのかな？」マリゴールドが言う。

「フレディは逃亡者を匿《かくま》って奨学金をふいにするような危険は冒さないと思ってるんだろう」

「この建物を監視してる可能性のほうが高いんじゃない？」わたしは逃亡者を匿うかどうかについてはコメントしない。「たぶんミセス・ワインバウムとジョーに見張るように頼んだのかも。彼らに知られずにケインがここに来るのは不可能だもの……それに警察はわたしのあとを尾《つ》けてるんだろうし、だからわたしは安全よ」わたしは自分のアリバイを証明しようとつけ加える。

「今夜はあんたを見失ったって」ウィットが答える。

「どうしてわかるの？」

「あんたが電話に出なかったから、ここに確認しにきたんだ。家にもいなかったから、警察に電話した。警察はあんたを地下鉄で見失ったって言ってた」

「警察がそれを話したの？」

「ボストン市警の母さんの知り合いから聞いた」

「尾行するならするって、はっきり言っておいてくれれば、黄色い服でも着てゆっくり歩いてあげたのに」わたしはそっけなく言う。腹が立つ。誰に対してなのかはよくわからないけれど。

マリゴールドはウィットのそばを離れてわたしのところに来る。「ほんとにお気の毒に、フレディ。あたしたちも彼を愛してたよ」

「彼は死んだわけじゃない」わたしは静かに言う。それからウィットを見る。「あなたはもう彼を信じてないってことでいい？」

「彼は母さんを襲ったんだ、フレディ」

ふと思いつく。「彼の姿は防犯カメラの映像に映ってるの？」

ウィットは顔をしかめる。「いや。事務所の保管庫には防犯カメラがないんだ……そこで母さんは襲われたんだけど」

「ケインはBPLでもカメラを避けてたよね」マリゴールドがつけ加える。

わたしは恨みがましい視線をチラチラと向けずにいられない。

「フレディ、あたしだって彼がこんなことしたなんて信じたくないけど、ほかに選択肢があるとは思えないよ」

わたしは唇を引き結んで、うなずく。考えなければ。マリゴールドはわたしの手を握っている。ウィットはわたしを注意深く見つめている。

「ごめんなさい――どれもこれもちょっとショックだったの」わたしはつばを呑み込み、ウィットと目を合わせる。「あなたとキャロラインは一緒に何かに取り組んでたんでしょう？」

ウィットの目が細くなる。「どうやって知ったんだ？」

「〈ラグ〉の記者のひとりがそう言ってたの」

「なんで〈ラグ〉の記者と話した？」

「彼女はショーン・ジェイコブスの取材をしていて……わたしは彼に会ったことがあるから……とにかく、彼女はあなたとキャロラインがある企画に取り組んでたって言ってた」

「ああ、そうだよ」彼は慎重に言う。

「彼女のことはほとんど知らないって言ってたじゃない！」マリゴールドの非難は、キャロライン・パルフリーの殺人とはなんの関係もない。

ウィットはため息をつく。「両親のことがあってさ。キャロラインとの関わりは控えめに言っとけって言われたんだ」

「どうして？」

「この手のことがどういう展開になるか知ってるからだよ。誇り高きメターズ家の名を顧客の娘の死の捜査に巻き込みたくなかった。おれたちの企画はなんの関係もなかった――だから言わなかったんだよ」

「何についてなの？　その企画って？」

「まだ決めてなかった。キャロラインにはばかげたアイデアがあれこれあって……さっきも言ったけど、長文の調査特集記事を一緒に書こうかって、まだ全然固まってない思いつき程度でさ。正直言うと、おれはあんまり乗り気じゃなかったし」

「あなたはあの日、どうして図書館にいたの？」わたしは尋ねる。「キャロラインと会う予定だったの？」

「ああ、実はそうなんだ」彼はほっとしたのか、率直に答える。「閲覧室で会うことになってたんだ。来ないからムカついてたんだよ……それからあんたたちに会って、午後が無駄になったわけじゃなかったって思ったのさ」彼はごくりと喉を鳴らす。「もちろん、彼女に何が起こったのかわかったときには……」彼の顔が一瞬、ゆがむ。

マリゴールドは彼のそばに戻る。「あなたのせいじゃないよ、ウィット。彼女がどこにいるのか知らなかったんだし。あなたには何もできなかったよ」

「ケインにも何もできなかった」わたしは指摘する。「彼女が悲鳴をあげたとき、わたしたちはみんなあそこにいたんだから。彼には彼女を殺せなかった」

ウィットはためらってから言う。「警察はいま、あの悲鳴はキャロラインのものじゃなかったと考えてる。清掃員か、テーブルの下をのぞいた誰かの悲鳴だったんだろうって。キャロラインはおれたちが悲鳴を聞くまえのどこかで殺されてたって」

「もしそうなら、どうして死体を発見した人は誰にも言わなかったの？」

「たぶん怖かったんだろうって警察は考えてる。それか、犯人が誰かわかって逃げたのかもって。警察はケインと関わりのある女性を調べてる」

わたしは冷静さを保とうと目を閉じるが、あまりに疲れていて、再び目を開けるのに苦労する。

「もう寝ろよ、フレディ」ウィットが言う。「念のため、おれは今晩、あんたのソファで寝る」

「あたしも」マリゴールドがつけ加える。

わたしは笑みを浮かべる。「ばか言わないで、ウィット。警察がこの建物を監視してる。わたしは完全に安全よ。マリゴールドを家まで送って、お母さんと一緒にいてあげて。お母さんのそばにいるべきよ」

わたしたちは数分あれこれ言い争い、それからわたしが正式にふたりを追いだすと宣言する。マリゴールドはランチで会おうと提案し、わたしはふたりを帰らせるために同意する。このとんでもない状況で、どうするか考えるために、わたしはひとりになる必要がある。ようやく彼らが出ていき、わたしはほっとしてぐったりしながらドアを閉める。家中の明かりを消して服を脱ぎ、ケインにもらった電話を持ってベッドにもぐり込む。そして自分でも説明できないがどういうわけか、上掛けを頭まですっぽりかぶってから彼に電話をかける。電話に出た彼の声はくぐもっていて眠そうだ。

「フレディ？」

親愛なるハンナ

ワオ！　これは文学的ビンタなのか？　貴女はフレディがウィットといちゃついてるという私の懸念をマリゴールドの頭に吹き込んだのか？　どれだけ私の言葉がばかげて聞こえるかを示すために？　まあ、自業自得なのだろう。

貴女は感染症に言及しないことに固執しているようだ。それは重大な過ちだし、言うまでもなくチャンスを逃している。考えてもみてほしい。もしケインを含む全員がマスクをしていれば、彼はどれほど易々と警察から逃げられることか。我々の誰ひとり見分けがつかない。それは現在の市民の不安と相まって、推理作家にとって夢のような状況だ！　この時代、この恐怖は、贈り物なのだよ、ハンナ。それを拒むのは傲慢かつ無礼というものだ。

この作品がどのようになりうるか示すために、私は過去の章に手を加え、彼らをこの病気の真っ只中にしっかりと据えてみた。貴女の原稿の新しいヴァージョンを添付してある。これにチャンスを与え、注意深く読み、目を閉じて、私が見たものを見てほしい。きっと貴女は意見を変えるはずだ。

ウィットの母親への襲撃を書き込んだのは、しかしながら、見事な一手だ！　その事件はウィットを、仲間への青臭い忠誠心から抜けださせ、最終的にどちらの側を選ぶのかを決めさせる。その目的のためには、ジーン・メターズはたんにケインに襲われるだけでなく、拷問され残酷に殺されたほうが効果的ではないだろうか。犯人はケインだと警察に証言させるために彼女を生かしておいたことはわかるが、それはほかの方法でも可能ではないだろうか。殺人者はエスカレートする傾向がある。ケインの犯罪がより凶悪になることは理に適っている。そして小説のこの段階で、危険が迫るペースを速め、危機感を高める効果を生むのではないかと思う。

殺害された中年女性の写真を数枚添付した。見てのとおり、彼女は喉を搔き切られるまえに明らかに拷問されている。彼女の胸と陰部の傷は、犯行に性的な要素があったことを示唆している。彼女がつけているマスクは、殺人者の犯行を容易にしたかもしれない。マスクの奥には、誰もいないも同然だったのだろうと思う。

これを書きながらふと思ったのだが、マリゴールドはまだ充分に真価を発揮していないのではないか。彼女は心理学の学生だ。彼女をウィットの母親の死体と対面させたなら、おそらく被害者の供述と同じくらい明確に、殺害方法からケインが犯人だと特定する手がかりを見つけることができるだろう。

以上の提案に貴女がどう対応するのか楽しみにしている。覚えておいてくれ、私は改訂した原稿を喜んで読むよ。

それでは

レオ

29

自分のアパートメントにひとりきりでも——すべての窓とドアに鍵をかけ、上掛けをかぶっていても——話すときには声をひそめる。そして泣くときには静かに泣く。上掛けの下の枕が涙で濡れていることを彼に気づかれないように。わたしは彼に、〈ブラトル〉で会うまえはどこにいたのかと尋ねる。

「マウスと呼ばれてる女性を探そうとしてたんだ。彼女とブーは友だちみたいなものだった。彼女に訊けば、ブーに危害を加えそうな人を教えてくれるかもしれないと思ったんだ」

「彼女は見つかったの？」

「いや」

「じゃあ、今夜の早い時間にあなたがどこにいたのか証明できる人はいないのね」

「そうだけど……どうして？」

わたしはウィットの母親が襲われたこと、彼女が犯人はケインだと主張していることを伝える。

いっとき、彼は無言になる。それから「フレディ、誓っておれはやってない――」

「わかってる、でも彼女はあなただと言ってるし、わたしたちにはそうじゃないと証明する手立てがない」

「彼女の言い分を裏付ける指紋やDNA証拠は見つかりっこない、おれはそこにはいなかったんだから、フレディ」

「どうして彼女はあなただなんて言ったんだろう、ケイン？」

「わからない。思いちがいとか？　おれが誰なのか気づいて、襲ったのはおれだと思ったんだろう……」彼は悪態をつく。「まさか状況がさらに悪化するなんて、思いもしなかった」

「ケイン、弁護士はちゃんと雇うべきよ」

「出頭するまえには雇う。約束する。だが、いまじゃない」

わたしは気を落ち着かせ、目をぬぐう。ケインに泣いていたことがバレませんように。泣いてボロボロになっていたら、彼の役には立てない。「ジーン・メターズと話してみる」きっぱりと言う。「あなたの言うように、思いちがいをしてるのかもしれないし、嘘をついているのかもしれない。後者なら、その理由を突きとめる必要がある」

「フレディ、そこまできみがする必要は――」

「心配しないで、ケイン。ちゃんとわかってるから」

「こういうこと、初めてじゃないだろ?」彼の声から笑顔が伝わってくる。

「少なくとも十回以上はね」

「フレディ、真面目な話、気をつけてほしい。誰かがすでにふたり殺してる……そいつに理由を与えないでくれ、きみに目を留めることすらさせないで」

「そいつがいったい誰だかわかれば、やりやすくなるでしょうに」

「おれは近くにいる」彼は言う。「電話してくれれば数分で駆けつけられる。きみの身は何があっても守る」

わたしはそのときは電話すると約束する。わたしたちはおやすみと言い合い、やがて電話を切る。それからわたしは彼が近くにいるという考えに包まれながら眠りにつく。

翌朝、わたしは九時まで眠り、目的を持って起床する。夜中にジーン・メターズと話をする方法を思いついたので、目覚めたときには何をすべきかわかっている。

ウィットとマリゴールドとわたしは、マリゴールドのアパートメントで待ち合わせ、そこからランチに行く約束をしていた。わたしは十一時に〈キャリントンスクエア〉を出て、近くの花屋まで歩き、温室のバラの花束を買う。祖母の家のバラがそろそろ咲く頃だと思いだし、いっとき物悲しくなる。いまごろ祖母の庭はスマーティーズ（おはじき型のカラフルなチョコレート菓子）の箱のように、鮮やかで、てんでバラバラな色をしていることだろう。祖母は季節ごとに新しい色の花を入手して植えていた。黄、赤、オレンジ、青、あらゆる色をなんの計画と呼べるものもなく一緒くたにして。

花束を手に、タクシーを呼びとめて、運転手にウィットの両親の家の住所を伝える。そう遠くはないけれど、花を抱えているから。メターズ夫妻の家は美しい――整然と手入れされた敷地にある、バックベイの大邸宅の一軒だ。ウィットは数ヵ月前、両親が外国滞在中に実家に戻って留守番をしており、自分のアパートメントに戻ろうとしていた矢先に刺されたのだった。度重なる事件と実家の居心地のよさが相まってか、彼はまだ実家にとどまっている。

ゴシック調のノッカーのついた玄関には、警備員と防犯カメラが配置されている。

わたしは警備員に名乗り、自分はウィットの友人で、ランチの約束をしていると伝える。警備員はわたしを見る。ウィットを探して〈ラグ〉に電話をかける女性たちのひとりだと思われているのだろうか――そう勘繰ってしまうような目つきで。彼は電話をかけ、それからノックしてもいいと告げる。

驚いたことに、ドアを開けたのはジーン・メターズだ。右のこめかみにアザがあるが、服装とメイクは仕事用で、しかも完璧だ。

「ミセス・メターズ」わたしは彼女に花束を手渡す。「大きな怪我でなくてほんとうによかった。ウィットから事情は聞きました……恐ろしかったでしょうね」

彼女はまるで理解できない奇妙な習慣だとでもいうように、わたしから花へと視線を移す。「マリゴールドとわたしは、ウィットとここで待ち合わせてランチに行く約束をしたんです」わたしは説明する。ちらりと腕時計を見る。「ご迷惑なほど早く来すぎたんでなければいいんですけれど」

「はいってちょうだい」彼女は顔をしかめて言う。「ウィットはもう出たわよ――あの子に電話して、何がどうなってるのか訊いてみるわ」

彼女は玄関ホールのテーブルに花束を置くと、わたしを連れて家のなかを抜け、スイミングプールのある中庭に出る。一緒に歩きながら、彼女はウィットに電話をかける。彼女がウィットと話す声が聞こえる。「まあ、明らかに何か混乱があったようね、彼女はここにいるんだから。そのとおりよ、ダーリン。よりにもよって今日という日に出かける必要がどうしてあるんだか……彼女をそちらに送る？ ええ、もちろん。わたしにはもてなす時間がないから、できるだけ早く彼女を迎えにきて」

わたしはこの計画を後悔しはじめる。計画の練りかたが足りなかったのだろう。

ジーンはプールの反対側にある別棟のゲストハウスらしき建物のドアを開ける。「待ち合わせ場所に誤解があったようね」そう言って、彼女は居間の椅子を勧める。「ウィットが数分で迎えにくるから、ここで待っていてちょうだい。わたしは花束を入れる花瓶を探しにいくから失礼するわ」

これが唯一の機会かもしれない。だからわたしはチャンスをつかむ。「ウィットから、あなたはわたしたちの友人のケイン・マクラウドに襲われたと思っているとうかがいました。ショックで言葉もありません、ほんとうにお気の毒に」

「ケイン・マクラウドは極めて危険な若者よ」彼女はぶっきらぼうに言う。「ほかの誰かを傷つけるまえに彼を特定できてほんとうによかったわ」

わたしはうなずく。「話を聞いてからずっと怖かったんです。どうやってあなたの事務所にはいったんですか？」

彼女はわたしを鋭く見る。

「彼があなたの事務所のセキュリティをかいくぐったなら、わたしのアパートメントビルディングのセキュリティは大丈夫なのかしらと思って」わたしは慌ててつけ加える。

「わたしならそんなに心配しないわ。マクラウドは前回収監されたときの関係者、その家族を狙っているようだから」彼女はドアのほうに向かう。「でも、そう、彼はセキュリティをかわし、カメラを避けることに精通しているようね」

「彼がそんなふうにあなたを殴ったなんて信じがたいです」

「彼はわたしを殺そうとしたのよ、ウィニフレッド」

「ほんとうに、わたしたち、ケインがそんなに凶暴だなんて知らなかったんです」

「でも、彼の過去のことは知っていたんでしょう?」彼女は抜け目なく指摘する。

「しばらくしてからですけど、ただその事件を、彼は正当防衛のように言っていたから」

ジーンはあきれたように目をまわす。「そう、いつだって正当防衛と不幸な子ども時代なのよ」彼女はわたしを頭から足先までじろじろと見る。「十五歳のとき、アベル・マナーズはすでに冷酷な悪党で、彼をしつけようとした父親に対して、目的を持って手の届く範囲に隠してあったナイフで首を刺して、それから哀れな父親が床に倒れて血を流しているのを見ていた。弁護の余地はなかった。もしあれほど若くなかったら、死刑を宣告されていたでしょうね!」

わたしはケインを擁護したいと思うが、いまはそのときではない。だから黙っている。

「どうか、息子のためにも、今度彼を見かけたら通報してちょうだい」

「ウィットのために？」

「わたしはウィットの母親よ、ウィニフレッド。息子はわたしの最大の関心事だし、マクラウドはすでに一度息子を刺している。明らかに、マクラウドはわたしが彼を無罪にすべきだったと感じているらしく、直接襲うだけでなく、ひとり息子を通じてわたしを攻撃するほど卑劣かつ残忍な男なのよ」

「すみません。そんなつもりじゃ――」

「では、そろそろ失礼するわ。ゲストハウスには専用のエントランスがあるから、ウィットは家のなかを通らなくても、あなたを迎えにこられる。じきに来るはずよ――応接間の窓から車を停めるところが見えるわ」

彼女が中庭を横切って母屋に戻るまで、わたしは取り澄まして座っている。大学のクラブハウスのような男性的内装から察するに、このゲストハウスはウィットの住まいのようだ。いくらか乱雑さはあるが、埃《ほこり》がまったくないので、明らかに定期的に掃除されている。ほのかにウィットのコロンの香りがする。部屋には写真が飾られている。フレームに入れられたものも、壁にピンで留められたものも。アメフトをプレーしているウィット、お酒を飲むウィット、笑顔の女性たちに覆いかぶさるウィット。ハーヴァードの記念グッズ、さまざまなハイテク機器もある。わたしはウィットの本棚に感銘を受ける。彼はわたしが思っていたよりも趣味がいい。文学と、ピュリッツァー賞受賞者の伝記が中心だ。〈ラグ〉の記事が額に入れてある。たぶん初めて書いた記事なのだろう。大学スポーツにおけるステロイドの使用について、調査報道スタイルで書かれている。またしても、わたしは驚く。ウィットはいい記者で、内容から判断するに、この記事のために潜入調査をしたようだ。

肘掛け椅子のそばのテーブルに本が積まれていて、そのうちの一冊の背表紙に書かれた名前が目に留まる。

ケインのデビュー作だ。わたしは本の山からそれを抜きだす。

黒い表紙に白い鉄格子の監房が描かれている。監房のドアは開いている。本のタイトルは『決着』で、ケインの名前はタイトルよりも小さく書かれている。わたしはタイトルページまでめくってみる。ニューヨークタイムズ紙はこの小説を〝活字化された原始的憤怒〟と表現し、ウォールストリートジャーナル紙は〝腹の底に響く投獄と報復の物語〟と評している。業界誌の星付きレヴューがいくつか、〝衝撃的デビュー〟や〝傑作〟といった単語、受賞歴のリスト。この本は初版で、よく読み込まれている。ウィットはわたしたちが出会うまえからケインの本を読んでいたか、あるいは読み込んでいた人から古本を譲り受けたのだろう。

ウィットのSUVがゲストハウスの脇の私道に停まる。わたしはドアを開けて外に出る。彼とマリゴールドがまえの座席にいる。わたしは後部座席に乗り込む。「ほんとにごめんなさい——ここで待ち合わせだと思っていたの、ウィット。すごく恥ずかしい。あなたのお母さんに、いい加減な人間だと思われたにちがいないわね」

ウィットは肩をすくめる。「たいしたことじゃない。それに母さんはおれのことをいい加減な人間だと思ってるし、これで仲間だな」

「お元気そうな姿を見られてよかったけど」

「ああ、母さんを殺すにはミサイルとかが必要なんだよ。一部ターミネーター化してるし」

「ともかく、お母さんの邪魔をしてしまってごめんなさい」

「花束をもらったらしいね。親切だよな——母さんはたぶんお礼のひとつも言わなかっただろうけど、いい考えだったよ」

わたしはマリゴールドの視線を避ける。彼女の目には疑念が浮かんでいる。わたしが何をしていたのか、気づいているのだろうか？「お腹がペコペコなの。ランチのお店はもう決まった？」

「ウィットがケンブリッジのメキシコ料理のお店を知ってるんだって」マリゴールドが言

う。まだ注意深くわたしを見つめながら。「あなたに異存がなければだけど?」

わたしは彼女にパッと笑顔を向ける。「メキシコ料理は大好き。行きましょう」

ケンブリッジの〈グアダルーペの店〉は高級メキシコ料理店だ。

「ここはおれのおごり」リネンのかけられたテーブルにつくと、ウィットが言う。「昨日すっぽかしたお詫びだ」

「わたしはすっぽかされてないわよ」わたしは指摘する。「マリゴールドだけ」

ウィットはわたしの抗議を無視する。「これからふたりには、おれのお気に入りを全部試してもらう」彼は言う。「マサチューセッツで最高のタコスを紹介する喜びを味わうんだから、おれが払うのが妥当なのさ」彼はウェイターを呼び、ストロベリーマルガリータのピッチャーを注文し、メニューも見ずに、次々と料理を注文する。わたしがヴェジタリアンだということをマリゴールドが彼に思いださせ、彼はさらに数品追加する。メキシコ料理店にしては常軌を逸した量を注文したように思えたが、いざ運ばれてくると、料理は上品に少量ずつ盛られている。それでも、テーブルにはたくさんの皿が並び、わたしとマリゴールドは、これを食べてみろ、あれを食べてみろというウィットの要求に必死でついていく。食事は素晴らしく、会話はもっぱら食べ物についてとなる。

話題がケインに移ったのは、デザートを食べようとしはじめたときだ。

「彼はどこにいると思う？」マリゴールドが尋ねる。

「ボストンを出たんじゃないかな」何も言わないわけにはいかないので、とりあえずわたしは言う。

「いや」ウィットはきっぱり言う。「まだここにいると思う」

「どうして？」

「おれの母さんは無事だ。おれも無事だ。彼は復讐のために何年も待った。復讐の途中でここを離れるとは思えない」

「『彼はもう刑期を終えたんだ』って言ってたのはどうなったの？」ケインのために傷つきながら、わたしはなじるように言う。

「彼が母さんを殺そうとしたときに、それはほとんど消えちまったよ」彼は顔をしかめる。「ごめん、フレディ。おれは彼の味方だった、知ってるだろ。母さんがはっきり彼だと特定しなかったら、まだ疑わしきは罰せずの立場を取ってたと思う……けど、母さんは確信してるんだよ」

わたしは同意ではなく、なだめるためにうなずく。「お母さんは、今回のことが起こるまえ、彼の正体を知ってたの？」

「どういう意味だ？」

「ケインが、自分が弁護を担当した少年、アベル・マナーズだと気づいていたの？」

「二日前に警察から聞いたらしい」彼の目が険しく細められる。「なんで？」

「人は思いちがいをするものだから、特に怯えたり慌てたりしているときには」わたしは慎重に説明する。「もしケインが誰だか知っていたなら、お母さんは彼が追ってきて、何か復讐すると想定していたかもしれない。それで襲われたときに、彼を見てしまった」

マリゴールドが先に口を開く。「それって藁をもつかむってやつじゃないかな、フレディ――」

「いや、フレディの言うことにも一理ある」ウィットが口を挟む。「もしおれの母さんが普通の人だったなら。けど、母さんは専門家証人だ……警官のように。何を見るべきか、どうやって人を見分けるべきかを知ってるんだよ」

「だからって、パニックに陥らないわけでも、思いちがいをしないわけでもない」わたしは冷静を保つ。「襲ったのがケインだというほかの証拠はあるの？　防犯カメラとか指紋とかDNAとか？」

「彼は母さんの昔の事件のファイル、アベル・マナーズの裁判のファイルを引っ張りだしてた」ウィットが答える。

わたしはほんの一瞬ひるんだが続ける。「どうやってファイルの場所を知ったの？　十五年前の事件なのよ——常識的な人なら、あなたのお母さんが十五年前に別の州で開かれた裁判のファイルをまだ持ってるとは思わないでしょうし、ファイルの場所なんて知りもしないはずでしょう。おかしいとは思わない？」

ウィットは気色ばむ。「何が言いたいんだ、フレディ？　母さんが嘘をついてるって？」

「ちがうわ……思いちがいかもしれないって言ってるの。頭を殴られて……混乱してたのかも」

「フレディ」マリゴールドが口を挟む。「あなたがケインを信じたいのはわかるけど、その考えはばかげてる。彼は危険だよ。彼がこの一連の事件の共通点なのは明らかでしょ？　もし彼がどこにいるのか知ってるなら——」

「どこにいるのか見当もつかない」わたしは正直に言う。

「しばらくあたしのところに泊まらない？」マリゴールドが言う。「寝室がひとつ余ってるんだ。あなたがひとりだと心配だし」

わたしは笑みを浮かべる。「心配しないで。わたしは平気。〈キャリントンスクエア〉は警察が見張ってるし、セキュリティもある」

「その警備をかいくぐって、あんたんちのドアの写真を撮ったやつがいる」ウィットはわたしに思いださせる。

わたしはため息をつく。「ケインが携帯を失くしたっていうのを信じるなら」わたしは話題を変える。会話はどんどん緊迫していく。完全に立ち行かなくなるまえに、「あなたの〈ラグ〉の記事を読んだの——部屋の壁に額に入れてあった記事。秀逸な記事だった——あなたがあれほどすばらしい記者だとは思ってなかったわ、ウィット」

ウィットもマリゴールドも驚いた顔をする。マリゴールドは少しムッとしている。

「読んだのか？」ウィットが尋ねる。

「迎えにきてくれるのを待っているあいだに。あなたはセンセーショナルなジャーナリストなのね」

「フェイクニュースと低俗なタブロイド紙の下僕さ」ウィットはしょげたように言う。

「あなたのお母さんはジャーナリズムの道に進むことを認めていないようね」

「『ダメよ、あなたの人生ならずっと多くのことができるのに、ウィット。あなたはニュースを作るために生まれてきたんであって、報道するためじゃないのよ』」ウィットは辛辣に母親の真似をする。

「最初のピュリッツァー賞を獲ったら、お母さんも認めてくれるわよ」わたしは答える。

「あなたはキャロラインなしで企画を続けるつもりなの？」

「たぶんね。元はおれのアイデアだったんだよ——なんでキャロラインが関わることになったんだか、実のところよくわからない。人の悪口は言うべきじゃないけど、あいつは自分がピュリッツァーを獲れるなら、人からネタを盗むのもいとわないようなやつだった」

「そうなの？」わたしは興味津々だと思われないように気をつける。ふたりはすでにキャロラインの死はケインのせいだと判断していたから。

「ああ、そうだよ。キャロラインは手柄を立てるために、しかるべきときにしかるべき場所にいつもいるタイプだった。その手柄が実際には誰の才能や仕事のおかげなのかもおかまいなしに」

「えっ？　てっきりみんなに愛されてる人かと思ってた」

「死んだあとは——そのとおり。そのまえは、それほどでも」

「まあ……具体的に誰かいるの？」

彼は鋭くわたしを見る。わたしが探っていることに気づいたようだ。「ローレン・ペンフォールド」

わたしはあからさまな反応を返さないようにする。「ペンフォールド——物書きにピッタリの名前ね」

「本人もそう思ってる」彼はまだわたしをじっと見つめている。「ケインが関わってなけりゃ、おれならローレンを疑うね」

親愛なるハンナ

貴女はローレン・ペンフォールドが事件に関与したことにするつもりなのか？　ケインと組んで？

その展開だと、〝探偵小説におけるノックスの十戒〟の禁じ手を少なくともふたつは破ることにならないだろうか？　ローレンは犯行への関与が公明正大だと言えるほど早い段階で紹介されてはいないと思う。もちろん、ルールとは破るためにあるものだが！

貴女はジーン・メターズを殺さないことに決めたようだ。残念だが、どれだけ私が執筆に関わったにしても、これは貴女の本だということなのだろう。あるいは、おそらく貴女はケインに再挑戦させるつもりなのだ。おそらくウィットが帰宅すると、私が以前に述べたような方法で母親が殺されているのを発見する。おそらくウィットに確実に母親を発見させることも、ケインの拷問の一部なのだ。
いつものごとく、私は貴女の次章をいまかいまかと待ちわびている。
それでは
レオ

30

わたしはウィットに頼んで、〈キャリントンスクエア〉まで送ってもらうのではなく、ボイルストン通りの書店〈バーンズ&ノーブル〉で降ろしてもらう。

「待ってるよ」彼は言う。

わたしは首を横に振る。「何もかも忘れて本棚を見てまわりたくて。何時間かかるかわからない」

「ほんとにいいのか?」

「もちろん。ランチをごちそうさま」

マリゴールドが手を伸ばし、わたしの手をつかむ。「もしうちに泊まる気になったら、電話して。あなたがいるあいだは服を着るようにルーカスに言うから」

わたしは笑う。「どう受けとめたらいいのかよくわからないけど、わたしは大丈夫。ふたりとも楽しんで」

手を振ってふたりを見送り、書店にはいる。実際、その気になれば、夜までずっと本を見てまわれるが、いまは時間がない。そこで書店員にケイン・マクラウドの『決着』はどこにあるかと尋ねる。彼はその本のファンだったようで、目当ての棚まで案内するあいだ、その物語がいかにわたしの〝度肝を抜く〟ことになるかについて語って楽しませてくれる。その本の表紙はウィットの初版のものとは異なっている。背景は黒のままだが、右上に小さな格子窓のイラストが描かれている。タイトルの上に〝ニューヨークタイムズ・ベストセラー〟という語句が追加され、ケインの名前は初版よりも大きくなっている。

わたしはその本を購入して家に戻る。ジョーが手招きしたので、受付で足を止めて彼と立ち話をする。

「あなたにカップケーキを送っていた人、誰だかわかりましたよ」彼は勝ち誇ったように笑みを浮かべて言う。「注文したのはミスター・ジョンソンでした」

「レオが？」

「ええ、マアム。あなたには秘密の崇拝者がいるのかもしれませんね……まあ、もう秘密じゃなくなりましたが」

わたしは笑う。そうか。なぜ気づかなかったんだろう。「レオは思いやりがあるだけよ」

お礼を言おうとレオのアパートメントに立ち寄るが、留守のようだ。あとでもう一度訪ねること——と頭のなかにメモして、自宅に戻る。

ひとりになると心が休まってほっとする。『決着』を持ってベッドにはいろうと、パジャマに着替える。でもそのまえにカバンから日本製の折本式ノートを取りだし、時系列に並べた出来事の記録を更新する。わたしはローレン・ペンフォールドのこと、彼女がウィットについて話したこと、それからウィットがローレンについて言ったことを書き込む。頭のなかでローレンとの対面の様子を再現し、ごまかしの兆候はないか、彼女が語った内容がなんらかの形で彼女の利益になっている可能性はないか考えてみる。でも正直なところ、わからない。さらに、ジーン・メターズが襲われたこと、その相手がケインだとする彼女の主張も書き込む。彼女が嘘をつかなければならない理由とはなんだろう？　彼女は嘘をついているとわたしは思う。ついているはずだ。でも、なぜ彼女が嘘をつくのだろう？　ケインを刑務所に戻すため？　なぜそんなことを望むのだろう？　少年のケインが刑務所に行くことになったのは、彼女の職務怠慢のせいではないと証明するため、とか？……ちょっと無理がありそう。誰かを守るためとか？　時系列表には可能性を示す線がいくつも引かれて交差しているが、まだ一定のパターンは見えてこない。

突然、キャロライン・パルフリーの両親はジーン・メターズの顧客だということを思いだす。ジーンが守ろうとしているのは、彼らの利益なのだろうか？　わたしはノートを折りたたんで閉じる。この謎解きで頭がおかしくなるまえに、いったん離れたほうがいい。

ケインの本を持って、ベッドの上掛けのなかにはいる。

ケインからもらった携帯電話は枕の下にある——ずっと手の届くところに置いている。彼に電話しようかとも思ったが、説明はつかないけれど、夜にかけるほうが安心できる気がする。

だから『決着』を開く。アメリカのハードカヴァーには珍しく、裏表紙に著者の写真はない。それはケインの判断だったのだろうか。

それから七時間読みつづける——読みながら、何時間経ったと意識していたわけではないけれども。物語には明らかに自伝的要素がある——不当に投獄された少年が刑務所のなかで成長して男となる。文章はかろうじて抑制された怒りで張りつめていて、その怒りはページの上で沸々と煮えたぎり、ときおり、特に暴力シーンで爆発する。主人公のケイレブ・セントジョンは、釈放されたあと、自分の自由を奪った責任があると考える人々への復讐の旅を始める。この小説には乾いたブラックユーモアが散りばめられている。報復行為の暴力性は増大していくが、それでも、ケインはケイレブに共感できるようにしている。綴られた言葉は、それなりに詩的ではあるものの、生硬かつ赤裸々で、わたしの知るケインとは全然ちがう。でも、彼はわたしにそう警告していた。

疲れはて、すすり泣きながら読了したのは九時半ごろだ。この本は暗いけれど、ビロードのような暗さであり、どこか豪華でもある。実は復讐についての話ではなく、裁きがいかに裁く側と裁かれる側を作りだすかについての話だ。ケイレブ・セントジョンの怒りは率直で、彼の闘いは、社会がみずからの破壊的本能を飼いならし、報復を更生でごまかそうとする闘いを反映している。

七時間、本の世界に没頭し、ほかのことは何も考えられなかった。でもいまは……いまはケインと話したい。彼の本のこと、ジーン・メターズのこと、キャロライン・パルフリーのこと、ウィットのこと、それからわたしたちのことを。わたしはかつて彼のなかに在ったものに興味を惹かれて驚かされ、彼を恋しく思う。

ベッドを出て、シャワーを浴び、新しいパジャマに着替え、数分もすればベッドに戻るけれども、ベッドメイキングをする。昼食をたくさん食べたせいか、まだあまりお腹が空かないので、夕食用にコーンフレーク――またはアメリカでそれに該当する食べ物――を深皿に入れる（実のところ、箱からじかに食べたほうがおいしい）。立ったまま食べながら、携帯電話でニュースをチェックする。ショーン・ジェイコブスの殺人事件は、最新の殺人事件に取って代わられている。キャロラインの事件はまだニュースになっている。ジーン・メターズ襲撃事件の報道はないが、キャロライン・パルフリーの死に関連して事情聴取を行なうため、警察が小説家のケイン・マクラウドの行方を捜しているという記述がある。

玄関のドアがノックされ、わたしはギクリとする。パジャマ姿なので、ドアを少しだけ開ける。見苦しいパジャマを着ているわけではないし、普通はそれくらいで恥ずかしがったりしないけれど、最近は警察が訪ねてくることもある……その場合はきちんとした服装をする必要があり、できればカーディガンくらいは羽織っておきたい。

レオだ。わたしはちゃんとドアを開ける。

「ドアの下から明かりが洩れていたから、まだ起きてるんだと思って」

「起きてたわ。コーヒーでも飲む……それかシリアルでも食べる？」

彼はわたしの手のなかの器をのぞき込む。深皿のなかにはミルクに浸かったフレークが少ししか残っていない。「紅茶がなければ、遠慮しておこう」

「実はあるのよね、紅茶」

わたしはティーバッグを浸し、レオはカウンターの席につく。

「ずっと立ち寄りたいと思ってたんだ、警察でどうだったのか訊きたくて」彼は言う。

「戻ってきたとき、あなたはちょっとパニックになってたし」

わたしの家のドアとケインの家のドアの写真が添付されたテキストメッセージの件だ。ほとんど忘れかけていた。

「ケインが数週間前に失くした携帯から送られたものだということしか、警察にもわからなかったの」

「ケインというのは、ハンサムマンのこと？」

わたしは笑う。「そう」

「そして、警察がパルフリーの殺人事件のために事情聴取をしたがってる男だ」

「そう、でも目撃者としてだと思う」わたしは嘘をつく。レオはわたしの嘘を見抜いているだろう。

「それで彼はどこにいるの？」

「なんですって？」

「警察が彼を探してると書いてあった……普通に考えたら、警察が彼を見つけられないという意味だ」

「彼がどこにいるのかはわからない……何か調べなくちゃならないことがあったみたいで」

「彼とは連絡が取れないの？」

「そうね、警察が彼の携帯を押収したから」

「彼は出頭すべきだよ」レオはきっぱりと言う。「彼にその気がなくても、あなたのために」

「わたしは危険にさらされてないわ」わたしは軽く答える。

彼はわたしの目を見る。「ほんとうに？」

彼の言う危険とは、ケイン以外の誰かがもたらす危険ではないとわかっている。「ええ、まちがいなく」

レオは頭を振る。「フレディ、あなたとぼくは仲間だ、そうだよね？」

「ええ、もちろん」

「じゃあ仲間として言わせてもらうけど、ぼくはあなたのことが少し心配なんだ」

「ほんとに心配する必要はないのよ、レオ」

「でも心配なんだ。あなたの良識は恋をしているという事実によって曇らされている」

「恋なんか――」

「してるよ。そうじゃないふりはやめよう。恋をすることは、神を見いだすことに少し似ている。盲信に基づいて行動しはじめるんだ。あなたがジョーンズタウン（人民寺院という米国のカルト教団がガーナに設立したコミューン）に行ってしまうまえに、ぼくに現実の声を代弁させてくれ」

わたしは顔をしかめる。「わかった。現実の声よ、どんな知恵を授けてくれるの？」

「われには、フレディ、人々はハンサムマンの周辺にいると謎めいた死を遂げる傾向があるように見える。したがって、彼の周辺にいることは得策ではない」

「彼の周辺で謎めいた死を遂げた人々は、わたしの周辺にいた人々でもある」わたしは指摘する。

「まあ、その場合、あなたが殺人者でなければ、心配する必要はないんじゃないかな。あなたが殺人者でなければ、あなたの近くにいる誰かということになる」彼は紅茶を飲みおえる。「現実を見るんだ、フレディ。あなたがこの男を信じているのは、信じたいからで、どういうわけか美しく知的な女性は危険な男に惹かれるようだから――」彼はそこでぴたりと口をつぐむ。自分が何を言ったのかに気づいたようだ。「いや、あなたがそうってわけじゃ……その、そうだけど……言いたいことはわかるよね。笑わないで！」

でも、もう遅すぎる。わたしはクスクスと笑いだしてしまう。恋人が殺人者かどうかという会話の流れで、うっかり口にしたお世辞のせいで気まずくなるなんて展開を誰が予想しただろう？

「ごめんなさい、レオ」わたしはまだにやにやしながら言う。「約束する、わたしは毒入りのクールエイド（人民寺院が集団自決の際に使用した粉末ジュース）を飲んだりしない。それにケインは危険じゃない」

「そうだね、マアム。彼は危険じゃない。彼の殺人の前科を無視するかぎりは」

「どうしてそれを？」わたしは鋭く尋ねる。

「グローヴ紙に友だちがいるんだ。キャロライン・パルフリーの殺人事件の記事を書いている。もうすぐ世界中に知れ渡ることになると思う。だから、たとえあなたがどうやら確信しているとおり、ハンサムマンが誤審の犠牲者であったとしても、いますぐ自首すべきだ」

まずい！　内心焦るけれど、いまはレオがわたしの反応を窺っている。「ケインがどこにいるのか、ほんとうに知らないのよ」

彼はゆっくりとうなずく。「あのさ、もし完全にお手上げだと感じることがあったら、ぼくを頼ってほしい。ハンサムマンと同じように威勢よくとはいかないけど、あなたの安全のためにできることはなんでもするつもりだ、フレディ。必要なことはなんでも言ってほしい」

たぶん彼がとても誠実だから、あるいはもう真夜中を過ぎているからなのだろう。胸がいっぱいになり気持ちが高ぶってくる。わたしは涙がこぼれないように何度もまばたきをして、目をそらす。「ありがとう。なんていい友だちなの」

わたしが泣きはじめるんじゃないかと恐れたのだろう。レオは慌てて立ちあがり、おやすみと言う。「こんなに遅くに立ち寄るんじゃなかったね——すごく疲れてるみたいだ」

彼は玄関のところで足を止めて振り返る。「フレディ、どうか気をつけて。ケイン・マクラウドは暴力的な男だとみずから証明している。あなたはまだその面を見てないかもしれないけど、彼にその能力があることはわかってる。もし彼が連絡を取ろうとしてきたら、警察に通報するんだ。アメリカでは、無実の人間は弁護士を雇うし、逃亡したりしない」

彼と言い争っても意味がないのでわたしは黙っている。レオはケインを知らない。疑惑を比較検討する材料も、状況証拠に反論する材料も持っていない。

レオが出たあとドアを閉める。彼の懸念に少し気が滅入ってくる。イライラしそうになるけれど、彼はただわたしを気遣っているだけだ。それに表面上は、ケインを信じるわたしは頭がおかしくなっているように見えるだろう。そのとき、カップケーキのお礼を言うことをすっかり忘れていたことに気づく。たぶん、さっきは適切なタイミングではなかったのだ。お礼にお菓子でも焼くとしようか。明日になったら。

わたしは家中の明かりを消して、ベッドに戻り、上掛けを頭までかぶる。驚いたことにまさにその瞬間、携帯電話が振動する。

「ケイン?」

「もしもし」昨日わたしがかけたときのような眠たげな声ではない。「タイミング悪かったかな？　もう遅いよね」

「ううん──完璧なタイミング。あなたに話したいことがあるし、ちょうどベッドにはいったところだし」

「知ってる」

「どうやって知ったの？」わたしは驚いて尋ねる。

「きみの部屋の明かりが消えるのを見た」

「わたしの部屋の明かりが見えるの？」

「ああ……明かりが消えるまで待ったら、きみはひとりにちがいないと思ったんだ」

わたしは微笑む。「ずいぶん自信があるのね」わたしの部屋の明かりが見えるほど彼が近くにいるのだと思うと、不思議な気持ちになる。じれったくてもどかしい。「どこにいるの？」

「近くに」

「警察は〈キャリントンスクエア〉を監視してるのよ」

「知ってる──見えるから」

わたしは興味をそそられるが、少し不安になる。「いったいどこにいるの？　じゃなくて、いまのはナシね。わたしはあなたがどこにいるのか知らないと言える必要があるから。でもケイン、そんなに近くにいるのはちょっと危険じゃない?」

「想定内のリスクだよ」周囲のざわめきは聞こえない。彼はどこか静かな場所にいる。

わたしは彼の居場所を推測しようとする自分を止める。うっかり当ててしまうといけないから。「今日、ジーン・メターズと話したの」

「いったいどうやって?」

わたしは何をしたかを話し、それからジーン・メターズとの会話の内容を伝える。「彼女は嘘をついてる、思いちがいじゃないわ、ケイン。絶対にそうだと思う」

「どうして嘘なんてつくんだ? おれは彼女にとってなんでもない存在だ……彼女が敗訴した古い訴訟の被告人でしかない」

「あなたから訴えられるとか思ったのかも」

ケインは笑う。「彼女は弁護士だよ。彼女の顧客の半数は彼女を訴えたいと思ってるだろう。だが、おれに訴えられると考えたくらいで、彼女がそこまで恐れるとはとても思えない。キャリアをふいにして刑務所にはいる危険まで冒して、罪を捏造《ねつぞう》するほどじゃないだろう」

「でも、実際にそういうことをしてる……何か理由があるはずよ」

「ああ、そうだな。ほかにはなんと言ってた？」

「あなたを見かけたら警察に通報してほしいって、息子を守るのは母親の務めだから、わたしのためでなくても、ウィットのためにあなたを自首させてほしいって」

「母親の務めか」ケインがつぶやく。「ウィットをおれから守ろうとしているとか？」

「ありえると思う。警察があなたの正体を話した。彼女は、あなたがボストンに来たのは、ウィットを通して彼女になんらかの復讐を果たすためだって言ってた」

「なんだかマーヴェルユニヴァースっぽくないかい？」

「たぶんね。ウィットは刺されたし、ジーン・メターズは超悪玉の役にぴたりとはまる」

「繰り返すけど、彼女は弁護士だよ……だが、そうだな、それは理由にはなる」

わたしはウィットとマリゴールドとのランチのことを話す。それから、ローレン・ペンフォールドに対するウィットの意見も。

「そういう可能性はあると思う？」ケインは尋ねる。

わたしは鼻にしわを寄せる。ケインには見えないけれども。「ウィットの言うことがほんとうなら、彼女にはキャロラインを殺す理由も、ウィットを刺す理由さえあったかもしれないけど、どうしてブーを殺したり、ジーン・メターズを襲ったりするの？」

「じゃあ、きみは四つの犯罪は全部つながってると思ってるんだな？」

「つながってる——あなたを通して。あなたが犯人なはずはないし、何かが仕組まれているにちがいないわ」

「そうにちがいない」彼は静かに言う。落ち込んでいるようだ。

わたしは彼を抱きしめたくてたまらない。大丈夫だと言ってあげたい。「警察が四六時中監視しているのかどうかが、わかればいいのに」そんなに近くにいるのに会えないことに苛立って、わたしは言う。

「ときどき、コーヒーを買いにいくことが数分あるけど、それがいつになるのかまではわからない。いずれにしても、きみのところのドアマンに知られずにはいるのは不可能だ」

「じゃあ、ジョーのまえを素通りできないってだけで、建物にははいれるのね？」

「だと思う」

「それなら、わたしも警察に知られずに外に出られるわ」

「ドアマンはきみが外出したら警察に知らせるように指示を受けてるかもしれない」

「非常階段を使えばいいのよ……防火扉は外からアパートメントビルディングにはいることはできないけど、なかから外に出ることならできる」わたしは興奮して上体を起こす。

「準備をしておくから、彼らが次にコーヒーを買いにいくときに電話してくれれば、わたしが外に出ればいいだけ」

しばしの沈黙。それから聞こえる。「わかった。おれが電話したら、建物から出て一ブロック先の路地にはいるんだ。そこで会おう。もし数分経ってもおれが現れなかったら、待たずに戻ってくれ」

わたしは同意し、さっそく携帯電話の明かりで服をかき集める。

「ほんとうにやるつもりなのか、フレディ?」

「もちろん」

「じゃあ、暖かい服装をしてきてくれ」

親愛なるハンナ

私は心から感動している。貴女は私たちの関係を、フレディと私の名を持つ彼とのあいだに反映させてくれた。彼は正直で誠実な彼女の助言者だ。貴女が私に頼ることができるように、彼女は彼に頼ることができる。貴女がこんなふうに感じてくれていると知り、私は涙が出るほど感動している。貴女のような著名な作家とメールのやりとりができることは、特権だと痛感している。私は貴女からとても多くのことを学んだ。貴女のほうも私からわずかでも学んだことがあればいいのだが。私はあなたの献身的なベータ読者（出版前の原稿を読んで、作者にフィードバックする読者のこと）であることに、ただ満足してきた。私たちがそれ以上の関係になりうる、それ以上の関係であるという考えは、夢でしかない。ああ、このクソパンデミックめ！　これさえなければ、貴女はこちらにいるだろうに。私は貴女の案内人となり、想像を絶するものを見せていたことだろう。

つねに貴女とともに

レオ

31

渡米するときに買った旅行用ブランケット（丸めるとありえないほど小さくなる）をリュックサックに詰める。箱入りのクラッカー、チーズ、クッキーに、袋入りのキャンディ、小さな魔法瓶に入れたコーヒー、出来事を記録するのに使っている折本式ノート、替えの下着を二枚、歯ブラシも放り込む。わたしは少なくとも二日は戻らないつもりでいることに気づく。いつのまにそんな決心をしたのか自分でもわからないけれども。ノートパソコンをキャリーケースにしまう。これを持っていくのはばかげているのだろうが、置いていく気にはなれない。

その日引きだした現金を見つけ、内ポケットに入れ、念のためにパスポートも持っていく。

わたしがしようとしていることが違法なのかどうかわからない。おそらく幇助に当たるのだろうが、それはもうずっとやっている。普段使っている携帯電話の留守電メッセージを変更し、新たに吹き込む——本の重要なシーンに取り組むため、数日間連絡が取れなくなります、メッセージを残してください。これで家族とマリゴールドへの時間稼ぎができればいいのだけれど。その携帯電話は、わたしの居場所を特定するために使われるかもしれないので、ベッドの脇の充電器につなげたままにしておく。

息を吸って、ウィニフレッド！　わたしは腰をおろす。八歳のとき、家出をするためにバッグに荷物を詰めたことがある。裏庭から出ることはなかったが、冒険を計画する興奮は充分味わった。これは子どもの遊びではない。結果が伴うものだ。それでも、ケインに会えること、警察の監視下から抜けだすことを考えると、ワクワクする。

一時間後、ケインから電話がかかってくる。「五分以内に外に出て」

わたしはそっと廊下に出て、屋内の非常階段に向かう。この深夜の時間帯には廊下の照明は薄暗くなっている。非常階段のドアはレオの部屋の近くにあるので、彼が顔を出して外をのぞかないように、特に注意して静かに通る。

階段を降りて建物から出る。不気味なほど簡単だ。通りは静まり返っている。街灯がとてもまばゆく見える。わたしは走ったり、ケインの姿を探したりせず、ブロックを一定のペースで歩いていく。指定された路地の幅は四メートル弱で、明かりはなく物音ひとつしない。ひどいにおいがする。路地の両側にある店舗の裏口の外に、大きなスチール製のごみ容器が置かれている。そこで初めて、自分のしていることが現実味を帯びてきて、興奮がしぼむ。誰かの声が聞こえ、期待して振り返る。ケインではない。年老いた男性がごみ容器のひとつを漁りながら、こちらに向かって冒瀆的な言葉を叫び、わたしは逃げだしたくなる。どうしていいのかわからずに動けなくなる。恐ろしくて何もできない。いったいケインはどこにいるの？

わたしはさらに路地の奥へ進む。表通りから遠ざかり、老人とごみ容器から遠ざかるようにして。ほとんど何も見えなくなる。路地の入り口で物音がする。叫び声のあいまに足音。よかった。ケインの名を呼ぼうと口を開く。すると誰かの手に口をふさがれ、うしろに引っ張られる。抵抗するが、体に相手の腕が巻きつき、効果的に押さえ込まれて動けなくなる。そしてわたしは凍りつく。顔は見えないけれど、相手がケインだとわかったから。

彼はわたしを奥へ引きずり込む。老人はまた怒鳴りだし、卑猥な言葉を叫んでいる。誰かが老人に話しかけている。

耳元にささやき声。「フレディ、おれだ。怖がらせるつもりじゃなかったけど、ジークに話しかけてるのは警官なんだ」

わたしは抵抗をやめる。実のところ、ほっとするあまり手足から力が抜けている。「ジークはわたしが路地にはいるのを見てる」

「彼は警察には何も言わないよ。警官はとにかく彼を立ち去らせようとしてるんだと思う」

数分後、警官はジークを路地から追いだす。懐中電灯でさっと奥を照らし——わたしたちはさらに低く身をかがめる——ぞんざいに確認してから、表通りに戻る。

わたしはようやく振り返ってケインの顔を見る。彼はわたしにやさしくキスをする。

「やあ」

「あなた、わたしを死ぬほど怖がらせたのよ！」

「すまない。きみが警官に見つかるんじゃないかと思って」彼はわたしの手を取る。「もし戻りたくても、きみを責めたりしないよ」

わたしは首を横に振る。「あなたはここに隠れてたの？」

彼の眉があがる。「ここに？　まさか、そんなわけない！　路地に住もうなんてきみを誘ったりしないよ」

わたしたちは裏路地を抜け、いくつもの裏通りを縫うように進む。ケインは行き先を知っているが、わたしにはまったくわからない。やがて、〈キャリントンスクエア〉と通りを隔てた反対側のブロックに引き返してきたことに気づく。小さな公園を横切り、フェンスを乗り越え、ふいに、誰かの家の裏庭に出る。それからケインはただドアを開けて、家のなかにはいる。不法侵入に正当に腹を立てた家主から、いまにも撃たれるんじゃないかとわたしは恐ろしくなる。

ケインがドアに鍵をかける。目が暗闇にゆっくり慣れていく。どうやらキッチンからはいってきたようだ。

「ここの家主は寒い時期をバハマで過ごしてる。夏でさえ、ほとんどここにはいないんだ」

「どうして知ってるの？」

「本人から聞いたから。三年ほどまえ、エージェントに連れられてここのパーティに参加したことがある」

「どうして鍵を持ってるの？」

「庭にヴィーナスの像があるんだけど、秘密の空洞があって、そこにスペアキーが隠してあるんだ。ヴィーナスの胸を押さなければ、空洞は現れない。彼はその仕掛けを実に気に入ってて、おれに実演してみせた。実際、あのパーティにいた男は全員、この隠し場所を知ってるんだ」ケインは顔をしかめる。「正直言って、ちょっといやなやつだったよ」

「あなたはずっとここにいたの？」

「いや、昨日の夜にこの家と鍵のことを思いだして、イチかバチか試してみたんだ。さっきも言ったように、何年もまえのことだし――ことによると、彼は家を売ったかもしれなかった。日没後にはいって、夜明けまえに出る。誰かにここにいると気づかれないように、窓のある部屋では明かりはつけないようにする。この件が全部片付いたら、彼に打ち明けて謝るつもりだよ」

「警察がここを捜索しようと考えたりしないかしら？」

彼は首を横に振る。「彼は友だちじゃなかった。ここは挨拶まわりで参加した何百ものパーティ会場のひとつにすぎない。家主のラリーは、どこぞのドットコム企業の大物でね。どうやらこの家はごみ捨て場みたいなものだったらしい……セキュリティを導入する気すらなかった。ここに大勢の人が住んでないことが不思議なくらいだよ」彼はわたしの手をつかむ。「おいで、見せたいものがある」彼は階段をのぼり、家の奥の寝室までわたしを連れていく。部屋のカーテンは引かれている。彼はカーテンの小さな隙間から外をのぞくように指示する。

わたしは驚いて息を呑む。この家の位置はなんとなくわかってはいたけれども。わたしたちは〈キャリントンスクエア〉のほぼ真向かいにいる。わたしの部屋の窓が見える。外に停まっているパトカーも見える。ケインが電話してきたとき、彼はここにいたにちがいない。

それから彼はわたしを内側の部屋に連れていき、ランプをつける。そこはメディアルームで、一方の壁にはテレビのスクリーンがあり、もう一方には巨大なソファがある。ソファの上の畳まれた毛布から察するに、彼はここで寝ていたのだろう。ケインのノートパソコンと携帯電話は、コンセントのそばの床の上で充電中だ。室内は寒いけれど、家の外の凍えるような空気からは一時的に逃れることができる。

わたしはリュックサックをおろしながら笑みを浮かべる。「戸口や公園のベンチで過ごすことを想定して荷造りしたの。食べ物も持ってきたのよ」

ケインが微笑む。「食べ物はいいね。ラリーの食料棚にはウォッカとトリュフオイルしかないし、ピザを頼むわけにもいかないから」

わたしは荷物を取りだす。ケインは魔法瓶を見てわたしをからかうけれど、コーヒーを拒むことはしない。それからソファの上で毛布をかけて身を寄せ合い、わたしのノートの折りたたんだページを広げる。ふたりですべての出来事をじっくり見直していく。ふたりの記憶を合わせることで、わたしがこまめに書き留めたメモから、なんらかのパターンが解き放たれるのを期待して。マリゴールドやウィット、ジーン・メターズのことを話したのは覚えている。それから、頬に触れるケインの胸の硬さや彼の体の温かさについても。どちらが先に眠りについたのかはわからない。

ケインが目覚めたのを感じて、わたしも目を覚ます。凍えるように寒く、あたりはまだ暗い。

「シャワーを浴びたければ急いだほうがいい。夜明けまえにここを出るから」

「シャワーを浴びられるの？」

「ああ。主寝室のバスルームを使ってる。お湯が出る――少しは体を温められるかもしれないよ」わたしが震えはじめると彼はそうつけ加える。

「まさかタオルまであったりする？」わたしは伸びをしながら尋ねる。

「そこの戸棚に新しいタオルがある」彼は立ちあがり、わたしに手を差しだす。「きみが先に浴びておいで。おれはあとにする」

主寝室用のバスルームは広々として豪華だ。白いタイルにつや消しクロムの金具。戸棚からタオルを二枚取って、手早くシャワーを浴びる。石鹸はハチミツの香りで、シャンプーは見たこともないブティックのブランドだ。お湯が震えを止め、寝不足でぼんやりした頭をすっきりさせてくれる。わたしが出る頃には、ケインはメディアルームのわたしたちの痕跡をすっかり片付けていた。彼がシャワーを浴びているあいだに、わたしはまた窓のところに行き、カーテンの隙間からのぞく。パトカーがまだ通りに停まっているのが見える。同じパトカーなのかどうかはわからないが。いつまでわたしが在宅していないと気づかれずにすむのだろう。おそらく今晩、彼らがわたしのアパートメントに明かりがつかないことを不思議に思うまで……あるいは、マリゴールドがわたしと連絡が取れないと警察に通報するまで……それは充分にありえることだ。

我が親愛なるハンナ

元気にしているだろうか？　私はここ数日ひっきりなしに私たちの小説について考えていた。

昨日、コプリー広場の仮設検査場で検査を受けてきた。具合が悪かったわけではない――ただ試してみようと思ったのだ。鼻から凶器を突き刺したら、興味深い死の場面になるだろうか？　おそらくその方法では人は殺せない。危険なのはロボトミーだけなのかもしれない。似たような殺害方法の画像が見つかるか探してみよう。純粋な興味から。貴女はウイルスの話題は避けると決めているようだ。その点に関しては、私はもう降参している。

最新の章はほんとうによかった。ようやく、つかのまだが、フレディはケインに対するばかげた信頼に迷いを感じている。ケインがもう少し彼女を手荒に扱えば、路地のシーンをいっそう痛烈にできる。たとえば、彼女を殴ったり、少し首を絞めたりするなどして。ケインは別人と勘ちがいしたと言い逃れをするだろうが、ほんの一瞬、彼の本性が見えることになる。

考えれば考えるほど、ケインは黒人だと確信している。貴女はぜひとも最初にそのことを読者に知らせなければならない。はっきり言いたくないのであれば――そうなのだろうから、彼にはつねにパーカーを着せておくという手はどうだろう。

考えてみてくれ、ハンナちゃん、そして私のことも考えてくれ。

いつも貴女とともに

レオ

32

空がまだ白みはじめていないうちに、わたしたちは出発する。ケインがドアを施錠し、鍵をポケットに入れると、来たときと同じルートをたどる。

「どこに行くの？」わたしは両手をパーカーのポケットに突っ込みながら尋ねる。わたしのボストンの土地勘はよくてもあやふやなのに、路地を横切ったり、通り抜けたり、引き返したりするうちに、すっかりどこにいるのかわからなくなる。

でも、ケインは彼の行き先を、わたしたちの行き先をわかっているらしい。彼はわたしの手をつかむ。「朝食を」

「まあ……それとコーヒーも」

「もちろん。おれが女性のもてなしかたを知らないなんて言わないでくれよ」

〈オールドメイト〉はオーストラリア人が経営する店だ。ラテやカプチーノ、つぶしたアボカドとヴェジマイト（オーストラリアのペースト状の発酵食品）のトーストを出している。給仕スタッフは全員、茶色のパーカー（お腹のポケットから顔を出すカンガルーの子どもの刺繍がついている）を着て、カンガルーの耳をつけている。ちょっと引いてしまうけれど、店は朝食目当ての客――その多くはオーストラリア人――で賑わっている。

　ケインは隅のテーブルの椅子をわたしのために引く。「ここでなら話をしても、きみのアクセントが目立たないんじゃないかと思ったんだ」

　本物のコーヒーに気を取られていなければ、彼の配慮に感銘を受けていたことだろう。ケインはウェイトレスに合図を送り、彼女は注文を取る。わたしはダブルラテとヴェジマイトトーストのアボカドのせを頼む。ここはアメリカなので、ポテト《フライ》がついてくる。ケインはベーコンエッグを注文する。揚げたバナナを追加することでオーストラリア風ということにしているらしい。わたしはなんとなく気分を害したが、お腹が空いていたし、料理に憤慨して文句を言うつもりはない。

　米国で数ヵ月過ごしたわたしは、周囲から聞こえるオーストラリア人のアクセントが奇妙で耳につくことに気づく。ほかの場所なら、わたしの声はケインとわたしを目立たせることだろう。ここでなら、ざわめきのなかに溶け込める。

　わたしたちはまずキャロライン・パルフリーの殺人について話す。あの事件は、その後に起こった出来事すべての中心のように思える。わたしはまだ、あの日ケインとウィットが出会った事実が偶然だと信じる気にはなれない。

「それがほんとうだとすると」――ケインは皿の上の揚げバナナを、生きているのか確かめるようにつつく――「おれたち全員を図書館に集めた人物は、おれのこと、そしてウィットとキャロラインの家族がおれの事件に関わっていたことを知っていたんだろう」

「そのどれかは秘密だったりするの？」

「そうでもないが、きみも知ってのとおり、おれは自分からは話してない。どこかで記録を調べれば全部わかるはずだが、調べかたを知っていなければならない」

「ジーン・メターズなら調べる必要すらなかったでしょうね」わたしは指摘する。

「だが、なぜジーンがキャロラインを殺したいと……あるいは自分の息子を刺したいと思うんだ？　筋が通らない」

「ウィットはキャロラインに対する報復としてほかの誰かに刺されたとか？　これはメターズ家とパルフリー家のあいだのことなのかも」

ケインは笑みを浮かべる。「ここはボストンで、オザーク（血で血を洗う家族間抗争が一世紀以上続いたことで有名なミズーリ州郡の）じゃないよ」

彼はその説を却下しようとするが、わたしは拒否する。「ひとつ確かなことは、ジーン・メターズはあなたに襲われたと嘘をついてるってこと。勘ちがいじゃなくて嘘。彼女が関与していないなら、どうしてそんなことをするの？」

ケインは眉根を寄せる。「おれを恐れているなら別だけど」

「意味がよくわからない」

「もしおれが彼女にとって、あるいはウィットにとって脅威だと彼女が思い込んでいるなら、警察がおれに不利になる証拠を見つける手助けをしようと思ったのかもしれない」彼は揚げバナナを食べてみることにしたようだ。「彼女が襲われた数日前に、警察がおれの正体を彼女に伝えてるから、タイミングは合う」

「どうしてあなたが、あの親子のどちらかにとって脅威になるわけ？」

「おれの弁護がお粗末だったとわかっていて、本人がきみに言ったように、おれが復讐を目論んでると思ってるんだろう」彼は顔をあげ、わたしの目を見る。「おれはそんなことは考えてない」

「わかってる、けど、どうしてなのかなとも思う。わたしなら考える」わたしはラテに口をつけ、カフェインの最初の注入を味わう。ものすごく美味しいから、メルボルンで焙煎されたものかもしれない。「ケイン、警察はあなたを有罪にはできないでしょう？　疑って、逮捕することがあっても、あなたが誰かを殺したという実際の証拠は何もない。必ず裁判所に却下されるわよ」

「きみはアメリカの法制度に多大なる信頼を抱いているんだな、フレディ」

「でも、わたしの言うとおりでしょ？　全部状況証拠だし、それ以上の具体的な証拠も見つかることはない。あなたがやったんじゃないから」そう言いながら、わたしは確信する。

「彼らは何もつかんでいない」

「自白があれば証拠はいらないという前提で動いているんだろう」

「でも彼らは――あなたはやってないし――」

「ああ、もちろん、おれはやってない。ただおれが言いたいのは、彼らは具体的な証拠がないことを、きみが思っているほど気にしてないかもしれないってことだ。おれから自白を引きだせると思ってるんだよ」

「なおさら弁護士を見つける必要がある」わたしはきっぱり言う。

彼はうなずく。「弁護士を雇ったら、即座に出頭しなければならない。おれは街にいられるあいだに調べられることは全部調べておきたいんだ」彼はナイフとフォークを置く。

「ブーは最近、いくらか金を手に入れてた。もちろん、それでドラッグをやってたんだが、どうやら誰かの弱みを握っていたようなんだ」

「誰かを脅迫してた？」

「どうもそういうことらしい」

「彼がそんなことをしたりする？」

「なんのためらいもなく。ブーの倫理観はいささか実利主義的でね」ケインは顔をしかめる。「ブーの仲間のひとりは、ブーがキャロライン・パルフリーの殺人について何か知っていたんじゃないかと考えてる」

「ありえるの？」

ケインは肩をすくめる。「かもしれない。ブーはBPLが好きだった。あの日あそこにいたのかもしれない」

「じゃあ、もし彼が何かを実際に見たのだとして、犯人を脅迫していたんだったら、当然、犯人は彼を殺したくなるでしょうね」

「ああ、たぶん」彼はためらってから口を開く。「ダリル・レオノフスキという男がいるんだ――イーストボストンで、炊き出し所を運営してる。ブーはそこの常連で、ダリルとよくチェスをしていたらしい」

「その人と話してみたの？」

「そうしようかと考えてた」

「でも、彼が警察に通報するかもしれないと思ってる」

「その可能性はある」

「わたしなら彼と話せる。警察はまだわたしを捜してすらいないかもしれない」

「やってくれるのかい？　きみを巻き込むのは嫌なんだが――」

「わたしが巻き込まれることはすでに確定済みだと思ってた」わたしはリュックからノートを取りだす。「何を訊いたらいい？」

しばらく質問事項について話し合ってから、わたしは尋ねる。「彼は知ってることをもう全部警察に話したんじゃない？」

「かもしれない。ただおれの経験では、警察がうろうろしてたら炊き出しをするのは難しい。きみにならもっと時間をかけてくれるかもしれない」

「オージー訛りを消すべきかい、その、身元をバレにくくするために？」わたしはケインの抑揚をできるかぎり真似て尋ねる。

彼は笑う。「いや……頼むからそれはやめてくれ。できればもう二度と」

「なんて失礼な！　あなたの口調をそのまま真似しただけなのに！」

わたしたちは勘定を支払うと、バスに乗り、橋を渡ってイーストボストンに向かう。ケインは警戒を怠らず、つねにあたりを見まわして、制服警官や、わたしたちをじっと見ている人物がいないかチェックしている。わたしはできるかぎり話さないようにする。

炊き出し所は古い教会のなかにある。わたしはケインを外に残し、ひとりでなかにはいる。教会のホールには架台式テーブルが並べられ、ほとんどが埋まっている。客の多くは年配だが、なかには十代に見える若者もいる。静かな集まりだ。食事をしながら会話する人はほとんどいないし、いたとしても小声でしている。

わたしは温かい料理を出しているカウンターに近づく。ソースのしみのついたパーカーを着た青年がわたしにお皿を差しだす。

「ありがとう、でもわたしはダリルに会いにきたんです」わたしは言う。「ごめんなさい、苗字まではわからないんだけれど。すごく重要なことで彼と話しにきました。ひょっとして、あなたがダリルってことはないかしら？」わたしは期待してつけ加える。

「いや、おれはジャック」彼は胸にピンで留めた大きな名札を指差して答える。名札に気づかなかったなんてばかみたい。

ジャックはあたりを見まわす。誰も待っている人はいない。「ここで待ってて——彼を連れてくる。誰か来て食べ物を欲しがったら、すぐ戻るって言っといて」

そんなわけで、わたしは待つ。誰かをじっと見つめてしまわないようにしながら。

ジャックはあっというまに戻ってくる。「ダリルは倉庫にいる」彼は戸口を指差しながら言う。「そこから行きな」

わたしはジャックにお礼を言う。ドアを開けると、暗く長い廊下があり、その先にいくつかの部屋がある。

奥から声がする。「おれはこっちだ……左側の奥のドア。気をつけな……電気が点かないから」

うなじの毛がぞくりと逆立つが、ばかなことを考えるなと自分に言い聞かせる。ここは古い教会だ。

ダリルは奥の部屋にいる。お腹がでっぷりとした、年齢不詳の男性だ。若い頃は赤毛だったと思わせるような、薄く赤みがかったブロンドの髪をしている。〝キリストを知り、人生を知る〟と書かれた黒いパーカーを着ていて、大汗をかきながら、箱を開けたり棚に食料品の缶詰を積み重ねたりしている。

わたしは自己紹介をする。

彼はわたしの手を握る。「初めまして、ウィニフレッド。ジャックによると、おれに話があるそうだけど」

「そうなんです。ショーン・ジェイコブスのことをお聞きしたくて」

彼は鋭く見あげる。「ショーン？　その、あいつは――」

「ええ、知ってます。その件であなたに会いにきたんです」

「ショーンを知ってたのか？」

「会ったことはありますけど、ちゃんと知っていたわけではありません。でも、あなたはよくご存知だったんですよね？」

彼はそっと笑みを浮かべ、ため息をつく。「ああ。かなり気難し屋だけど、チェスはすごくうまかった、しらふじゃないときでも」彼はわたしを見る。「なんでショーンに興味があるんだ？」

ケインはこの質問の答をわたしに準備させていた――〝ホームレスと一緒に働く人たちに嘘はつけない。彼らには嘘だとわかるから〟だから、わたしはダリルにほんとうのことを言う。

「警察がショーンを殺したと考えている男性はわたしの友だちなんです」

「けど、あんたはその人が無実だと思ってる？」

「無実だと知ってるんです」

「なんで知ってるんだ、ウィニフレッド？」

わたしはケインと一緒にショーン・ジェイコブスに出会った夜のことを話す。「もしケインがブーを殺したがっていたなら、そのとき殺せたはずだし、それなら正当防衛になったでしょう。でも、彼はそうしなかった。ショーンが逮捕されるのを恐れて、警察に通報もしなかったし、病院に行こうとすらしなかった」

ダリルは疑うような顔をする。

「ねえ、ダリル、最終的にわたしはケインを信じたんです。それにショーンが死ぬ少しまえに、収入源を見つけたことも知ってます……キャロライン・パルフリーの殺人について何か知ってると言ってたことも」

ダリルの目が険しく細められる。「キャロライン・パルフリー……図書館の女の人？」

わたしはうなずく。彼は何か気づいたようだ。

「そういやショーンが言ってたな、悲鳴をあげて、みんなに死んだと思わせたって女の子の話」

「図書館で？」

「それは言ってなかった。そのときおれは、またいつもの〝女が諸悪の根源〟って話だと思ってて。あまり気にしてなかった」

わたしは興奮を押さえようとする。これはすごい情報だ。「悲鳴をあげた女の子について、ほかに何か言ってましたか？」

「彼女は相応の罰を受けた、今度は彼が受ける番だって言ってた」

「それはどういう意味だったんでしょう？」

「わからん。理解してほしいんだが、ショーンはいつも理性的だったわけじゃないし、わかりやすく話してたわけでもない」

「ショーンが彼女を……悲鳴をあげた女の子を殺した可能性はあると思いますか？」

ダリルは考え、それから首を振る。「わからん。ショーンは殴りかかったりはするけど、若い女を殺して死体を隠すってなると、あいつらしくない」

ケインもブーの暴力性について似たようなことを言っていた。ショーン・ジェイコブスが過小評価されていて、実際にはそれくらいやってのける人物だったという可能性はあるだろうか？「ほかに何か妙だと感じる言動はありましたか？」

「ショーンの言動は大半が妙だったけど……そういや、おれにドーナツの箱を持ってきた。そんなことしたことなかったのに」

「ドーナツ？」

「ああ、派手なやつだ。明らかにハイな人間が考えたフレーヴァーだけど、うまかったよ」彼はばつが悪そうに笑みを浮かべる。「正直言うと、それ以来、その変なドーナツを自分でも買ってるんだ」

「お店の名前はなんですか――そのドーナツを売ってるところの？」

「〈アラウンド・ザ・ホール〉だよ」

頭のどこかが奇妙に反応する。それが何を意味するのか、どう考えればいいのかわからない。やがて突然、最初から起こったすべてが不確かなものに変わる。

わたしはダリルに、話を聞かせてくれてありがとうと言う。彼は肩をすくめる。

「たいしたことじゃない。ショーンはいいやつじゃなかったけど、悪いとこばかりでもなかった。あんたの友だち、あんたの言うとおりだといいな。殺人犯に惚れてることを受け入れるのはつらいもんだ」

わたしは一瞬迷う――彼が言っているのはわたしのことなのか、それとも彼自身のことなのかと。


教会から二ブロックほど離れたところで、ケインがわたしに腕をまわす。彼は教会の外で待っていたが、ダリルやほかの誰かに見られるといけないので、お互い知らないふりをしていた。ようやく話しかけられるようになると、わたしは発見したことをぶちまけたくてウズウズする。詳しい話をするために、わたしたちはウォーターフロントのロプレスティ公園まで歩く。そこにはほとんど誰もいない……寒さをものともせず凍った遊歩道をジョギングする人が数人、ときおり犬の散歩をしている人がいるくらいだ。寒くて空気が澄んでいて静かで、そこから見渡せるボストンのスカイラインの眺めはすばらしい。ふたりで桟橋に沿ってそぞろ歩く。ケインは海風を遮ってくれている。わたしはダリルから聞いたことを話しはじめる。

「彼女は悲鳴をあげた？　でもなぜ？」

「わからないけど、捜索したときに死体が発見されなかった説明はつく。悲鳴をあげたのはキャロラインだったけど、そのときは死んでなかったのよ」

ケインは考え込むようにうなずく。「それなら筋が通るだろう。だが、おれにはもうキャロラインの殺人のアリバイがないということでもある」

「でも、ほかのみんなもなくなるわ」そう指摘して、〈アラウンド・ザ・ホール〉のドーナツのことを話す。

「マリゴールドの行きつけのドーナツショップ？」

「そう」わたしはつばを呑み込む。「わたしたちが出会うずっとまえから、彼女はウィットに恋していたでしょ。それにローレン・ペンフォールドによれば、彼はときどき、女の子たちを追い払うために、キャロラインと付き合ってるふりをしてたみたいだし」

「きみは彼女がウィットを刺したと考えてるの？」

「もしキャロラインのことで裏切られたと感じていたとしたら？　彼女は彼の住んでる場所を知ってたし、それに当初は、警察があなたに気を取られるまえは、彼女が第一容疑者だったの、覚えてるでしょう？」

ケインは息を吐く。「わかった、その可能性は認める。だがブーはどうなる？　彼女は彼に会ったこともない」

「たぶん会ったことがあるんじゃない？　ブーは彼女を脅迫してたとか、彼女がキャロラインを殺すところを見たか何かして」

ケインはわたしを見る。「彼女はそんなにもウィットを愛してるのか？」

「わからない。わたしはあなたを愛してるけど、あなたの注意を惹くために誰かを殺すとは思えない――」ハッとして固まる。たったいま自分が口にしてしまった言葉が恥ずかしすぎて。まるでヘッドライトに照らされたウサギのように身をすくめて彼を見つめる。

ケインはやさしく笑って、わたしを腕のなかに引き寄せる。「おれもだ」そう言って、わたしにキスをする。

わたしたちは黙って歩きだし、ただ時間が流れるに任せる。

「ウィットと話す必要がある」わたしはようやく言う。

「なぜ？」

「もしマリゴールドが犯人なら、彼の身が危険よ。彼女はすでに一度彼を刺しているし、もし彼が彼女を失望させたら……」

「確かにそうだ。彼に電話してくれ」

親愛なるハンナ

私は少々心配なのだ。貴女はフレディを少々世間知らずにしすぎてはいないだろうか。いまの時点では、もちろん彼女はケインが殺人者だと気づいているはずだ――たとえ彼に恋をしていたとしても。それに正直言って、彼女のマリゴールドに対する不誠実さにもものすごく愕然としている。ケインがほかの誰かに嫌疑をかけようとするのは理解できるが、フレディはマリゴールドの友人のはずじゃなかったのか！

私の抗議が執拗なら許してほしいが、私は不誠実を憎悪している。私の意見では、不誠実は最低の違反行為であり、もっとも厳しい方法で罰せられるべきだ。私にはこの道を進まないよう貴女に警告するしかできない、ハンナ。貴女は私のこれまでの提案の多くを無視してきたし、マリゴールドを最終的な犯人に仕立てることまで考えているのだろうか。

おそらく貴女は私が彼女を気に入っていることに嫉妬しはじめたのだろう。しかし、安心してほしい。貴女がこんなことをしなければ、彼女は脅威にはならない。私は不誠実を許すことができない。

それでは

レオ

追伸：この章でパーカーを着た人物が増殖したことに気づいていないわけではない。その不作法さに傷ついている――私はただ助けになろうとしているだけなのだ。貴女はこの本の舞台をアメリカに設定している――人種を無視することはできない。それは言明されるべきことなのだ。ある登場人物が白人でないなら、彼をあたかも白人のように扱うことはできない。単純に道理に合わないからだ。もし彼が白人なら、理由を説明することなくロックスベリーに住まわせることはできない。いいだろうか。私が何時間もかけて以前の章を修正し、感染症を含むように書き直したにも関わらず、貴女は私の努力を認めることも、あなたの作品で省かれたものを修正することもなかった。私は非常に失望している。ここでもまた嫉妬がからんでいるのだろうか。貴女の物語を私のほうがうまく書けることを恐れているのか？　当然ながら、すべてのパーカーを削って、クソマスクと取り替えることを提案する！

米国連邦捜査局

親愛なるミズ・ティゴーニ

先ほど電話でもお伝えしましたとおり、我々はレオ・ジョンソンという名で知られる男の身元を特定しました。その人物は渡航制限にも関わらず、帰国する市民、医療コンサルタント、外交官のいずれかを装い、最近シドニーで入国手続きを行なった可能性があります。外交官を装った場合には、強制隔離要件を回避した恐れがあります。

我々は、当然ながら、あなたを保護するために本局ならびにオーストラリア当局の捜査官を動員しました。

レオ・ジョンソンこと、ウィル・ソーンダーズの画像を添付します。ミスター・ソーンダーズは法執行機関に勤務した経歴があり、そのため現在まで当局の目をかいくぐってこられたものと思われます。彼はボストン地区で発生した複数の殺人事件に関する参考人です。この男性を見かけた場合には、彼に接近したり、彼を接近させたりせず、直ちに捜査官に知らせてください。

本件はほどなく終了することを保証いたします。

米国連邦捜査局特別捜査官
マイケル・スミス

33

わたしはマリゴールドとウィットの電話番号を書き込んだノートを見つけ、電話をかける。

「フレディ！　おれと話してくれるんだな」

「どうしてあなたと話さないと思ったの？」

「ケインのことでおれに怒ってるんじゃないかと思ってた。正直言って、フレディ、もし彼が母さんを襲ってなけりゃ、まだ疑わしきは罰せずの立場を取ってたよ。けど、ときには損切りして人を見限らなくちゃならないこともあるんだ」

「ウィット、どこにいるの？」

「家《うち》だよ」

「あなたひとり？」

「ああ。マリゴールドが外で見張ってるけどな」

「え？ 彼女はあなたを監視してるの？ 警察に通報して」

彼は笑いとばす。「ただのマリゴールドさ。少しイライラするけど、ちょっとセクシーでもある」

「ウィット、それストーキングよ。放っておいたら――」

「マリゴールドにとっちゃ前戯なんだよ。ちょっと興奮したらはいってくるさ」

「だめ。ウィット、マリゴールドとふたりきりにならないで！」

「フレディ、オーストラリアじゃどうやってデートするのか知らないけど、ふたりきりにならなきゃ始まらないっていうか……」

「ウィット、わたしはマリゴールドがキャロラインを殺したと考えてる」

衝撃を受けとめる一瞬の間《ま》。

「は？ 気でもちがったのか？」

「聞いて、ウィット。キャロラインの悲鳴は彼女が死んだ時刻とは関係なかった……死んだのはあとのことだったの。ショーン・ジェイコブスは何かを見て、マリゴールドを脅迫してたんだと思う……彼女はあのドーナツショップで彼と会ってたのよ、〈アラウンド・ザ・ホール〉で。全部マリゴールドだったのよ」

いっとき沈黙が流れる。それから彼は言う。「フレディ、あんたは藁にすがってるだけだ。ケインに犯人であってほしくないのはわかるけど——」

「ちがうんだってば、ウィット、彼女を入れないで！　助けを呼んで」

「助けが必要なのはあんたのほうじゃないのか、フレディ」彼の声は硬く、怒りがにじんでいる。「ケインのことで動揺してるのはわかるけど、だからって不当に友だちを非難していいわけじゃないだろ」彼はそこで言葉を切り、再び話しはじめたときには、少しとげとげしさが収まっている。「なあ、とにかくこっちに来いよ。あんたが突きとめたと思うことはなんでも聞くからさ。それで、もしあんたの言うとおりなら、おれをマリゴールドから守ってくれよ」最後の言葉を言いながら目をぐるりとまわすウィットが目に浮かぶようだ。

そのとき通りすがりの犬が吠える。

「いまのは犬か？」ウィットが尋ねる。「どこにいるんだ？」

わたしは突然パニックになって、電話を切る。

すぐそばに立っていて会話の内容を察したケインは、わたしからそっと携帯電話を取りあげる。ＳＩＭカードを抜いて、電源を切る。「さあ行こう」彼は言う。「サマー通りでタクシーを拾おう」

「どこに行くの？」わたしは尋ねるが、答はわかっている。ほかにすることなんてない。

ケインの顔は険しい。「ウィットを救いに」

タクシーに乗りながら、わたしはケインの手を固く握りしめる。これから何が起こるにせよ、結果としてケインは出頭しなければならないだろう。実際、警察がメターズ家を監視しているなら、わたしたちが到着した瞬間に逮捕されるはずだ。わたしだけを降ろしてそのまま乗っていくように彼に勧めるが、彼はその提案を受け入れようとはしない。

「ウィットの無事を確認してから、ダリルが話したことを警察に伝えよう」彼は静かに言う。「何か事情があるのかもしれないし」

わたしはうなずく。マリゴールドには弁明の機会を与えるべきなのだろう。

ウィットの実家のまえでタクシーを降りる。警察の姿はなく、正直言って驚く。少なくとも二、三人の警官が彼の家を見張っているだろうと予想していたが、わたしたち全員の自宅前に昼夜問わずパトカーを常駐させると、ボストン市警のリソースを圧迫しすぎるということなのだろう。玄関には、前回来たときに遭遇した民間の警備員さえいない。

ケインがちらりとわたしを見る。明らかに、彼も誰も警備していないことを奇妙に感じているようだ。しかもジーン・メターズがつい最近襲われたばかりだというのに。

「ウィットの母親には法律事務所か……どこであれ彼女のいる場所に特別な警護チームが

ついてるのかもしれない」

わたしはケインを二本目の私道まで連れていき、母屋とプールの横を通って奥のゲストハウスまで行く。

わたしはノックする。

返事はない。

「ウィット、フレディよ」まだ返事がない。

ケインがドアノブを試してみる——鍵が開いている。とたんにふたりとも不安になる。

ケインが先にはいる。

それからすべてが一度に起こる。ほんの数秒が引き延ばされ、恐怖のなかでひとつひとつの出来事がはっきりと知覚される。銃声。弾丸が銃身から発射されたときの爆発音と、ケインにめり込んだときの鈍い音。ケインが身をよじらせながら、わたしの目のまえに倒れる。視界が開けた先には、ウィットと彼の銃、それから真っ青になって震えているマリゴールド。わたしはケインの横で膝をつく。誰かが悲鳴をあげている。わたしかもしれないが、わからない。血が出ている場所を探し、銃弾がはいったと思われる場所を手で押さえる。

それからウィットに向かって叫ぶ。「彼はあなたを傷つけようとしてたわけじゃないのに、ばか！　あなたを助けにきたのよ！」

マリゴールドは別の部屋に行き、タオルを持って戻ってくると、わたしの横に膝をつく。

「手をどけて、フレディ」

「いや」

「手のひらより、タオルのほうが効果がある」彼女は言い、タオルを折りたたんで圧定布《あてぬの》状にする。

わたしはゆっくりと手を離す。彼女はさっとタオルを当てて押さえる。ケインは意識があり、驚くほど落ち着いているが、明らかに苦痛をこらえている。

「そいつから離れろ」ウィットはまだ銃をおろしていない。「そいつは危険だ……人殺しだ」

マリゴールドはとっさに後ずさる。わたしはウィットを無視し、マリゴールドが離した場所に手を押しあてる。

「フレディ、そいつから離れろ！」ウィットが叫ぶ。

「手を離したら、出血多量で死んでしまう」

「おれたちを殺しにきたんだぞ！」

「彼はわたしと一緒にあなたを助けにきたのよ！」

「フレディ！」ケインが歯を食いしばりながら、わたしの注意を惹く。「フレディ、マリゴールドをあのドーナツショップに買いにいかせたのはウィットだ……覚えてるか？」彼は悪態をつく。おそらくは痛みのせいで。ひょっとしたらその事実に気づいたせいで。それからわたしも思いだす。ウィットがマリゴールドを〈アラウンド・ザ・ホール〉に行かせた……マリゴールドの行きつけになるまえに、彼の行きつけの店だったのだ。もし彼がケインを撃たなければ、そのことをなんとも思わなかったかもしれない。わたしはウィットを見つめる。「なんてこと、あなたなのね。最初からあなただった」

「は？」マリゴールドが最初に反応する。「気でもちがっちゃったの？」

でも、ウィットはほっとしたような顔をする。こちらに近づいてきて、わたしとケインを見おろす。「あんたはずっと知ってたんだ、そうだろ、ケイン？　あんたが知ってることはわかってたよ」

ケインは自分の手でタオルをしっかり押さえて横向きになると、壁際まで這っていき、上体を起こして壁にもたれる。息をつき、それから言う。「いまのいままで全然知らなかったよ、このくそ野郎。おまえは愚かなやつで、ドーナツ食うより複雑なことができるわけないと思ってた！」

「ケイン……」いくらウィットに撃たれたとはいえ、お願い、彼はまだ銃を持っているのよ。

ウィットはケインを蹴る。

ケインは毒づき、わたしは身を挺して彼を守ろうとする。

「そいつから離れろ、フレディ」ウィットが銃を振って指図する。

「どうしてキャロラインを殺したの、ウィット？」わたしは時間を稼ぐために尋ねる。きっと隣家の誰かが銃声を聞いて、いまごろ警察に通報しているはずだ。

「ただのばかげた口論だったんだよ」彼は言う。「そんなつもりはなかった……ふたりで話してて、それから……そしたら彼女が死んでた」

マリゴールドがすすり泣く声が聞こえる。

「どんなことで口論したの？」

「彼女がやめたがったんだ。全部準備が整ったあとで、やめようとした」

「なんの準備？」

「ベストセラー殺人者、ケイン・マクラウドの暴露記事だよ」彼は頭を振る。「彼女のアイデアだった……あいつが全部手はずを整えた。こいつを図書館におびき出しておいて、話しかける理由をつくる……」

「だから彼女は悲鳴をあげた……」

「他人との絆を深めるには、謎を共有するのが一番だってあいつは言った。単純だけど、そのとおりだった。突然、おれたちみんな仲間になった」それから、彼はまた怒りをぶちまける。「彼女が耐えられなかったのは、それがおれだったことだ、彼女じゃなく。このままだと記事も、録音も、おれのものになってしまうことだ。観察するのはおれで、殺人者と友情を築くのもおれだ。彼女は突然、それならいっそ自分がケインに近づいたほうがいいと考えたんだよ」彼は憎々しげに頭を振る。「あの晩、おれのメモを確認するために、またBPLで待ち合わせて、そしたら計画を変更したと言いだして、それでおれは……あいつは……そんなつもりじゃなかったんだ、けど彼女に割り込まれて、あんたたちを奪われるわけにはいかなかった」

マリゴールドが携帯電話を持っている。ウィットはケインとわたしに集中している。わたしはさらに続ける。「でも、ショーン・ジェイコブスに彼女を殺すところを見られるか何かして……脅迫された」

「ああ、あんなやつが図書館にはいれるなんて思うわけねえだろ？」虚勢を張ってはいるが、ウィットの目には涙が浮かんでいる。「もしジェイコブスと、やつのひどいにおいがなかったら、警備員はおれ……とキャロラインに気づいてたかもしれない。実際には、警備員がジェイコブスを追いだそうとしてるときに、キャロラインをテーブルの下に転がして、そのまま立ち去ることができた」

「でもそのあと、彼はあなたの家を探しだして、あなたを刺した？」

「ああ……バットマンを地で行こうとした。キャロラインのために正義をもたらす必要があると決意したんだ。そんときだよ、ただ金を払えばいいってもんじゃないと気づいたのは」

「だから彼を殺したのか」ケインがうなる。

「まあ、あいつはすでにおれを刺してたんだから、正当防衛だと言えるんじゃないか」ウィットは声を詰まらせる。

「ウィット」わたしはやさしく言う。「彼は苦しまなかった。目を覚ましさえしなかったよ」

「わかった——キャロラインは事故だったし、ショーン・ジェイコブスは正当防衛かそんなようなものだった。でも、いまは何をしてるの？ ケインがあなたを傷つけようとしてなかったことはわかってるでしょ」

「しようとしてただろ！」ウィットはすすり泣いている。「あんたとケイン……マリゴールドだって……『スクービー・ドゥ』のまぬけな少年探偵団みたいに、どんどん首を突っ込んでいって。ちっとも放っておこうとしなかった。人に話を聞いて、調査して……あんたたちが何か嗅ぎつけるのは時間の問題だった。なんで放っておけなかったんだ？」

「警察はあなたのしたことでケインを逮捕しようとしてるのよ！」

「捕まったって警察は何も証明できなかったのに――こいつはやってないんだから!」ウィットがまた叫びはじめる。思いどおりにいかなくて苛立つ子どもだ。

「ウィット、ケインのために救急車を呼ばなきゃ」タオルは血でぐっしょりと濡れているのに、まだ出血は止まっていない。ケインは衰弱しつつある。「彼をテーブルの下に隠して立ち去ることはできないのよ」

「正当防衛だ」彼は必死に言う。「こいつは殺人容疑で指名手配されてる! 誰がおれを責める?」

「わたしが責める。警察に全部話す――」

「フレディ、やめろ!」ケインがあえぐ。彼はウィットに懇願する。「彼女は何も言わない。どうせ警察は信じやしないだろう。昨日からおれと一緒に逃げてたんだから。それにマリゴールドはきみに忠実だ。ふたりのことは心配する必要はない。頼む、なあ、ふたりは逃がしてやってくれ」

ウィットはためらう。

サイレンの音。ケインが悪態をつく。

「もう手遅れだ」ウィットはまたすすり泣く。「おまえがおれの銃を持って、女たちを撃って、おれは銃を奪い返して、終わらせた。ちくしょう!」彼はわたしの頭を狙う。

そしてまたしても、瞬間《とき》が引き延ばされる。きっと最後の一瞬とはそういうものなのだろう。わたしはケインを見つめながら、その一瞬を待つ。彼はわたしに向かって手を伸ばす。マリゴールドが背後からウィットに飛びかかる。彼女の体格は彼と比べると小さいけれど、獰猛だ。彼は身をよじって彼女を振り落とそうとする。わたしはパッと立ちあがり、彼の腕をつかむ。何がなんだかわからないまま蹴ったり殴ったり爪を立てたりする。彼の手首に嚙みつくと、彼の手から銃が落ちる。それからマリゴールドとわたしは、彼が銃を取り戻すのを阻止するべく、まるで踊りまわる祈禱僧のように、絶叫しながらウィットに挑みかかる。

わたしは血で足を滑らせ、バランスを崩す。

だから銃声がしたとき、わたしは床に倒れ込んでいる。どこから発砲されたのかわからない。また銃声。這ってケインのそばに行く。彼はほとんど意識がない。わたしは彼に身を寄せ、目を閉じて、最期に備える。でも三発目の銃声はなく、叫び声だけが響く。

ケインから引き剝がされたとき、わたしは抵抗し、おとなしく死んでたまるかと暴れる。誰かがわたしの背中に膝を乗せ、両手をうしろにまわして手錠をかける。そこで相手が警察だと気づく。ボストン市警が捕まえた人間に感謝されたことがあるかどうかは知らないが、わたしは安堵と感謝と恐怖で頭がおかしくなりそうになる。ケインを死なせないでくれと懇願する。マリゴールドが抵抗し、悪態をつく声が聞こえる。ウィットは悲嘆に暮れた子どものように泣きじゃくっている。それからジーン・メターズが権利を主張し、なぜ息子が拘束されているのか教えろと迫っている。

親愛なるハンナ

連絡が取れなかったことを悔しく思う。重罪刑務所の規則は厳しすぎるきらいがあり、私のやりとりは、これまで相当制限されていた。とはいえ、ケインが言っていたように、刑務所には独自の社会的ルールがあり、私はそのルールを用いて、我々の文通の再開にこぎつけた。私が送ったバスケット入りのカップケーキは貴女の元に届いただろうか。あのケーキは貴女の家のキッチンカウンターに置かれるべきものだ。貴女の最新作がどうなったのか知りたくてたまらない。すばらしい四人組は全員フィナーレまで生き残ったのだろうか？　フレディは恋人が殺人者である事実をどう受けとめたのだろう？　発売されたら、刑務所の図書館に一冊リクエストしなければなるまい。どんな結末を迎えたのかを知るために。少なくとも、彼らがどうなったのかを知るために。

オーストラリアに近い将来戻ることはできなさそうだ。私が逮捕されたとき、私たちはほとんど目を合わすことすらなかった。送還されるまえに貴女が訪ねてくれなかったことで、私は傷ついた。オーストラリアの拘置所にいた二日間、私は何度も貴女に会いたいと頼んだが、貴女は来なかった。互いの作品や人生について話し合った仲でありながら、ともに過ごすチャンスを逃した。まあ構わない。私は忠実な男であり、辛抱強い。我々はいずれじかに会うことになる。そのときを楽しみにしている。

それまでは、貴女が必要とするなら、私はいつでも駆けつけるつもりだと知っておいてくれ。

貴女のレオ

34

警察署でジャスティン・ドワイヤー刑事が紅茶を運んでくる。わたしはケインのことを尋ねる。もう百回目だろうか。

「手術中です」

「死んでしまうの?」彼女は言う。

「わかりません。彼らはできるかぎりのことをしてます」

彼女は誰かから食べ物を勧められたかと尋ねる。

「お腹は空いてません」

彼女は袋入りのポテトチップスを手渡す。「空いてるときのために持ってきたんです。いくつか質問に答えられそうですか?」

わたしは彼女にすべてを話す。警察の事情聴取のようには感じない。彼女から質問を受けているという自覚はない……ただ話している。おそらくケインはもう容疑者ではなく、だからわたしも敵意を持つ証人――あるいは、容疑者の無実を信じている人物をなんと呼ぶのであれ――ではないのだろうと思う。

彼女はウィットとキャロラインが〈ラグ〉に調査記事を書くために立てた計画について話す。

「彼らは縁故によりケイン・マクラウドの過去を知っていました。もちろん、調査報道ジャーナリストなら、誰でもマクラウドの有罪判決と収監についての話を書けたでしょう。公《おおやけ》にはなっていないけれど、国家機密でもない。ただ、キャロラインとウィットはさらに踏み込んだ記事を書こうとした。ケインに近づいて、彼にプレッシャーをかけて……殺人犯が実際に更生できるのかどうかという記事を」

「どうやって彼にプレッシャーをかけるつもりだったんですか？　キャロラインが悲鳴をあげたのはそのため？」

「いいえ。それはウィットがケインと友人になるきっかけを作るためだった。キャロラインのアイデアだったようです。それから似たようなイタズラをしかけて、要するにケインを偽の窮地に追い込んで――」

「彼が人を殺すかどうか見ようとした？」わたしは信じられない思いで尋ねる。

ジャスティンはうなずく。「まあ、そんなところです」

「でも、あのメッセージは、ドアの画像は、わたしに送られてきたんですよ、ケインじゃなく」

「ウィットは明らかに不信の種を蒔こうとしていたようです。彼はケインの携帯をずっと所持していました」

「だけどそれじゃあ、彼は自分が刺された夜に自宅のドアの写真を送ったということに——」

「刺されることは計画の一部ではなかった。あのメッセージはあなたを不安にさせて、ケインが送っているのではないかと疑わせるためです。わたしのパートナーは、あの夜、ウィットは母親を襲うつもりだったんじゃないかと考えています」彼女は頭を振る。「キャロライン亡きあとも、彼は偽装工作をしつづけて……恐ろしくなった。バレるんじゃないか、彼がチャンスと考えるものを諦めざるを得なくなるんじゃないかと。ウィットが襲われたとき、犯人にまったく心当たりがないと証言したのは、もしジェイコブスが逮捕されたら、図書館で見たことを警察に話すだろうと恐れたからです」

わたしは顔をこする。「彼はそれを全部警察に話したんですか？」

「担当の弁護士が——ちなみに彼の母親でもありますが——彼に何も言うなと指示したたんに」彼女は肩をすくめる。「家族もいろいろね」

マリゴールドとわたしが釈放されたときも、ケインはまだ手術中だ。手術が終わるのを待つため、警察はわたしたちを病院に連れていく。最初、ふたりとも口をきかない。車のなかで、マリゴールドはわたしの手を握る。

救急治療室に向かいながら、彼女はケインを殺人者と思ったことを謝る。わたしは彼女を殺人者と思い込んだことを謝る。そしてウィットのことは残念だと伝える。

彼女は涙を流しながら笑う。「あたし、殺人者に恋してた」

「あなたが恋したのはその部分じゃない」

わたしたちは病院の外に陣取る報道陣のなかを警察に付き添われて通り抜ける。待合室は混み合っている。マリゴールドとわたしは席を見つけて待つ。外科医がやってきて、年配のカップルに話しかける。おそらくあの女性がケインの母親で、男性は彼女のパートナーなのだろう。この数日をどう過ごしたにせよ、わたしはケインにとって何者でもなく、ケインの手術がどうだったのか、あるいは手術が終わったのかどうかさえ知る権利はないことに気づく。

女性は泣いていて、男性が慰めている。わたしは恐れおののきながら見つめる。ケインは死んでしまったの？　ああ、そんな——これが結末なの？

マリゴールドが静かに悪態をつき、立ちあがる。彼女はカップルに近づいて話しかける。その様子を見つめながらも、わたしの頭にはほとんど何もはいってこない。彼らが一斉に振り返ってわたしを見て、マリゴールドが手招きする。

わたしは筋肉を無理やり動かして、歩こうとする。マリゴールドはわたしが四苦八苦しているのに気づいたのだろう。大声で言う。「ケインは死んでない。術後室にいるって！」

ほかの何人かが振り返り、ほっとした表情を浮かべる。ケインのために多くの人々がここに集まっているようだ。

わたしはようやく彼らのもとにたどり着く。マリゴールドはまだ話しつづけている。「弾丸を摘出したんだって」彼女はわたしをうれしそうに抱きしめる。「もう彼は大丈夫だよ」

わたしは歓声をあげて泣きたいと思うけれど、マリゴールドほど自由奔放にはなれないので、かろうじて気を引き締めている。

女性がわたしの手をつかむ。想像していたとおり、ケインの母親だ。彼女はわたしに礼を言う。「警察から聞いたの、もしふたりの若い女性が犯人を阻止しなかったら、わたしの息子は死んでいたかもしれないって」彼女の声はやわらかい。

わたしは彼女に伝える。血を流して倒れているときでも、ケインがマリゴールドとわたしは脅威ではないとウィットを説得しようとしたことを、彼がわたしたちを守ろうとしたことを。

マリゴールドは、ケインがわたしを愛していると彼女に言う。だしぬけに――まるで五歳児が秘密を口走るように。「ケインはね、フレディに恋してるんだよ」

わたしは当惑しながら、名前も知らないケインの母親を見つめる。

彼女は明らかにマリゴールドの宣言に驚いていたが、見事に持ちなおす。「あの子の人生には誰かがいると思ってた」彼女はまだわたしの手を握っている。「わたしはサラ・マナーズ。こっちは弟のビルよ。会えてうれしいわ」

ビルは姉が手を放すと、わたしの手を握る。「きみたち《ヨル》のおかげだ」彼は言う。「アベルはトラブルに遭ってることを言わなかった。警察が彼の行方を捜してサラの家のドアをノックしたときに、おれたちは初めて知ったんだよ」

「きっとおふたりを心配させたくなかったんでしょう」わたしはとりあえずケインをかばうように答える。「それにあっというまに事が進んだんです」

「アベル――」サラはいったん言葉を切り、笑みを浮かべてまた続ける。「ケ、ケインはいつも自力で問題を解決しようとしてきた」

「ああ、そのせいであいつがどこに行き着いたのかみんな知ってるさ」ビルがつぶやく。

「ビルのことは気にしないで」サラはわたしに言う。「彼はケインを自分の息子のように愛してるのよ」

ケインはしばらく術後室にいるので、わたしたちは病院のカフェテリアに行く。そこでコーヒーを飲みながら、マリゴールドとわたしはケインの母親と叔父に事情を話す。マリゴールドはウィットとの関係についても率直に、ある種の懺悔《ざんげ》のように包み隠さず話す。

「わたしたちはみんなウィットが好きだったんです」わたしは修正を加える。「ケインでさえも。みんな彼に騙されました」

「どうやら問題を抱えた青年みたいね」サラは言う。

ビルは低くうなる。

やがてケインは麻酔から覚め、病室のベッドに移される。サラとビルは面会が許される。マリゴールドとわたしは、どうしたらいいのかわからずに、待合室に座っている。

サラとビルが戻ってくる。サラは主治医がマリゴールドとわたしの面会も許可したと告げる。わたしがお礼を言うと、彼女は「あの子、あなたに会いたがってたわよ」とささやく。

マリゴールドは病室のドアのまえで立ちどまる。「まずは二、三分、ふたりだけにしてあげる」彼女はそう言って、わたしを病室に押し込む。マリゴールドらしい、まるでレンガのように繊細な気遣いだ。

ケインはさまざまな点滴や機械につながれている。彼はわたしのほうを見て微笑み、わたしは感極まって一瞬、言葉を失う。「まだちょっとぼんやりしてるんだ」彼の声はかすれている。「おれが何を言っても、あまり気にしないでくれ」

「いつもそうしてる」わたしは答え、彼の手を取る。カニューレが挿入されているので、細心の注意を払って。

「母さんが、おれたちみんな生きて帰れたって」

「そうよ」

わたしの手にかすかな力がかかる。「よかった」

そこにマリゴールドがはいってくる。「ちょちょ、なんてこと……」ケインを見ながらつぶやく。彼女は急に借りてきた猫のようになる。

わたしたちはしばらく静かに話す。話すことがたくさんあるとも思えない。何を話すことがある？ わたしは心からしあわせを感じている。起こったことに苦悩し、この先どうなるのかわからないが、でもしあわせだ。やがて看護師が来て、マリゴールドとわたしにやんわり退室を促す。わたしはケインにキスをし、また来ると約束して、彼の手を放す。

手のなかがぽっかり空いたような感じがして、また彼に触れたいという衝動を抑えなければならない。

看護師が彼のまわりをせわしく動きまわり、ヴァイタルサインを陽気に確認するなか、わたしたちは病室を出る。

「やだ、どうやって記者のまえを通りすぎたらいいんだろう？」エレヴェーターを待つあいだ、マリゴールドが言う。

わたしは自分を見おろす――ジャケットにもシャツにも血がついている。マリゴールドにも血が飛び散っている。大勢のメディアの目に留まらずに抜けだせる可能性はほとんどない。そしていまのわたしには、取材攻勢に耐えられる気力がない。

エレヴェーターのドアが開いたとき、マリゴールドとわたしは脱出方法について話し合っている。そのため、隅にいる男性に気づかないままエレヴェーターに乗り込む。ドアが閉まったあと、ようやく彼の存在に気づく。

レオだ。

わたしはまじまじと彼を見つめる。彼がここにいることに衝撃を受け、バランスを崩す。

「いったい何して――？」

彼は笑みを浮かべる。「あなたがぼくを必要としてるんじゃないかと思って」

謝辞

この物語は、わたしの親愛なる友人で同業者でもあるL・M・ヴィンセントから送られたメールからひらめきを得ました。彼とのやりとり、彼の指導や励ましを、わたしは恥ずかしげもなく邪悪なものにねじ曲げてしまいましたが。ラリー、あなたの寛大さと洞察力に、ありがとう。

その小さな物語の炎は、オーストラリアのNPO、コピーライトエージェンシー文化基金の創作助成金を受け、そのおかげでわたしは、控えめに言っても困難な一年に、執筆することができました。この助成金を授与されたことは光栄であり、いまでもとても感謝しています。

この原稿は以下の人々によって、物語がなされるべきあらゆるチェックを受けました。オーストラリアのマイケル・ブレンキンス、リース・ヘンリー、ロバート・ゴット、そして米国のすばらしいバーバラ・ピーターズ。あなたがたがこの作品のために与えてくれた時間と支援、助言、熱意には、どれだけ感謝してもしきれません。

わたしの優秀で情熱的なエージェント、ジル・マーは、この原稿を支持してくれ、アンナ・マイケルスとダイアン・ディビアシが在籍する、ソースブックスという完璧な家を見つけてくれました。そしてアンナとダイアンは、この原稿を可能なかぎり最高の物語に育ててくれました。わたしの作品を信じてくれ、この小説にお力添えくださったみなさん、ありがとう。ほんとうに感謝しています。

ベス・デヴニーは原稿を編集して整え、読者にわたしのタイプミスの証拠を残さないようにしてくれました。ありがとう、ベス。

それから、並はずれた才能を持つソースブックスのチームが、わたしの物語を本にしてくれました。これがその本です。お手に取ってくださったみなさん、ほんとうにありがとう。

訳者あとがき

スリランカ出身のオーストラリア人作家、サラーリ・ジェンティルの『ボストン図書館の推理作家』をご紹介しよう。〝親愛なるハンナ〟という書き出しのメールで始まる本作は、メールと小説原稿が交互に提示されるという、一風変わった構成となっている。

主人公のハンナは、オーストラリア在住の世界的ベストセラー推理作家だ。そのハンナとメールでやりとりしているのが、米国ボストン在住の作家志望者のレオである。レオは、出版前の小説原稿を読んでフィードバックする〝ベータ読者〟として、ハンナと長い付き合いがあるものの、彼女と直接会ったことはない。

ハンナは、レオのメールに書かれた愚痴にインスピレーションを受けて、ボストン公共図書館を舞台にした新作小説を書きはじめる。その作中作のミステリは、ボストン公共図書館の閲覧室で、偶然同じテーブルに座った四人の男女が、突然館内に響き渡った女性の悲鳴を聞く場面から始まる。直後の捜索では、どういうわけか悲鳴をあげた人物（または死体）は見つからないのだが、その件をきっかけに、四人は急速に親交を深めていく。作中作の主人公は、ハンナと同じオーストラリア人のウィニフレッド（愛称はフレディ）。母国で滞在執筆奨学金を受賞し、その特典としてボストンでデビュー作を執筆中の新進作家である。そんなフレディが異国の図書館で出会ったのが、ベストセラー作家のケインと、ハーヴァード大学院生のマリゴールドとウィットだ。大胆にもハンナは、この三人のなかに殺人者がいることを冒頭で明かす。
一方、熱心なハンナのファンであるレオは、その新作小説の原稿を絶賛しながら、アメリカ英語とオーストラリア英語のちがいを指摘したり、ハンナに必要と思われる情報を提供したりして、献身的な協力を惜しまない。同時に、書きあげた自作小説をエージェントに売り込もうと努力するのだが——。

作中作という形式自体はめずらしいわけではないが、本作がとりわけユニークなのは、ハンナの物語とフレディの物語が同時進行で進み、ハンナとレオのやりとりに影響を受けて、フレディの物語がどんどん変化していく点だ。たとえば、レオから落ち込んだメールが届くと、ハンナはフレディの物語にレオと同姓同名のキャラクターを登場させて、レオを励ましたりする。フレディの物語はミステリ小説でありながら、本文中には掲載されていないハンナからレオへの〝返信〟も兼ねているのだ。彼女の小説（フレディの物語）を注意深く読めば、レオに対する返信ではないかと思われる描写がちらほら紛れていることに気づくだろう（レオが気づいて言及しているものもあるし、していないものもある）。

この作品で省略されているのは、ハンナのメールだけではない。ハンナの物語では新型コロナパンデミックが世界中に拡大し、ロックダウンや国境封鎖などが起こるが、フレディの物語では省かれている。さらに、ある重要な要素も省かれており、その点をめぐって、ハンナとレオの意見の対立が起こる――といった具合に、入れ子構造が非常にうまく活かされている。読者はフレディの物語をメインで味わいながらも、そこで省かれている問題を、省かれているからこそ、じっくりと考えずにはいられなくなるだろう。

〝ミステリ・イン・スリラー〟といえるこの小説の、スリラー部分（ハンナの物語）の着想は――謝辞にも書かれているが――同業者からのメールから生まれたそうだ。あるインタビュー記事によれば、サラーリが米国を舞台にした別の小説に取り組んでいたとき、ボストン在住の友人である作家ラリーに、現地情報の助言を依頼したそうだ。彼は快く引き受け、持ち前の卓越した調査能力を活かして、地図やレストランのメニュー、ボストンの街の写真や動画まで提供してくれた。そんなある日、ボストンの彼の自宅から二ブロック離れたところで、殺人事件が起こった。米国の犯罪現場の情報は、推理作家であるサラーリの役に立ちそうだ――そう考えたラリーは、殺人事件現場の動画を（遺体が運び去られたあとに）撮影し、彼女に送った。オーストラリアのサラーリの自宅で、その動画をたまたま一緒に見た彼女の夫は、思わず「調査に役立つからって、ラリーが人を殺したりしなけりゃいいけど」とつぶやいた。もちろんラリーがそんなことはするわけはないが、このアイデアは小説になると閃いたという。

一方、別のインタビュー記事によれば、ミステリ部分（フレディの物語）の着想は、二〇一九年のオーストラリアの山火事のさなかに生まれたようだ。当時、サラーリの暮らす町は、山火事の被害を受けた。彼女は家族と一緒に、避難住民に貸し出される小さな家に移った。ほかに三家族も、同じように避難を余儀なくされていた。やがて地域住民と協力して過ごすうちに、強い不安を共有することで築かれる、特別な絆のようなものを強く意識したのだという。そこから、人々を同じ部屋に閉じ込めて、得体の知れない悲鳴を聞くという経験を共有させれば、友情が始まるのではないかと考えたそうだ。

また、この作品は〝創作についての物語を創作する物語〟でもある。創作を愛する読者にとって、フレディとケインが互いに創作方法について語るくだりは大きな魅力だろう。プロットを立てずに流れに任せて書くというフレディの執筆方法には驚かされたが、これはそのままハンナの執筆方法でもあり、さらに著者サラーリ・ジェンティルの執筆方法でもあるらしい。彼女は自分のことを「極端な〝pantser（パンツァー）〟だ」と語っている。〝パンツァー〟とは、〝計器ではなく勘に頼って飛行機を操縦する（fly by the seat of your pants）ように〟、プロットを事前に立てず、直感を頼りに執筆する作家を指す。それに対して、ケインのように綿密なプロットを立ててから執筆を始める作家は〝プロッター〟という。あるインタビューでは、著者は小説を書くことを〝すでにそこにある物語を発掘するような作業〟と表現し、ストーリーもキャラクターたちも〝有機的《オーガニック》〟に生まれてくるのだと話す。さらに、〝イギリスの犯罪ドラマ（『バーナビー警部』や『オックスフォードミステリー ルイス警部』など）を見ながら執筆する〟という、にわかには信じがたい習慣についても明かしている。

そんな独特の執筆方法が成り立つのは、著者の経歴や趣味によってもたらされた、創作の引き出しの多彩さがあってこそかもしれない。サラーリ・ジェンティルは、スリランカ生まれ。ザンビアで英語を学び、オーストラリアのブリスベーンで育った。子どもの頃からアガサ・クリスティーを愛読してきたという。やがて天体物理学を学びたくて大学に進んだが、早々に自分には合わないことがわかった。夜空の星を見あげたときに目に映った魔法は、幼い頃に父親が語ってくれた星々の物語のおかげだったことに気づかされたのだ。そこで法学部に転部して法律の学位を取り、卒業後は企業弁護士として働いた。弁護士の仕事には満足していたが、余暇には、半年間ひとつの趣味に没頭しては次の趣味に没頭する〝趣味のキルティング〟にのめり込んでいたそうだ。牛の妊娠検査法を学んだり、溶接の技術を習得したり――多彩な趣味を遍歴したあと、その一環として小説執筆を始めたとき、ついに天職と巡り合った。とはいえ、専業作家になったあとも多趣味ぶりは相変わらずのようだ。現在、四匹の犬、二匹の猫、二頭のミニチュア馬、二頭のロバ、それに夫と息子たちと暮らすニューサウスウェールズ州の山岳地帯スノーウィー・マウンテンズの農場では、絵を描いたり、黒トリュフの栽培をしたりしている。

二〇一〇年、子育てと並行して書きあげた*A Few Right Thinking Men*（一九三〇年代のシドニーを舞台にした歴史的推理小説）でデビュー。その主人公――探偵役の芸術家Rowland Sinclair――が活躍するシリーズ十作品や、ファンタジー冒険小説の三部作を含め、十二年間で十五作品を上梓した。二〇一七年に発表された*Crossing the Lines*は、オーストラリア推理作家協会賞（ネッド・ケリー賞）の二〇一八年度最優秀長篇賞を受賞し、米国のPoisoned Pen Press社からも出版された。

著者の十五作目に当たる『ボストン図書館の推理作家』（*The Woman in the Library*）は、二〇二二年にPoisoned Pen Press社から発売されると、USAトゥデイ紙のベストセラーリストにランクインしたり、アマゾンのBook of the Monthに選ばれたりと好評を博したほか、英国の推理小説ファンの投票で決まるCrime Fiction Lover Awardsの、インド系作家に贈られるBest Indie Crime Novel賞を受賞した。さらに、二〇二三年にはエドガー賞（アメリカ探偵作家クラブ賞）のメアリ・ヒギンズ・クラーク賞にもノミネートされた。

二〇二四年三月には、次作*The Mystery Writer*が刊行される。尊敬する作家と出会って恋に落ちた作家志望の女性が、彼に読んでもらうために自作の原稿を渡した翌日、彼が殺されているのを発見する——というミステリだそうだ。今後の世界的飛躍が楽しみな作家である。

なお、本書を翻訳するにあたり、早川書房の三井珠嬉氏、外部編集の内山暁子氏、同社校閲課のかたがたに大変お世話になった。この場を借りて、心より御礼申しあげたい。

二〇二四年二月

駄作

Potboiler

ジェシー・ケラーマン
林 香織訳

世界的ベストセラー作家だった親友が死んだ。追悼式に出席した売れない作家プフェファコーンは、親友の手になる未発表の新作原稿を発見。秘かにその原稿を持ち出し、自作と偽って刊行すると、思惑通りの大ヒットとなったが……ベストセラー作家を両親に持つ著者が、その才能を開花させた驚天動地の傑作スリラー

ハヤカワ文庫

二流小説家

The Serialist

デイヴィッド・ゴードン

青木千鶴訳

〔映画化原作〕筆名でポルノや安っぽいSF、ヴァンパイア小説を書き続ける日日……そんな冴えない作家が、服役中の連続殺人鬼から告白本の執筆を依頼される。ベストセラー間違いなしのおいしい話に勇躍刑務所へと面会に向かうが、その裏には思いもよらないことが……三大ベストテンの第一位を制覇した超話題作

ハヤカワ文庫

訳者略歴　英米文学翻訳家　訳書『名探偵の密室』マクジョージ，『災厄の馬』ブキャナン，『かくて彼女はヘレンとなった』クーニー，『円周率の日に先生は死んだ』ヤング（以上早川書房刊）他多数

HM=Hayakawa Mystery
SF=Science Fiction
JA=Japanese Author
NV=Novel
NF=Nonfiction
FT=Fantasy

ボストン図書館《としよかん》の推理作家《すいりさつか》

〈HM⑯-1〉

二〇二四年三月　十日　印刷
二〇二四年三月十五日　発行
（定価はカバーに表示してあります）

著　者　サラーリ・ジェンティル
訳　者　不《ふ》二《じ》淑《よし》子《こ》
発行者　早川　浩
発行所　株式会社　早川書房
郵便番号　一〇一 - 〇〇四六
東京都千代田区神田多町二ノ二
電話　〇三 - 三二五二 - 三一一一
振替　〇〇一六〇 - 三 - 四七七九九
https://www.hayakawa-online.co.jp

乱丁・落丁本は小社制作部宛お送り下さい。
送料小社負担にてお取りかえいたします。

印刷・中央精版印刷株式会社　製本・株式会社明光社
Printed and bound in Japan
ISBN978-4-15-186001-0 C0197

本書は活字が大きく読みやすい〈トールサイズ〉です。